U0623077

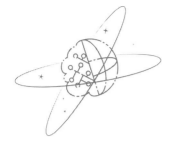

吴 岩 —— 著

科幻文学论纲

Outline
of
Science Fiction

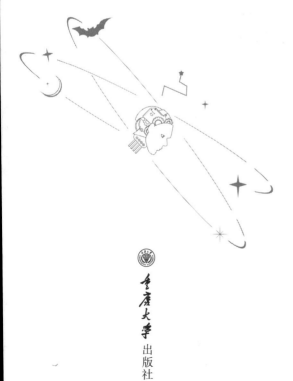

重庆大学
出版社

图书在版编目（CIP）数据

科幻文学论纲 / 吴岩著.--重庆：重庆大学出版
社，2021.3（2021.7重印）
ISBN 978-7-5689-2319-4

Ⅰ.①科… Ⅱ.①吴… Ⅲ.①幻想小说—小说研究—
世界 Ⅳ.①I106.4

中国版本图书馆CIP数据核字（2020）第131777号

科幻文学论纲

KEHUAN WENXUE LUNGANG

吴 岩 著

策划编辑：张慧梓

责任编辑：张慧梓　　版式设计：张慧梓
责任校对：姜　凤　　责任印制：张　策

*

重庆大学出版社出版发行
出版人：饶帮华
社址：重庆市沙坪坝区大学城西路21号
邮编：401331
电话：（023）88617190　88617185（中小学）
传真：（023）88617186　88617166
网址：http://www.cqup.com.cn
邮箱：fxk@cqup.com.cn（营销中心）
全国新华书店经销
重庆升光电力印务有限公司印刷

*

开本：720mm×1020mm　1/16　印张：20.75　字数：303千
2021年3月第1版　　2021年7月第2次印刷
ISBN 978-7-5689-2319-4　定价：78.00元

"四十二史丛书"

总　序

"那好吧，" "深思"说，"那些伟大问题的答案……"

"是的……"

"关于生命、宇宙以及一切……" "深思"继续说。

"是的……"

"是……" "深思"说，然后顿了一下。

"是的！……"

"是……"

"是的！！！……？"

"42。" "深思"说，语调中带着无限的威严和平静。

这是科幻文学中最为脍炙人口的桥段之一，出自英国科幻作家道格拉斯·亚当斯的《银河系漫游指南》。在亚当斯笔下，历经千辛万苦追寻宇宙奥秘的冒险者最终蒙超级电脑"深思"告知，终极常数是42——至于为什么是这个数字，无人知晓，作家也无可奉告，因为理解这个答案需要先弄明白"生命、宇宙以及一切"的终极问题。这种英式无厘头在中华文化当中是罕有的，而"四十二史丛书"的命名正有逆写"二十四史"传统、激励科幻想象、拓展未来和宇宙视野的用意，但从另一个角度考虑，又是让轻快甚至飘渺的玄思融入历史根脉，生成文明自觉。正是历史与现实的沉重引力和超越现实的科幻原力之间的博弈，造就了堪为中国科幻特色、尤以刘慈欣小说为代表的"厚重而空灵"的审美风格。由天下意识到宇宙意识，从中华文明到人类文明，"四十二史"寄寓着对于科幻文学和文化的期待：能沉静亦能欢跃，能植根大地亦能飞翔九霄，能解放无限遐思亦能把握春秋一瞬。

因此，作为一套以学术研究为重心的丛书名称，"四十二史"除了作为与科幻爱好者的"接头暗号"，还包含着一体两面的抱负：一方面，以史家的严肃品格和审慎态度研讨"科幻"这一概念所统摄以及与之相关的文学创作和文化现象；另一方面，在以"二十四史"为代表的深厚历史意识当中唤醒面向未来和未知的想象力、创造力和探索精神。作为独立文类的科幻只有短暂的历史，但内中对大千世界的好奇、对可能社会的憧憬、对自我力量的探寻，却在人类文明进程中生生不息，并高扬于各种各样的文化形式。因此，藉由对科幻的叩问和质询，我们有机会整全地领会过去、现在和未来。

从这样的宗旨出发，"四十二史丛书"将以学科的交叉和融合为自觉追求。毋庸置疑，仅就文学领域而论，中国科幻研究刚刚兴起，对中国乃至华文科幻的发展史还没有系统而周密的考察梳理，对世界科幻的理解也在相当程度上仰赖国外学者的成熟研究，因而基础性的史料收集整理、作家作品研究和通史专史叙述是需要持续致力的工作。但应该指出，丛书并不以造就任何单一学科的专门领域为目的，相反，吸纳各个学科的知识、问题和关切，是我们一以贯之的夙愿。在世界范围内，科幻文学和电影早已吸引了来自哲学、史学、法学、政治学、经济学、社会学、人类学、传播学等诸多人文社会科学领域乃至从事自然科学研究的学者，而这一趋势在中国也越来越明显。承载和促进学术界对于科幻的研讨，让科幻在多重智识的辉照下焕发异彩，既为丛书之志，亦诚丛书之幸。

科幻在学术界引起的广泛兴趣，显然并不局限于，甚至未必在于审美层面，尽管科幻独有的"惊异之美"引人入胜。从根本上说，科幻比其他类型文艺更能触及现代世界的总体性，无论是地球这颗行星的地质构造和生态系统，还是不断深化的资本主义世界体系，又或是高科技渗透甚至支配的人类社会生活。不仅如此，科幻的"寓／预言"属性，使得思想者在以这种形式为中介进入现代世界基本问题的时候，更有机会借助"认知性疏离"穿越经验的障壁，抵达现实深处的原理和机制，并释放批判性或创造性的能量。在这个意义上，中外诸多知名学者对科幻异乎寻常的重视就很好理解了，而他们寄托于这一文类的社会关怀，在全球现代性的前景晦暗不明的今天，显得愈益切要。一起认识和改造被把握在科幻中的这个时代，正是历史向"四十二史丛书"的读者们发出的邀约。

"四十二史丛书"总主编
李广益

盗火者和火

韩　松

　　就科幻文学的理论建树而言，我以为，吴岩是当今中国成就最大的一人。他长年以来，坚持不懈，辛勤耕耘，所做出的开创性、开拓性和总括性工作，不论从哪个角度观察，都令人惊叹不已，不仅为中国科幻的繁荣，而且为中国文化的发展，创造了十分宝贵的财富。这部《科幻文学论纲》便是吴岩多年思考、研究和实践的集大成。它也是中国人撰写的第一部如此具有创新性、如此深刻全面分析科幻文学发展渊源、状况和前景的理论专著，并以独树一帜的权力运演及考察作家簇的理论创建，精准地把握住了科幻文学这一"人类表达另类现代性蓝图的某种谋划"的文学种类之脉动。

　　中国是世界上人口最多的国家，也是有着源远流长的发达幻想史的国家。然而，现代科幻在中国的引进和发展，迄今也只有一百多年的历史，科幻或许是我国所有文学种类中，唯一没有本土文化传承的外来物，是真正的西方工业化的产品。它在中国走过了极其特殊的路程。因此，理解中国科幻，也成为理解中国现代化的一把钥匙。而观察中国科幻，又是我们反向认识世界文明的一扇窗口。同时这种认识，又必然要把整个中国放在全球化的大尺度下，将中国科幻看作是世界科幻这棵大树上的一个分支，它们互为背景、掩映和支撑。因此，这部著作的研究对象，指向了整个人类科幻现象。为了理解这幅复杂纷繁的图景，吴岩恰当地把权力分析方法引入研究，他指出，"在我的世界里，科幻文学的发展不再简单地成为一段人类如何探索自然、战胜自身、走向宇宙、面向未来的浪漫历史，它变成了一段现代化进程中关涉权力的斗争历程，从一个侧面展现了以科学为主要特征的当代社会中低位者的迷惘、痛苦、挣扎和反抗"，"科幻小说其实是科技变革的时代里，受到各类社会压制的边缘人通过作品对社会主流思想、主流文化和主流文学所进行的权力解构，而这种解构的方式，就是欲望上的对抗化、内容上的陌生化、形式上的方法化，以及人物的种族化"。这样，他不仅得出了中国及世界科幻文学发展的一系列重要而全新的结论，而且在资本主义和社会主义两大阵营对垒之下，在经济和技术入侵着人类生活每一个细节的境况中，为我们认识和破解中国现代化进程和世界全球化演进中的诸种难题，乃至洞察中华民族和人类的源流、走向和变迁，开辟了一片与以往完全不同的全新视野。这方面的意义弥足珍贵。

这部严肃厚重、力透纸背的作品，资料丰富、立论严谨、论据翔实、结论新锐，饱含了人性和理性，洋溢着热情与智慧，更展现了对待历史真相的良知和勇气。全书充满真知灼见，振聋发聩，作为一名科幻小说作者，我反复阅读、爱不释手、击掌赞叹、受益无穷。它是一部结构完整宏伟的学术著作，也是一部关于过去、现在和未来的诗性报告，更是一部中国知识分子心灵探索史的忠实记录，处处彰显着悲悯的情怀。它描绘的那些人类天才幻想的意象和创造，令我在阅读过程中时而热血沸腾，时而扼腕叹息。这部作品既全面深入揭示了科幻文学在权力场中卓尔不群、超前而越界的异类品质及其抗争轨迹，又从"女性、大男孩、边缘人、现代化的落伍者"四类独特的科幻人群入手，将宏观与中观、微观分析融合，围绕性别、个体经历、心理状况、意识形态、哲学、文化、体制变革、天才思想、社会主流、边缘知识和界外知识、现代化方案、思想实验、经济变迁、科学革命结构、权力斗争等一系列概念，展开了具象而广延的剖析。它展示了科幻这样一种极具高智力的文学种类，在不同文化处境下遭遇的种种荒诞，让人哑然失笑而痛心疾首，也描绘了遍布世界各地的一代又一代位居边缘的"中下位"理想主义者薪火相传，彷徨呐喊，为弘扬人类自由想象的精神、为捍卫自己的独特位置和权利而付出的巨大努力及牺牲，以及他们在这个过程中获得的无穷快乐。这本著作，本身就是中国及人类文明发展进步的一面镜子。全书具有强烈的现实批判性，并处处爆发出对于加快经济和社会文化变革的迫切呼唤，如吴岩所说，"经典的人文关怀如果不能在科技时代中增加新的内容，将无法面对当代社会的种种精神需求"。

就今天的科幻文学创作来说，如果缺少了理论和批评，则它是飘浮的，是单薄的，是经不起探究的，也是难以得到长足发展的。这部著作的出版实际上极大拓展了我们的视野，吴岩期望像普罗米修斯盗火一般，从窒息的暗雾和重障之间，把灵光传输过来，使得中国科幻有豁然开朗之感，中国的科幻人也确实由此体悟到了与世界的差异以及我们独特的优势，确立了更加明晰、可供比较的坐标，中国科幻的发展将因此更加自省、自觉、自信和自在，也更加具有目的性。我认为这样的理论建树，本身还是一个了不起的实践，正如吴岩所说"科幻包含行动"，特别是它以本土原创的亲切感和贴近性，罕有地把西方科幻文化及各种流派的社会文化哲学理论与中国具体情况融为一体，必然会直接影响到众多作者的创作活动，在更高的要求下，促发他们的转型。

中国科幻文学的理论研究一直在进行中，郑文光、叶永烈、童恩正、金涛、郭建中、王逢振等一批人做出了大量富有成效的开创性工作。这些年来，吴岩工作过的北师大成为中国科幻研究的一个中心。在王泉根、吴岩等一批学者的表率和推动下，中国科幻理论建设日新月异，广度和深度都得到长足拓展，并极大地吸引了世界的目光。难能可贵的是，这一批新知识分子，在喧嚣浮躁的物质主义世界上，甘于寂寞、独立思考，寻找思想和精神的净土，为我们及后人保护和守住了一种珍贵的价值，尤其是考虑到科幻之于现代化的独特意义，这是极有意义的工作。

吴岩还是当代中国的一位重要的科幻作家。他从小热爱科幻，师从新中国科幻之父郑文光和叶永烈，在很多新生代作者登上科幻舞台之前，他就已经创作了大量优秀作品，获得众多奖项。长年的科幻耕耘，使他深知其中辛酸甘苦，洞悉各种"内幕"。可以说，他是中国科幻创作在新时期的重要开拓者，是中国科幻风风雨雨的重要亲历人，也是中国科幻历史的重要创造者和叙述者。吴岩说："在从事科幻的过去30多年里，我跟数百位各国科幻作家、科幻爱好者接触，他们常常会坦然地给我讲述他们的见闻。"从这一点来说，无人能出其右，他的理论成果才最终拥有说服力。不仅如此，他还通过开设科幻课程，培养了大批热爱科幻的年轻人，其中不少已成为当今活跃在一线的新锐作家，包括笔者本人的创作，也深受吴岩影响。吴岩还参与到社会上的各种科幻和文学活动中，倡导和传播科幻文化，并成为中国与国际科幻界发生联系的主要人物。正是这样，中国科幻才始终生机不灭，任何困难都没有把它打倒，它的火种逐渐遍布四面八方。这种知行合一的实践在当今中国是难能可贵的。从这样一批知识分子的身上，我看到了一个充满希望的未来，无数科幻作品中热烈呼唤的美好新世界，必然将要诞生。

　　在北师大校园里，有一尊置于露天的鲁迅先生的雕像，那时的吴岩常常从它的面前走过。在中国，鲁迅是倡导科幻的先驱。20世纪初，他和梁启超等人率先把凡尔纳等西方大师的科幻小说译介到中国，并提出"导中国人群以行进，必自科学小说始"。现在，鲁迅先生仍然头顶着北京的夜空，年复一年、日复一日地在默默思索着。我们只要一仰头，就能看到无尽时空浩瀚地展呈开来，我们这个地球文明，只是无尽世界中极其渺小的一个，然而，这片土地上却有一小群人，孤独地进行着理解和发展科幻这种边缘性文学的努力，这是怎样的一种不为人知却充满灵性的抗辩经历呢？我相信，像人类其他杰出成就一样，科幻正是伟大宇宙的目的的一部分，并与无处不在的真善美交织在一起。

中国科幻理论的划时代建构

——推荐吴岩的《科幻文学论纲》

刘慈欣

拜读吴岩老师的《科幻文学论纲》，受益匪浅。本书有着十分独特的视角和理论框架，从科学和文学的权力场角度解读科幻，同时对科幻作家簇进行了精辟的分类，思想深刻，论据丰富而坚实。至少我是第一次见到这样的科幻理论，似乎打开了一扇窗，看到了许多以前自己很少想到的东西，对科幻文学的本质也有了更深的认识。特别是对科幻与科学的关系、科幻的边缘性等问题，发现自己以前想的还是比较简单，工科出身，没有办法。

因为科幻本身的定义都不确定，任何理论，都可以找到或建立起一个与之相适应的定义。但科幻文学真正需要的是《科幻文学论纲》这样的研究，能够从独特的视角提出自己的理论体系，而不是重复和调配已有的理论。在这点上，《科幻文学论纲》对中国科幻研究无疑具有划时代的意义。

《科幻文学论纲》把科幻作家分成以下几个类别：1.女性，2.大男孩，3.社会边缘人，4.现代化的落伍者。对各类作家在科幻文学中扮演的角色进行了精辟的论述，进而推论出科学和文学的权力场在科幻文学中是如何运作的。具体说来，女性作家用科幻对自己在两性社会中的地位进行比较温和的批判和反思，其作品中细腻隐秘的两性世界是男性作家无法触及的；大男孩关注技术和幻想，对社会和人之间的关系比较忽视；

社会底层和边缘人用科幻描述乌托邦并表现对反乌托邦的忧虑；现代化的落伍者用科幻表达追赶和超越的愿望。这样的划分给科幻作家群和科幻文学建立了一个清晰的理论框架。当然我这里的概括太简单也很不准确，想具体了解应该去看书。

用以上分类来看看自己，除了女性外，似乎其余三类中都有自己的影子。我并不赞成边缘人和现代化落伍簇的作家所表现出来的使命感，但自己的小说中有意无意总是透出这种东西。从意识深处还是最喜欢大男孩作家的作品，克拉克、阿西莫夫都属此列。感觉科幻迷所推崇的大多是大男孩作家簇。这是否意味着喜欢科幻的都是大男孩儿？在现实社会中都是想象的巨人和行动的矮子？不知道。

我对书中提到的一件事印象深刻：1920年莫斯科的一位工程师举办了一个宇宙航行的讲座，列宁看到讲座的海报并把内容抄下来，然后把那个工程师找来谈话，由此知道了齐奥尔科夫斯基并把他调到莫斯科工作。这事我以前知道，但再次看到心中还是涌起波澜。说起1920年的苏俄我们想到了什么？1919年苏联红军刚刚击溃高尔察克的白军，又面临邓尼金的大举进攻，西方的封锁和绞杀。看过《我们》较早翻译版本的读者，可能对后面附上的扎米亚金的另外两个现实题材的短篇有印象，其中一篇描写一家知识分子在严冬粮尽煤绝后，漫漫长夜里只能烧书取暖，黎明时家里的书都烧完后自杀；在老电影《列宁在1918》中，列宁的卫士长竟饿昏在他的办公室中。就是在这样被寒冷、饥饿和死亡笼罩的莫斯科，在那饿殍遍地黑暗肃杀的街道上，居然出现了宇航讲座的海报，居然有一群人在向往着飞向太空。我对他们的敬佩难以用语言表达，他们是真正的科幻人，他们的精神是科幻的灵魂。如果有一天我们也陷入这样的境地，当所有人都被残酷的现实压垮再也无法从阴沟中抬起头来，我希望能在街上贴出科幻讲座的海报，在讲座上送出无法发表的科幻新作，哪怕他们拿回去烧火取暖也好。

在此向大家推荐吴岩著《科幻文学论纲》。

目 录 | CONTENTS

引　子

直面边缘

一

　　叫嚷着要进行科幻研究已经很多年了。但是，这类文学作品到底是什么、基本构造怎样、创作目的是什么、满足了人类的哪些愿望，至今仍然众说纷纭。更重要的是，这种文学在当代的作用和未来的发展，则更是充满了尖锐的矛盾与对立。似乎研究得越多，可信服的观点越少。[1]

　　文学研究的问题不像自然科学问题那样有着客观化的大自然作为一种外在的限制物。你无论怎样解释自然科学问题，都必须符合自然界的基本构造和基本运行法则，就连极端建构主义者也必须考虑这些现实。但在由文学作品本身、作家、读者、社会环境构成的这个相互关联的总体中，除了社会环境具有相对的客观性，其他三者都纯粹落入观念和心灵的空间。在这些空间中，每一个小的元素本身都包含着与其他元素所不同的整整一个大宇宙。于是，企图获得一种任何人、任何时代、任何社会环境都能接受的、纯粹具有自然科学性质的文学理论，便只能成为一种浪漫主义的空想。

到 20 世纪的最后几年，充分肯定人类的所有理论思维都是空想的观点，已经获得了许多人的认同。从某种侧面看，后现代性的解构主义和建构主义其实一脉相承。前者冲散了从古希腊开始的那种意义中心体系，将一切知识的可靠性都悬置起来；后者则相信，至少在社会科学和人文领域中，人类的一切观念和理论都是谋划的产物。之所以有些理论优越于其他理论，不是因为这种理论更加靠近它们所描述的现实、更能预测现实，而是因为它们的提出者占据着更多资源，有着更加深厚的权力背景。于是，权力让它们的提出者充分利用传播渠道，有充足的机会说服对方，占领理论传递的空间。甚至，他们可以动用已经获得并积累的学术或非学术权力，去打压相互竞争的其他理论，让自己的理论至少在自己能控制的时代里成为通行的、被普遍接受的理论，变成课本中的真理。而客观现实呢？用一句颇具心理意义又不被心理学家所承认的话说：每个人眼中有每个人的客观现实。

心理学（还有一部分人类学、教育学）仍然由自然人这个相对客观化的外部参照物对知识和探索过程中获得的观念进行规范，还有着所谓认知上相对公共的领域；文学则是纯粹观念和心灵的空间，其所映射的外部世界，本身就是多元化和多义性的。对这种纯粹单个案例的研究，其方法超越现代实证科学是必然而然的。例如，我们可以将所谓的规律性排除于思维的范畴之外，仅仅考虑某个独特的作品对某些独特的读者和社会到底产生了怎样的作用。这种研究是完全分散的、个体化的、质性的、主观的、启示性的。例如，当"文革"后期一个渴求知识的人从封闭的图书馆里偷偷找到《海底两万里》并进行阅读的时候，他个人得到了怎样的感受，受到了怎样的震撼，他对科幻文学做出了怎样的判断、推理，他又开始了怎样的一种全新的人生里程，对他这个个体来讲，都是真实、客观而重要的。[2] 但他得到的这些思索的成果，对同时代的其他人，对其他时代的其他人，甚至对更换了时代的他自己，不具有什么真实的价值。一些人当时仍然在中国最干旱的地方为获得水资源而每天长途跋涉挑水，另一些人则可能在牛棚中接受改造，也有人可能因为种种原因而堂而皇之地找到一些当时罕见的参考书去阅读。所有这些个人的经历，对于其他人来讲，都缺乏真实性，无法真正体验和感受。但如果你能描述出这些经验，让其他人明晰在这奇异的时代中，确实有一种人在阅读这样的文本后获得了震撼，并由此选择了人生未来的路径，这件事情本身就具有价值，更多人可以从"这一个"个体跟作品、跟生活之间的交互作用，吸取有效的营养，即把某个时代、某个人跟某种文学中的某些作品之间的交流，当成他们在阅读人生这部大书时所看到的一个小小篇章。[3]这样，文学研究其实是回归到文学产生之初的状态。一些人将自己的心灵产品提供出来，另一些人在接触这些产品和产品流通中得到启迪。文学研究就是让文学产品创造更多启迪，让思想观念和思考空间加倍增值的过程。

当然，也有另一种可能。那就是文学研究本身变成一种权力的研究。所谓文本特征，还有文学的历史、语言的使用、人物的刻画等这些见仁见智的东西，没有必要再做深入的分析，也没有必要去说服对方依从你的观点。考察文学场中的权力运作现实，提供给读者在阅读一种文学作品时所应该知道的权力状况，才是文学研究的最重要的内容。事实上，当代文学场景中的文学研究，就是这么进行着的。爱德华·萨义德眼中的《黑暗的心脏》《阿依达》，无论从观念、情节还是创作出版，都已经是一种申述殖民者/被殖民者权力关系的创作物。[4]而本尼迪克特·安德森则从相反的方向上考察了泰国和印尼文学的反殖民与民族主义权力诉求。[5]当然，权力场中的文学运作不单单是一种殖民与抵抗殖民的较量，也是集中于主流意识形态的思想与非主流之外的流散的意识形态之间的较量，是政治权力与文学权力、掌握资源者与没有资源者思想之间的较量。[6]

作为一个在这样的时代从事科幻研究的个体，不可能不受这些思维成果的影响。不但如此，这种权力思维在科幻文学场中体现得更加重要。首先，科幻创作的产生和发展，确实是在科学逐渐产生重大影响的现代社会中完成的，而科学在过去的三百年中彻底改变世界、改变人类生活、改变历史进程的事实，则暗示我们必须从社会整体的权力构造中考察这类作品的产生与发展、变革与创新。其次，无论科幻小说与科学之间具有怎样的关系，科学本身在现代世界各种差异的意识形态中都获得了霸权地位这样的现实，已经让这类作品中出现了其他作品中少有的、新的、占据霸权地位的权力主体。换言之，科幻文学必须处理它跟科学之间的微妙关系。这样，传统的文学因素怎样对这个不同的新主体做出反应——臣服或者反抗——就成为一个十分明显，同时也是十分诱人的研究线索。第三，在现代商品经济冲击社会意识形态，把传统社会改造成一个商业社会的时候，科幻文学又会发生怎样的转变？科幻作家是否会臣服于金钱的霸权，放弃自己的独立价值？抑或，他们仍然将驻守自己的地位，放纵自己的呼声？

二

科幻文学[7]带给中国文化的诸多问题，早就引起了文学、文化、科学普及、科学传播、儿童教育领域的注意。从这个文类诞生之初，许多论者就已经用各种方式表达了自己的理论思考。

在中国，梁启超可能是最早对科幻文类表达关注的学者之一。他在《论小说与群治的关系》（1902）一文中，对新小说进行全面描述，并认为，这类作品对中国文化的更新具有极端重要的作用。[8]而他所谓的新小说共计十类，其中的一类，就是"哲理科学小说"[9]。梁启超还身体力行，翻译了法国科幻小说《世界末日记》《十五小豪杰》，并为这些作品创作了《译后记》或《点评》。在这些虽然零散但却颇具独特性的文字中，人们大致摸索出梁启超科幻理论的基本思路。

笔者认为，梁启超的科幻理论至少应该分成深度哲理和全新视野两个部分。首先，科幻作品应该兼顾科学和哲理，并以高深学理为核心。

在梁启超的小说分类中，科幻小说不是单独存在的，而是跟哲理小说共同占有一个空间。"哲理科学小说"是一种"专借小说以发明哲学及格致学"[10]的读物，它能够传达高深的科学学理和哲学思考。这种对科学和哲学的共同关注，导致了梁启超科幻理论与其他人的科幻理论之间的显著差异，也显现了他对西方科学的形而上学本质的洞察。与那些把科幻小说当成一种小发明或未来生活展现的创作不同，梁启超所定义的科幻，必定是那种能够深刻揭示宇宙和人生深层规律，把握自然与社会运演方向的作品。梁启超科幻理论的第二个要点，是认为科幻小说具有独特的表现手法和叙事空间。"寄思深微，结构宏伟"[11]是梁启超给《十五小豪杰》的一个批注。与另一些相关批注汇总起来，能传达出梁启超对科幻文学作为一种形而上的思考所寄托到的那种形而下的故事或物理现实状况的方法学关注。这种寄托，不但成就了科幻文学，也成就了一种认识世界的全新视角。除此之外，梁启超还在小说《新中国未来记》和杂文《少年中国说》中，为未来中国寻找到可能的前进方向和所应该遵循的路径。对这些未来主义创作实践的分析，有助于我们更好地认识梁启超的科幻文学理论与实践。

鲁迅是另一位在中国最早研究、翻译、点评、阐述科幻文学的伟人。几乎是在梁启超全面布局中国新小说的同时，鲁迅就开始了自己的科幻翻译。在1903—1906年，鲁迅翻译过四部科幻作品，以凡尔纳小说《月界旅行》和《地底旅行》最为著名。鲁迅的译文简练精准，为读者正确接受小说中的科学观念提供了良好的基础。不但如此，他还在1903年出版的《〈月界旅行〉辨言》（1903）中，正式提出了科幻小说"经以科学，纬以人情"[12]的文本构造方式，并指出"导中国人群以进行，必自科学小说始"[13]。

在宏观方面，梁启超的科幻理论更多关注中国旧文化的时代性更新，而鲁迅的观点则更多关心科学技术的引入如何能到达普通百姓；在微观方面，梁启超希望文本具有形而上的玄思，而鲁迅则希望科学能透过故事，被编织进日常生活。这样，两个学者的重要论述和实践就构成了一种两极化的文化空间。在梁启超的一极，科幻应该沿着科学上行，到达全新的哲理境界，进而破坏中国旧文化的思想根基，为中国人建立一种新的高瞻远瞩和富有想象力的另类视野。因此，梁启超的科幻思想应该是寄希望于科幻能有所创造。而在鲁迅的一极，科学应该沿着社会等级下行，尽量被纳入日常生活并渗透到寻常百姓。因为只有这样，科学作为一种思想和工具，才能真正被国人所接受。这样，鲁迅的科幻思想应该是科幻作品不必特别关心自身的创造，它更应该关心传播科学的效能。

在1902—1911年间，有更多的学者表达了他们对科幻的看法，但这些看法几乎没有超越梁启超和鲁迅所创建的那种两极文学空间。例如，海天独啸子在《〈空中飞艇〉弁言》（1903）中指出，输入科学和新概念等"西欧之学潮"的时候，科幻小说可以事半功倍。此外，他还认为，科幻作品应该是"高尚之理想，科学之观察"的总和。[14]包天笑也在其翻译的《铁世界·译余赘言》（1903）中指出，"科学小说者，文明世界之先导也。因为输入文明思想最为敏捷，种因获果。"此外，他还认为，科学小说具有亲读者性：世界上有不喜欢看科学书的，但没有不喜欢看科学小说的。[15]定一在《小说丛话》（1905）中提出了他对小说重要性的分类，指出政治小说、侦探小说和科学小说是当前三个最为重要的门类。他写道："中国小说，起于宋朝，因太平无事，日进一佳话，其性质原为娱乐计，故致为君子所轻视，良有以也。今日改良小说，必先更其目的，以为社会圭臬，为旨方妙。抑又思之，中国小说之不发达，犹有一因，即喜录陈言，故看一二部，其他可类推，以至终无进步，可慨可慨！然补救之方，必自输入政治小说、侦探小说、科学小说始。盖中国小说中，全无此三者性质，而此三者，尤为小说全体之关键也。若以西例律我国小说，实仅可谓有历史小说而已。即或有之，然其性质多不完全。写情小说，中国虽多，乏点亦多。至若哲理小说，我国尤罕。吾意以为哲理小说实与科学小说相转移，互有关系：科学明，哲理必明；科学小说多，哲理小说亦随之而夥。"[16]

此外，小说林社（1905）将小说分解为十二种，科学小说便为其中之一。小说林社还认为，科幻小说的特点是"启智秘钥，阐理玄灯"。[17]紧接着，新世界小说社报（1906）也在未署名的社论中，讨论了唯物与唯心论、进化论、世界历史、思想的重要性、宗教与科学、中国的志怪、科学可以改良小说等诸多问题。这些问题虽然与科幻文学本身无关，但当小说期刊发表了这类文章，确实在某种程度上会对科幻文学的发展起到积极作用。[18]还要提到碧荷馆主人，他在小说《新纪元》（1909）第一回中，对中国多产历史小说却又不注重其未来价值提出了担忧，并指出，最近外国有两部未来小说还比较好看，这些小说中，发达是借助了科学，科学是小说的材料。但科幻小说其实不是科学讲义，作者也不是科学专家。这段论述对科幻文学的特征、科幻与科学论文和教材的区别、科幻作家的特点等都进行了有价值的描述。[19]

与此同时，另一些学者在肯定西方科幻小说的文学和文化价值的同时，探讨了中国科幻小说创作的种种弱势和缺陷。孙宝瑄在《忘山庐日记》（1903）中针对梁启超的《新中国未来记》发表了评论。他认为，该文在未来观念的视角下的确不是一个成功的作品。在他看来，现在与未来本应是"母子关系"，但作品由于没有有效地展示现在就直达未来，使小说失去了激发人兴致的魅力。在探讨为什么该作品只写了区区五回就草草了事时，孙宝瑄提出，正是由于作品与中国当时的情况不符，导致了它肯定无法完成。孙宝瑄在批评梁启超的同时，肯定了外国科幻作品的价值，他指出："观西人政治小说，可以悟政治原理；观科学小说，可以通种种格物原理……观西人小说，大有助于学问也。"这样，外国科幻作品与喜欢胡说乱编的中国科幻作品之间就形成了一个难于跨越的鸿沟。[20]侠人则在《小说丛话》（1905）中指出，科学小说是西洋文学的特色，而中国没有此种文类。他还坦言，是中国科学的不兴，导致了科幻的不兴。不能将这些归咎于中国小说家不够努力。如果中国科学兴盛，那中国作家写起科学来，可能比外国作家更强。[21]新庵在《海底漫游记》（1907）中指出，当代科幻小说家简直是乱写，这样的作品无法达到文化先锋目的。他还发现了一本盗版的科幻小说，对此，他给予严厉斥责。对中国特色科幻小说到底应该如何撰写，定一很早就提出了自己的观点："中国无科学小说，惟《镜花缘》一书足以当之。其中所载医方，皆发人之所未发，屡试屡效，浙人沈氏所刊《经验方》一书，多采之。以吾度之，著者欲以之传于后世，不作俗医为秘方之举，故列入小说。小说有医方，自《镜花缘》始。以小说之医方施人而足见效，尤为亘古所未有也。虽然，著者岂仅精于医理而已耳，且能除海盗海淫之习惯性，则又不啻足为中国之科学小说，且实中国一切之铮铮者也。至其叙唐敖、林之洋、多九公周游列国，则多以《山海经》为本。中国人世界主义之智识素浅，固不足责。其述当时才女，字字飞跃纸上，使后世女子，可以闻鸡起舞，提倡女权，不遗余力。若嘲世骂俗之快文，可为社会一切之圭臬者，更指不胜屈。由是言之，著者实一非常人也，用心之苦，可慨已，惜其名不彰。"[22]

民国以后，对科幻的理论思考继续拓展。例如，管达如在《说小说》（1911）中将小说分解成九种，也把科学小说列为其中之一。与侠人一样，管达如认为，科学不发达造成了中国科幻小说的落后。他在比较科幻小说与普通小说的差别时认为，普通小说的要领较虚，而科学的要领却是实征（证），二者似不相容。但由于科学发展已经创造了奇迹，所以，事奇斯文奇，这就是科幻之所在。在这里他提出，如果中国有既懂科学又懂文学的人参与创作，他们的作品将会在小说界别开生面。[23] 成之在《小说丛话》（1914）中也将小说分成九种，科学小说位居其一。在他看来，科学小说是借小说输进科学智识。小说具有教育性，是杂文学，比纯文学趣味要少，但比读科学，则趣味良多。也就是说，成之眼中的科学小说是一种趣味教育之作。遗憾的是，在他看来，国内作家科学水平太差，所以很少出现有价值的作家和作品。[24]许与澄（1915）对科学小说的题材进行了研究，他认为，科学小说应该撰写国学相关的题材：科学小说最有益于学子。然近世所传科学小说，大都限于医、理各科，无涉及国学者。宜按照游记体裁，作为地理小说；

按照笔记体裁，作为历史、经学等小说。要以滑稽为主，不如此则不能引人兴味也。[25]

以上描述基本展现了五四运动前后科幻理论的发展状况，从中可以看出，在中国科幻小说的创生时代，事实上存在着诸多讨论，诸多对立观念。随着时代的变迁，这些讨论和观念逐渐变得更加复杂多样。但科幻作为一种富于想象力的文学，作为一种可能为中国找到更多出路、更好发展路径的文学的所谓"梁启超式"思维，随着讨论逐渐式微，而强调科幻应该是一种吸纳西方文明、倡导科学精神、传播正确知识的"鲁迅式"思维，随着讨论逐渐壮大，在科幻文学领域内，科学作为一种霸权的雏形渐渐显露。

随着更多现代西方科幻小说的翻译和引进，特别是两次世界大战前后英国作家赫伯特·乔治·威尔斯作品的大量发行，亦有一些中国学者就此思索科幻文学的更多秉性。[26]1921年，清华小说研究社（1921）在自己发行的小说创作手册中特别提到了威尔士（即威尔斯）的火星人故事，认为这部小说是在读者共同承认的前提下进行构造，把火星上的人类形容得生气勃勃、近情近理。虽然是"乌有先生"和"空中楼阁"，但作家的技巧和布局，使小说成为上乘作品。[27]这是继梁启超和鲁迅等人之后，对科幻文本构造方式的再一次深化讨论。次年，瞿世英在《小说月报》（1922）上发表文章，从科学精神的角度将威尔斯和左拉相互并列。作者认为，左拉的自然主义小说和威尔斯的科学小说，都是以科学家的实验为观察方法创作的作品。这种作品以知识为依据，能破除空中楼阁的玄想。评论还认为，只有在科学势力所不及的地方，直觉和理想才能参与小说创作。文章进而讨论了科学精神的三种贡献，这三种贡献是：一、小说家的材料增加了不少。小说家更学了一种新的方法。二、小说家因受了科学的濡浸，对于人生肯老老实实地写出来……这真是近代小说的特别优点。三、因为科学发展，人们的世界观与人生观都改变了，于是小说家也不得不改其对于人生之见解，从另一个方面去观察人生。[28]这位作家还指出，虽然科学精神可给小说家提供很好的资源，但也会在某些方面给文学造成损失。首先，注重事实会轻视想象，并由此失去精神的真理。其次，人不是机器，用唯物主义方法进行的探索，可能会损失精神层面的东西，减少人的同情，造成文学"吃了科学的亏"。由于科学和文学都以求真为要务，"所以，现在的小说家不可无科学常识。"由于上述分析已经进入到非常恰切的科幻性质、科幻与文学的关系、科幻与科学的关系等问题的讨论，因此，这篇论文的重要价值亟待深入发掘。

1940年，顾均正再度借威尔斯的小说阐述自己的科幻观念。他在自己改写的短篇小说集《在北极底下·序》（1940）中谈到，自从"八一三"之后，英国作家威尔斯的小说《未来世界》曾经在中国风行。这其实反映了英美科幻创作的情况。但是，威尔斯的小说其实并不科学，其中的幻想常常令人误解。为此，顾均正着手改进出一类不会被误解的科幻小说。[29]

上述通过对威尔斯作品的评论所生发、意在针对科幻小说特征进行的讨论，由于存在着威尔斯作品的标尺，可以很容易地从理论导入实践再返回理论。这样的讨论对中国科幻文学的发展、对增加人们的科幻意识作出了积极的贡献。不但如此，这种针对作品进行的思索也可以针对中国作家的作品展开。例如，杨世骥就在《文苑谈往》（1945）中对吴趼人的《新石头记》进行了肯定，但同时也指出，这是一篇幻想幼稚、架空、荒谬的作品。[30]

除了聚焦于某位重要作家的作品进行分析，科幻研究也在跨文类的更大的范围内展开。例如，周作人在一篇题为《科学小说》的文章中认为，国内的一些人希望在中国广泛地推行科学小说发展，这种做法本身可能存在着问题。至少在儿童文学中，童话是不可能被科学小说所替代的。因为童话与孩子们是相通的，而科学小说中如没有科学解释，便不是科幻小说，但科学部分会过分枯燥，阻碍了作品与孩子们之间的相通。这篇文章虽然主旨并非科学小说，但作者对科幻小说性质的思考，科幻与儿童文学关系的认识却相当深入，无疑应该是中国最早反思科幻与儿童文学关系的理论文献。[31]再例如，阿英在《晚清小说史中分析了小说的不同种类，在谈到科学小说一类时，他认为这是一类有科学和文化内容的作品，可惜的是，这类作品在中国本土作家的创作中没有成就。[32]

全面分析从1902—1949年新中国成立之前的科幻理论研究状况，可以发现如下一些有趣的现象。首先，所有文章都仍然显得过分短小，不能对全部思想进行核心性阐述，这样表达的观点不免片面。但另一方面，也给许多未阐述的部分留下了相当大的猜测空间。因此，继续发掘晚清到民国科幻理论的宝库，一定能为我们的科幻理论研究提供更多灵感。其次，这一时期的科幻理论跟创作的发展虽然有所交通，但相互关系远没有后来发展得那么密切。毋宁说，在这一时期，理论家多数传达的是自己对这类文学的思考与期待，但是否创作能够证实他们的设想与期待，则是另外一个问题。多数情况下，结果可能恰恰相反。这也是许多积极的科幻倡导者最终停止了科幻倡导的原因。这一点也为今天的科幻研究应该怎样介入今天的科幻创作提出了警示。最后，这一时期的科幻理论研究既从文类角度进行大的跨界限思索，也从具体的文本构造方面进行结构思索；既从文化价值等社会学方面思索，也从科学知识的准确性等技术细节方面思索。因此，这一时期科幻思想所具备的全息性和包容性，是中国任何一个时期所没有出现过的。更多、全面、准确的分析工作，还需要在未来展开。虽然许多问题至今仍然没有定论，但从上述一些理论文本的分析中可以看出，至少在新中国成立之前，中国科幻理论研究领域已经确立了科学的霸权。虽然梁启超主张科幻应该探索哲理，鲁迅主张科学与人情应该平衡交织，但至少积累到20世纪40年代中后期来看，强调科学应该在文本中占据主导地位的文章已经占据了多数，且少有看到反驳的观点。

新中国成立以后，有更多报刊短文和作品的序跋针对科幻理论问题进行专题阐发。这样文章的数量，至今仍然没有一个可靠的估计，笔者推测也许为数百篇。在这些文章中继续跳动着大量的创造力的火花。例如，费明君在苏联科幻小说《加林的双曲线体》译后记（1952）中盛赞阿·托尔斯泰的预见能力，认为他看到了美帝国主义者想要侵占各国、独霸世界的野心和隐藏在民主主义中的阴谋。译者认为，托尔斯泰的幻想小说有一种特征，那是"善于用历史的姿态描绘出过去、现在、未来的人类生活"[33]。他对小说的宏大规模、世界性表示肯定，认为作者将资本和科学的对立、个人英雄主义和集体主义的对立等都置于世界这个大舞台上，静观他们的生死搏斗。在创作方面，费明君提到了作家如何阅读科学书籍，如何去请教科学院院士。他还认为，这部小说吸取了侦探小说的手法，吸引住了读者的兴味，并且，是给苏维埃大众小说带去了新的题材。无疑，是一本健康的小说。再例如，王石安在《探索新世界》译后记（1952）中谈论了科幻文学在中国的意义，他认为，科幻在中国的喜闻乐见不是偶然的。这种受欢迎的情况出自两个原因：第一，人们在学习了科学后，想做更多阅读；第二，这类作品中的故事结合人们的生活，比较易于被接受。此外，他还特别提到，鲁迅早就介绍过科幻。看来是要以此增加自己翻译外国科幻作品的说服力。王石安的评论将科幻与科学的位置的颠倒，认为科幻是阅读了科学技术著作之后的补充读物这一想法，在中国科幻思想史上还是第一次出现。这种颠倒的作用和对未来中国科幻思想发展的影响，值得深入分析。在讨论科幻应该具有一种怎样的综合特征时，作者指出，科学小说可以作为灌输科学知识的工具，在此之外还可以促进读者的思想，提高创造新事物的幻想。也正是因此，这种小说，在苏联直接被称为"科学幻想小说"[34]。科幻小说可以使读者面对自然之谜，以假想的方式提出某种新发现的方法，进入目前尚不可知的自然境界。此外，他还指出，科幻小说以科学法则为基础，但科学只是在作品中被运用，它必须使故事情节达到圆满的解决。作者还引用略普诺夫的话为幻想未来辩护。在介绍了苏联科幻发展的历史同时，王石安还对中国科幻作品进行了评价和评判，认为中国过去创作和翻译的科幻，都是站在资产阶级立场上的。[35]从上述简介中读者可以发现，有关科幻小说的科普工具论，自此已经由苏联文学译者引入。

除了对苏联作家的介绍，西方作家的少数作品也在被介绍和被批评的行列。例如，徐克明就在《威尔斯的"隐身人"》（1956）中指出，威尔斯的小说，更应该被当作是批判资本主义社会的小说，是社会性小说。但上述将科幻文学中的社会生活与文化批判部分毫不留情地清理出科幻小说领地的做法，其实也是受到苏联科幻理论影响的结果。[36]

到 20 世纪 50 年代中期，由译著者"后记"或报刊上对科幻图书发表的评论文章中吸纳苏联科幻理论与思想的现象非常见。凡尔纳小说再度进入中国之后，对凡尔纳的评价也从清末民初那种独立判断转向更多接受苏联影响。就连凡尔纳选集中一些译本，也是取道俄文转译的。因此，清理苏联科幻理论对中国科幻理论工作者或作家的影响，便成为今天一个不可回避的重要任务。

1956 年，《知识就是力量》杂志社发表郑文光以俄文原版为基础的译作《谈谈科学幻想》（1956）[37]，该文对苏联模式的科幻功能论进行了陈述。文章写道：教科书叙述着有益事物，给我们知识，文艺作品使我们思考，科学幻想作品则教我们去想象未来。[38]这一描述把科幻文学与科学教科书相比较，事实上表达了苏联科幻论者对科幻文学属于严肃作品的基本思考。但是，作者继续写道：不应当把幻想小说理解为未来的精确预言。在许多情况下，幻想是运用了科学文艺形式。……在文学读物中，重要的是另一回事，作家告诉读者的是，为什么必须解决这些问题，它给人们一些什么？[39]这一描述又将科幻小说的文学属性进行了很好的展现。可以肯定，苏联的科幻文学，是严肃文学中的一种，而不是流行小说。因为，苏联正在进行着人类前所未有的伟大共产主义尝试，"在这样伟大的行动中，科学幻想作品完成了它巨大的作用，它启发着人类的愿望，向科学家指出研究课题"。作家并不是想预言未来。他只是说："我们想在未来看到这个那个……"[40]启发人去朝向科学的愿望，朝向理想，是科幻作品的最终目标。在郑文光译文发表的同一年，中国青年出版社出版了苏联评论家 O. 胡捷的论著《论苏联科学幻想读物》。该书更加系统地阐述了苏联科幻理论的核心，即必须创作出与资本主义生产方式具有显著差异的新生产社会，展现出这个社会中人的关系，正确地预见科学创新，并给青少年普及科学知识。所有这些，都强烈地影响了中国科幻评论的发展方向。

由于苏中友好协会的强烈推荐，苏联科幻理论读物《技术的最新成就与苏联科学幻想读物》（1959）被余仕雄和余俊雄兄弟翻译成中文，并由科学技术出版社出版。[41] 这是一本苏联科幻理论汇编集，主要撰稿人之一略普诺夫是苏联文学理论家，不单单对科幻作品进行批评，同时也做纯文学批评。略普诺夫的《技术的最新成就与苏联科学幻想读物》是文集的第一篇，其中展示了苏联科幻创作的目的论和内容论。在目的论方面，作者认为，过去科学上的英雄事业和幻想，现在已经成为寻常事实。科学家是头脑清醒的人，正在做有根据的未来幻想。此处他举例说，苏联科学院院长涅斯米杨诺夫就曾经讲过："这是幻想小说里的事情吗？不！这正是苏联科学所在做的工作。"[42] 而这些未来工作到底会怎样？科学工作者对未来的想象是什么？科学幻想读物负有回答这个问题的使命，并且正在回答这个问题。凡尔纳、齐奥尔科夫斯基、奥布鲁切夫等人的科幻作品，正是用小说或特写的形式，为读者展开一幅化幻想为现实的图景。这里提到的两位苏联作家均为科学家，且都在创作科幻作品。科幻作家们"正在未经阐明的领域内进行它的研究工作"。[43]

在科幻内容论方面，略普诺夫认为，幻想作品中所描写的、已经实现的事物，在科技中不过刚刚有眉目，因此往往推动发明家去解决问题。有时，幻想家的大胆想象，远远超过时代的技术。近年来科幻的特点，是面向现代生活中最有前途的科学技术问题。作者大量分析历史上的和最先进的航天技术，并对照国内和国外的宇航作品，指出其中实现的和正在实现的部分。作家还进行了小说文学方面的分析，指出哪些作品过分单调，哪些作品负荷了社会生活等。对人物和情节上的不足也有所指出。由文章可以看到，这位理论家不但熟悉苏联国内的作家与作品，也对西方作品非常熟知。他认为，西方作品的优点在于构思奇特，而思想性方面和技术性明显不足。文章还就海洋、电子控制、电脑与机器人题材、分析化学、原子物理学与半导体科技、大规模环境改造和未来世界的面貌等题材进行了专题讨论。作者的一句话语非常有趣，他指出："虽然说反过来：美丽的空想与科学很远，任何时候没有实现的可能，但科学技术思想的最新成就，却'出乎意外地'成了这一类中某些作品的基础，结果，空中楼阁变成了有科学根据的幻想了。"在这里，他还举出威尔斯《时间机器》中的反重力装置、凡尔纳《从地球到月球》中的大炮、别利亚耶夫《水陆两栖人》中的带有鱼肺的人体和《康爱齐星》等作品中的人造卫星作为证据，认为这些幻想都正在成为现实。[44]

　　文集中第二篇重要的文章是斯·波尔塔夫斯基的《论科学幻想作品中一些悬而未决的问题》，该文从科幻定义的重要意义和科幻小说中人的描写两个方面入手。在定义方面，作者指出，原有对科幻的定义是"描写出在写书的那段时间中不可能实现的事物"[45]。然而，当前的问题是，幻想越来越难以赶上科学发展的速度。作者引用凡尔纳的话说，无论我如何杜撰、如何臆造，比起真实的东西来还是逊色的，因为科学成就超过想象力的时代已经来到了。[46]有鉴于此，一些人提出未来预测方面的"取消论"，认为，既然科幻小说无法预测未来，就应该去普及科技成就。波尔塔夫斯基反对取消论，他指出，科幻不单单是为预见而做，这种文学的内容应该是多方面的，特别是进入社会主义之后，技术虽然是生活中的必要环节，但提高小说的社会意义才是最重要的事情。纯粹写技术的科幻作品，就是脱离现实的作品。作者的这些思想，至今仍然很有启发意义。

　　进一步，作者分析了当时流行在科幻领域中的两个定义。第一个定义是著名作家别利亚耶夫提出的，那就是"把不存在的东西描写成为已经存在的"，此乃科幻作品的任务和特征。[47]遗憾的是，论者分析后指出，这样的定义会将社会未来小说或民间故事包容进去，不适合科幻定位。第二个定义则来源于苏联大百科全书，认为科幻是"实际上还没有实现的科学发现和发明，但科学技术已有的发展一般已为它的实现准备了条件"[48]。对此作者又指出，这样的定义无法涵盖那些描写回到过去的科幻作品。况且，在他看来，以发明作为基础的科幻作品已属过时。

在批判了这些观点之后作者提出，科幻文学必须是人的文学，他写道："前面已经说过，这种前景乃是：当一切科学部门迅速地发展和分类得极细的时候，科学发现和发明愈来愈少地成为幻想作家预见的因素，愈来愈多地由将来的变成了现在的。因而在不久的将来，不是发明的本身，而是人在利用它的无限可能性之中的组织作用，将不可避免地成为创作科学幻想作品的基础。这个重心已经开始由机械和科学理想转移到人的身上来了，已经超出苏联大百科全书为科学幻想作品所下定义的范围了。"[49]恰恰是重视对人的描写，才是科幻文学之所以成为文学的核心所在。但是，作者在这里提出，以往的小说所撰写的状况已经或正在发生，作家可以寻找模板进行观察，而科幻小说作家需要解决如何表现"未来人"的问题。

为了论证作家怎样进行未来人的创作，波尔塔夫斯基分析凡尔纳和威尔斯的创作，他认为凡尔纳是浪漫主义、乐观、有科学预见的典型，而威尔斯则是现实主义、悲观、较少科学预见的典型。与此相比，托尔斯泰的小说《阿爱里塔》则是创造性与想象力的双重胜利。一方面，作家撰写了20世纪20年代俄国革命之后的重大转变，这一转变导致了人类依靠科学技术去征服宇宙；另一方面，作品又预料了一种科幻创作的新路：那就是以人为主导，以技术作为从属。作者认为，科幻作家应该根据马克思对社会发展的看法去研究如何描写未来的人。这里所谓的未来之人，指的是在阶级消灭之后，人的空闲增加，而创造性活动成为人的主要活动。

波尔塔夫斯基在自己的文章中还指出，那种用"科学的可能性"去局限科幻小说的做法，是不可取的，是不了解科幻的性质、规律，不了解社会主义现实主义的无限可能性造成的。他还批评苏联科幻小说创作"至今"仍然没有鲜明的形象出现的现状。

著名科幻作家卡赞采夫撰写的《科学幻想读物》一文，主要论述科幻创作是一种创新过程。作者指出：科学幻想跟科学的假设相近。它可以由假设产生，也可以产生假设。[50] 作者还将读者作为苏联科幻作品中发明过程的参与者。在一种广义的科幻服务现实论的指引下，作者认为，叙述被实现着的幻想，将要成为苏联科幻作品发展的主线。"我们每天的成就都在为我国人民服务；科学幻想文学、科学幻想作品也应该如此"[51]。与波尔塔夫斯基一样，作者批评那种想将科幻局限在现实的说法。他指出，应该对现实抱着批评的态度："政治抨击"也应该是苏联科幻作品的一个重要枝干。当然，他举例所做的批评，一概是苏联作家如何批判西方资本主义的种种现象。卡赞采夫最后写道：苏联幻想作家的使命是：创作和我们时代相称的作品。在谈论明天的时候，不要落在今天的后面。幻想应该奔放而不受羁绊，语言应该精炼，人物应该鲜明有力，能以其模范行为和思想去教导青年。[52]

苏联科幻理论的引入、科幻作品的翻译和对诸如凡尔纳等作家作品的广泛推广，导致了新中国科幻理论的重新建构。其中，苏联科幻思想起到了重要的作用。所谓的苏联科幻思想，简单地说就是：科幻文学应该是科学发现的先导，应该撰写社会主义和共产主义的新人。1958 年，郑文光在《往往走在科学发明的前面——谈谈科学幻想小说》（1958）一文中就全面展现了这些观念所造成的影响。[53] 作家在这篇文章中主要论述了三个问题。

首先，他定义了科幻是一种描写未来的文学式样，这种文学应该跟科学具有紧密的关系。他写道："科学幻想小说就是描写人类在将来如何对自然做斗争的文学式样。"因为科学使幻想成为现实，因此，科学是科幻产生的基础。科幻要立足科学理论，且必须有科学根据。他举苏联作家阿达莫夫的《驱魔记》为例，认为科学幻想小说作者经常利用科学家们的一些天才的、尚未付诸实践的思想和设计去撰写作品。更有名

17

的例子应该是别利亚耶夫的小说《康爱齐星》，这部作品的基础，是康斯坦丁·爱·齐奥尔科夫斯基的宇宙航行理论。虽然科幻必须有科学的基础，但郑文光认为，作品并不一定要寻求精确的科学验证。他写道："然而，这决不是说，科学幻想小说是未来人类的生产活动和生活的最精确的预言。……因而，科学幻想小说的作者就无需像科学家那样依靠千百次观测、反复的实验、穷年累月的计算去建立科学的假说，只要不违反基本的科学原理，作家完全有权利在作品中加进自己的想象，自己的愿望，自己的天才臆测。想象力，这是一切文学作品中不可缺少的重要因素，在科学幻想小说中尤其如此。在这个意义上说，科学幻想小说正是继承了古典的神话和民间传说的传统，而成为具有充分的浪漫主义特点的一个新的文学类型。"不寻求精确，也就意味着科幻允许在技术问题上违反科学（原理）。郑文光为此还举例凡尔纳的小说《从地球到月球》，指出其中炮弹飞行的速度不足以使其到达月球。当然，不是说所有科幻小说都存在着科学上的问题或违背，郑文光也指出，一些科幻作家可以采取大胆假设来阐述卓越的科学思想。他举例叶菲烈莫夫的小说《星船》对外星球来客的描写，认为是非常好的作品。

其次，郑文光指出，科幻的感染力源于小说的故事、文字、形象和其中的精神力量。科幻不同于教科书和科学文艺读物，这类作品是通过文字感染力量和美丽动人故事情节，形象地描绘现代科技无比的威力，指出人类光辉灿烂的远景。用美妙的想象力启发和培养科学爱好，号召人们在征服自然中立功并向科学技术进军。这里他还引用列宁对幻想的评价作为支持科幻作品的理由。

最后，在讨论如何更好地繁荣科幻事业时，郑文光认为科幻的阅读需要指导，此外，他还对当前的创作现象进行了若干批判。

笔者认为，郑文光的这篇论文，是新中国早期科幻理论论述方面的最重要的文本。从中不但可以发现苏联科幻理论的影响，更可以发现中国作家在探索科幻创作道路上遇到的种种障碍和克服障碍的设想。文中对科幻与科学之间辩证关系的探索，已经隐含表达了消解科幻中科学霸权的潜在意向。可惜的是，郑文光的这些思想在随后的一段时间中并没有激发出更多回应。

　　非常明显的事实是，从 1949 年新中国建立到 1966 年整整 17 年的中国科幻理论演进，放弃了此前那种多元包容的，将文化先锋、文化批判、哲理生成、科学传播共融一炉的范式，转而将讨论集中到业已形成的、被苏联科幻理论强化的"以科学作为基础、以未来发展作为目标"的相对较小的思考范畴。笔者认为，这种新范式跟早期的那种范式之间的明显断裂性，主要是由于意识形态的大变革所造成，此外，也受到苏联理论的强化。但是，在接受苏联理论的同时，并未完整准确地将其中"文学与人的关系"掌握好，因此，科幻在中国便逐渐地退化为一种向儿童普及科学知识的文学。这一时期的创作也显得缺乏活力，没有一部长篇小说出现，也没有一部真正能够供成人阅读的作品。由于受苏联理论风潮的影响，加上无产阶级专政理论和马克思主义世界革命理论的介入，中国的科幻文学建立起一种以思想性为核心的评定标准。这里所说的思想性，主要指一种对社会主义和共产主义的肯定，对资本主义和帝国主义的否定。这一点在 1966 年《科学画报》发表的自我批评文章中表现得相当明显。该文针对早先发表的一篇苏联科幻小说《苏埃玛——一个机器人的故事》（1963）中出现的思想问题进行了反省，指出这样一篇讲述机器可能战胜人的小说之所以能够发表，表明编者没有真正掌握好马克思主义。[54]

　　1976 年，中国科幻小说开始复兴。在此期间，叶永烈成为中国创作最多、质量最高、成就最显著的科幻作家。他在创作之余所撰写的《论科学文艺》（1980）[55] 中设计了专门章节，讲述科幻文学的基本理论。这是至今为止中国最早出版的、仍然具有重要参考价值的、包含大量科幻理论内涵的专著。书中不但概述了科幻历史，专题介绍了凡尔纳、威尔斯、阿西莫夫和伽莫夫等科幻作家，还对科幻的特点、想象力、构思、典型人物和典型环境、悬念运用、科学性等做了专门的描述。在叶永烈看来，科幻小说至少有如下三个要素，这些要素后

来被叶永烈写入了《中国大百科全书》（第一版，1978—1993）和蒋
风主编的《儿童文学教程》（1993）并产生了巨大的影响。在叶永烈
看来，科学幻想小说是通过小说来描述奇特的科学幻想，寄寓深刻的
主题思想，具有"科学""幻想""小说"三要素，即它所描述的是
幻想，而不是现实；这幻想是科学的，而不是胡思乱想；它通过小说
来表现，具有小说的特点。[56]

　　更多作家和学者也在繁荣的科幻创作面前希望找到以科幻小说为核
心内容的科学文艺的真谛。例如，刘后一就曾指出，科学与文艺都是古
已有之的人类文化产物，而且，在人类的历史上，科学与文艺亦经常结
合在一起。由于整个文章针对的不单单是科幻文学，因此，只能选取作
者谈到科幻文学的部分。这部分重点在分析科学文艺作品的科学性。刘
后一指出，"在科学文艺中，经常可能出现这种或那种错误，这是不足
为奇的。因为科学是很复杂的，而文艺要求全面看问题（当然科学也愈
来愈感到必须综合地研究大自然了）。前面说过，穷一个人毕生之力，
都很难看到某一学科的端倪。科学之谜还多得很，甚至愈来愈多。很多
问题连科学家都还在争论中，能要求一个科普作家什么都精通么？"[57]
这是一种非常朴素、坦白，但却具有说服力的话语，作者创作过《"北
京人"的故事》《"半坡人"的故事》等对古人类生活进行玄想的作品，
因此这些论述确实是有感而发。高士其也在为《科幻海洋》杂志创刊撰
写的长文中，对科幻文学进行了非常具体和细致的探索，他写道："科
学小说或科幻小说，是以小说的体裁，描写人在科学领域内的实践活动
的，它应具有小说的特点。它有故事情节，有典型形象的塑造，有人物
性格的刻画。人类探索、认识和征服自然的活动，有着丰富的内容。"[58]
郑公盾在《我们需要科幻作品——祝〈科幻海洋〉创刊》（1981）和
给《科学文艺》撰写的发刊词中都认为，阅读科幻作品能使人像呼吸
早晨的新鲜空气一样浑身舒服，"科学幻想是生活的必需"，能使人"为
之一振"。[59]郑公盾还在《提倡科学文艺》（1980）一文中指出，"科
学文艺，是科学，也是文艺"[60]。"科学文艺创作，首先是为特定的

科学知识、科学内容服务的。科学文艺倘不能表现特定的科学主题，描写的是不科学、伪科学，甚至是反科学的东西，那当然谈不上是科学文艺作品。其次，科学文艺又必须具有一般文艺作品的特性，首先它要通过一系列艺术形象的描写来表现科学，使读者情不自禁地、潜移默化地受到感染和教育。"[61] 饶忠华受到一系列作品的启发，又分析了当时一些科幻作家的创作心得认为：科幻小说与普通小说不同，普通文学作品中只有一个人文构思，而科幻作品在这个人文构思之外，还有一个科学幻想的构思。这就是后来俗称的"两个构思"理论。"两个构思"理论其实是对科幻文学多种属性的一种形象描述，在饶忠华看来，任何科幻作品都必然有两个构思，而成功作品应该是两者结合的典范。饶忠华还指出，科幻文学的如下社会功能已经被肯定：第一，诱导人们热爱科学；第二，使人们从中获得知识和启示；第三，有助于强化大脑功能。[62]

鉴于国内科幻的繁荣和科幻理论争论的逐渐兴起，对重新寻求西方科幻理论资源的要求也越来越迫切。1982 年，美国匹兹堡大学文学院教授菲利普·史密斯到上海外语学院访问时采用科幻作品教授英文的做法，使中国读者和学生再一次跟西方科幻作品、特别是科幻理论相遇。在那个时候，负责这个课程的中方教师吴定柏就开始紧紧跟随西方科幻发展的脚步，一方面将西方科幻作品译介到国内，另一方面试图将中国作品翻译到国外。在他的协助下，史密斯参加了上海科普作家协会会员的交流，并为以叶永烈为代表的上海科普作家提供了大量信息。此后，吴定柏还在西方主编了第一部英文版中国科幻小说选。[63]

以上海为基地进行西方科幻译介的作者还包括陈渊和郭建中。陈渊是上海译文出版社的编辑，他翻译了大量短篇科幻小说并将科幻史上的开山之作《弗兰肯斯坦》译成中文。郭建中不但参加了多个中国作品向国外的翻译计划，在杭州大学建立了科幻小说研究中心，还在20 世纪 90 年代将美国作家詹姆思·冈恩的《科幻之路》全部译成中文。

在北京，长期从事西方文学研究的中国社会科学院外国文学研究所的王逢振则在 1979 年 7 月 25 日、8 月 8 日、8 月 22 日连续三次在《光明日报》发表《西方科学小说浅谈》（1979）一文，从理论上和实践上概述了西方科幻发展的历程。该文总共分成三个部分，探讨了科幻作品与科学、社会的关系并提出了一系列自己的看法。在科幻与科学方面，王逢振认为，"科学小说与西方科技发展有密切关系"[64]。他论述说，"一般来说，优秀的科学小说具备以下两点：首先符合当代的科学事实，其次在预示科学发展方面有突出的见解。科学小说与科学常常是一致的，而且许多科学发明没有应用之前，就在科学小说里得到描写。"[65]

"当代科学小说涉及到科学的各个方面。然而科学小说毕竟只是利用文学来表现科学技术的发展和它对社会的影响，并不是对科学定理做严密的论证。因此，它常常包含这样一些概念：实验的证据可以在其他时间或地点再现，实验的结果可以脱离实验而独立出来，理智和推理的结果可以表示决定性的预见，并且测量的参数和变数可以根据需要而加以改变。当然，这些概念在小说里常常彼此矛盾，但并不影响小说所要表现的主题。"[66] 王逢振的分析不是简单的理论推演，相反，他还拿出物理学、数学、能源、生物学、心理学方面的西方科幻作品作为例证。在谈到科幻作家的构成时他指出，"实际上，不少科学小说的作者本身就是科学家或科技工作者，他们的作品常常是科学研究和实验的真实记录"[67]。恰恰是这种跟科学的无限接近，导致了西方科幻作品跟科学之间的那种深入和广泛的联系。在讨论科幻与社会的关系时，王逢振指出，"任何一种文化都有它自己对社会的看法。这种看法随着历史条件的变化而发生变化。十九世纪末，当科学的唯物主义在西方刚刚立足的时候，它与宗教和神话严重对立。伴随着它的是关于社会发展的结局和科学应用于生活的小说的繁荣。这种小说充满了空想主义和乐观主义，在二十世纪二十年代中期，完善了科学小说这一独特的文学品种。"[68]

"这一时期，乌托邦主义的题材盛行，但也出现了不同的意见。某些作家虽然承认科学知识有益于人类条件的改善，但却怀疑事情是否会永远这样。"[69] 王逢振还特别探讨了时代精神与科幻作品之间关系，他指出：

"从以上的叙述里我们可以看出，科学小说与社会的关系非常密切。它不仅因社会条件的改变而发生变化，而且对社会的发展也产生相当大的影响。所以西方有人说，科学小说可以称之为'警世文学'。"[70] 当然，科幻小说不排斥科普行为。"由于科学小说通过描写科学和科学的发展来表现作家的看法，所以它在客观上还起了传播科学知识的作用。科学知识一经与科学想象结合，就会给人以遐想、启示和力量，从而引起科学创新，促进科学的发展。"[71] 在这个地方，王逢振援引了鲁迅在《月界旅行·辨言》中的观点，他评价说："很明显，鲁迅认为用文艺来传达科学思想是非常有效的方法，而科学小说正是传达科学思想的最好的文艺形式之一。实际上，自从凡尔纳以来，许多科学小说在传播科学知识方面都起了重大的作用。文艺应该服务于人民的需要，应该起鼓舞和教育作用，所以有人说，优秀的科学小说具有科学启蒙的作用。"[72] 由于仍然受到"文革"时期对西方文学认知的影响，因此，王逢振对西方科幻作品的评论也表现出一定程度的迟疑。例如他写道："科学小说在西方世界依然是方兴未艾，但出现了两种不同的发展趋向，一种是追求离奇的情节，执迷于神秘怪诞的冒险，缺乏思想性和科学性；另一种是表现科学与社会的关系，描写科学的发展和社会的变化，富有深奥的哲理和科学的预见。"[73] 从现在的观点看，追求情节和冒险，并非科幻文学的缺陷，恰恰相反，科幻文学是古典冒险文学和情节小说的继承者。科学性的多少，也是一个见仁见智的事情。在讨论过西方科幻定义和一些理论之后，王逢振也对当时的西方科幻文学可能对中国造成的危害进行了预见。他指出，在西方文学史中科幻文学并没有占据可能的位置，对这点，他的解释有如下四个：第一，这些作品曾经出现在低级杂志上；第二，正统的文学研究者可能对这类作品不屑一顾；第三，一些人无视科幻力量的强大；第四，不可否认，科幻创作中有低劣作品存在。在全文的结尾，王逢振引用剑桥大学学者霍尔的观点指出：人们说最低级的作品可以从科学小说里寻找，我认为此说无可厚非。因为一提起科学小说，立刻令人想到那些可怕的流行杂志。我在此地要提出另一种相反的主张：将来最高级的作品亦须在科学小说中发掘。

王逢振的这篇长文，在当时的中国科幻文学领域中引发了强烈的反响。许多作者从这篇文章中看到了新中国成立之后长期被忽略的西方科幻文学，竟然发生了如此多、如此大的变化，确实地感到中国科幻文学在赶上世界前沿的道路上还有着相当长的距离。但也从此获得了巨大的刺激和推动，认识到西方科幻文学确实是中国作家学习想象力的宝库。这一举动进一步强化了科幻文学的引进工作和科幻理论的发展。江苏科技出版社遂邀请王逢振等人为核心成员，形成编辑团队，出版了《科学文艺译丛》。该译丛直接翻译了当时刚刚出版的美国评论家罗伯特·斯科尔斯的《科幻小说》的部分章节。《光明日报》还根据美国《读者文摘》杂志的文章发表的瞿昭旗摘译的《科学幻想之父》（1979）[74]一文，提供了许多关于凡尔纳鲜为人知的趣闻轶事，更新了人们对这位科幻大师的看法。

在20世纪70年代末到80年代初，黄伊主编了两本影响重大的科幻研究论文集，它们是《作家论科学文艺》（一、二辑）[75]和《论科学幻想小说》[76]。两本文集收录了此前最重要的、见诸报刊的国内外科幻理论文章，还邀请一些当红作家撰写了自述或论文。在台湾，吕金鲛（吕应钟）出版了《科幻文学》（1980）[77]、沈西城于1983年出版《我看倪匡科幻》（1983）[78]。包括《大众科学》（1983）[79]、《海洋儿童文学研究》（1985）[80]等也出版了科幻专号。

上述有关20世纪中叶中国科幻理论的发展描述，省略了这一时期一系列围绕科幻的最重要的争论。这些争论围绕科幻作品的技术细节、科幻作品的功能、科幻作品的性质等多方面进行，交织着文学与社会、科学与文化、现代化的中国文明与西方外来冲击之间的复杂观点的博弈。以科幻作品的性质为例。从晚清开始的那种对科幻文学属性的争论，不但没有被新时期的繁荣的创作和理论争执所终止，反而被继续扩大。1978年童恩正的《珊瑚岛上的死光》获得全国短篇小说奖后他受邀撰写创作心得，在这篇文章中他第一次提出，科幻文学的主要目标不是科学普及，而是传达一种科学的人生。这一说法竟然获得了全国作家的交相呼应。大家认为，这样的宣示推翻了压在作家头上的巨石，打开了通向自由创作的道路。但理论工作者却认为，对于科幻文学，此种放弃了科学作为小说核心的观点无疑是"灵魂出窍"，有损繁荣。很快，这场纯粹的文学争论跟其他争论一起，被诉诸政治权力的裁决。有关这一时期的详细过程，将在本书第一章中详细讨论。因为它清晰地传达了科学霸权和政治霸权联姻后影响科幻文学发展的十分典型的社会学案例。

从 20 世纪 90 年代到 2010 年的整整 20 年中，中国的科幻文学基本摆脱了政治压力，转而面对商品经济潮流的冲击，走出了一条从疲弱趋向繁荣的新的通路。

1991 年，四川《科幻世界》杂志开始占据中国科幻发展的中心位置，主持召开了三次世界科幻会议，培养了多位新作家，提振了科幻文学的士气。《决斗在网络》（星河）、《生命之歌》（王晋康）、《三体》（刘慈欣）、《红色海洋（片段）》（韩松）等作品，还获得了广泛的读者认可。《科幻世界》杂志也因为其在商业上的成功，赢得了许多出版工作者的赞赏，在高等学校，出现了研究这个刊物发展成熟的多篇学位论文。此后，这一杂志会同全国其他出版社一起，推出了大量西方科幻文学名著，使国内读者真正见到了久已听说、但从未阅读过的国外科幻经典。

在这期间，科幻理论研究出现了三个特别令人感兴趣的现象。

首先，科幻理论专著出版量有所增加，其中最多的是对国外科幻理论的译介。像克里斯蒂安·黑尔曼的《世界科幻电影史》（1988）[81]、法国学者让·加泰尼奥的《科幻小说》（1998）[82]、英国学者约翰·克卢特的《彩图科幻百科》（2003）[83]、韩国学者郑载承的《与物理学家一起看电影》（2003）[84]、美国学者威廉·欧文编的《黑客帝国与哲学：欢迎来到真实的荒漠》（2006）[85]、英国学者亚当·罗伯茨的《科幻小说史》（2010）[86]等相继被译成中文出版，给中国读者看到了西方科幻文学的主要理论脉络。而英国作家彼德·科斯洛特的《凡尔纳传》（1982）[87]、法国作家让·儒勒—凡尔纳的《凡尔纳传》（1999）[88]、法国作家奥利维埃·迪马的《凡尔纳带着我们旅行》（2003）[89]、让-保尔·德基斯的《科学诗人凡尔纳》（2007）[90]、英国作家米歇尔·怀特的《阿西莫夫：逸闻趣事》（1999）[91]、美国作家阿西莫夫的《人生舞台——阿西莫夫自传》（上下册）（2002）[92]、英国作家 D.J. 泰勒[93]和美国作家杰弗里·迈耶斯[94]的两本《奥威尔传》（2003，2007）、英国作家 N. 默里的《赫胥黎传》（2007）[95]、美国作家多萝西·胡布勒和托马斯·胡布勒的《怪物——玛丽·雪莱与弗兰肯斯坦的诅咒》（2008）[96]等科幻作家传记的出版，则给中国作家和读者提供了鲜活的创作过程的个案。

1990 年后的 20 年中，科幻理论著作在各地的出版量都有所增长。1991 年，杜渐在香港出版了《世界科幻文坛大观》（一、二册，1991）。[97]由杜渐和李逆熵（李伟才）等编辑的《科学与科幻丛刊》（1990）[98]总共出版六期，其中也发表过一定数量的学术文章。1996 年，李逆熵在香港出版《挑战时空——遨游奇妙的科幻世界》（1996）[99]，再度认真探索科幻文学的理论问题。在台湾，洪凌出版了《魔鬼笔记——科幻、魔幻、恐怖、怪胎文本的混血论述》（1996）[100]和《倒挂在网路上的蝙蝠》（1999）[101]、张系国出版了《V 托邦》（2001）[102]、吕应钟和吴岩出版了《科幻文学概论》（2001）[103]、叶李华主编了 2003 科幻研究学术会议论文集《中文科幻研究：过去、现在与未来》（2003）[104]和《科幻研究学术论文集》（2004）[105]、黄海出版了《台湾科幻文学薪火录 1956—2005》（2007）[106]、傅吉毅出版了《台湾科幻小说的文化考察》（2008）[107]。此外，《幻象》（1990—1993）[108]、《幼狮文艺》（1993，1994，1997）[109]、《中外文学》（1994）[110]《科学月刊》（1998）[111]和《诚品读书》（2000）[112]等都大量发表科幻理论文章或编辑过有关科幻理论的学术专号。

在内地，韩松出版了《想象力宣言》（2000）[113]、金二出版了《接入"黑客帝国"》（2003）[114]、孙昊出版了《解码黑客帝国》（2003）[115]、郑军出版了《科幻小说：预言与真相》（2003）[116]、阿一出版了《黑客帝国发烧手册》（2004）[117]、郭建中出版了《科普与科幻翻译：理论、技巧与实践》（2004）[118]。尹传红出版了《幻想：探索未知世界的奇妙旅程》（2007）[119]、杨晓帆出版了《〈我，机器人〉导读》（2007）[120]、江晓原出版了《我们准备好了吗：幻想与现实中的科学》（2007）[121]、杨鹏出版了《科幻类型学》（2010）[122]、姜倩出版了《幻想与现实：二十世纪科幻小说在中国的译介》（2010）[123]。与正式出版物同时印行的，还有几本未正式出版的科幻教学和会议文集。例如，吴岩于 1991 年主编的《科幻小说教学研究资料》（1991）[124]由北京师范大学教育管理学院印行，总共 1000 册，虽未正式出版但影响颇大。姚海军编辑的科幻理论刊物《星云》（1993—2006）获得了全国科幻迷和一些作家的支持，总共出版 30 余期，发表了大量重要的科幻理论文章。此外，《科幻世界》杂志主编的《97'北京国际科幻大会论文集》（1997）[125]和《2007 中国（成都）国际科幻·奇幻大会文集》（2007）[126]也具有很高的学术价值。

其次，互联网的产生使过去只能由作家反思、读者应对的科幻理论研究模式彻底改变，出现了"科幻理论网""中国科幻研究工作坊""科幻网""飞翔网科幻论坛"等特别重要的科幻网站，先后走出了郑军、兔子等着瞧、三丰等在网络上颇具人气的科幻研究者，更出现了《边缘》《新幻界》《幻想新刊》等网络刊物。网络科幻研究具有交互性，当帖文出现后，立刻可以引发读者的关注并进行点评，而作者也可在这种点评中不断改进，丰富自己的观点和改进论述技巧。正是因为网络的人气作用，许多作家也相继开始了网络生活，他们在新浪等网站开设的博客，吸引了大量读者围观。

最后，也是最重要的现象是，进入 21 世纪以来，香港、台湾和内地相继成立了以科幻研究为主要内容的学术团体。以香港中文大学王建元（目前已经转移到树仁大学）、台湾交通大学叶李华、北京师范大学王泉根和笔者为领导的三个中心，都希望将科幻研究作为一个主要领域进行专题性探索。与此同时，在大学本科、硕士甚至博士学位的论文中，科幻文学研究也蓬勃发展起来。21世纪以来，在台湾，以科幻研究作为主题的博硕士论文已经超过100篇。在内地，以科幻为主题的博硕士学位论文总数也开始大幅度增加。而北京师范大学则获得了全国第一个专门对科幻文学的理论和学科体系进行探索的社科基金项目。

纵观本世纪之交的20年时间里，中国科幻研究可以发现，无论从论著的数量和质量上都已经跟过去大不相同。在科幻文本的构造、科幻的社会功能、科幻与科学的关系、科幻与商品经济的关系等方面，中国科幻研究的领域正在全面拓展，形成了六个方面具有标志性的成果。

第一，在内容方面，1990—2010年的科幻研究强调跟当代文学理论和文化理论思潮的全面接轨。例如，王德威、杨联芬、林健群等对晚清科幻小说现代性的关注，使人们更加深入地观察中国文化转型时代科幻文学的作用。[127] 而陈平原、吴岩、方晓庆、任冬梅则从小说中科学的由来、科学观的展演、晚清科幻中的激进与保守、晚清科幻作品名称的演变等方面，对科幻现代性的发生发展进行了微观描述。[128] 张治、胡俊和冯臻等还将科幻的现代性问题拓展到新中国直至改革开放之后的当代，吴岩提出，科幻是关于现代性的文学，科幻既是现代化过程的描述者，又是现代化过程的参与者[129]。在现代性理论之外，女性主义也被用于科幻分析。包括王建元、陈洁诗、彭浪等人的研究，不但剖析了科幻小说的女性主义本质，也对女作家的创作进行了全面分析和评估[130]。

第二，在深入研究西方科幻理论的背景基础上，对国外科幻理论的整体图景和相互关系获得了更加深入的理解。例如，王建元对从后现代科幻理论和女性主义科幻理论所进行的深入剖析[131]、贾立元从欧美文化左派和文化右派针对科幻的不同态度上发现了思想的建构与解构之间的对抗等。后者还将这种对抗分析方法引入到中国科幻作家和作品研究之中，取得了初步成果[132]。

第三，在研究方法上力求采纳多种方法以达到全方位的探索效果。仅以如何研究科幻中的科学为例，吴岩采用了心理学中构筑内隐概念的方法研究了中国大学生对科幻文学内隐概念的建构[133]，江晓原采用类型统计学方法研究了数千部科幻电影的科学主题[134]，高福军利用文化研究法探测火星题材科幻作品的原型和含义[135]，房立华采用生态文学研究法探索了中国科幻中人与自然的关系主题[136]，刘妮采用叙事学方法分析了韩松小说中的时间错位[137]，吴岩和方晓庆采用文本细读方法，研究了中国早期两部科幻作品中的科学观念[138]，郭凯用科学史学方法研究刘慈欣科幻小说中的科学叙事方式[139]。所有这些多元的方法，都在不同侧面解析了科幻文学中的科学存在方式。

第四，对中国科幻文学发展中一些具有重要价值的历史资源进行了抢救性发掘。例如，吴岩、陈洁、陈宁等对郑文光的研究[140]，肖洁对童恩正的研究[141]，鲁礼敏对潘家铮的研究[142]，董仁威、尹传红和杨虚杰对一系列新老科幻作家的专访[143]，吴岩在北京师范大学科幻课程中对赵世洲、冷兆和、余俊雄等进行的"中国科幻口述史"记录[144]，以及杨鹏、王泉根、杨蓓等对 20 世纪 90 年代科幻发展的研究[145]，都在一定程度上综合抢救了相关的历史信息。

第五，出现了一系列新的、引人入胜的争论焦点。例如，2003 年葛红兵与王泉根的争论，引导大家重新反思科幻文学在儿童文学（或儿童文学在科幻文学）中的合法地位。[146]而以哈利·波特系列小说为代表的奇幻文学的兴起，则将科幻文学与奇幻文学的关系提上了科研的议事日程。此外，科幻文学到底应该属于类型文学还是主流文学，也仍然处于焦灼的争论之中。

第六，组织社会力量，进行了大规模的"科幻与民族自主创新能力开发研究"，通过对知名科学家的访谈、对 5 大报刊的 458 份问卷的分析，以及对科幻作家、编辑、理论家等的征稿，获得了科幻与民族自主创新关系方面的肯定性证据。[147]

本节简单地描述了过去一个多世纪里中国科幻文学研究领域所展示

的理论图景。读者可以发现，这些研究大致可以归入想象性和描述性两个大的类别之中，而且以想象性研究为多。想象性研究的作者以自己对科幻文学的标识和领域作为自己想象的空间，以应然方式探索科幻理论。由于在进行想象性研究的作者之间、研究的结果跟创作现实之间都有巨大的差距，因此，在一定程度上想象性研究的繁荣也造成了今天科幻研究中莫衷一是的复杂局面。另一类研究以现象描述为主要方法，试图实事求是地展示科幻作为一种文学类型和文化过程，但这类研究者要么将科幻文学当成一种自身具有活力的主体，要么则把领域分解成不同个体独特现象。而一旦采纳了统一的活力领地的视角，则研究者的成就已经升级到整体性的解读，即跳入了想象研究的范畴。另一方面，采纳个体结合成整体的方式进行工作，则可能堕入分散和零星，堕入一个个渺小的、无法归纳和推论的独特性空间。因此，为了摆脱这种想象和描述之间的两极分化，就需要探索一种从"中观"的水平研究科幻文学的方法。如果说单独的作品属于微观世界，整个科幻领域的整体面貌或整体历史属于宏观世界，那么作为连接两大世界的中观层次，选择作家应该比较恰当。笔者认为，在当前的状况下，迅速展开一项关于作家层次的研究，将有助于宏观与微观结果的相互结合，有助于将想象性与描述性研究统一起来。

三

为了完成上述工作，从 2004 年起，北京师范大学中国儿童文学研究所以笔者的名义申报国家社会科学基金并成功获得资助，展开了一系列工作。[148] 我们的工作分成三个阶段。第一阶段是科幻研究的地基清理阶段。将国内外科幻理论进行汇编和整理，形成了《现代性与中国科幻文学》（2006）[149]、《贾宝玉坐潜水艇：中国早期科幻研究精选》（2006）[150]、《现代中国科幻文学主潮》（2011）[151]、

《在经典和人类的旁边：台湾科幻论文精选》（2006）[152]、《科幻·后现代·后人类：香港科幻论文精选》（2006）[153]、《亲历中国科幻：郑文光评传》（2006）[154]等六本中国科幻研究文集和王逢振主编《外国科幻论文精选》（2008）[155]、詹姆逊等著《科幻文学的批评与建构》（2011）、奥尔迪斯著《亿万年大狂欢——西方科幻小说史》（2011）、苏恩文著《科幻小说变形记》和《科幻小说面面观》（2011）、阿西莫夫著《阿西莫夫论科幻小说》（2011）等六本外国科幻理论文集。[156]上述十二本文集为中国科幻理论研究的未来发展奠定了基础。为了增加社会对科幻文学的了解，第一阶段还出版了吴岩和吕应钟合著的《科幻文学概论》（2001）。

研究的第二阶段，综合多种力量组织编写了《科幻文学理论和学科体系建设》（2008）[157]一书。该书从科幻小说的基本概念、基本理论、各语种科幻的发展、科幻批评、科幻教学、科幻资源等方面，全方位综述了东西方科幻文学的现有观点。力图全面反映科幻文学多种流派的多种成果，并勾画出科幻研究的学科体系面貌。

研究的第三阶段，是根据上述十四部作品完成一个新的、有关科幻文学的中观理论建构。这一工作由研究的主要负责人主持。在吸取各方面咨询经验的基础上，笔者决定直接采纳当代最受重视的权力视角关注科幻场域中的权力运作，并将思考的着眼点放在科幻作家簇的分析上。全书的编写工作持续了两年，最终得到的是这本《科幻文学论纲》。因此，现在读者所见到的这最后一部作品，其实是全部系列丛书的一个总结，更是课题的总结。用专著的形式总结整理了科研团队、特别是我个人在2004—2010年中对科幻文学理论梳理后获得的一些思考的心得。

在那些年中，笔者辗转反侧，多次搭建出论述的框架又多次推倒重新勘测。曾经试图进行过的结构主义分析，由于元素之间零散不能被统一而被放弃。第二次搭建的结构中出现了文化转移框架，由于缺乏更多不同文化的差异状况描述也遭到了放弃。最终，笔者回到作家这个中观层面，并力图从揭示创作动机开始自己的思考。我自问，在多年以科幻迷／科幻作家身份生活的过程中，我自己最想解决的问题到底是什么？我最想向世人证明的到底是什么？我的答案竟然出现得那么简单："我想证明科幻是一种伟大的文学。想证明我所投身的这种文学是一种值得投身的、重要的文学形式。"我为什么会这么想？我周围的科幻作家是否也跟我一样有着共同思考？回答不言自明。我发现我们竟然生活在文学的底层、文化的底层、社会的底层。作为一个科幻迷，你不得不受到周围人们的另眼相看。不得不被当成一种怪物或怪人存在且行动。难怪那么多科幻迷要联合起来相互取暖，难怪那么多科幻作家要不厌其烦地等待着主流文学界的肯定去证明自己的伟大。

一旦这样的观念闪过脑海，你将对过去自己的所作所为感到好笑。试图对科幻进行结构主义的分析，装模作样地把它当成主流文学进行研究的想法是多么愚蠢！试图从科幻历史中寻求帮助的方法又显得多么无济于事！但是，如果放弃崇高、放弃自尊，像其他 20 世纪 90 年代之后的流行文学一样将科幻文学当成商品来展示，你又不可能甘心情愿。

换一种全新的、以文学和社会霸权为基础的思路观察科幻现象，又会怎样？

本书提供的就是这类思考的完整答案。全书的第一章，概述了科幻文学处于边缘的基本状况，从文学与社会所给予科幻的地位和科幻作家试图逃避等级歧视的行为上再度确认被排斥、被边缘化的现实。从第二章到第五章，分别从四个重要的科幻作家群体——女性、大男孩、边缘人、现代化进程中的落伍者及其作品——中探查他们各自的科幻文学展现，研究各类作家给科幻的整体带去了什么特性。第六章将上述四个部分综合考察，探索科幻文学的本性到底应该怎样。尾声部分则一方面总结，另一方面对一些尚未深入研究的问题做出提示。

笔者认为，科幻文学是非主流人群采用非主流的方式在现代化过程中发出的喊声，由于确实处于文学和社会生活的非主流位置，因此，无论从思想性、情感性、行动性和文本构造方式上，科幻文学都具有独有的特征。科幻作家在作品中呈现的诸多抱怨、反抗、建构、反思，通过认知系统内的实验去面对社会的方式，抚慰了时代变迁下受伤的心灵，为未来的社会发展带去了有价值的思考和体验。而科幻所创造的想象的社会产品、科幻所营造的种种想象的图景，给人类以鼓励和警示。科幻在许多方面跟主流文学保持恰当的距离，这反而给它在大文学中确定了独特的、无可替代的位置。深入研究科幻文学对主流文化的反抗过程和反抗方式，可以更加清晰地理解当代社会的文化多样性，特别是对第三世界国家处于边缘位置的社会文化崛起过程，都将带去积极作用。

注释

[1] 考察当前通行的科幻理论著作可以发现，专家们研究的侧重点各不相同。对科幻文学的定义，众说纷纭、莫衷一是。其中，一些有关科幻的未来发展问题可参考韩松、吴岩、刘秀娟在《文艺报》上的一次对话。详见韩松，吴岩，刘秀娟.科幻文学期待新的突破[N].文艺报，2006-09-09.

[2] 吴岩.亲历中国科幻三十年[N].文艺报，2008-12-20.

[3] 杨虚杰.亲历中国科幻三十年：个人史与社会史[J].科普研究，2009（6）：91-96.

[4] 萨义德.文化与帝国主义[M].李琨，译.北京：生活·读书·新知三联书店，2003.

[5] 本尼迪克特·安德森.想象的共同体：民族主义的起源与散布[M].吴叡人，译.上海：上海人民出版社，2005.

[6] 朱国华.文学与权力：文学合法性的批判性考察[M].上海：华东师范大学出版社，2006.

[7] 科幻小说长期被称为科学小说。有关这一名称的由来过程，可以参考任冬梅

的硕士学位论文《1902—1912："科学小说"命名及其背后的意义》［D］. 北京：北京师范大学，2010.

［8］饮冰.论小说与群治之关系.新小说（第一号）［M］//陈平原，夏晓虹.二十世纪中国小说理论资料（第一卷）1897—1916.北京：北京大学出版社，1997：50-54.

［9］梁启超提出的十类新小说包括：历史小说、政治小说、哲理科学小说、军事小说、冒险小说、侦探小说、写情小说、语怪小说、札记体小说和传奇本小说。新小说报社.中国唯一之文学报《新小说》.《新民丛报》十四号（1902）［M］//陈平原，夏晓虹.二十世纪中国小说理论资料（第一卷）1897—1916.北京：北京大学出版社，1997：58-63.

［10］新小说报社.中国唯一之文学报《新小说》.新民丛报（第十四号）.1902［M］//陈平原，夏晓虹.二十世纪中国小说理论资料（第一卷）1897—1916.北京：北京大学出版社，1997：62.

［11］少年中国之少年.《十五小豪杰》译后语（选录）.新民丛报（第二号）.1902［M］//陈平原，夏晓虹.二十世纪中国小说理论资料（第一卷）1897—1916.北京：北京大学出版社，1997：64.

［12］周树人.《月界旅行》辨言［M］//月界旅行.东京：进化社.1903［M］//陈平原，夏晓虹.二十世纪中国小说理论资料（第一卷）1897—1916.北京：北京大学出版社，1997：67.

［13］周树人.《月界旅行》辨言［M］//月界旅行.东京：进化社.1903［M］//陈平原，夏晓虹.二十世纪中国小说理论资料（第一卷）1897—1916.北京：北京大学出版社，1997：68.

［14］海天独啸子.《空中飞艇》弁言［M］//空中飞艇.明权社.1903［M］//陈平原，夏晓虹.二十世纪中国小说理论资料（第一卷）1897—1916.北京：北京大学出版社，1997：106-108.

［15］吴门天笑生.铁世界·译余赘言［M］//铁世界.上海：上海文明书局，1903：1.

[16] 定一.小说丛话（节录）.新小说（第二十号）.1905［M］// 陈平原，夏晓虹.二十世纪中国小说理论资料（第一卷）1897—1916.北京：北京大学出版社，1997：99.

[17] 小说林社.谨告小说林社最近之趣意.车中美人.1905［M］// 陈平原，夏晓虹.二十世纪中国小说理论资料（第一卷）1897—1916.北京：北京大学出版社，1997：173.

[18] 未署名.论科学之发达可以辟旧小说之荒谬思想.新世界小说社报.1906［M］.陈平原，夏晓虹.二十世纪中国小说理论资料（第一卷）1897—1916.北京：北京大学出版社，1997：206-209.

[19]（清）碧荷馆主人.新纪元［M］.桂林：广西师范大学出版社，1909.

[20] 孙宝瑄.忘山庐日记（癸卯六月一日，光绪二十九年）.1903 重印版［M］.上海：上海古籍出版社，1983.

[21] 侠人.小说丛话（节录）.新小说（第十三号）.1905［M］// 陈平原，夏晓虹.二十世纪中国小说理论资料（第一卷）1897—1916.北京：北京大学出版社，1997：97.

[22] 定一.小说丛话（节录）.新小说（第二十号）.1905［M］// 陈平原，夏晓虹.二十世纪中国小说理论资料（第一卷）1897—1916.北京：北京大学出版社，1997：97-98.

[23] 管达如.说小说［M］// 陈平原，夏晓虹.二十世纪中国小说理论资料（第一卷）1897—1916.北京：北京大学出版社，1997：397-412.

[24] 成之.小说丛话（节录）［M］// 陈平原，夏晓虹.二十世纪中国小说理论资料（第一卷）1897—1916.北京：北京大学出版社，1997：438-479.

[25] 许与澄.关于《小说月报》之一得.致《小说月报》编者书（节录）［M］// 陈平原，夏晓虹.二十世纪中国小说理论资料（第一卷）1897—1916.北京：北京大学出版社，1997：535.

[26] 有关威尔斯这时期的许多作品在中国的发行情况，可参照当时的著作前言和后记。

［27］清华小说研究社.短篇小说的结构.短篇小说做法（第四章）［M］//
　　　严家炎.二十世纪中国小说理论资料（第二卷）1917—1927.北京：北
　　　京大学出版社，1997：124.

［28］瞿世英.小说的研究（上篇）［M］//严家炎.二十世纪中国小说理论资
　　　料（第二卷）1917—1927.北京：北京大学出版社，1997：250-251.

［29］顾均正.在北极底下［M］.上海：文化生活出版社，1940.

［30］杨世骥.文苑谈往［M］.上海：中华书局，1945.

［31］周作人.科学小说［M］//雨天的书.石家庄：河北教育出版社，2002.

［32］阿英.晚清小说史［M］.南京：江苏文艺出版社，2009.

［33］费明君.译后记［M］//阿·托尔斯泰.加林的双曲线体.费明君，译.上
　　　海：泥土社，1952：601.

［34］在英美文学的词汇中，没有科幻小说的说法。Science fiction 直译就是科
　　　学小说。但 fiction 也有想象、非现实、非真实的含义。只有俄文科幻小
　　　说一词，才将幻想作为一个独特的元素纳入其中。

［35］王石安.译后记［M］//伐·奥霍特尼柯夫.探索新世界.王石安，钱君
　　　森，译.上海：潮锋出版社，1955：336-337.

［36］徐克明.想象未来，往往是科学成就的先导［M］.北京：《知识就是力量》
　　　杂志社，科学大众，1956：431.

［37］郑文光，译.谈谈科学幻想.知识就是力量［M］.北京：《知识就是力量》
　　　杂志社，1956：25.

［38］郑文光，译.谈谈科学幻想.知识就是力量［M］.北京：《知识就是力量》
　　　杂志社，1956：25.

［39］郑文光，译.谈谈科学幻想.知识就是力量［M］.北京：《知识就是力量》
　　　杂志社，1956：25.

［40］郑文光，译.谈谈科学幻想.知识就是力量［M］.北京：《知识就是力量》
　　　杂志社，1956：25.

［41］余俊雄.中国科幻口述史之余俊雄谈往事.吴岩记录.新浪博客——幻想的边
　　　疆［M/OL］.2010-06-14.

［42］布·略普诺夫.技术的最新成就与苏联科学幻想读物［M］//布·略

普诺夫.技术的最新成就与苏联科学幻想读物.余士雄，余俊雄，龚洪华，译.陈善基，余士雄，校.北京：科学技术出版社，1959：1-45.

[43] 布·略普诺夫.技术的最新成就与苏联科学幻想读物［M］// 布·略普诺夫.技术的最新成就与苏联科学幻想读物.余士雄，余俊雄，龚洪华，译.陈善基，余士雄，校.北京：科学技术出版社，1959：1-45.

[44] 布·略普诺夫.技术的最新成就与苏联科学幻想读物［M］// 布·略普诺夫.技术的最新成就与苏联科学幻想读物.余士雄，余俊雄，龚洪华，译.陈善基，余士雄，校.北京：科学技术出版社，1959：1-45.

[45] 斯·波尔塔夫斯基.论科学幻想作品中一些悬而未决的问题［M］// 布·略普诺夫.技术的最新成就与苏联科学幻想读物.余士雄，余俊雄，龚洪华，译.陈善基，余士雄，校.北京：科学技术出版社，1959：77.

[46] 斯·波尔塔夫斯基.论科学幻想作品中一些悬而未决的问题［M］// 布·略普诺夫.技术的最新成就与苏联科学幻想读物.余士雄，余俊雄，龚洪华，译.陈善基，余士雄，校.北京：科学技术出版社，1959：79.

[47] 斯·波尔塔夫斯基.论科学幻想作品中一些悬而未决的问题［M］// 布·略普诺夫.技术的最新成就与苏联科学幻想读物.余士雄，余俊雄，龚洪华，译.陈善基，余士雄，校.北京：科学技术出版社，1959：102.

[48] 斯·波尔塔夫斯基.论科学幻想作品中一些悬而未决的问题［M］// 布·略普诺夫.技术的最新成就与苏联科学幻想读物.余士雄，余俊雄，龚洪华，译.陈善基，余士雄，校.北京：科学技术出版社，1959：102.

[49] 斯·波尔塔夫斯基.论科学幻想作品中一些悬而未决的问题［M］// 布·略普诺夫.技术的最新成就与苏联科学幻想读物.余士雄，余俊雄，龚洪华，译.陈善基，余士雄，校.北京：科学技术出版社，1959：103-104.

[50] 亚·卡赞采夫.科学幻想读物［M］// 布·略普诺夫.技术的最新成就与苏联科学幻想读物.余士雄，余俊雄，龚洪华，译.陈善基，余士雄，校.北京：科学技术出版社，1959：109.

[51] 亚·卡赞采夫.科学幻想读物［M］// 布·略普诺夫.技术的最新成就与苏联科学幻想读物.余士雄，余俊雄，龚洪华，译.陈善基，余士雄，校.北京：科学技术出版社，1959：107.

［52］斯·波尔塔夫斯基.论科学幻想作品中一些悬而未决的问题［M］//布·略
　　　普诺夫.技术的最新成就与苏联科学幻想读物.余士雄,余俊雄,龚洪华,译.陈
　　　善基,余士雄,校.北京:科学技术出版社,1959:110-111.

［53］郑文光.往往走在科学发明的前面——谈谈科学幻想小说［M］//科学普及
　　　出版社.怎样编写自然科学通俗作品.北京:科学普及出版社,1958.

［54］参见《科学画报》为徐康学《清除〈苏埃玛〉所散布的毒素》一文的编
　　　者按.其中谈到,小说中所宣扬的"机器胜于人"和"人将为机器所主宰"
　　　的论点是反动的,反科学的,完全违反了毛主席关于人与物关系的科学
　　　论断.见徐康学.清除《苏埃玛》所散布的毒素［J］.科学画报,1966
　　　（7）:296.

［55］叶永烈.论科学文艺［M］.北京:科学普及出版社,1980.

［56］蒋风.儿童文学教程［M］.太原:希望出版社,1993:502-526.

［57］刘后一.科学与文艺［M］//《地质报》编辑部.科普作家谈创作.北京:
　　　地质出版社,1980:56.

［58］高士其.祝贺《科幻海洋》的诞生［M］//《科幻海洋》编辑部.科幻海洋
　　　（第一辑）.北京:海洋出版社,1981:2-3.

［59］郑公盾.我们需要科幻作品——祝《科幻海洋》创刊［M］//《科幻海洋》
　　　编辑部.科幻海洋（第一辑）.北京:海洋出版社,1981:14.

［60］郑公盾.提倡科学文艺［M］//光明日报《科学》副刊组.科苑百花集（第
　　　一集）.北京:科学普及出版社,1980:5.

［61］郑公盾.提倡科学文艺［M］//光明日报《科学》副刊组.科苑百花集（第
　　　一集）.北京:科学普及出版社,1980:5.

［62］饶忠华.智慧之光［M］//《科幻海洋》编辑部.科幻海洋（第二辑）.北京:
　　　海洋出版社,1981:12-18.

［63］文汇报讯.应科普创作协会邀请——史密斯教授谈美国科学幻想小说［N］.
　　　文汇报,1980-05-24.

［64］王逢振.西方科学小说浅谈［N］.光明日报,1979-07-25;1979-08-08
　　　和1979-08-22.

［65］王逢振.西方科学小说浅谈［N］.光明日报，1979-07-25；1979-08-08
　　　和 1979-08-22.

［66］王逢振.西方科学小说浅谈［N］.光明日报，1979-07-25；1979-08-08
　　　和 1979-08-22.

［67］王逢振.西方科学小说浅谈［N］.光明日报，1979-07-25；1979-08-08
　　　和 1979-08-22.

［68］王逢振.西方科学小说浅谈［N］.光明日报，1979-07-25；1979-08-08
　　　和 1979-08-22.

［69］王逢振.西方科学小说浅谈［N］.光明日报，1979-07-25；1979-08-08
　　　和 1979-08-22.

［70］王逢振.西方科学小说浅谈［N］.光明日报，1979-07-25；1979-08-08
　　　和 1979-08-22.

［71］王逢振.西方科学小说浅谈［N］.光明日报，1979-07-25；1979-08-08
　　　和 1979-08-22.

［72］王逢振.西方科学小说浅谈［N］.光明日报，1979-07-25；1979-08-08
　　　和 1979-08-22.

［73］王逢振.西方科学小说浅谈［N］.光明日报，1979-07-25；1979-08-08
　　　和 1979-08-22.

［74］瞿昭旗摘，译.科学幻想之父［M］//光明日报《科学》副刊组.科苑百花
　　　集（第一集）.北京：科学普及出版社，1980.

［75］黄伊.作家论科学文艺［M］.南京：江苏科学技术出版社，1980.

［76］黄伊.论科学幻想小说［M］.北京：科学普及出版社，1981.

［77］吕金鲛.科幻文学［M］.台北：照明出版社，1980.

［78］沈西城.我看倪匡科幻［M］.台北：远景出版社，1983.

［79］《大众科学》1983 年第 4 期为科幻专号。

［80］《海洋儿童文学研究》1985 年第 8 期为科幻专号。

［81］克里斯蒂安·黑尔曼.世界科幻电影史［M］.陈钰鹏，译.北京：中国电影

出版社，1988.

[82] 让·加泰尼奥.科幻小说 [M].石小璞，译.北京：商务印书馆，1998.

[83] 约翰·克卢特.彩图科幻百科 [M].陈德民，魏华，罗汉，王怡，王晋，
　　　译.上海：上海科技教育出版社，2003.

[84] 郑载承.与物理学家一起看电影 [M].陈利刚，王超，译.海口：海南出版社，
　　　2003.

[85] 威廉·欧文.黑客帝国与哲学：欢迎来到真实的荒漠 [M].张向玲，译.上海：
　　　上海三联书店，2006.

[86] 亚当·罗伯茨.科幻小说史 [M].马小悟，译.北京：北京大学出版社，
　　　2010.

[87] 彼德·科斯特洛.凡尔纳传 [M].徐中元，王健，叶国泉，译.吴呵融，校.桂
　　　林：漓江出版社，1982.

[88] 让·儒勒—凡尔纳.凡尔纳传 [M].刘板盛，译.长沙：湖南科学技术出版
　　　社，1999.

[89] 奥利维埃·迪马.凡尔纳带着我们旅行：凡尔纳评传 [M].蔡锦秀，章晖，
　　　译.桂林：广西师范大学出版社，2003.

[90] 让-保尔·德基斯.科学诗人凡尔纳 [M].袁文燕，译.北京：作家出版社，
　　　2007.

[91] 米歇尔·怀特.阿西莫夫：逸闻趣事 [M].叶秀敏，苏隆中，译.呼和浩特：
　　　内蒙古人民出版社，1999.

[92] 艾萨克·阿西莫夫.人生舞台：阿西莫夫自传 [M].黄群，许关强，译.上
　　　海：上海科技教育出版社，2002.

[93] 杰弗里·迈耶斯.奥威尔传 [M].孙仲旭，译.北京：东方出版社，2003.

[94] D.J.泰勒.奥威尔传 [M].吴远恒，王治琴，刘彦娟，译.上海：文汇出版社，
　　　2007.

[95] N.默里.赫胥黎传 [M].夏平，吴远恒，译.上海：文汇出版社，2007.

[96] 多萝西·胡布勒和托马斯·胡布勒.怪物：玛丽·雪莱与弗兰肯斯坦的诅咒
　　　[M].邓金明，译.上海：上海人民出版社，2008.

[97] 杜渐.世界科幻文坛大观（一、二册）[M].香港：现代教育研究社有限公司，1991.

[98] 杜渐.科学与科幻丛刊[M].香港：三联书店，1990.

[99] 李逆熵.挑战时空——漫游奇妙的科幻世界[M].香港：香港教育图书公司，1996.

[100] 洪凌.魔鬼笔记——科幻、魔幻、恐怖、怪胎文本的混血论述[M].台湾：新闻出版社，1996.

[101] 洪凌.倒挂在网路上的蝙蝠[M].台北：新新闻文化事业股份有限公司，1999.

[102] 张系国.V托邦[M].台北：天下文化出版股份有限公司，2001.

[103] 吕应钟，吴岩.科幻文学概论[M].台北：五南图书出版股份有限公司，2001.

[104] 叶李华.中文科幻研究：过去、现在与未来[C].台湾交通大学图书馆科幻研究中心，2003.

[105] 叶李华.科幻研究学术论文集[C].新竹："国立"交通大学出版社，2004.

[106] 黄海.台湾科幻文学薪火录（1956—2005）[M].台北：五南图书出版股份有限公司，2007.

[107] 傅吉毅.台湾科幻小说的文化考察（1968—2001）[M].台北：秀威资讯科技股份有限公司，2008.

[108] 由张系国创办的专门科幻文学杂志，从1990到1993年总共出版八期，每期发表相关科幻理论文章，出版者为幻象杂志社。

[109] 《幼狮文艺》在1993、1994年、1997年发表了大量科幻方面的论文，为王建元开设了专栏。

[110] 中外文学杂志社.科幻专辑[M].台湾：中外文学杂志社，1994.

[111] 《科学月刊》在1998年发表过较多的科幻评论和研究文章。

[112] 《诚品读书》在2000年发表了较多的科幻相关文章。

[113] 韩松.想像力宣言[M].成都：四川人民出版社，2000.

[114] 金二.接入"黑客帝国"[M].北京：人民文学出版社，2003.

[115] 孙昊.解码黑客帝国[M].北京：中国华侨出版社，2003.

[116] 郑军.科幻小说：预言与真相[M].北京：东方出版社，2003.

[117] 阿一.黑客帝国发烧手册[M].北京：现代出版社，2003.

[118] 郭建中.科普与科幻翻译：理论、技巧与实践[M].北京：中国对外翻译出版公司，2004.

[119] 尹传红.幻想：探索未知世界的奇妙旅程[M].上海：上海文化出版社，2007.

[120] 杨晓帆.《我·机器人》导读[M].长沙：湖南科学技术出版社，2007.

[121] 江晓原.我们准备好了吗：幻想与现实中的科学[M].北京：科学出版社，2007.

[122] 杨鹏.科幻类型学[M].福州：福建少年儿童出版社，2009.

[123] 姜倩.幻想与现实：二十世纪科幻小说在中国的译介[M].上海：复旦大学出版社，2010.

[124] 吴岩.科幻小说教学研究资料（未正式出版）[Z].北京：北京师范大学管理学院，1991.

[125] 科幻世界杂志社.97'北京国际科幻大会论文集[C].成都，1997.

[126] 科幻世界杂志社.2007中国（成都）国际科幻·奇幻大会文集[C].成都，2007.

[127] 参见杨联芬的多本研究现代文学发展历史的著作；吴岩.贾宝玉坐潜水艇：中国早期科幻小说研究精选[M].福州：福建少年儿童出版社，2006；方晓庆.急进与惯性——晚清科学小说中的文化心态[D].北京：北京师范大学，2007.

[128] 吴岩.贾宝玉坐潜水艇：中国早期科幻小说研究精选[M].福州：福建少年儿童出版社，2006；以及任冬梅的硕士学位论文《1902—1912："科学小说"命名及其背后的意义》[D].北京：北京师范大学，2010.

[129] 张治，胡俊，冯臻.现代性与中国科幻文学[M].福州：福建少年儿童出版社，2006.

[130]王建元,陈洁诗.科幻·后现代·后人类:香港科幻论文精选[M].福州:
　　　福建少年儿童出版社,2006.12;以及彭浪.中国女性科幻研究[D].北京:
　　　北京师范大学,2009.6 等。

[131]王建元.《科学怪人》中的范式转移·女性主义科学·文化研究[M]//
　　　王建元,陈洁诗.科幻·后现代·后人类:香港科幻论文精选.福州:福
　　　建少年儿童出版社,2006:111-130.

[132]贾立元.筑就我们的未来——90 年代至今中国科幻小说中的中国形象研
　　　究[D].北京:北京师范大学,2010.

[133]吴岩.科幻小说的读者期待模式[C]//本书编委会.公众理解科学:
　　　2000 中国国际科普论坛.合肥:中国科技大学出版社,2001;吴岩.论
　　　科幻小说的概念[J].昆明师范高等专科学校学报,2004(1):5-9.

[134]江晓原.我们准备好了吗:幻想与现实中的科学[M].北京:科学出版社,
　　　2007.

[135]高福军.论科幻火星热[D].北京:北京师范大学,2006.

[136]房立华.论中国科幻文学对人与自然关系的书写[D].北京:北京师范大学,
　　　2008.

[137]刘妮.混乱中的秩序——论《红色海洋》的叙事艺术[D].北京:北京
　　　师范大学,2008.

[138]吴岩,方晓庆.中国早期科幻小说的科学观[J].自然辩证法研究,
　　　2008(4):97-100.

[139]郭凯.刘慈欣科幻作品中的科学形象研究[D].北京:北京师范大学,
　　　2010.

[140]吴岩.论郑文光的科幻文学创作[J].大庆高等专科学校学报,2002
　　　(2):111-118;陈洁.亲历中国科幻:郑文光评传[M].福州:福建少
　　　年儿童出版社,2006;陈宁.郑文光科幻小说研究[D].北京:北京师范
　　　大学,2007.

[141]肖洁.童恩正论[D].北京:北京师范大学,2006.

[142]鲁礼敏.潘家铮现象研究[D].北京:北京师范大学,2009.

［143］董仁威分别为新老科幻作家郑文光、童恩正、叶永烈、刘兴诗、王晓达、
　　　　韩松、吴岩等创作了一系列评传，尹传红对潘家铮进行了专访，杨虚杰访
　　　　问了金涛、吴岩等。他们的文章发表报刊比较分散，故不一一列出。

［144］相关文献见吴岩的博客"幻想的边疆"。余俊雄.中国科幻口述史之
　　　　余俊雄谈往事.吴岩记录.新浪博客——幻想的边疆［M/OL］.2010-
　　　　06-14.

［145］杨鹏.20世纪90年代的中国科幻文学扫描［M］//尹霖.科普创作研究
　　　　文选.北京：科学普及出版社，2009：94-101；王泉根.论中国当代科
　　　　幻小说创作［M］//王泉根.王泉根论儿童文学.南宁：接力出版社，
　　　　2008：402-415；杨蓓.90年代中国科幻创作研究［D］.北京：北京师
　　　　范大学，2006.

［146］葛红兵.不要把科幻文学的苗只种在儿童文学的土里［N］.中华读书报，
　　　　2003-08-06；王泉根.论科幻文学的学科根基.最初以其他标题刊登
　　　　于中华读书报，2003-08-07，随后收入王泉根.王泉根论儿童文学［M］.
　　　　南宁：接力出版社，2008：124-128.

［147］吴岩，金涛.科幻与自主创新能力开发［J］.科普研究，2008（1）：
　　　　50-54.

［148］我们的工作聚焦于三个方面。该项目的全名是"科幻文学理论和学科体
　　　　系建设"，批准文号为04BZW012。在立项获得批准之后，我们立刻组
　　　　建了学术委员会。委员会由北京师范大学文学院王泉根教授担任主任委
　　　　员，副主任委员为中国社会科学院外国文学研究所的王逢振教授。成员
　　　　包括张美妮教授、郭建中教授、吴定柏教授、王建元教授、舒伟教授、
　　　　陈晖教授、詹姆斯·冈恩教授、伊丽莎白·霍尔教授和格雷·威斯特福
　　　　教授等。研究组除本人及其研究生之外，还包括天津理工大学的舒伟教
　　　　授、台湾嘉义南华大学的吕应钟教授、中国社会科学院文学所的杨鹏副
　　　　研究员、北京作家协会驻会作家星河、北京理工大学的陈洁副教授等。
　　　　经过共同努力，形成15本相关著作和11篇学位论文。

［149］张治，胡俊，冯臻.现代性与中国科幻文学［M］.福州：福建少年儿童出

版社，2006.

[150] 吴岩.贾宝玉坐潜水艇：中国早期科幻研究精选 [M].福州：福建少年儿童出版社，2006.

[151] 王泉根.现代中国科幻文学主潮 [M].重庆：重庆出版社，2011.

[152] 林健群.在"经典"与"人类"的旁边：台湾科幻论文精选 [M].福州：福建少年儿童出版社，2006.

[153] 王建元，陈洁诗.科幻·后现代·后人类：香港科幻论文精选 [M].福州：福建少年儿童出版社，2006.

[154] 陈洁.亲历中国科幻：郑文光评传 [M].福州：福建少年儿童出版社，2006.

[155] 王逢振.外国科幻论文精选 [M].重庆：重庆出版社，2008.

[156] 吕应钟，吴岩.科幻文学概论 [M].台北：五南图书出版股份有限公司，2001.

[157] 吴岩.科幻文学理论和学科体系建设 [M].重庆：重庆出版社，2008.

第一章

作为下等文学的科幻小说

科幻业者最喜欢引用的一句话,来自英国天文学家弗雷德·霍伊尔。他在一篇为克拉克撰写的科幻小说前言中,曾经说:将来最严肃的文学作品恐怕要到科幻小说中去寻找。这里所说的最严肃的作品,指的是主流作品。而主流作品的定义,则是那些被某个时代中占据统治地位的知识分子所框定的经典。宣称在未来的某个时代,知识分子将钦定科幻文学属于那个时代的经典,反过来已经证明,科幻文学至少在当代,仍然属于经典之外的文学,仍然属于被知识分子所嗤之以鼻的非严肃文学。

对科幻文学的非经典性和非严肃性,许多人抱有强烈的愤慨。但情绪反应是一回事,真实的状况是另一回事。不把这个问题分清,科幻文学的研究和理论的生成,将变成一种空中楼阁。本章将对科幻文学的状况进行一次系统考察。

1. 蝙蝠、怪鸟和灰姑娘

2003年6月17日早晨5点，科幻作家郑文光在北京去世。2010年之前的二十年中，郑文光默默无闻，很少有人知道，他是新中国科幻文学的创始人。[1]1954年，他第一个以科幻小说的名义在《中国少年报》上发表《从地球到火星》。新中国文学由此增加了一个全新的、具有时代感的品种。该作品第二年被编入由中国作家协会主持、严文井主编的《儿童文学选》，郑文光也由此进入新中国文学的聚焦光心。1956年，他应邀参加全国青年创作座谈会并在大会发言。同年，他发表了小说集《太阳探险记》并翻译了苏联科幻小说。郑文光的科幻文学创作在"文革"期间终止。随后，他放弃文学进入中国科学院北京天文台从事天文学史研究，并撰写了《康德星云说的哲学意义》《中国天文学源流》等著作。1978年，他按捺不住创作的热望，回到科幻领域"重为冯妇"。他的小说《飞向人马座》一举获得中国作家协会颁发的儿童文学奖。此后的两三年中，他发表了另外三部长篇小说和一系列重要的中短篇小说，在科幻文学领域建立了国内和国际声誉。香港英文刊物《亚洲2000》发表文章认为，郑文光是亚洲很少的几个具有高水准的科幻作家。但就是这位在国内外声誉卓著的作家，却在这一时期多次谈到，包括科幻小说在内的科学文艺，已经成了童话中的蝙蝠，既不是鸟也不是兽。

> 对科学文艺这个园地，值得付出更多的关心，更大的注意，更精心的培育。"科学文艺"这个词听起来好听，又是科学又是文艺，但是科学界认为它是文艺作品；搞文艺的，又认为它是科学，结果成了童话中的蝙蝠：鸟类说它像耗子，是兽类；兽类说它有翅膀，是鸟类。弄得没有着落。[2]

"鸟兽之辩"成了当时中国科学文艺的主要辩论内容之一。而在这

个时代里，科学文艺中最繁荣的部分就是科幻小说。据不完全统计，在
1979—1984 年，有关科学文艺的争论达十几起，其中多数针对科幻小说。
不允许争辩的批评或批判，则数量更多。[3]

20 世纪 70—80 年代主要的科幻争论

争论	时间	主要内容	主要交锋阵地
叶永烈《奇异的化石蛋》[4]	1979—1983	甄朔南认为该作品是"伪科学的标本"，而叶永烈据理力争，要求科幻的权利。	中国青年报、文汇报、文学报
"姓科"还是"姓文"；科幻小说是否灵魂出窍[5]	1979—1982	童恩正等认为，科幻小说属于形象思维，是文学的一部分；而鲁兵等反对这种观点。	人民文学、中国青年报、科普创作
如何对待科幻作家[6]	1980	盛祖宏认为对科幻作家应该爱护，争论应该与人为善；但李凡等认为，这是打岔。	中国青年报、光明日报
是否应发展科幻文学[7]	1980	董鼎山认为，科幻是低级文学类型，中国当前不应该发展；杜渐提出反对。之后，何寄梅反驳杜渐并认为，不仅是资本主义社会中科幻存在问题，中国科幻也存在问题。	香港大公报、读书杂志、香港明报、参考消息、科普创作
惊险科幻的价值[8]	1981—1983	肖雷、赵世洲等认为这类作品不值得发展；叶永烈据理力争。	文学报、读书
叶永烈《自食其果》[9]	1982	鲁兵、周稼骏、赵之等认为叶永烈、任志勇等写美国小说《人的复制》，丢失马克思主义思想，丢失科学发展方向；叶永烈、任志勇为作品辩护。	中国青年报、科普创作、作品与争鸣
吴岩《引力的深渊》[10]	1982	尤异认为作为中学生能写出这样的作品值得鼓励；但陶世龙、赵世洲认为这等于误人子弟，导入歧途。	智慧树、中国青年报

续表

争论	时间	主要内容	主要交锋阵地
王金海《特别审讯》[11]	1982—1983	张福奎认为王金海这篇作品黄色下流；叶永烈为其辩护。	科普创作
魏雅华的小说[12]	1982—1984	生平认为小说曲解了阿西莫夫和他的机器人三定律；郭正谊认为其中包含攻击我国的现实社会，引导人们去追求资产阶级民主的内容；王谷岩认为，作品违背机器人科学；叶永烈为其辩护。	芒种、科普创作

这样，一个非常有趣的现象就出现在人们的面前。一方面，科幻文学在读者和作者中持续升温；而另一方面，科幻文学的归属出现了问题。从新中国成立以后一直被儿童文学所看好和承纳的科幻作品，现在受到了儿童文学领域的强烈质疑。科普界也开始对科幻文学做出排斥表示。从20世纪70年代末期起，科普界就已经对科幻文学过分繁荣的状况感到不安。一些人撰文想要匡正这一创作方面的不平衡现象，呼吁更多的非文艺性科普作品的产生。[13]更有人认为，科幻文学其实有很多不科学的地方，至少要极大提高科幻文学的科学水准。郑文光的"鸟兽之辩"，就是在这样的情况下提出的。

其实，让郑文光等科幻作家感到不公的现象并非仅仅来自儿童文学和科学普及的小圈子，还来自文学大圈子对科幻作品的漠视和低估。1980年，郑文光在《答香港〈开卷〉记者吕辰先生问》（1981）[14]中提到，他从1956年开始就是中国作家协会的会员，至今已经24年。但他只被儿童文学的会议邀请，中短篇小说的会议、各种题材小说的会议从来没邀请过他。"当然，我不是想多参加会议，我现在的会议已经太多了！"他颇为自嘲地说。

郑文光是否不想多参加会议，这是另一个问题。但他确实希望加入严肃小说、主流小说方面的作家圈，这一点从访谈中多有流露。其实，科幻作家中的极少数，也确实被吸纳到了中国作家协会，甚至受邀请参加了中国作家协会的全国代表大会。1979年11月23日正值全国作家代表大会和中国文学艺术界联合会全国代表大会召开。《光明日报》记者史美圣、黎丁撰写了一篇报道《新松恨不高千尺》（1979）。在这篇文章中，他们把来自四川大学的著名作家童恩正称为"百花丛中飞出的怪鸟"。[15]

童恩正出生于1935年，是跟郑文光齐名的中国科幻泰斗。他于20世纪60年代初开始科幻创作，"文革"前就发表过小说《古峡迷雾》。粉碎"四人帮"之后，他又在《人民文学》上发表了《珊瑚岛上的死光》，一举获得第一届全国短篇小说奖。与郑文光的北京天文台副研究员身份一样，童恩正是四川大学历史系讲师。在到四川大学工作之前，他曾经在电影制片厂担任过编导。这与郑文光进入科学院之前曾经担任过《文艺报》和《新观察》编辑非常类似。

童恩正与郑文光对科幻文学艺术到底是鸟还是兽的感叹类似，但稍有不同。《光明日报》的文章说，童恩正向记者表示"要为科学文艺争一席地位"。因为当年虽然他的小说被评奖，但据说有些文艺评论家并不认为这是文艺作品；而当他的作品被改编成电影剧本时，据说又有一些科学家从科学角度提出许多不同意见。

引发最大争议的是叶永烈。在20世纪70年代末到80年代初当红的科幻作家中，叶永烈是最耀眼的一颗明星。他是科幻和科普领域最勤奋、优秀作品最多、最受读者青睐的作家，是唯一的全国"科普先进分子"。他的小说《小灵通漫游未来》第一版就发行了一百六十万册，创科幻小说单册发行的最佳纪录。叶永烈为人谦逊，他推高士其为自己创作的导师，为高士其立传，传扬高老的为人和为文。他走遍全国各地，替科普作家协会做报告和讲演，希望传递科普创作的经验。但即便如此，他的作品依然在随后的日子里被戴上了伪科学和精神污染的帽子，被认为是一种思想上错误、科学上荒唐的产物。叶永烈则愤愤然地写出了一系列以"灰姑娘和科幻"为题材的文章[16]，为自己和整个科幻文学鸣冤。

蝙蝠、怪鸟、灰姑娘，这些词汇在很大程度上都是阴性或负性的。很少有人用这些词汇称呼自己。至少在事态没有严重到必须采用这些词汇的时候，人们还是倾向躲避这类标签。但是，考察上述作家的作品，我们确实可以看出，这些称呼也并非一点没有价值。郑文光的科幻小说除《黑宝石》属于现实题材、讲述少先队员到山野中采集标本发现陨石外，其他作品全部超越当时的科学技术水平。他的太空探险小说与中国航天技术的发展相距甚远。因为早在1955年世界上第一颗人造卫星上天之前的两年，他就企图利用载人飞船靠近太阳。到1978年，他又用这样的飞船超越黑洞。在任何一个懂得一点天文学或航天技术的人来讲，这样的飞行确实离现实太远。至于在海底发现外星人的基地，驾驶着人造翅膀在城市楼房中上下翻飞，通过时间蛀洞从火星的未来返回，则更是带有童话色彩的幻想。至于说他撰写了"文革"期间造反派如何改装时光机，结果扭转了生物进化的方向，把进化变成退化；他描述中国的外太空考察队在地球的镜像星球上发现了包含着秦始皇焚书坑儒和"文革"历史的录像的故事，则完全是彻头彻尾的政治反思。这些都跟人们脑海中以自然科学或技术科学为基础构思的科幻小说相距甚远。难怪他所工作的中国科学院北京天文台的同事都把他当成某种异类，并告诫其他想要从事类似创作的人千万杜绝自己的妄念。也是出身于北京天文台但时代稍晚些的另一位著名科普作家卞毓麟教授回忆，他的同事曾经友好而谆谆地告诫他说："你难道想当郑文光吗？"

跟郑文光超越技术、超越政治现实的创作完全一致，童恩正也曾经让自己作品中的主人公用一枚微小的电池能源发射出能使飞机坠毁的死光，让曾被长期在政治话语中带有负信息的"海外华人"形象重返正面。此外，他还给自己的小说带上了强烈的历史感和民族感。在他的眼中，三峡两岸绝壁上的洞窟中盛满了古代民族迁徙的秘密，西藏雪山喇嘛庙中的佛龛保存着能召唤鬼魂的魔笛，五龙县的洞窟中地球上最后的恐龙在寂静地等待，在四川省各地深山中那些大大小小的石笋，是古代来自太空的、正在等待着重新启航命令的星际飞船。他第一个在科幻文学领域中复活了《列子·汤问》中有关"偃师造人"的历史，并给这段历史一个科学注解。他还是第一个成功地将古典小说《西游记》搬入现代，让唐僧师徒前往 20 世纪末期的美国去盗取"差异文化"真经的人。虽然童恩正的科幻小说没有郑文光小说那种肆意纵横的宏大世界和瑰丽色彩，但却有着超过郑文光的扎实的历史、民族情怀和厚重的黄土色彩。能用幻想文学承受了如此沉重的现实担当，这不是个异类又是什么？

　　叶永烈不走太空的通路，也不背负黄土的厚重，他选择跟少年同行，选择展示孩子们所渴望的、超越此时此地的明日世界。他对科技前沿有一种敏锐的观察和好奇心，而这恰恰能使他的小说充满了各种技术奇想。在他的小说中，喜马拉雅山高高的顶峰上保存着活的恐龙蛋，广东沿海的渔民学会了利用海藻在水下放牧马群，实验室中炸掉鼻子的科学家可以利用"生长刺激素"重新获得第二个器官。他看起来不太注重对小读者的政治教育和情绪培养，在他的眼中，送孩子到达未来，已经是对他们的最好的情感呵护和动机培养。当然，他也会表达自己对未来发展的一些特别关怀，那就是对科研道德的关切。但这些故事，在那个科技工作还远未成为社会主流职业的时代里，确实过分超前。

　　创作过这些超前的、越界的、异类作品的作家，声言他们被边缘化，他们的努力没人关心，他们不被邀请参加主流创作的会议，确实可以理解。特别是在那种还未脱离政治思维、教化思维、肤浅的机械马克思主义思维时代里，这些人和他们的作品，毫无疑问就是边缘。

　　但是，边缘的人永远希望成为主流，历史的发展就是这样。上述对科幻文学受排斥、压制状况的不满，反映在作者的声音中，就是为自己的创作正名。时任中国科普作家协会科学文艺委员会主任委员的郑公盾撰写过大量为科幻文学呼吁和正名的文章。在《科学家们，请支持科幻小说》（1981）[17]中，他勇敢地站出来向当时的科协主席、科学权威伸张正义，勇敢地提出"幻想是生活所必需的"。在《我们需要科幻作品——祝〈科幻海洋〉创刊》（1981）的长文中，他从科幻作品的好处、科学需要幻想、科学幻想培养和造就了科学家、世界科幻发展的繁荣状况、科学幻想是生活的必需等方面全面论述了科幻作品对中国科学及社会发展的好处。[18]在《李约瑟博士谈科幻小说》（1981）[19]中，郑公盾将自己跟这位科学史专家讨论科幻作品，相互介绍各个地区科幻的情况全面地记录下来。他还不厌其烦地将李约瑟推荐的《梦》、《黑暗的左手》、《被放逐的》（又译《一无所有》）、《幻想之城》、《天国之泉》（又译《天堂的喷泉》）、《2001年：太空漫游》、《太阳系》（又译《索拉利斯星》）、《星球的运转》等记录下来，转达给国内读者。孟庆枢撰写了《列宁和科学幻想》一文，试图用革命导师关注未来科技的事例提拉科幻的位置。[20]时任《科学画报》社主编的饶忠华不但编辑了广为发行和流传的三本科幻年度选集《科学神话》系列，还组织人力编写了《中国科幻小说大全》。在为《科学神话》第一卷撰写的《现实·预测·幻想（代序）》（1979）中，饶忠华和林耀琛通过考察历史，确认了"科学幻想往往是预测的形象化的延伸，它比预测更为迷人。科学一经和幻想结合，就像增添了一双强劲的翅膀，把人们引向更为遥远的未来，给人以遐想、启示和力量"[21]。"科学幻想小说是一种以艺术手法展现人们开拓未来的作品，它是科普学的一个分支——科学文艺的一种体裁。在实现四个现代化、向科学进军中，科学幻想小说不仅在普及科学知识和丰富想象力方面，是群众喜闻乐见的好形式，而且在启示和培养读者热爱科学、献身科学方面，也是一种有利的工具。一篇好的作品，往往会成为未来科技工作者的引路人。"

科幻作家还大量收集并发表当代科技、文学和文化名人为科幻小说的地位提高所做的呼吁。例如，由海洋出版社出版的《科幻海洋》在20世纪70—80年代总共出版了六期。在这六期中，连续刊发了高士其、郭启治、茅以升、缪俊杰、华罗庚等人的文章，阐述他们支持科幻文学的观点。杂志还邀请茅盾为刊物题名，并发表了符真的短文《感谢茅公关怀，办好科幻海洋》（1981）的社论[22]。另一个专业科学文艺刊物《科学文艺》（四川《科幻世界》的前身）则邀请马识图等人为其撰写文章。[23]

　　报道海外科幻文学如何确定了主流地位，也是科幻人提升自己创作地位的一个重要而有效的战略。前述王逢振在《西方科学小说浅谈》[24]中引用剑桥大学教授霍尔（又译霍伊尔）的话说，将来最高级的作品需要在科学小说中发掘。吴定柏在《美国科幻定义的演变及其它》（1980）[25]中指出，像勒古恩、西尔佛伯格、德拉尼、迪什、乔安娜·罗丝等的作品已经受到主流文学界的认可，而主流作家小库特·冯尼格、约翰·巴斯、托马斯·品钦、迈克尔·克莱顿、威廉·巴洛斯、沃克·珀西、霍华德·法斯特、艾伦·德鲁里、杰齐·科辛斯基、奥利佛·兰格、赫克斯利（即赫胥黎）、安米尼·伯吉斯、威廉·戈尔丁、多丽丝·莱辛、叶甫根尼·扎米亚金、阿列克谢·托尔斯泰、伊塔洛·卡尔维诺、迪诺·布扎蒂、卡来尔·恰彼克、彼埃尔·布尔、赫尔曼·黑塞、豪尔赫·路易斯·布吉斯（即博尔赫斯）、安部公房、三岛由纪夫、老舍、孟伟哉等都撰写过科幻作品。郭建中则在一篇报纸文章中谈到科幻小说预言了环境污染。

　　此外，科幻作家们还大量翻译和引介西方文学界对中国科幻文学的评价，以证明自己已经比中国的主流文学界更早地进入西方。从1981年起，在科幻领域中流传的外国评论包括英国奥尔迪斯的《飞向"长城"星球》[26]、日本《SF宝石》杂志发表结城彻赞扬叶永烈小说的文章《中国科学幻想小说的英雄——金明》[27]和《中国的SF热》[28]、深见禅的《中国SF新貌》[29]和《现代中国科幻小说的现状》[30]、苏联《远东问题》杂志批评中国科幻小说民族主义与反苏主义倾向的文章《关于中国文学的某些现象》[31]、香港《开卷》杂志[32]对郑文光的专访、《亚洲2000》杂志发表郑文光小说《地球的镜像》[33]、日本广播公司对郑文光等作家进行专访[34]、日本成立了中国科幻小说研究会[35]、叶永烈被邀请在瑞典的报刊和美国的《轨迹》上撰文[36]、叶永烈为科幻理论文集《奇异的解剖学》撰写关于中国的科幻评论等也都被广泛报道[37]。最为惊人的消息是，中国四位顶尖科幻作家和上海外语学院教师吴定柏被一个称为"世界科幻协会（World SF）"的组织所接纳，成为其中的会员。这一带有荣誉性的信息令国人震惊，也令科幻人振奋。难怪叶永烈在多篇文章中都写道，中国"科幻文学会比主流文学更早走向世界"。

今天观察这些文章、言论、行为，我们可以发现，科幻作家在自己作品仍然得到读者欢迎的发行高峰中，未雨绸缪地想到了他们今后的日子将可能是冰火两重天。这种颇为神奇的预感使人惊讶。因为在整个20世纪70年代末到80年代初，出版科幻小说最多的海洋出版社和地质出版社在销售方面几乎成为文学领域异军突起的码洋冠军。《科学神话》和《魔鬼三角与UFO》在书刊市场大获全胜。而叶永烈更是科幻小说绝对的明星。他的多部作品被多家出版社竞相争夺，一次次打破科学普及读物的销售纪录。但是，在这样的时代中，他们的发言没有一点成功的味道。恰恰相反，他们不断地抱怨自己的边缘地位，宣称自己的同类其实已经进入了主流。不但如此，他们甚至想用一种反向的呼吁，以自己比主流文学更早地走向世界来吸引人们的眼球。这反而从另一个方面再次证明，科幻作品，至少在中国当代文化中，确实是一个边缘的存在。

只有边缘人才为边缘抱怨，才为进入主流而欢欣！

2."是我／非我"的游戏

那么，被作家和评论家们不断指涉的西方世界，科幻文学的处境是否就与此不同呢？在那里，科幻是否已经是"中心文类"的一种了呢？

来自美国纽约的书刊评论家董鼎山先生早在20世纪80年代初期，

就在《科学小说与文学》中讲述了发生在美国大学中对科幻文学是否属于文学的大讨论，并非常客观地承认科幻小说给文学带来的许多有价值的增益。即便如此，在文章的结尾他还是写道：

"可是，科学小说仍然不能在文学上与所谓'主流'小说相提并论。过去四五十年来，科学小说的文学水准与文学地位已经大有提高，但是，在一般正统的文学界的眼中，科学小说仍不是一个正统的文学类型。这也是一个现实情况。"[38]

为此，董鼎山甚至反对在中国改革开放的初期，对科幻小说过多印刷。[39]

董氏的文章从一个侧面揭示了西方文学中科幻文学的文化地位。他没有撒谎，恰恰相反，是一个绝对清醒而严肃的资讯的转达。西方文学和批评界对科幻文学本身所持的态度，与中国科幻作家和中国书刊市场上的那种高调状况形成了鲜明的对比。而且，董鼎山的文章也透露出，西方作家其实遭遇着与中国科幻作家同样的困境。

年只四十左右的作家诺曼·斯宾拉德（Norman Spinrad）谈话时一开首就很气愤。他说："我才不管科学小说与非科学小说之间有什么区别。我在孕育一个故事时，并不去考虑这些问题。只有出版商才对这些区别有顾虑。在法国就不同。我在那边比在这里（美国）更出名。我一到那里，法国全国性的大报就发表新闻。在法国，一个写科学小说的可以成为一个重要作家。可是在这里呢？我的名字在《纽约时报》一共只出现过二次。"

你不能怪斯宾拉德要气愤。他于一九六五年开始出版小说以来，一共已写了九部，其中只有三部不是科学小说。他是美国科学小说作家协会的本年度主席。可是他在美国文坛上还是默默无名。[40]

在当代世界文学的格局上，美国科幻小说是取得地位最多的。美国人认为，科幻文学根本就是 20 世纪的一个文学品种，而这个品种的定名，恰恰是美国杂志编辑兼作家雨果·根斯巴克。是他在世界上第一次将科幻小说定名，并最终使这个文类的历史横空出世。此前的一切，从开普勒到玛丽·雪莱、从凡尔纳到威尔斯都统统只能纳入科幻的"史前史"。在今天，美国科幻占据着全世界图书市场的主流地位。即便到欧洲、亚洲、拉美各地，真正大规模销售的科幻小说也都是来自美国的产品。但是，美国科幻作家真的获取了像中国科幻人所宣称的那种主流地位吗？

如果是这样的话，为什么斯宾拉德会有这么大的抱怨？为什么西方小说史中极少将科幻小说作品纳入其中？为什么一些获得了主流认可的科幻作家到头来要反复说明，他们不是科幻作家？或者，他们创作了科幻小说也不承认那是一本科幻小说？

小库特·冯尼格是以科幻创作起家的作家，他的早期小说《自动钢琴》《第五屠场》等都是科幻文学的经典。但冯尼格常常否认他创作了科幻作品。跟冯尼格类似的还有托马斯·品钦。这位创作了小说《万有引力之虹》《V》等作品的作家，在美国文学界享受崇高的地位。品钦生于 1937 年，在美国海军服役两年。1958 年在康奈尔大学主修工程学，后转入英语专业获得学士学位。大学毕业后在左派知识分子活跃的纽约格林尼治村生活过一年，后在西雅图的波音飞机公司编辑技术文件。他的许多作品都与当代科学技术联系紧密。例如，他的处女作小说《V》，是一个关于社会领域中熵增的故事。所谓熵增，是热力学第二定律的表达。这一定律揭示出宇宙万物总是从有序走向无序，从有组织走向无组织。作家将这个定律巧妙地纳入社会发展进程之中，让故事形象地展现了一个大帝国的衰落的无情过程。《万有引力之虹》则更是一部从名称到题材都非常"科幻"的小说。故事以火箭为意象，以发射后的抛物线作为一条"万有引力之虹"。作家从物理学、火箭工程学、高等数学、心理学、国际政治学、性社会学等多个方面增进故事的叙述空间。但整个故事的背景却是第二次世界大战中德国与盟国之间围绕高技术的"V-2 火箭"所进行的情报战争。荒诞确实也有荒诞的地方，但没有小说中的诸多科学内容，荒诞的效果根本无法展现。有趣的是虽然美国多年来不断有科幻界人士指认冯尼格和品钦的小说是科幻作品，但冯尼格和品钦本人却从不愿意承认这一点。难怪斯宾拉德口气严厉地写道："冯内戈（即冯尼格）不应矢口否认他是一个科学小说作家！"

否认自己是科学小说作家的还有英国的诺贝尔文学奖获得者多丽丝·莱辛。莱辛 1919 年生于伊朗，"幼年度过了战后有如毒气弹下的生活"。做过电话接线员、保姆、速记员。1949 年移居英国之后，发表过多部小说，被称为女性主义的代言人。她的小说《南船座中的老人星：档案》讲述了女人统治的区域如何跟非女人统治的区域之间联姻与融合，小说在银河帝国的层次上发展，但却映射了地球上的基本人类关系。她的另外两部小说《裂缝》和《玛拉和丹恩历险记》，前一部讲述人类起源的传说，后一部谈论人类末日后的生活。起源故事描述了裂缝族的女性跟喷射族的男性之间最早的关系及其发展，而毁灭的故事则是讲述在非洲荒芜退化的世界里，兄妹如何相互理解并在遗留的世界和遗留的人类中找到自己的位置。对莱辛的作品评价很多，但通常是褒扬她的女性主义纯文学而否定科幻文学。例如，在诺贝尔文学奖授予莱辛的当时，美国评论家哈罗德·布鲁姆就认为，莱辛的近期小说，特别是科幻小说属于"四流"作品，完全不具有可读性。即便在授奖过程中，诺贝尔奖评委将这个奖项授予了具有科幻色彩的小说《玛拉和丹恩历险记》，并给出了"一部预言未来的《奥德赛》史诗，人类最终能否找到回家的路？她以史诗般的女性经历，以怀疑与想象的力量来审视一个分裂的文明"这样的评价，但莱辛的遭遇，仍然不可避免地跟她的科幻创作之间产生着天然的联系。至于莱辛自己则要不断跟评论界把她的名誉朝向科幻作家方面扯动而抗争。

创作科幻小说会让作家带上恶名，不论你的作品写得如何好，只要沾上科幻的边，就会被贬斥，这在美国是一种未被写明的共识。也正是如此，主流作家的科幻创作常常不被鼓励。美国作家朱诺·迪亚斯凭借撰写科幻迷的小说《奥斯卡·瓦奥短暂而奇妙的一生》获得了普利策奖，该作品以一个科幻迷的人生经历反映美国社会的变迁，反映拉美跟美国之间的关系在普通移民的眼中到底造成了怎样的生态变化。小说的作者是个不折不扣的科幻迷，作品中大段大段地发表着他关于科幻的评论，也使用着只有科幻迷才会使用的行话和私密信息。可就是这位成名的主流作家，当他拿出第二本作品并告知出版社这是一部科幻小说时，却遭到了出版社的无情压制。"他们不希望我发表一部科幻小说！"他在北京读者见面会上这么说。

有趣的是，朱诺·迪亚斯给出的解释，却不完全来自主流文学与通俗文学之间的那种典型的差别。他说，在美国这样的商业社会里，给一个人定位是非常重要的。如果你是主流作家，出版商就会在这方面大加宣传，但如果你同时是一个科幻作家，出版商就感到无所适从。到底宣传你是主流还是科幻？此外，总有这边或那边的读者会对这边或那边的对立面感到反感，这反而让作者未来难于发展，书也难于更好销售。看来，美国科幻的问题不单单有文学领域中的基本力学法则，还有着文学场外的商业场的力学法则。但无论如何，其中科幻与主流之间的疆界是分明的。你要么做这个，要么做那个。像一些作家干脆将自己的科幻小说宣称不是科幻的"不是我"的游戏一样，在一个重商的社会里，"是我"的游戏也难于真正做成。

当然，面对一个确实既写科幻小说又写主流小说的作者，评论界还有另一种处理办法，那就是将他的科幻从科幻小说中分离出来。例如，对以科幻为主题的未来小说，可以直接冠以乌托邦、恶托邦、魔幻现实主义、后现代主义等名目的小说出版和评价。脍炙人口的"恶托邦三部曲"就是这样的作品。评论界也可以用这样的话语开头："多数人认为这是一部科幻作品，其实，这样的作品远远比科幻作品要意义深刻……"话语的操作简单而明确，多数人的看法不代表精英的看法，多数人只不过是不懂艺术的群氓。或者，"把这样的作品解读成科幻作品，怕是根本没有读懂其中的含义吧！"口气是谆谆教导，但其中隐含着的那种居高临下的优越感，确实令人发指。以这样的方式解构科幻文学，从中抽取出评论家认为是优秀的作品冠以主流文学的名号，实际上是制造了一种主流/非主流之间流动的边界，在提升部分作家作品等级的同时，将科幻永恒地置于一块破烂货的集散地。就连霍伊尔所谓的未来优秀的文学作品要在科幻文学中寻找的说法，其实也是这一思维模式控制之下的一个无法超越的权力陷阱的映射。英国批评家亚当·罗伯茨在《科幻小说史》（2010）中指出：

> 通过将科幻小说"种族隔离化"，欧美的文学界排斥类型化的文本，将所谓的"纯文学小说"置于所谓"类型小说"之上，就好像"纯文学小说"不是一种文学类型似的。在他们吹毛求疵的概念等级中，"科幻小说"被特别地看成是幼稚而无价值的，被列于"历史小说"和"犯罪小说"的后面。[41]

许多从事科幻创作或喜爱阅读的人至今仍然没能勇敢地面对这样的现实，那就是在一种传统的知识体系、文化体系甚至政治体制之下，科幻确实是"低等文学"，确实是一种可有可无的边缘点缀。在某些时候，当这种边缘过分侵占主流，对主流意识形态或行为方式提出挑战时，主流权力的掌控者还会对其采取各种可能的手段实施打压。而长期处于被打压地位的科幻作家，形成了一种永恒的、希望跻身主流的渴望。这种渴望有时甚至会让他们夸大其词，有时也会让他们攀附权贵。这样的状况反过来，又影响到这些人的创作，影响到他们整个事业的定位与发展。

如果科幻文学像中外许多科幻作家所期待的那样，早晚有一天会跻身主流文学，那么它的作者是否应该放弃自己的独特追求，放弃自己的独特主题与叙事方式而全面接受主流文学的话语训诫和意识形态习惯？

而一旦这一天到来，这些作家所创作的作品到底还算不算科幻文学？从另一个方面来讲，如果科幻作家像科普评论家所要求的那样放弃自己的追求，归顺科学的训诫，不越雷池一步，那么科幻作品到底是否仍然能具有自己那种独特诱人的魅力？

上述问题的答案其实简单明确，但接受答案却需要勇气和魄力。科幻文学如果是一种边缘文学，那作家就应该让自己静下心来，安稳地体验和发现这种边缘生活的独特魅力。不断从探索边缘以至更加边缘的领地去获取灵感，而不是总把目光回望主流文学耀眼的中心地带，这才会使作家驱散生活中的浮躁，从创作生涯获得更多教益。而科幻研究者如果能够确认这一问题的重要价值，就会对自己的科研目标和方法作出全新的规划。

对于上述科幻文学的边缘地位问题，多年以来，一直没有引发过研究者足够的重视。那么，科幻文学研究到底在做些什么？

3. 科幻理论的作家簇视角

M. H. 艾布拉姆斯在《镜与灯——浪漫主义文论及批评传统》(2004)[42]一书中，给出了一个以作品为中心，以世界、艺术家、欣赏者为三极的艺术理论阐释坐标，并在这个坐标指引下将文学理论的要素与文学批评的类型相互对应。这种对应由此形成了模仿、功能、表达与客观四个不同的派别。由于科幻是想象性文学，因此模仿派在这里没有存在的必要，下文的讨论将只对其他三种理论进行。

以西赛罗、贺拉斯等为代表的实用派批评理论认为，"令人愉快""给人教导"和导人"向善"是文学的作用。这种理论非常注重作品对读者的价值。在科幻文学理论方面，实用派大有市场。在中国和苏联广泛流行的两大理论：知识科普和未来愿望就是非常具有实用派色彩的科幻文学解读方案。所谓知识科普理论，是将科幻文学当成科普文学，用于普及或传播科学知识，以达成公众理解科学目的。这类理论自然是教育性的，是推进人类福祉的。例如，鲁迅在1902年的《月界旅行·辨言》中就指出："盖胪陈科学，常人厌之，阅不终篇，辄欲睡去，强人所难，势必然矣。惟假小说之能力，被优孟之衣冠，则虽析理谭玄，亦能浸淫脑筋，不生厌倦。"[43]上述表达的实用主义含义相当明显。顾均正也在他的科幻小说集《在北极底下》中写道："……我觉得现在的科学小说写得好不好是一个问题，科学小说值不值得写是另一个问题……那末我们能不能，并且要不要利用这一类小说来多装一点科学的东西，以作普及科学教育的一助呢？我想这工作是可能的，而且是值得尝试的。"[44]苏联著名评论家胡捷也指出："……它（科幻）是用文艺体裁写成的——它用艺术性的、形象化的形式传播科学知识。"[45]另一位著名的苏联评论家李赫兼斯坦几乎用同样的语言写道："科学幻想读物是普及科学知识的一种工具。"[46]

　　然而，单纯地普及科学知识，虽然达到了"给人教导"的目的，但却在使人愉快和向善方面有所欠缺。因此，知识科普方案还常常会变成科学思想方式普及方案，认知方法普及方案，世界观、精神状态的普及方案等。例如，童恩正就在《谈谈我对科学文艺的认识》（1979）一文中指出，（包含着科幻小说的）"科学文艺"的目标，是"普及科学的人生观"[47]。

　　未来愿望理论也是一种"向善"的科幻理论。这个理论主要是将科幻作品当成人对未来状况的某种期待。例如，苏联科幻理论家略普诺夫在《技术的最新成就与苏联科学幻想读物》[48]中提出，科幻作家的使命是负责回答科学家的未来想象这一严肃的问题。这种科幻作家与科学家期望同构的论点，导致了论者认为科幻作家们也跟科学家一样，"正在未经阐明的领域内进行它的研究工作"。

　　这类把科幻看作未来学变体的观点植根于20世纪20年代苏美两个急进的现代化大国的科技和社会发展进程。例如，20世纪20—50年代的苏联批评界就认为，科幻文学是描写或普及假定的科学发现或技术发明的文学。在美国，这类观点的产生略有不同，它基于 20 世纪 20—30 年代的科幻创作实践以及所谓的凡尔纳科幻传统。美国作家根斯巴克就指出，科幻是"物质发展领域内的预言文学"。利文斯通也指出，科幻是"未来学的重要组成部分"。此后，这个理论的影响逐渐超越发达国家，影响到正在追赶现代化步伐的发展中国家。[49] 例如，在中国，郑文光就在《往往走在科学发明的前面——谈谈科学幻想小说》（1958）中认为，科幻小说应该可以引发新的科学研究。[50]

在科幻文学研究领域，对实用派的批评相当多。一个最为明显的事实是，科幻的实用派观点只能解释科幻文学中有限的一些部分，不能对包含了人物、情节等多元因素的作品做全面解释。此外，许多作者和读者也指出，科幻文学到底能否真正普及科学知识、传达有效的未来预测，这些都在悬疑之中。因此，这一观点可能仅仅是某种神话而已。看来，通过实用派方案对科幻文学进行全面综合的研究，确实有所欠缺。而笔者则感到，实用派观点中已经隐含着某种权力性的工具关系。当一种文学作品成为另一种社会事物的简单工具时，这种文学本身独立存在的价值就被大打折扣。科幻文学是一种独特的文学，还是一种附着式的、解释性的、普及性的文学工具？这个问题展示了实用派理论对科幻文学的深层蔑视。

与实用派具有很大差异的客观派，强调文学作品与外界环境、读者、作者之间的分离。这种观点认为，作品一经创作，就已经具有了自己独特的状态，所以，应该把作品当成一种自足的体系，它的各个相关部分组成了一个统一、自足、有价值的总体。客观派在科幻文学中具有绝对的影响力。达科·苏恩文以俄国形式主义和马克思主义为基本出发点确定的陌生化认知理论，就是这种观点的一个典型代表。该理论以经验和虚构的分界作为讨论的起点，认为文学可以分成与现实关系密切的自然主义文学，以及描写人类独特想象的陌生化文学。自然主义撰写感觉经验，离不开存在本身。但是陌生化文学则是脱离存在的架空世界。它对我们的感觉经验是陌生的，它的美学价值也在这种陌生性。当我们阅读时触摸到这种陌生，我们便会感到一种惊异甚至振奋。但是，陌生化文学类型很多，神话、民间故事、超自然故事等都是虚构的，却不能说是科幻小说，科幻小说必须具有认知性。当自然主义文学与认知性相互结合，这就是我们今天所说的现实主义文学。现实主义给出了事物发展的基本规律，因此给我们深刻地认识社会带来好处。如果违背这些规律，不顾现实写些大团圆，那就成了非认知性的现实主义通俗文学，像美国大片就是这类作品的典型代表。而在陌生化文学一端，如果陌生化与非认知性结合，那就是神话、民间故事、奇幻小说等。但陌生化与认知性相互结合，就成了科幻小说。换言之，科幻小说中对世界的认识，是客观规律性的认识。或者说，是来自科学的认识。研究中，苏恩文还发现，科幻小说中的认知性并非永恒地存在，人们常常会采取认知逃避的态度对待现实。这样，科幻小说就成为矛盾冲突的现场，它在认知与逃避之间不断波动。按照苏恩文的想法，这是一种"发达的矛盾修饰法"。

苏恩文的文学分类方法

	自然主义的	陌生化的
认知的	"现实主义"文学	科幻小说（和田园牧歌文学）
非认知的	"现实主义"通俗文学	超自然主义的：神话，民间故事，奇幻故事

表格来源：苏恩文.科幻小说变形记：科幻小说的诗学和文学类型史［M］.丁素萍，李靖民，李静滢等，译.合肥：安徽文艺出版社，2011.

　　苏恩文在反复思考和教学的过程中，将科幻文学的定义简化聚焦，他指出，科幻文学是由陌生化和认知宰制/霸权的一种文学。所谓宰制或霸权，指的是占据统治地位的文本构造方式，它也是小说的内容方式。恰恰是由于这种陌生化，使科幻文学产生了许多与现实不同的想象，但这些想象可以被认知过程所解释。科幻小说还具有很强的历史性，在历史性给作品带去的陌生化中，乌托邦就是典型的一种[51]。罗伯特·斯科尔斯在一定程度上发扬了苏恩文的观点，他在《结构化寓言》[52]一文中指出，虚构世界对现实只有寓言性，但科幻的虚构跟奇幻或童话式的虚构有着巨大差别。因为它仍然跟现实世界之间存在着一种时间或空间上的联系，可能被一组现有的或参照现有科学规律的设定所限制，也可能被未来或异地的现实所参照。换言之，科幻小说不能随意安排故事，不能像撰写天堂、地狱、伊甸园、童话世界、大人国和小人国等式样的文学那样天马行空，因此，这样的寓言不是随意的自然性寓言，而是结构化的寓言。也就是说，科幻文学中的内容可以随意变换，但其形式一定是具有结构性的，而这种结构与现实主义文学之间又有着差异，不会严格受到当前的时间、空间、历史经验的左右。有关形式内容的理论，除了可以从宏观的方面进行构筑，还可以从主体性和文字语句等微观的层面进行构筑。例如，塞缪尔·迪兰尼就试图从主体性和语言学角度对科幻文学进行确认。他所发现的话语理论指出，科幻文学之所以是科幻文学，主要是采用了具有现实性、推测性或模仿科学的话语。这样，"科学"置换了普通文学作品中针对事件进行指示性／表征的那些仅有隐喻的，甚至是根本无含义的话语语句。迪兰尼还认为，通过其更广泛的领域修辞和语句组织，科幻文学的语句拓展了简单的报告性的语句，给事件的可能性增加了广度。此外，科幻小说的主体性的清晰程度，与自然主义小说、奇幻小说、报告文学都不相同[53]。

客观派科幻理论解读了被实用派所放弃解读的许多科幻作品的文学特征，也能大致将科幻的文化现象进行归纳。但是，它过分看重理论建构，为理论的完美忽略现实的做法，有待商榷。这类观点对作家的忽略更是跟实用派理论家如出一辙。此外，客观派的理论家以为，采用了全新的话语包装、沿袭了主流文学批评的当红理论，就能够将科幻文学改变成一种与主流文学具有同样价值的文学类型。遗憾的是这种想法基本上属于掩耳盗铃，甚至更加强烈地掩盖了科幻文学处境的真实状况。

在艾布拉姆斯四大理论派系中最为接近发现科幻边缘位置的流派，就是所谓的表现派。表现派认为，文学其实是激情的产物，是作家思想的外化。将作家当成研究的中心，确实向问题的核心迈进了一步。其中，一个典型的理论是所谓的社会影响理论。这种理论的持有者认为，科幻作品表达了作家对未来的想象，这种想象聚焦于科学怎样影响社会方面。例如，著名编辑、美国科幻黄金时代的主要缔造者小约翰·W.坎贝尔认为，科幻是以故事形式，描绘科学应用于机器和人类社会时产生的奇迹。科幻小说必须符合逻辑地反映科学新发明如何起作用，究竟能起多大作用和怎样的作用。R.布雷特纳认为，科幻小说是以科学及由此而产生的技术对人类影响所做的理性推断为基础的小说。阿西莫夫认为，科幻小说是文学的一个分支，主要描绘虚构的社会，这个社会与现实社会的不同之处在于科技的发展性质和程度。科幻可以界定为处理人类回应科技发展的一个文学流派。克拉克也把这类小说称为"变化的文学"。詹姆斯·冈恩则认为，科幻是文学的新品种，它描绘真实世界的变化对人们所产生的影响。它可以把故事设想在过去、未来或者某些遥远的空间，它关心的往往是科学或者技术的变化。它设计的通常是比个人或者小团体更为重要的主题：文明或种族所面临的危险。R.海因莱因指出，在科幻小说中，作者表现出对被视为科学方法的人类活动之本质和重要性的理解。同时，对人类通过科学活动收集到的大量知识表现了同样的理解，并将科学事实、科学方法对人类的影响及将来可能产生的影响反映在他的小说中。海因莱因的方案可以说综合了上述几个内容方案，成为集大成的综合内容方案持有者。威廉·拉普曾经对英语文学专业教授进行科幻定义的询问，发现48%的抽样者都认为，科幻小说是"试图去预测未来技术进步对社会影响的一类故事"[54]。而这类故事如果写好了，还将提供给读者一个与当前世界有所差异的"替代的世界"。谈到替代的世界，就不能不谈所谓的思想实验理论。这种理论的持有者包括阿西莫夫、海因莱因、叶菲烈莫夫、勒古恩、斯科提亚等。例如，阿西莫夫曾经把科幻小说说成是"纸上的社会实验"。海因莱因同意科幻是一种"推断文学"，俄国的叶菲烈莫夫则认为它是"逻辑思考的文学"[55]。勒古恩等则认为，科幻是"假如……则会……（what if）"。当你做出数不清的各种假如，世界的种种可能都可以在其中进行测试。有趣的是，科幻小说中的表现派，永远不能成为纯正的表现派。因为在假如之后，由于科学原理的制约，真正自由的表现便无法生存。因此，科学无论是影响社会也好，还是替代世界的呈现也好，仅仅是在开始的时候具有表现的含义，而一旦故事发展起来，那种客体所必须遵循的客观准则，导致作品必须跟表现派的理论决裂。

表现派的观点跟客观派一样，在冠冕堂皇的外表下给科幻贴上了好孩子、好作品的标签。但是，在多数社会规划者、文学理论家、科学家那里，无论你怎么传递社会影响、进行思想实验，你所说的一切，都仍旧被打入另类。只有那些通常被认为是口无遮拦、性情乖张的人，才敢拿科幻说事[56]，更多的人则对科幻文学保持敏感的警惕。于是，就从这些边缘人的支持中，你也能看到科幻的边缘性！

一方面是科幻作家明显地处于边缘状态，科幻作品明显地被当作边缘作品，另一方面是科幻理论研究者并不考虑这种边缘的状况，大谈科幻的主流性，并用一系列不恰当的研究方法触及科幻。这种刻舟求剑的科研方式，引发人们许多思考。科幻理论到底是干什么用的？科幻研究到底应该朝向哪个方向进行？如果科幻不属于主流文学，那么借用主流文学的理论是否恰当？逼近主流文学的努力将达到怎样的效果？如果科幻属于边缘文学，那么这种不断出现的希望纳入主流的呼声，到底应该怎么考量？更不要说众多国家权力体系对科幻文学所做出的态度反应！看来，唯有创建一种以分析文学场中的权力运演为中心、能解释科幻文学怎样在文学和文化主流与边缘徘徊现象的科幻理论，才真正可能把握科幻文类的脉搏跳动。

令笔者感到高兴的是，将权力问题纳入科幻研究早已在国外展开。詹姆逊和苏恩文都在以往的研究中对此发表过真知灼见。例如，詹姆逊曾经针对女作家勒古恩的小说《黑暗的左手》，针对东德科幻小说的整体发展等进行过非常有价值的建构性描述。苏恩文也站在马克思主义的立场上分析过东西方科幻的差异，分析过作家的社会经济地位跟他们作品之间的关系。这些研究刺激了笔者的想象力，激发笔者朝着这一方向从事理论建构。

笔者发现，当前宏观和微观层次的科幻研究已经非常丰富，但中观资料却相对较少。当宏观分析展现出那种磅礴的气势，使人警醒，令人将视角聚集在资本主义的基本矛盾时，种种不能符合作者定义域的特殊的案例便悄然而出。这种特殊案例要么打乱作者的论述方寸，要么在作者的武断性格之下，被割出科幻的领地。与此相反，当研究过分聚焦于单一作家的微观层次时，个体对生活环境的反抗与顺应便占据了太多的论述空间，这种研究能否推广到科幻队伍的整体？能否用于研究整个科幻文学的状况？使人疑窦丛生。况且，上述论者的论述中心，还仅仅是集中在科幻的乌托邦建构方面，对科幻文学的多元性的分析还显得非常不够。因此，寻找一个中观层次，针对科幻多元性的诸多方面进行研究，是本文作者期望的一个重点。

再从上述三种理论研究共同存在的缺陷上看，功能性、内部结构、思想实验研究虽然都已经取得了一定成果，但这些成果普遍忽视作家作为作品、世界、读者之间的中介作用。即便是研究科幻小说的知识普及功能，霍金的作品与霍伊尔的作品、齐奥尔科夫斯基的作品之间也存在着差异，更不要提这些作家跟阿西莫夫和克拉克之间的差异。即便是讨论陌生化或认知性等结构因素，男性作家和女性作家之间的差异也非常明显。即便是研究思想实验，即便是同样撰写太空生命来到地球，克拉克的《童年的终结》、刘慈欣的《三体》和神林长平的《棱镜》之间，无论是样本的选取、思考的方法，还是获得的结果上都南辕北辙。可见，只有将作家考虑进去的理论研究，才能更好地反映出科幻文学的现实状况。在这个前提下，笔者认为，从中观考虑科幻文学理论建构，有助于改善当前宏观科幻理论的想象力过剩和微观科幻理论过分紧贴单一作品的两极化倾向，更可以关注某种特定作家人群、文化群体的共同特征，又避免堕入"普天下"式概括的失当。

在否定了整体分析、个体分析的两个层次的基础上，笔者找到了上下两个层次的"连接销"，这就是作家簇作为分析的起点。所谓作家簇不是一个文学流派的成员或一个文学集体的成员，更不是一个相互认识或相互联系的协会会员。换言之，他们不是由地理位置或某种社会建制组织起来的作家创作群体，而是具有同一属性的社会权力地位特征的作家的总和。同一作家簇的作家甚至可能生活在不同的时代，分布在不同的国度，但他们的社会地位导致他们具有同样的权利状况，产生类似的创作动机，共存于一个类群（簇）中。而作家簇分析的方法，就是寻找同一作家簇中作家的创作共同点，并将这种共同点推及到科幻文类所具有的整体特征的方法。

为了有条不紊地工作，笔者沿着科幻文学的历史自上而下地逐一观察作家，然后把他们纳入某个权簇，并在每一个新出现的作家登上历史舞台时询问，这个人是否已经可以归入前面的簇类？如果不能，是否可以展开一个新的簇类？整个方法非常有效。很快，笔者就已经从浩瀚的科幻文学历史星空中发现了四个重要的簇类：女性、大男孩、边缘人、现代化进程中的落伍者。这些在现当代科幻写作现实中具有类似社会地位／权力背景作家的集合体，构成了本书讨论的主要对象。而从他们的作品中所提取出来的共通特点，最终汇集成了科幻文学的属性。于是，在我的世界里，科幻文学的发展不再简单地成为一段人类如何探索自然、战胜自身、走向宇宙、面向未来的浪漫历史，它变成了一段现代化进程中关涉权力的斗争历程，从一个侧面展现了以科学幻想抒写为主要职业特征的当代社会中低位者的迷惘、痛苦、挣扎和反抗。

注释：

［1］小韩.中国科幻之父在寂寞中死去［OL］.千龙网，2003-06.

［2］郑文光.应该精心培育科学文艺这株花［N］.光明日报，1978-05-20.

［3］在没有任何反驳的情况下，《中国青年报》和《科普创作》针对电影《故宫幻影》、叶永烈的小说《黑影》、郑文光的小说《太平洋人》等进行了批判。见赵世洲.思想上的黑影——读惊险科幻小说《黑影》有感［N］.中国青年报，1983-11-03等文章。

［4］重要相关文献包括：甄朔南.科学性是思想性的本源.中国青年报，1979-07-19；叶永烈.科学·幻想·合理——答甄朔南同志［N］.中国青年报，1979-08-02；甄朔南.科学幻想从何而来？——兼答叶永烈同志［N］.中国青年报，1979-08-14；甄朔南.还是应当尊重科学——补谈《世界最高峰的奇迹》［N］.中国青年报，1983-03-26；叶永烈.争论四年，分歧如故［N］.中国青年报，1983-05-28；李凤麟.科学幻想不等于无知［N］.中国青年报，1983-06-04.

［5］主要相关文献包括：童恩正.谈谈我对科学文艺的认识［J］.人民文学，1979（6）：110；鲁兵.形式与内容的结合——再谈趣味性［N］.中国青年报，1979-07-05；鲁兵.灵魂出窍的文学［N］.中国青年报，1979-08-14.

［6］主要相关文献包括：盛祖宏.请爱护科学文艺这朵花［N］.光明日报，1980-06-23；李凡.请别打岔［N］.中国青年报，1980-07-03.

［7］主要相关文献包括：董鼎山.《东方列车谋杀案》不是文学作品［N］.大公报，1980-04-17；杜渐.不要把读者当阿斗——与董鼎山先生商榷［N］.明报，1980-05-19（参考消息1980.6.14转载）；杜渐.谈谈中国科学小说创作的一些问题［J］.新华文摘，1980（10）：193-199；董鼎山.科学小说与文学［J］.读书，1981（7）：93-100.

［8］重要相关文献包括：肖雷."繁荣"的另一面［N］.文学报，1981-04-16；叶永烈.也谈中国科幻小说的"危机"——与肖雷同志商榷［N］.文学报，1981-05-14；赵世洲.惊险科幻小说质疑［J］.读书，1982（8）：60-66；

钱维华.中学生的批评［N］.中国青年报，1982-12-18；叶永烈.惊险科幻
小说答疑［J］.读书，1983（1）:63-70.

［9］重要相关文献包括：鲁兵.不是科学，也不是文学［N］.中国青年报，
1982-04-02；周稼骏.值得注意的倾向——评叶永烈近作《自食其果》［N］.
中国青年报，1982-05-08.任志勇.也谈值得注意的倾向——与周稼骏同志
商榷［N］.中国青年报，1982-06-05；梁雁.伪科学不等于科学幻想［N］.
中国青年报，1982-06-12；晓吟.污水与孩子［N］.中国青年报，1982-
07-03；赵之.真假科幻［J］.新华文摘，1982（8）：254-255；叶永烈.谈
谈《自食其果》［J］.作品与争鸣，1982（9）:52-53；师泉河.遗传·文化
继承［N］.中国青年报，1984-04-07.

［10］主要相关文献包括：尤异.读稿零札［J］.智慧树，1981（2）:35-42；石工.要
真正爱护——读《读稿零札》［N］.中国青年报，1982-02-06；尤异.不
能脱离实际——答石工同志［N］.中国青年报，1982-04-03；赵世洲.挂
羊头卖狗肉［N］.中国青年报，1982-04-10.

［11］主要相关文献包括：张福奎.脸红的记录［J］.科普创作，1982（5）；叶永
烈.评《脸红的记录》［J］.科普创作，1983（1）:58；张福奎.回避了什么？
提出了什么？——答叶永烈同志［J］.科普创作，1983（1）:58.

［12］主要相关文献包括：生平.阿西莫夫何罪之有［J］.科普创作，1982（1）：
62；什么样的社会效果？——评《温柔之乡的梦》及其续篇［J］.科普创
作，1982（4）：12-18；叶永烈.科幻小说要有亮色［J］.芒种，1983
（7）:77-79；王谷岩.科学幻想要尊重科学［J］.科普创作，1984（2）：
25-27.

［13］例如，赵世洲的《不能只走一条道》，就将科学文艺和科普作品相互交叉形
成三个集合，认为现在科学文艺太多了。

［14］见香港《开卷》杂志于1980年5月发表的特约记者吕辰的长篇访问记《访
中国科幻作家郑文光》。选自郑文光.答香港《开卷》月刊记者吕辰先生问（代
序）［M］// 郑文光.郑文光科学幻想小说选（一）.天津：天际科学技术
出版社，1981：序言1-10.

[15] 史美圣，黎丁.新松恨不高千尺［N］.光明日报，1979-11-23.

[16] 叶永烈.“灰姑娘”和科幻小说［N］.大公报，1987-06-21；叶永烈.韩素音关怀“灰姑娘”［N］.人民日报，1987-12-11.

[17] 郑公盾.科学家们，请支持科幻小说［N］.中国科幻小说报，1981创刊号.

[18] 郑公盾.我们需要科幻作品——祝《科幻海洋》创刊［M］//《科幻海洋》编辑部.科幻海洋（第一辑）.北京：海洋出版社，1981：2-5.

[19] 郑公盾.李约瑟博士谈科幻小说［N］.科幻小说报，1981-12-26.

[20] 孟庆枢在《列宁和科学幻想》一文中，提到列宁在十月各革命胜利之后的一次外出时，意外发现了一个宇航讲演的海报。他当即记录下海报的内容，并于第二天邀请报告人察捷尔来克里姆林宫见面。在认真讨论了一系列宇宙航行问题之后，他提出了苏联应该成立宇航学会和邀请齐奥尔科夫斯基来莫斯科访问的建议。遗憾的是，这些具有科幻性的行为最终没有在列宁在世时完成。见孟庆枢.列宁和科学幻想［N］.光明日报，1979-08-08。

[21] 饶忠华，林耀琛.现实·预测·幻想（代序）//饶忠华，林耀琛.科学神话［M］.北京：海洋出版社，1979：4.

[22] 科幻文学的极度繁荣，在社会上造成了广泛的影响，也出现了质疑的声音，主要围绕着科学霸权和政治霸权展开。为了应对这样的社会批评，一些杂志邀请著名专家对科幻文学发表意见。其中典型的是华罗庚和茅以升，两人都是国际知名的科学工作者。华罗庚一方面肯定科幻，一方面要求科幻中的想象应该受到规训。他写道：“幻想，是一定要有的。实际上，有了人类就有幻想。科学家如果没有幻想，那是不会有惊人的发明创造的。有时候，科学幻想成为科学发展的动力。因为许多发明创造就孕育在科学幻想之中。无数事实证明，幻想常常是现实的萌芽。”他又写道：“科学的浪漫主义是有一定的科学根据的，所以，科学家比起文学家来，就要保守一些，因为科学的幻想是具有实现的可能性的。”茅以升的发言也相当类似。在《我对科学幻想小说的意见》中他写道：“科学幻想小说是文艺结合科学的产物，因而要在文艺范畴内服从科学的规律。”但他也写道：“什么是幻想，什么是胡说，当然有个区别。而这个区别并非固定的，可能今

天是胡说，明天是幻想，后天是事实。"话语中明显的矛盾性，揭示出作者思想中的矛盾性。可以肯定地说，作者期望支持某种批评，但对另一种倾向却不乐意过分反对。这可能是前后矛盾的原因。缪俊杰则写道："科学文艺作为一种特殊的文艺样式，有着为人民服务、为社会主义服务的巨大潜力和广阔前景。科学文艺可以说是一种古老而又年轻的艺术样式。科学文艺源远流长，有着丰富的内容，是人类的重要精神财富，我们可以从中吸取丰富的智慧，得到很多的启发……科学文艺有广泛的社会功能，而提高人民的精神境界是一项十分重要的任务……它可以同一般的科学著作一样，那就是普及科学知识，帮助人们认识某一事物的本质、特性和发展历史、发展规律，增长人们的科学知识，提高科学技能，也即具有一般科学著作那种认识价值。"此外，高士其等也发表了自己的看法。在谈到科幻小说到底应该以什么为主导时，高士其持兼有的观念，就是说，对文学和科学的要求应该并重，不必强求一律，允许作者在创作实践中探索尝试。但他也指出，当前的情况是"小说的特点不够！"上述内容均可在《科幻海洋》的前三辑中找到。

[23] 马识途在 1982 年 3 月为《科学文艺》杂志写的发刊词中指出，幻想也是客观现实的反映，科学、艺术都应该提高。

[24] 王逢振.西方科学小说浅谈.光明日报.1979 年分 3 次发表。后收入光明日报《科学》副刊组.科苑百花集（第一集）[M].北京：科学普及出版社，1980：11-19.

[25] 此文是吴定柏参加 1980 年哈尔滨科普会议的论文《美国科幻定义的演变及其它》，从未正式发表。被收入吴岩.科幻小说教学研究资料 [Z].北京：北京师范大学教育管理学院，1991：150-161.

[26] 中文版载叶永烈.吴定柏，译.科幻小说创作参考资料（第 1 期）.中国科普创作协会科学文艺委员会，1981.

[27] 结城彻.中国科学幻想小说的英雄——金明.日本《SF 宝石》.1981.第六期 [G] //.叶永烈，龚云表，译.科幻小说创作参考资料（第一期）.中国科普创作协会科学文艺委员会，1981.

［28］结城彻.中国的SF热.日本《SF宝石》.1981.第六期［G］// 叶永烈，龚
　　　云表，石安富，译.科幻小说创作参考资料（第二期）.中国科普创作协会
　　　科学文艺委员会，1981.

［29］深见禅.中国SF新貌.日本《SF宝石》.1980.第二期［G］// 叶永烈，丘
　　　虹，译.科幻小说创作参考资料（第二期）.中国科普创作协会科学文艺委
　　　员会，1981.

［30］深见禅.现代中国科幻小说的现状.日本《SF宝石》.1981.第一期［G］//
　　　叶永烈，周平，译.科幻小说创作参考资料.第四期.中国科普创作协会科
　　　学文艺委员会，1981.

［31］热洛霍采夫.关于中国文学的某些现象.原载《远东问题》1979.［G］// 叶
　　　永烈.科幻小说创作参考资料.第二期.中国科普创作协会科学文艺委员会，
　　　1981.

［32］见香港《开卷》杂志于1980年5月发表的特约记者吕辰的长篇访问记《访
　　　中国科幻作家郑文光》。选自郑文光.答香港《开卷》月刊记者吕辰先生问（代
　　　序）［M］// 郑文光.郑文光科学幻想小说选（一）.天津：天际科学技术
　　　出版社，1981：序言1-10.

［33］同时还发表了刘美云.中国科幻小说之父.香港：亚洲2000.1981.创刊号［G］//
　　　叶永烈.陈珏，译.陈冠商，校.科幻小说创作参考资料（第二期）.中国
　　　科普创作协会科学文艺委员会，1981.

［34］叶永烈.科幻小说创作参考资料（第4期）［G］.中国科普创作协会科学文
　　　艺委员会，1981：91-92.

［35］叶永烈.科幻小说现状之我见［N］.文学报，1983-01-13（3）.

［36］叶永烈.科幻小说创作参考资料（第3期）［G］.中国科普创作协会科学文
　　　艺委员会，1981：10-30.

［37］见瑞典来信.叶永烈译.载叶永烈.科幻小说创作参考资料（第2期）［G］.
　　　中国科普创作协会科学文艺委员会，1981：46.

［38］董鼎山.科学小说与文学［J］.读书，1981（7）：93-100.

［39］董鼎山.《东方列车谋杀案》不是文学作品［N］.大公报，1980-04-17.在

这篇文章中，他认为建设四个现代化的中国，不应该想象，不应该逃避。

[40] 董鼎山.科学小说与文学 [J].读书，1981（7）93-100.

[41] 亚当·罗伯茨.科幻小说史 [M].马小悟，译.北京：北京大学出版社，2010：13-14.

[42] M.H.艾布拉姆斯.镜与灯——浪漫主义文论及批评传统 [M].郦稚牛，张照进，童庆生，译.北京：北京大学出版社，2004.

[43] 鲁迅.鲁迅全集：第十卷 [M].北京：人民文学出版社，1981：164.

[44] 顾君正.在北极底下 [M].上海：文化生活出版社，1930：序.

[45] 胡捷.论苏联科学幻想读物 [M] // 黄伊.作家论科学文艺（第二辑）.南京：江苏科学技术出版社，1980：77.

[46] 李赫兼斯坦.论科学普及读物与科学幻想读物 [M] // 黄伊.作家论科学文艺（第二辑）.南京：江苏科技出版社，1980：149.

[47] 童恩正.谈谈我对科学文艺的认识 [J].人民文学，1979（6）：110.

[48] 余俊雄.中国科幻口述史之余俊雄谈往事.吴岩记录.新浪博客——幻想的边疆 [M/OL].2008-06-14.

[49] 上述观点见 Т.Чернышева，《Природа фантастики》，издат.Иркутского университета，1984.

[50] 郑文光.往往走在科学发明的前面——谈谈科学幻想小说 [M] // 怎样编写自然科学通俗作品.北京：科学普及出版社，1958：158.

[51] 见安徽文艺出版社出版的苏恩文的两部理论著作。

[52] 达科·苏恩文.科幻小说面面观 [M].赫琳，李庆涛，程佳等，译.合肥：安徽文艺出版社，2001.

[53] 亚当·罗伯茨.科幻小说史 [M].马小悟，译.北京：北京大学出版社，2010：13。以及 E.F.Bleiler，edit，Science Fiction Writers-critical studies of the major authors from the early nineteenth century to the present day.New York.Charles Scribner's Sons.1982.pp330.

[54] 上述内容可参见：吴定柏.美国科幻定义的演变及其它.吴岩.科幻小说教学

研究资料［Ｚ］.北京：北京师范大学教育管理学院，1991：150-161.

［55］上述观点请参见 T.Чернышева.Природа фантастики. издат.Иркутского университета.1984.

［56］例如，在科学家中，常常愿意谈论科幻人包括了理查德·费曼、福里曼·戴森，以及卡尔·萨根等人。而这些人常常被认为是一些性格怪异的人或者信口开河的"大嘴"。

第二章

女性作家簇

　　女性作家在科幻作家中的比例并不算大，但女性作家对科幻文学的贡献却与其作品数量不符。从科幻起源时代的玛丽·雪莱，到当代唯一以科幻作品获得诺贝尔文学奖的作者，女性作家创造了科幻文学中独特的辉煌。但是，女性为什么会进入科幻创作？她们给科幻作品带来了怎样的独特内容？本章将针对历史上几个重要的女性科幻作家及其创作，提供相关的答案。

1. 雪莱夫人的"怪物"

很少有人系统化地指出，大半部科幻文学的历史，其实是被压迫者企图发声的历史。也很少有人指出，科幻不一定是张扬理性的，反而可能是张扬感性的。它是对知识积累过快的世界的感觉与担忧，是对权力富集于男性、男人生活态度的审慎观察和反抗性建构。

玛丽·雪莱是第一个、也是最重要的研究案例，她生于 1797 年，一生都是在内心的煎熬和死亡的阴影中度过的。玛丽的生日就是母亲的临终。由于产褥热，母亲在她出生后第十天就告别人世。这给玛丽极大打击，无论她是否愿意，她是导致母亲去世的直接凶手。父亲的再婚使家庭中一日之间增加了两个新孩子，这些没有血缘关系的孩子要跟玛丽同在一个屋檐下。而随后的新生婴儿，则导致了父爱的分配失衡。

从很小起，玛丽就感到孤独。这种孤独是否就是小说《弗兰肯斯坦》中怪人的孤独？而玛丽一生所经历的动荡和死亡，是否就是小说中弗兰肯斯坦所经历的动荡和死亡？在布赖恩·奥尔迪斯的《亿万年大狂欢：西方科幻小说史》中有肯定的描写。奥尔迪斯也承认，科幻小说不是传记，但现实生活在敏感的作者内心造成的影响，不得不认真考虑[1]。

《弗兰肯斯坦》的故事能被多种方法解读。例如，许多人将小说置于哥特文学的范畴。这种分析可以研究古堡怎样转换成科学家的实验室、幽灵如何转换成科学家创造的怪人，可以研究小说中的阴郁天空怎样成就了哥特式的情节，更可以研究作家为什么选择哥特文学这种文类。作家要表达自己的某种恐惧，而哥特文学是那一时代最重要的恐怖文类。还有人根据感伤主义文学的基本模式进行分析。在文学辞典中，感伤主义是一个从工业革命到法国大革命之间的文学流派。在这个时间段里，大机器生产逐渐成为社会的主导，而人们的思想，至少在政治方面，仍然处于解放的前夜。人们感叹理性正在取代情感，正在扫荡生活秩序。所有这些都是对的。但似乎都还没有触及作品的主题。奥尔迪斯曾经认真解释了雪莱夫人如何受到伊拉玛斯·达尔文的影响，也解释了其他的电学和生物学知识可能通过怎样的渠道获得。王建元和一些国外学者则更多注重小说中的科学观念如何从前现代的巫术转换成现代的实证。[2]这种针对小说中科学内容所进行的解读，也是一种通行的解读方式，这似乎可以使小说在科幻文学领域中站住脚直起身。但也应该看到，科技仅仅是作品中众多主题的一个小的侧面，另一方面，也是最重要的，它仅仅在小说的前半部分起着积极的作用。要想全面地理解整部作品，这样的分析还略显不足。把整个小说当成对宗教权威的挑战是一种很好的解读策略。文艺复兴后的西方资产阶级如何挑战上帝，是对整个小说的一个极端浪漫主义解析，如果再加上对神创论的轻蔑这种有情感色彩的壮举，则更可以将这种观点与前面所述的认知解读相互融合。

　　我不想像奥尔迪斯那样离开作品做很多猜想，例如，这个人怎么影响了她，那本书怎么影响她，她可能读过什么，见到过谁。作家所要表达的东西都在作品之中。《弗兰肯斯坦》的故事并不复杂，一个出身日内瓦名门的瑞士人儿时喜爱魔法，后来爱上了电学。他到科技发达的德国留学，并希望弄清生命的秘密。他以一种独特的"要追查生命的本源，就得先求助于死亡"的推理，开始了从腐败发现创生的过程，并最终成功地用尸体建构了一个生命的"受体"。随后，他给这个"受体"通电并激活了他。至此，小说的第一部分既是一部科学创新过程的历史，又是科学家个体成长的历史。在这样的成长中，社会生活显然是退居二线的，唯有求知才是第一的。小说的第二部分，成长主题转移到怪人身上，当逐渐进入社会的科学家弗兰肯斯坦准备寻找爱情、婚姻、家庭生活的时候，怪人则开始了自己的心理和生理上的成熟。他阅读、学习，他希望跟社会交往。但他所碰到的难题，不是科学上的难题。如果说弗兰肯斯坦可以用自己的智力和前人的积累化解成长中的障碍，那么怪人所需要的，则是打破人际关系的障碍，是消除社会对偏离正常群体之人的偏见。怪人的这种个体成长以失败告终。于是，小说的第三部分开始。这一部分，是后成长个体向先成长个体的一个乞求，要求先成长个体同时也是自己的造物主参与到自己的成长中来，协助自己成长。怪人向弗兰肯斯坦哭诉了自己的状况，感动了对方，同时，提出了自己的方案。从这里可以看出，虽然怪人比弗兰肯斯坦成长得更晚，但他似乎更加懂得社会生存的规则，并能更好地提出改进的方法。他的改进方法，就是重新建造一个女性个体，并与自己建立一个全新的家庭。这个家庭可以成为一个方舟，使他们避开人类社会的冷漠与陈规，找到自身生存的空间。小说的意义结构清晰可见，这就是一个不断重新发起的成长过程，作家显然在这种成长撰写中得到许多安慰。如果没有任何打扰，两个怪人的结婚和生育将再度展开新一轮成长的讨论。玛丽·雪莱将因此成为一个独特的成长循环小说作家，也可能会开创一种新的教育性叙事文体。但是，她没有这样做。这是分析《弗兰肯斯坦》故事中最重要的一点。由于弗兰肯斯坦的背叛，故事的发展突如其来地改变了方向。成长的循环被终止，当弗兰肯斯坦思考良久并最终肢解了未来的女性的时候，怪人走上了复仇的道路。

阅读《弗兰肯斯坦》必须把握住这一点：怪人不是生来就攻击人类的，也不是生来就想向父权发威的。他尽管命运坎坷，但仍然期望着跟人类妥协，期望着更好的教育，期望着这个世界能宽容地面对边缘，期望能获得自己的伴侣。

玛丽在整个作品中所展示的，应该说是18—19世纪的现代化早期过程中女性的基本生存状况和思维状况。她们在男权世界的边缘，期望着跟这个世界讨价还价。她们带着诚挚的梦想，带着尽可能多的容忍向这个世界妥协，但是，她们的生活仍然不尽如人意。即便是带着启蒙主义和浓烈的浪漫主义思想，玛丽的父亲高德温、丈夫雪莱也仍然是玛丽世界的主宰。玛丽曾经回忆过她是多么希望得到父亲的爱，为父亲对自己的些许关怀而感动。然而，父亲的决断性婚姻让她落入了家庭的底层。新母亲带来的孩子跟自己之间的矛盾还算是小事，新母亲跟父亲的新生婴儿，才真正让她体验了"爱的转移"。在丈夫的一方，有更多烦恼她无法消除。雪莱有自己的妻子，这位妻子不同意离婚。玛丽不仅要忍受跟这位正房妻子同时怀孕的尴尬状况，还要忍受后母的女儿克莱尔伴随自己和丈夫一起旅行的古怪状况。看来，即便是浪漫主义者，在男权方面也丝毫没有浪漫可言。他们是追求自由的、精力充沛的、自恋的男人，他们的解放才是真正的解放。而女性是否能谈得上自由和解放，确实需要历史学的更多回答。

阅读过《弗兰肯斯坦》的读者都会发现，小说写得最精彩的部分，是怪人被排斥出人类社会后的那种孤独和渴望。对这种孤独和渴望没有亲身感受的人，能否写出这样感人的故事，恐怕值得怀疑。成年的玛丽生活在一群放纵的青年诗人和知识分子之中，体会到了那种热情似火、想要改变世界的冲动。但这同时，她发现自己却置身这场运动之外。浪漫主义确实歌颂美好的爱情，但这种歌颂更多来自男性的视角。女人是美丽的，是梦，是诗，但她们是否也是人？正如卡莎·波里特在《女权辩》序言中所言："18 世纪中产阶级的革命没有什么意义，因为所有他们赋予理性、权利、自由、平等的崇尚对于提升妇女的法律、经济和社会地位于事无补。"[3]

如果不是玛丽有一个女权主义的母亲，也许我们永远无法读到《弗兰肯斯坦》的后半部分。我们看到的可能仍然是复仇中作为代价而自尽的奥菲丽娅。但是，玛丽的母亲在自己的著作或自己所遗传的基因特征中，除了保有妥协、沉默、逆来顺受之外，还有着为女性争取权利的成分。这些在雪莱夫人的身上，最终化为了怪人的反抗。杀戮发生了，杀戮发生了不止一次，弗兰肯斯坦为此疯狂了。男人的理想温馨被彻底毁灭，男人也开始复仇。《弗兰肯斯坦》在复仇方面的描述虽然被许多评论者渲染，但笔者认为，复仇确实写得非常一般、俗套。故事的结尾，也没有什么激动人心的成分。可见，在作者眼中，复仇本身是重要的，而复仇的过程和结果并不重要。

回到刚刚讨论过的《弗兰肯斯坦》的叙事模式。笔者以为，原本成为一种全新的循环发展的教育小说嵌套模式的作品，突然转折为复仇故事，而且立刻落入简单的毁灭俗套，这种变化证明了作家对文本创新并不真正渴望。恰恰相反，她就是要表达自己对时代、对这个即将表现为科技兴隆的资产阶级盛世中女性将堕入更深深渊的担忧和愤怒。在本来已经形成的性别权力的差异之外，科技的发展，作为男性炫耀自己成就的、奔向控制自然的科学技术，其结果只能是取消女性的生存空间。如果说怪人生存的前期，对人类来讲是一种令人恐怖的沉默的他者，那么小说中给女性"受体"所做的那次肢解，则是玛丽对这一全新时代的彻底失望，也导致了弗兰肯斯坦精神的诞生。

科幻小说起源于《弗兰肯斯坦》这一观点本身虽然存在着极大的争议，但作为女性可以通过科幻文学表达自己的声音，展示自己的想象，通过科幻所提供的种种变形空间，深切体验女性所受到的压抑，寻找性别平等或新的性别政治方式这点，却无人质疑。而同意科幻文学为玛丽·雪莱肇始者则更可以深思，为什么一位女性竟然可以成为一种新的文学书写方式的启动者？这跟女性在以征服自然、改造世界为主导思想的男权化的科学时代所处的更深的失落地位，是否有着直接的关系？这一点暂时还没有人能够论证。但就我们所知，她通过一种人工造物，来映射自身的存在。自此之后，女性作家确实找到了一种全新的方法，去展示自己心中对当代世界的恐惧、孤独、失落、渴望，展示她们梦想中的革命性变化。

2. 勒古恩的"冰星"

19世纪资本主义仍然在上升时期，玛丽·雪莱的心还不是完全灰暗的。这种心存希望的状态，使女性作家从科幻小说中所发出的声音带着明显的渴求。怪人仍然活着，他在北极等待着人类社会重新做出自己的选择。虽然弗兰肯斯坦死了，但他的继承者是否在实验室中更正自己的错误，重新制造出自己的同类？

遗憾的是，这种期望随着科技发展后女性社会地位的渐渐降低也逐渐泯灭，女性迟迟没有等到救世主的解救。她们在受教育、就业、社会等级升迁方面的比率继续下降，在家庭中也没有获得真正的自由。究其原因，主流的西方世界是一种来自古希腊的、先入为主的、男权的世界，它习惯以男人的眼光看待一切。在这样的状况下，女性不再等待男人的自我检讨和良心发现，或者说，她们已经彻底抛弃对男性的期待。厄休拉·勒古恩就是这样的作家中的一位。

厄休拉·勒古恩 1929 年 10 月 21 日生于美国加州伯克利。她的父亲克罗伯是著名的人类学家，母亲是一位人种学家。虽然没有雪莱夫人那种苦难的家庭和交织着欢乐与痛苦的婚姻，但也仍然能看到当代社会女性被疏离的痛苦。人类学家的家庭中充满了关于边缘种族的资料，而原始世界的巫术故事，则极大地吸引着她的关注。也许，这些原始世界的生存状态，才是女性真正期待的乐园？

勒古恩的名著《黑暗的左手》讲述了遥远的宇宙中一颗寒冷的"冬星"，冬星上有个卡海德国。来自星际联盟的特使"艾"被派往冬星，试图说服他们加入爱库曼的大宇宙体系。卡海德是一个混杂着三分之一原始、三分之一封建、三分之一共和制度的国度，最重要的是，这里的人种雌雄同体。换言之，他们只有一个性别。每 26~28 天，这种人会发生一次生理性循环。具体地讲，在持续 18 天性冷淡之后，腺体开始分泌性激素，到第 22~23 天冬星人会进入性活跃期。此时，如果他们遇到同样处于性活跃期的另一个个体，腺体的分泌就会加速，性器官就会向两种不同的方向发展。在 2~5 天不等的性高潮期，两个朝向相反方向发展的个体会亲近、爱慕，有性活动。此后，如果"女方"没有受孕，双方就会回到中性期。如果受孕，则孕妇会经历 7 个月的妊娠期和 6~8 个月的哺乳期培育出新的个体，之后，重回中性人。与一夫一妻制类似，一对发情期的冬星人可以订立誓约生活在一起，这类似我们的婚约。如果相互喜欢得厉害，则可以订立终生誓约。不过，这种誓约不是对任何人都有效的。例如，在亲兄弟之间不允许订立誓约。

放弃了对男女平等社会追求的最终努力，转而建立一个完全由女性控制和管理的母系氏族社会，甚至让性别彻底消失，是勒古恩类左派女作家的终极反抗。小说中惟妙惟肖地将女性所能设想的这种世界精细地展现出来。

"双性同体"是女性主义批评的一个重要概念。尽管在女性主义批评界存在着各种不同的声音，彼此之间不乏矛盾和歧义之处，但却都普遍引入了这一概念，并且都将它作为一种文学的理想境界提出。[4]其实，雌雄同体之所以被女性主义作家看重，主要是由于弗洛伊德的恋母情结中引入的阉割焦虑所致。这里所说的阉割焦虑，是指弗洛伊德所陈述的关于小汉斯玩弄生殖器官时受到长辈的恫吓，说会被阉割所产生的焦虑。而汉斯看到的女孩没有跟男性一样的生殖器时，便认为是被阉割的结果。因此，从文化角度上观察，阉割焦虑既是一种个体心理障碍，又是一种社会关系的象征。而女性作家所提出的同体论，则彻底消除了阉割的恐惧，无论对女性还是男性，都不再有焦虑可言。一旦生物是雌雄同体的，他们便具有了共同奋斗、共同创造的可能性。其实，多数原始社会的神话传说中都有这种雌雄同体的故事，从伏羲女娲到亚当夏娃到埃及的始祖之神再到新西兰毛利族的神话。

当然，与传统的民间传说不同，勒古恩的小说是在全新的科学幻想状态下演绎的女性梦想。美国马克思主义理论家詹姆逊认为，作家之所以采用冬星这样严酷寒冷的环境，是想要告知读者，小说中讨论的事件全部来自自治的主体。寒冷让人清醒，让理性充分发挥，因此，故事虽然属于科幻，却是真实的现实。作家想要进行一场全新的思想实验。想要对今日的资本主义世界进行强烈批判。但这种批判也是女性主义色彩十足的，因为在试探"专制与放松""压制与自由"等主题的同时，作家自始至终追求的是一种"乌托邦式的安宁"，这种安宁排除了性别和历史折磨，排除了文化过剩和自然折磨，是无差别的集体性带来的。

作为一个左派作家，勒古恩必定也接受过一些马克思主义思想。她的小说并非古典乌托邦那样充满了思辨，充满了纯美色彩。恰恰相反，这样的世界也是有着权力差异和不平等现实的。例如，卡海德的文化和政治现实横亘在艾的面前，让他难以分辨是非，而统治者的神经过敏、人和人之间的忧患与惧怕则更是不可更改。"艾"的使命最终失败，执政者以他卷入当地政治为由将他流放。但是，这种不平等基本上不是建立在性别权力的基础上的。不但如此，在作者看来，如果更加熟悉和理解当地人的这种雌雄同体的特征，放弃自己的性别固执，外来人跟当地人之间完全可以良好融合，甚至可以产生感情，可以克服上述种种困难。故事的发展也确实如此。在小说的后半部分，艾跟同样被流放的当地官员伊斯特拉维相互帮助，逃脱了厄运，发展起了亲密关系。这是一种跨越种族的、超越现实的亲密，在这一过程中，他充分体验了对方的思想与生活，全心全意地理解这一外星种族的心理和生理特征。

《黑暗的左手》是科幻小说的名著，这与它用女性主义的内容和形式去反抗黄金时代美国科幻文学那种帝国主义、技术主义、科技至上主义倾向不无关系。小说的故事轻松流畅，丝毫没有同时代的美国科幻作品那么惊险紧张，将外星特使的名字取得与英语中"眼睛"或"我"两个词发音相同，也是一种女性强调个人体验的隐喻。而作家所构筑的超越两极对立的哲学，给人以极其深刻的印象。像罗伯特·斯科尔斯所言，小说的故事混合着民间讲述者的吟游和宗教神秘主义者的呓语，荣格心理学、无政府主义、生态学和人类的解放等等看似边缘的概念被融入一个新的、统一而平衡的图景之中。这种做法全面解构了科技赖以存在的逻辑中心体系。在"光明是黑暗的左手，黑暗是光明的右手"的道家思想辉光下，一个阴阳共荣、万物归一的社会仍然在作者的期望之中。而"事实是想象的产物""信与不信，取决于讲述方式"，则更是明显地带有后现代多元主义的认知倾向。

从雪莱夫人的那种对科技发展可能导致女性地位更加低下的恐惧和她对男性改变行为的等待，到勒古恩设计出完美的雌雄同体的世界以克服男女两性的焦虑，西方科幻女性主义思想已经发生了天翻地覆的变化。女性主义批评家菲廷将这期间的一系列变化总结为：早期的女性主义强调女人跟男人平等，接下来，强调女人胜于男人，而发展到勒古恩所在的20世纪60年代末70年代初，所有这些前期激进主义的态度也消失了。但态度是一回事，结论是另一回事。激进也好不激进也好，女性在科技时代社会和家庭地位的衰落，并没有因为女性主义者的存在和创作呼吁而发生根本性的改变。

雌雄同体只不过就是个思想实验。在现实生活中，雌雄同体的生命到底在哪里？

3. 芭特勒的双重黑暗

如果将女性因为性别的受压迫状态跟黑人作为有色人种的被压迫状态组合起来，科幻小说将变得尤其恐怖。黑人女作家奥克塔维亚·E.芭特勒就是这样一位著名的作家。笔者在一次会议上曾经见过芭特勒，她生得人高马大，讲话也很有一些斗争性。芭特勒出生于1947年，父亲是擦鞋匠，母亲是女佣。因幼时父亲去世，母亲只能带着她一起上班。生活在社会底层的人怎样看待他们的世界，我们可以从其作品中寻找答案。芭特勒喜欢撰写有关种族和血缘关系的小说。例如，《野种》涉及新科技状态下家庭的建立；而《同族》则是通过时间旅行回到南北战争之前去探索美国黑人奴隶制的故事，在那里主人公发现，虽然女人"生来自由"，但却被当成奴隶使用。科学在小说中只是一种穿越的背景，作家的主要注意力集中在故事的情感和道德内核上。这是一种阴森的奇幻，因为"其中毕竟没什么科学"，芭特勒曾经自我标榜地指出。不过在我看来，芭特勒确实在展示一种新的世界，她吸收了雪莱夫人的那种担忧，也吸收了勒古恩的那种主动建构。她的恶托邦科幻"寓言系列"和《雏鸟》等作品都是这样。

　　我们以作者获得雨果奖和星云奖双奖的短篇小说《血孩子》作为案例，看作为女性和有色人种双重受压者能提供出怎样的作品。这个作品是作家的《世代交替》三部曲也叫"莉莉的孵化蛋巢故事系列"的一个组成部分。《血孩子》的故事十分怪异。小说讲述了人类与外星球一种蜥蜴式的动物之间的共生关系。按照故事中的片段回忆，两类生物在交往的初期相互敌对，曾经相互残杀。人类可以在这类动物幼小的时期将其踩死。而这类动物到了成年，将变得非常巨大，能把人类抱玩于股掌之间。但是，这类动物需要人类的躯体，因为它们是借体怀孕的物种。它们选择人类中强壮发达的个体，特别是"男性"作为自己的代孕者。将多枚卵植入对方体内，等这些卵突破外壳，再及时将幼虫取出，转移到其他营养体中。如果不及时取出，这些幼虫将自动啃食代孕者的躯体，直到将其吃空。又是通过相关回忆我们知道，在这类强大的物种内其实也有如何对待地球生物的冲突想法：一方认为，代孕体就是一种工具，可以任意处置；而另一方则认为，代孕体也有自己的生存理由，也应该善待。后者虽然不在多数，但它们却在地球建立了自然保护区，并跟相关地球人家庭结成对子。它们负责保护这些（个）家庭免受其他蜥蜴似外星人的强暴，并给这个家庭提供好吃的不孕蛋。作为回报，这些（个）家庭必须提供一个强壮的男性作为未来蜥蜴人的代孕者。

　　上述科幻场景和生物行为逻辑的设定，跟其他科幻小说之间没有什么区别。但是，作家采用的视角与其他作者不同。她以一个被保护的家庭中的一个代孕少年的眼睛去观察世界。这个男孩从少年起一直受到蜥蜴人的优待，总能吃到比其他人更多的美味不孕蛋，他也由此对蜥蜴人保护者发展起一种强烈的感情依恋。但是，孩子的母亲则对此事忧心忡忡。她知道自己的儿子有朝一日将成为代孕者，而保护者的孩子有可能完整地吃掉自己的孩子，即便情况好，在幼虫出现的当时就能将它们取出体外，代孕者也将成为一个丧失劳动能力的废人。孩子对外星人的热情，母亲对外星人的恐惧和对孩子的担忧，加上外星人保护者对这个家庭的热心保护，形成了一种纠缠不清的复杂关系网络和情感网络。唯有对爱、感情、恐惧都有充分体验的作者才能创作出这么想象丰富的作品。

小说继续发展。照作者的暗示，如果没有意外，主人公小男孩将在某个日子里被外星人保护者的尾巴"蜇刺"进入麻醉状态，之后他将被注入卵子，正式替对方孕育孩子。但是，意外发生了。一名门前路过的代孕者由于处在幼虫破壳而出阶段，保护者又没在身旁协助提取幼虫，全身进入难忍的痛苦之中。此时，小主人公的保护者蜥蜴人挺身而出，动手划破那个代孕者的身体，替他将幼虫取出。从未见过的血淋淋的过程震惊了主人公，他对成为代孕者感到由衷的恐惧。

女性科幻作家熟练地操作孕育、抚养、家庭、亲子关系等相关主题，比男性作家肤浅地谈论这些内容时更加深刻和真实。因为女性在孕育经验的这些部分颇有深度。但是，芭特勒的小说所谈论的，虽然在人类情感的合理范围之内，却着实走到了极限的边缘。例如，很少有人能通过作品将生育过程表达得如此血腥，也很少有人能将家庭关系中那种复杂的依存性表达得如此贴切，更少有人能从孩子的生长其实是吸食母亲的身体的绝妙寓意中感受到生物的代代相传。小说中的母亲因担忧而明显地消瘦，她甚至不吃保护者送来的营养丰富的不孕蛋，这一方面是她本身就对交出这个儿子感到内疚，另一方面，也是她可能感到在这样的状况下食之无味。小说中的保护者，在政治上完全站在民主和被保护者的一边。她跟男孩的母亲一起长大，相互建立了很深的感情。她是这块地球人保护区的首领，用自己的影响力保护了大量人类家庭免遭灭顶之灾。她即便在未来的代孕者持枪可能消灭她的当时，也大胆地给对方自由选择的权利。但她仍然是生物驱动的个体，在排卵期的促使下，她还是要将自己的尾巴插入代孕者的身体。

评论家多数认为，芭特勒的科幻小说其实是将种族问题和性别问题共同考虑的杰出典范。作家能感受和表达的，是种族压迫和性别压迫下的双重社会现实。笔者完全同意这样的分析。正因为地球人类跟外星球保护者并非一个种族，即便是这些保护者给予被保护者民主和宽容，也仍然在它们的生物本能的压制之下。被保护者的最终命运，仍然是一个代孕体的命运，是一个失去工作能力或永远失去生命的命运，他们将永远生活在自然保护区中，是一种脆弱的、看着对方脸色行动的可怜的动物。在这同时，他们还受到孕育过程的压迫。他们在不能控制的时间中受孕，在血腥中等待着新生儿对自己的可能的吞噬。即便是外星球保护者能及时地将幼虫全部取出，也将是一个大失元气、永无恢复可能的废人；如果他们的外星球保护者没有抓住时机将幼虫取出，或者取得不干净，还有少数的存留，他们将被吞噬而最终丧失生命。

架在种族和性别的双重刀锋之下的生命，其命运就是这样可怜可悲。但是，来自女性作家的那种成熟体验，把物种之间、两性之间的复杂关系通过情感表达了出来。整个阅读过程是一个走进黑暗深渊的过程，是一个了解当代女性和有色人种的深层困惑的过程。情真意切，是这部小说最突出的特点。而这种真情和真意，将导向一个没有前途的未来。即便是作家意味深长地将故事中本该女性占据的地方让位给男性，也无法摆脱这样的痛苦。更何况，这种换位本身所蕴含的，就是强烈的思索价值和创新价值。

4. 怪物作为他者

女性通过身体感受世界。通过科幻文学表达自己对世界的感受，是女性从事科幻文学写作的一个重要的启动点。而通过女性科幻观察这个世界本身，通过女性科幻体验女性的生存，则是女性科幻小说的一个最重要的价值。其中，创造力和想象力起着十分积极的作用。可以说创造力和想象力是女性科幻带领女性逃出现实的桎梏的最重要的方式。

任何人都会同意，女性是科幻小说中真正"他者"的创造者。男性主义、特别是大男孩的科幻中也会出现种种非人的怪物，会有外星人、机器人、奇异的生命，但令人失望的是，男性科幻中的这些非人或类人，通常没有与人类之间的情感纠葛。这里所说的情感纠葛，来源于作者向作品中投入的、非常复杂的、深深的情感。异形类作品让你害怕，这种害怕是外在的怕。一旦去除外在因素，害怕将会终止。恰佩克的剧本中机器人想要暴动，他们不能忍受人类的管制。但这种不能忍受，是针对体制的直接反抗，如果体制松动了，事情就此结束。阿西莫夫的机器人小说中有的是三定律，但三定律是外来强加的，阿西莫夫几乎无法写出机器人内在的感受。这些机器人对三定律怎么想？三定律怎么左右了他们跟人类的爱？阿西莫夫也会写爱，写情感，但这些爱和情感，缺少我们刚刚讨论的那种纠结，爱恨界限过分地分明。但女性作家则完全不同，她们的爱恨交织在一起，换言之，即便你解除了外在的控制，情感纠葛仍然存在。在她们看来，对一个事物的恨是由爱所引起，越爱越恨，越恨越爱。雪莱夫人的科学怪人为什么反抗社会？他太爱这个理想主义的人类社会了。但是，这个社会是男权式的、科技进步式的、消除女性存在的，根本没有怪人的立足之地。勒古恩的主人公怎么能在冬星上一待再待，他是在用自己的眼睛观察，用自己的心体验。他是带着对雌雄同体生物的别扭而去的，但这种别扭中如果加载着对另一种生活的好感，则情况完全不同。芭特勒的变性主人公怎么交织了那么多恐惧、疑惑甚至反抗心理，因为他爱外星球的保护者，但同时也恨将成为代孕者的命运。用自己的感受确认自己的感情，用自己的感情确认自己的生活，这是科幻女性主义理解生活的基本方式。但是，这种方式在以结果判定动机、以标准压制个性、以速度超越质量、以绝对权力的追求为特征的当代世界，只能是一种他者/怪人的方式。

上述论辩中所谈及的他者，和普通文学或文化研究中所说的他者有一些小的区别。通常，人们讨论他者是机体建构自身并将与自身对立部分向外投射所造成的对立形象。女性科幻小说中的他者固然也是这样，但其意义却完全不同。从作品中可以清晰地看出，这些新他者的状况包含有足够的反抗、建构的含义。换言之，女性作家的科幻他者形象塑造，其意图是对当下不健全的生活做出有力反抗，是渴望对全新的性别关系或世界秩序、人与科学发展之间关系做出新的、建设性的贡献。

现在的问题是，现实主义、浪漫主义和现代主义文学同样提供了女性建构和塑造的空间，为什么她们仍然要选择"四不像"的科幻文学？答案可能非常简单，科幻文学提供了思想实验的最自然的空间。在现实主义世界中建构天地尤其狭小，现代主义则明显有多义解读的可能性。浪漫主义文学本身含有充足的理想成分，但科幻作家期望他们的设计并非某种理想，某种终极的浪漫。女性科幻作家想要的，是根植现实生活以具有实现的可能性，集中于女性的焦虑，而不是令人涣散地遐想联翩，是激情的创造且扎实地反馈。

遗憾的是，按照时间顺序逐一阅读女性主义科幻名著，任何人都会有一种"怪人更怪"，"积"重难返的感觉。因为在一个现代化进程不可逆转的列车上，玛丽·雪莱式的盼望和等待没有效果，勒古恩式的乌托邦式的呼叫，又有谁能听到？或者，有谁能办到？雌雄同体能发展经济吗？能抢占全世界的资源吗？等世界到达了芭特勒登上创作舞台的时代，双重压迫已经成为一种法定的形式。女性和下层人的呐喊已经进入了狭小的自然保护区之中。这种保护区包括各种学术论坛、非政府组织、大学讲堂。当然，还有科幻小说。在 20 世纪的大部分时间里，资本主义和社会主义两大阵营共同构筑了一个现代性的世界氛围，制造出一个由高度经济宰制的、促进高技术发展的商品化的时代，在这一时代中，女性还能怎么突围？

5. 我们都是赛伯格

就在芭特勒获奖的 20 世纪 80 年代，人类社会突然受到了两大技术成熟的驱动：交通和通信。到这一时期，各类航运的价格随着能源运营价格的逐渐改变而更加大众化，高速铁路技术也更加成熟，人与人之间直接的交往变得更加频繁。而通信卫星和手机的使用和随后产生的互联网的发展，更是使人际交流突破了时空限制。在这样的状况下，通过交往所产生的思想的数量急剧膨胀，科技创新爆炸性增长；而网络世界所联接的原材料、生产、营销链条使资本主义生产方式极大改进，让资本主义连续多年保持在高速发展、没有通胀的时代。于是，后现代社会自然而然地走出哲学家的大脑和书本，进入现实生活。而在这种极大依赖科技发展的后现代社会中，女性的状况是否能够产生新的改变？女性作家又会发出怎样的声音？时代把哈拉维推上了女性发言人的舞台。

与前面的女作家基本属于人文主义者而且欠缺正规的自然科学或技术教育不同，哈拉维是生物学博士、灵长类专家，她还是著名的科学史研究者。虽然是加州大学圣克鲁兹分校意识史委员会的教师，而且出生于天主教家庭，但她所主张的强纲领性社会建构思想，则已经远远超越了宗教甚至反叛了宗教。哈拉维从大量灵长类生活的研究资料中发现，对灵长类行为的描述带有明显的性别区分。男性研究者常常将灵长类中的雌性行为描述成被动、非支配性的，而女性研究者则与此大相径庭。这样，研究者的性别角色便成为解释研究现实的一种重要背景资源。而一旦发现这一点，从古希腊以来的整个西方文化历史中的性别问题便重新被摆上了桌面。是我们这个以男权为缺省配置的社会本身忽略了女性，还是性别本身也是一种社会建构而非生理构造？[5]

哈拉维至今没有创作过科幻作品，但她的名著《赛伯格宣言》[6]则是含有大量科幻小说素材的哲学文献。赛伯格（cyborg）是一个混合词汇，它的前半个部分是电脑或控制论一词的词头（cyb），而后半个部分则是生物体一词的词头（org）。1960年曼弗雷德·克利斯和内森·克兰在一篇论文中创造了这个词汇，并建议这类物体可以被用于太空旅行，形成一套自我管理的人机系统。这种系统能够自我更新和自我管理，因此不必为低级活动费神，就像心理学中所阐述的那种植物神经控制的生理机能，根本不用分配注意，个体的全部注意力可以集中在高层次心理活动上。从严格意义上讲，采用缝衣针线拼凑的《弗兰肯斯坦》中的怪人，已经是赛伯格的先声。此后，科幻小说中这类拼合物不胜枚举。在当代，人工心脏、假肢、骨骼固定装置、人造耳等在人体中的广泛植入，更是将赛伯格问题从理论导向现实。1985 年，哈拉维在《社会主义评论》杂志发表《赛伯格宣言》（1985），第一次从完整的社会学意义上阐述了赛伯格在当代社会的重要意义和对女性主义的重要价值。

基于后现代杂语丛生、众声喧哗背景下的《赛伯格宣言》，力图全面反映后现代世界的多元性和多义性。其行文方式和传达隐喻的方式相当复杂晦涩，应该说是科幻研究领域中一篇相对难读的文献。在文章中，作者将赛伯格定义为一种生物和社会的混合体，一种实体与虚构的混杂。作为一种自然生命与人造器械之间的结合，赛伯格本身就终结了生物进化的宏观过程，将人的自然属性的演进彻底地终结，让进化过程进入非自然的状态。但是，赛伯格又不是真实的族类，它是虚构的产物，是不存在的，是一种"神话"。"到 20 世纪即我们的时代，一个神话时代的晚期，我们都成了怪物，即被理论化、装配化的机器与有机体的混合体。总而言之，我们都是生控体。生控体就是我们的本体。"[7]随后，作者将这种神话当成一种隐喻，深入地分析了赛伯格的出现给人类社会、女性、未来怎样的启示。

首先也是最重要的，她指出赛伯格作为一种理念，打破了人与人所创造的事物之间的二元对立。其中，第一种观念所展示出的反生物决定论倾向，导致了人们从物种演变、个体成熟、社会发展、思想进步等宏大叙事中的解脱，导致了抛弃弗洛伊德式恋母情结和马克思式社会进步重负的、全新的事物的诞生。赛伯格与生理发展无关，因此与童年所受到的痛苦和成年所产生的心理变态无关，而它跟个体生命的衔接又摆脱了一般机械产品的单调性和被动性。赛伯格是一种全新的生命或事物，它既是生命又是事物。赛伯格代表的是全新的事物，它存在于现实但却充满虚拟；它是非完全自然也非完全人工的造物，同时却又是自然与人工的合成；最终，它是对古典逻各斯中心式的二元对立的全面反叛。

在带有欢快的情感背景的上述叙事之后，作家将她对赛伯格问题的思考拓展到当代社会，进入现实。在她看来，恰恰是赛伯格的跨界精神，导致了我们社会重新思考、分析甚至重构的可能性。哈拉维对传统社会的分析，采用了女性主义、社会主义和马克思主义的分析路径。她强调当代社会中资本主义发展是建立在阶级对抗的基础上的，但是，后现代的生产方式已经导致了所谓"家庭作业经济"的诞生，许多工作可以转移到家庭进行，这是新工业革命的新的动向。在这种革命中，那种对立性的两个阶级、两个种族、两个性别的关系也逐渐淡化，男人也可以成为这种家庭作业经济的劳动主体，白人也会失业。

所有这些再度让人们回到一个现实，那就是社会生活的一切都是建构，性别自然也是建构。人不是生来就是女性，是社会让她变成了女性。这里，哈拉维的观点跟拉康对自我概念的定义相似，女性本身所谓的生理性的部分，其实并不重要，重要的还是她的社会构成。而这种社会构成却是男权社会和男权时代的遗留物。一句话，女人是男人眼中的女人。这种形象随后反馈到女人的生活之中，让女人朝向这个方向面对自己。

但是，赛伯格的隐喻或神话，让哈拉维看到一种全新的可能性，以往来源于资本主义早期的那些特征已经被另一些特征所取代。她把这种社会形态的转变，称为从有机的工业社会向多形态的信息系统的转换，是老式的层次结构的统治朝向新式的信息统治的转换。在她所给定的一系列对比中，老形态的重要特征是"存在成自然"，而新形态的重要特征则是"跨界成虚构"。赛伯格则恰恰是这种虚构的象征物。

哈拉维的社会变革对比[8]

表征 Representation	拟象 Simulation
资产阶级小说，现实主义 Bourgeois novel, realism	科幻小说，后现代主义 Science fiction, postmodernism
有机体 Organism	生物组件 Biotic Component
深度，完整性 Depth, integrity	表面，界限 Surface, boundary
热 Heat	噪 Noise
临床实践的生物学 Biology as clinical practice	作为题辞的生物学 Biology as inscription
生理学 Physiology	通信工程 Communications engineering
小群体 Small group	子系统 Subsystem
完美 Perfection	最优化 Optimization
优生学 Eugenics	人口控制 Population Control
衰落，魔山（托马斯·曼的小说） Decadence, Magic Mountain	废弃，未来冲击（托夫勒的未来学著作） Obsolescence, Future Shock
保健 Hygiene	应激管理 Stress Management
微生物学，结核病 Microbiology, tuberculosis	免疫学，艾滋病 Immunology, AIDS
劳动的有机分工 Organic division of labour	人机工程学/劳动控制论 Ergonomics/cybernetics of labour
功能专业化 Functional specialization	模块化结构 Modular construction
繁殖 Reproduction	复制 Replication

续表

有机性别角色专业化 Organic sex role specialization	最佳基因策略 Optimal genetic strategies
生物决定论 Biological determinism	进化惯性，约束 Evolutionary inertia， constraints
群落生态学 Community ecology	生态系统 Ecosystem
种族生存链 Racial chain of being	新帝国主义，联合国人道主义 Neo−imperialism， United Nations humanism
家庭 / 工厂中的科学管理 Scientific management in home/factory	全球性工厂 / 电子别墅 Global factory/Electronic cottage
家庭 / 市场 / 工厂 Family/Market/Factory	集成电路中的妇女 Women in the Integrated Circuit
家庭工资 Family wage	可比价值 Comparable worth
公众 / 私人 Public/Private	赛伯格公民 Cyborg citizenship
自然 / 文化 Nature/Culture	差异领域 fields of difference
合作 Co-operation	交流增强 Communications enhancement
弗洛伊德 Freud	拉康 Lacan
性 Sex	基因工程 Genetic engineering
劳动 Labour	机器人学 Robotics
思维 Mind	人工智能 Artificial Intelligence
第二次世界大战 Second World War	星球大战 Star Wars
白人资本主义的父权制 White Capitalist Patriarchy	信息统治 Informatics of Domination

哈拉维所描述的这种转变，在我看来，不啻为一种从现代生活到后现代生活的转变。在现代生活里，中产阶级小说和现实主义是强势表征的主体，而到了后现代，由于中产阶级的边缘化和对现实的表征逐渐被拟象所取代，因此转移为科幻小说式的表征与后现代主义的宰制是一个必然的过程。信息技术、生物工程、生态关怀、人工智能等则是取代过去的实体工业以及临床医学、生理学、健康卫生学等学科的时代主体科学。在科技与社会的交界之处，有人口控制、压力管理、星球大战和一系列取代泰勒主义的管理措施。整体来看，那种白人资本主义的父权体制已经被信息宰制的体制所取代。

哈拉维对赛伯格这种怪物的定义，一语三关。

首先，它导致对以往所有描写怪物的科幻小说的全面肯定，恰恰是这些作品率先引导了我们对未来社会的思索、观察和建构。这里所谓的怪物，不单单指弗兰肯斯坦一类的生物创造，也指机器人、外星生命。在哈拉维的作品中，常常提到创作女性主义科幻小说的作家，这些人包括乔安娜·罗丝、塞缪尔·迪兰尼、约翰·瓦利、小詹姆斯·提普垂、奥克塔维亚·芭特勒、莫尼克·维提格以及万达·迈金泰尔。哈拉维不无尊崇地认为，这些都是赛伯格的理论家，她们通过作品给了自己许多启示。

其次，它阐述了后现代社会的那种混杂、拼贴特征，而这种特征已经超越了文化、生产和概念生成，进入到个体、生物进化的层面。于是，女性科幻小说中的怪物，从一种异化了的复仇替代品进入到可能的非荷尔蒙个体，而这种超越的完成，也导致了作家所讨论的问题从一种虚拟进入现实，绝好地论证了后现代理论家所认定的新时代的拟象特征。

最后，它指出，恰恰是这种"后性别世界生物"的特征，使女性看到了全面解放的希望。当性别的界限已经消解，当科学技术已经将性别的转换、人机联合、器官移植等方法下放到日常生活，当全球资本主义的时代已经将被压迫者的种族、性别、年龄、国籍统统消解，那么女性问题就已经被其他问题所取代。这就是哈拉维发出典型的女性主义欢呼雀跃的原因。

如果说雪莱夫人的科学怪人仍然在冬天的北极等待着新的弗兰肯斯坦的拯救，厄休拉·勒古恩认为女人可以更改人类社会宏大叙事的讲述方式，奥克塔维亚·E.芭特勒认为种族与性别的双重重压需要持续的忍耐力，那么哈拉维则希望通过赛伯格宣言，正式终止女性的恐惧、惧怕、无法反抗的担忧。她站立在后现代纷乱知识和事实的基础上，重新审视了科幻文学的价值，给女性主义者一个全新而高昂的唤起。

6. 科学革命中的女性话语

女性作为一种典型的被压迫者虽然受到社会所公认，但多数情况下，人们采纳的是一种庸俗的分析。例如，女性由于身体的体能低于男性，从而在当代世界的诸多事务中处于劣势。更有人从女性的智力或情感方面夸大两性的差别，认为从整体讲，女性是一种智力不如男性而情感不够稳定的生物。在这些生理学或称生物学上的差异之外，女性在经历、话语等方面的差异也会加大社会差异的状况，甚至导致经济地位上的差别。所有这些分析都是言之成理的，但是我们所要关心的是，在潜意识方面，女性主义科幻小说中表达出了些什么？换言之，到底是什么使女性热衷于创建科幻文学，热衷于持续关注科幻文学？

首先，科幻文学提供了在男权社会话语体系中抒发女性思考和投射女性情感的一个空间。如果说从洛克到康德的启蒙主义思想家从来没有考虑将女性纳入他们的话语体系之内，那么以启蒙主义所引导的现代科学的发展，也必然是一种男性文化的单一形态。这种状态将随着科技进步和社会发展、经济发达过程的而逐渐加强。彭浪在他的论文《中国女性科幻研究》中曾经提到，科学形象本身就是男性化的，而这种男性化科学形象的树立，可以追溯到弗兰西斯·培根的一系列著作。

　　"这一男性化的形象早在培根时代就已树立，在培根的'新
哲学'的讨论中就充满了将科学男性化和将自然女性化相结合的
比喻。同时，培根还将科学知识与权力联系起来，确立了科学对
自然的支配的目的，并且通过隐喻的表达将它与男性对女性的统
治和征服相对应。而近代科学的诞生正是建立在培根哲学的基础
之上。世界被分为与性别对应的两大类型：知者与所知、智慧与
自然等，一般前者对应男性，后者则对应女性。科学就是规定这
两部分之间的相互作用，以促成两者的结合而获取知识。"[9]

　　很显然，在启蒙和科技革命所引导下的相应文化体系的建构中，留
给女性的空间被逐渐缩小。怎样才能在这种狭小而有限的空间中表达女
性的思想，在类似弗洛伊德所谓的超我检查中突围，是女性思想家必定
要考虑的问题。她们必然会发现，小说中创造异类，或以异类的形式创
造小说形象，可以非常容易地投射自己的思考，投注自己的情感。而异
类也的确是以往文学作品中可以出现的一种边缘形象。

　　令人遗憾的是，在科学革命之后，神话状态或奇幻状态的异类已经
在现代性的祛魅过程中被彻底消除了合法性，那么，唯一的途径就是创
造一种新的、采用科学方法产生的异类，再在这种异类中投注自己的情
感和思考。

　　读者可以发现，通常在女性所创造的这些科学或通过科学方法引
出的异类、怪人、赛伯格中，传统读物里的美德、热诚、谦逊、仁爱
是通过一种变形才能存在的。这里笔者使用的变形，是指在男性社会
中看起来异常的状态。这种状态常常被置于人类直接经验的某种距离
之外。故事仍然多数在地球上发生，这至少是可以被地球人轻易理解，
但人物却已经不是我们通常所期待的那种身边的角色。这些新的角色
是确确实实的他者，他们跟故事的主人公——通常是地球上的普通人
之间有着一系列令人惊奇、恐惧的情感关系，甚至会使人感到恶心，
一些人在阅读这些作品的时候，会感到生理或心理上的不适。但恰恰

是这种不适，使我们相信这些故事正在击中我们心理生活或道德生活的根部，在质疑和消解我们原有的社会规范体系。女性作家就是这样从异类的狭缝中突围并构建自身的话语空间的。

这种话语空间是一种女性的空间，是一种可以包含生育的真实过程、成长中的种种担忧和恐怖，包括对家庭本身的渴望或烦恼、对性的健康的渴求的空间。同时，它还可以包含对诸如强奸、家庭暴力等的变形的思索和异样的情感投射。从《弗兰肯斯坦》和《血孩子》，很少能看到一般流行作品中那种追求知识、追求社会地位的社会建构，这些情节反而淡而又淡，写不出男性作家所赋予它的味道。弗兰肯斯坦的事业追求，看起来苍白无力。但怪人对家庭、对人类社会、对他人的爱的追求，却韵味十足。两部作品还是典型的通过情节发展的节奏展示性过程的典范，而这种节奏在男性作家的作品中无法做到这么有机和连贯。当然，那种女性所独有的黑色的抑郁，那种对未来的全面压抑和情感栓塞也是这类作品常常出现的情感状况。

除了细微的情感、对世界的观察、对生活过程的思索，女性主义科幻小说的另一个重要特点是张扬包容性、彰显乐观主义，而这些在现实主义的作品中不可能有所体现，在传统的浪漫主义小说中，所谓的乐观主义最终也是一种男性认同状态下的女性幸福。但科幻文学却提供了仅仅归女性独有的乐观场所，在这种场所中，你的快乐是异乡异地的快乐，是宇宙中未来时空、地球上独特领地里的快乐，谁能禁止这样的快乐？谁能嘲笑这样的快乐？

女性主义科幻小说中的快乐，是不同于男性科幻小说中的快乐类型。有人认为威尔斯的小说《时间机器》中最后的两朵小花是乐观主义的象征，那么这种乐观主义确实显得过分脆弱。况且，作家也写到，小花已经枯萎，未来的一切都昙花一现，如过眼云烟。但是从《黑暗的左手》到《赛伯格宣言》，在女性主义者的科幻文学中，乐观的未来是扎实而厚重的。雌雄同体社会的宏大理想，不啻是一种宣言，宣告了新世界的可能诞生。这种世界甚至不去期望什么遗传工程！而赛伯格宣言，则更有一种钦点神话的气魄。

不能不说这些带有明显建构主义倾向的科幻作品中的女性主义，已经有了男性话语霸权式的格调转换，因为作家的激进态度，已经成为寻求破除男权体系的强烈的谋划。但是，如果参考当代科学发展带给权力体系的新的霸权状况，就可以清晰地感受到，女性主义作家的这些看似呐喊的声音，在宏大的机器轰鸣之中，事实上是更加细微无力了。它从呐喊变成了呻吟与低语。

被压迫者仍然在时代的车轮之下等待着未来的宰割。

注释

[1] 相关详细资料参阅布赖恩·奥尔迪斯，戴维·温格罗夫.亿万年大狂欢：西方科幻小说史［M］.舒伟，孙法理，孙丹丁，译.合肥：安徽文艺出版社，2011.

[2] 王建元.《科学怪人》中的范式转移·女性主义科学·文化研究［M］//王建元，陈洁诗.科幻·后现代·后人类：香港科幻论文精选.福州：福建少年儿童出版社，2006：111-130.

[3] 卡莎·波里特.序言［M］//玛丽·沃斯通克拉夫特.女权辩.谭洁，黄晓红，译.广州：广东经济出版社，2005：序言4.

[4] 周乐诗.笔尖的舞蹈——女性文学和女性批评策略［M］.上海：上海外语教育出版社，2006：184.

[5] 当然，也有对此研究持反对意见的学者。有关这些观点，可参见：保罗·R.格罗斯，诺曼·莱维特.高级迷信：学术左派及其关于科学的争论［M］.孙雍君，张锦志，译.北京：北京大学出版社，2008.

[6] 这篇文章的中文版有不同译本。例如，在史蒂文·塞德曼编的《后现代转向：社会理论的新视角》中就有由吴世雄、陈维振、王峰、陈明达译，陈维振审校的《生控体宣言：20世纪80年代的科技与社会主义的女权主义》［M］.

沈阳：辽宁教育出版社，2001：110-158。另一个译本来自台湾《资讯社会研究》杂志 2006 年 7 月号，总第 11 期 37-114 页。译者为苏健华，译名为《Cyborg 宣言：20 世纪晚期的科学、技术与社会女性主义》。第三个译本是张苗苗译注点评，发表在吴岩主编的中国科幻研究 2010 年 8 月号上。

［7］唐娜·哈拉维. 生控体宣言：20 世纪 80 年代的科技与社会主义的女权主义 ［M］// 史蒂文·塞德曼. 后现代转向：社会理论的新视角. 吴世雄，陈维振，王峰，陈明达等，译. 沈阳：辽宁教育出版社，2001：112.

［8］张苗苗根据英文原文翻译和整理。Donna Haraway 文. 赛伯格宣言：20 世纪晚期的科学、技术和社会主义女性主义 ［Z］. 中国科幻研究，2010（8）：13-35.

［9］彭浪. 中国女性科幻研究 ［D］. 北京：北京师范大学，2009.

第三章

大男孩作家簇

　　等待成熟是一个恼人的过程，但也有人一生成长，童年永无终结。这些社会化过程终未完善者将给科幻文学提供怎样的精神食粮？他们的创作又将给人类社会的改变带去怎样的影响？

　　彼得·潘常常是令人生厌的。

　　但是，彼得·潘也是不可多得的！

1. 凡尔纳：十八岁出门远行

小库特·冯尼格在一篇小说中描写了一位喜欢航模的男孩，他把航模做得非常飘逸。喜欢航模是这个孩子童年最重要的事情。这里的做航模，与参加科技小组、制作机器人等没有什么差别。作家想要说的是这样一类孩子，他们在人际关系中总是处于窘迫的位置，不懂如何跟同伴搞好关系，最终，他们只能在制作航模这样的独立活动或科技小组这样的死命钻研中度过自己的童年。

冯尼格的这种想象，在现实生活中确实存在。许多科幻小说，其实是大男孩的种种梦幻，这些男孩与他们所处的世界格格不入，而且心理发展的水平与其他人有所不同。在复杂的现代生活里，他们感到无力、退缩或者厌倦，于是，科幻小说成了他们展示自己才华的地方。这样的作者所撰写的科幻作品，不可能不发出大男孩的声音。

儒勒·凡尔纳就是这群人中最出色的一个。

几乎所有凡尔纳的传记都会记载如下的一些事情。首先是他童年的单调生活和早期萌发的爱所受到的打击。随后，是他在巴黎力图成为作家的种种遭遇。上述两个故事虽然版本不一，但所有作者都承认，他的童年确实不太复杂，生于律师家庭，血统中没有科学与进步的因素，只有极端的保守、虔诚、正统的天主教教义。[1]生活安逸与家庭相对富足，使凡尔纳不会过多地思考社会的弊端，也不会过多地受到底层人所受到的打压。于是，青春萌动后的遭遇，就成了他所受到最严重的打击。他一次次地为爱而奋斗，这种奋斗持续到青年时代。

看来，为了娶上一个妻子，凡尔纳似乎已经尽了相当大的努力。有一个比他小一岁的姑娘路易丝·弗朗西斯引起了他的注意。但最后她也另有所属了——一八五四年十二月嫁给了一个名叫斯坦尼斯拉斯·普雷沃斯特的人。劳伦斯则在同年八月嫁给了杜韦洛。

一八五四年四月，凡尔纳曾到过莫塔格内，他是带着要娶主人的女儿这样的念头来串门的。虽然凡尔纳全力以赴，但这次努力又落了空，他的母亲为此深感惋惜。[2]

纯真的爱所遭遇的打压，几乎决定了凡尔纳未来对女性世界的完全封闭，也决定了他对生活探索的那种谨慎和小心。

童年和青年期的凡尔纳，基本上是个遵守社会法则的孩子，但这不表示他对社会生活没有自己的看法，对种种法国式的革命和运动没有自己的主张。他目睹过一些社会变迁，这些变迁也在他身上产生过重要的影响，但从骨子里，他仍然是个大男孩，以求知为自己的中心。这种求知状态让他痴迷，也可能曾经带来过父母的责罚。但是，凡尔纳却乐此不疲。

有关凡尔纳的职业生涯，传记作家多数认定，他进入了律师事务所，做了低级的工作，但在巴黎的浮华世界里，他一心向往成为文学明星，对自己的工作极不喜欢，总跑到剧院，参加种种活动，最终成为其中的一员。

19世纪的巴黎文艺界，充塞着大大小小的真假天才，这个行当人满为患，让新来的青年人无从下手。凡尔纳的小说和剧本多数是模仿性的，主题不怎么深刻，人物关系也不复杂，闹剧还是喜剧，误会还是巧合，总之，这样的作品难得人们的赏识。直到他认识了大仲马，这种毫无建树的局面才稍稍得到了缓解。

凡尔纳认识大仲马的故事，也常常被作家提到。这是一次无聊的沙龙，凡尔纳从扶梯上滑下来，撞上了大仲马，而大仲马正在寻找能够炒出南特鸡蛋的人。两人一拍即合，凡尔纳迅速完成一段从隐匿到初步走上发表道路的历程。

作为一个保守派家庭出来的规矩青年，除非自己有极大的容忍力能深入下层，见识社会的苦难，否则很难在自己的作品中找到深刻感人的主题和情节资源。凡尔纳发现，同时代那些在文坛上驰骋江湖的作家个个经历非凡。如火如荼的法国革命,从贵族到平民各个阶层的多元化生活,使这些人的作品多侧面地呈现出一个现代化过程中的古老欧洲国家的风情。凡尔纳受到这些作品的感动,也希望能创作出这样的作品。但法律学习和罗马天主教的双重规训,使他的思想在社会生活方面没有想象的空间。更重要的是,在那个年代里,小说的题材也让作家们分配殆尽。

> "正如你是历史的伟大编年者,我将成为地理的编目者!"他对大仲马宣称。[3]

这是他对巴尔扎克专事社会思考、大仲马专写历史小说、埃米尔·加博里奥专门写作侦探故事,各自占领了一块地盘的感慨,也是找到尚未被开垦过的地理学处女地的欣喜。随后,他的《气球上的五星期》出版,应验了自己的生涯规划的正确。在这些文坛大家的空隙之间,凡尔纳最终找到了一个能发挥自己优势、展示自己才华的区域。凡尔纳热衷于地理学,不是一种偶然,它恰恰是现代性社会的发展在作家大脑中的真实反映。因为,经过两次世界的地理大发现,人们在这个被称为地球的小小星球上已经找到了太多神秘莫测的社会和自然奇观,而对一直生活在资本主义大本营享受安乐生活的法国读者来讲,阅读这些远方离奇的社会和奇观,将是一种生活的刺激。

凡尔纳来自法国南部的海滨城市,对海的向往和感受一直在他心中存放着。他的孙子撰写的《凡尔纳传》中特别写到,凡尔纳一生的三大爱好物中,唯一的实体存在就是海洋。另外两个则是自由和音乐。这样,海洋成了连接凡尔纳童年梦想和成年事业的交叉点,也成了他跨越现实与想象的航船。

在西方,有关探险或流落荒岛的小说具有悠久的历史。被誉为现代小说开山之作的《鲁宾孙漂流记》就是一部典型的与海洋、地理、探险相关的小说。与《鲁宾孙漂流记》将个体生存的种种资本主义梦想投射到荒岛流浪的故事的内向探索不同，凡尔纳则将自己的故事真正地跟地理学所引导的外向探索联系起来。《气球上的五星期》《地心游记》《八十天环游地球》《格兰特船长的儿女》《海底两万里》《神秘岛》《世界的主宰》……大量的小说朝向这一主题奔涌。

　　考察凡尔纳的地理探险小说，人们会发现，出门远行是多数小说的主要主题。在这些小说中，人物构成相对简单，社会生活比较单一，心理活动并不复杂，唯有对世界的展现层出不穷，不同自然环境或与奇异的社会群体的遭遇几乎成了作家集中注意的唯一方向。在所有这些小说中，人的存在仅仅是一种符号，是一种应对自然的承受者。几乎所有的主人公都是青春昂扬的，即便是有年龄较大的人存在，即便是那些反派，也非常单纯，反对也反对得激情旺盛。在地理探险小说成功的基础上，凡尔纳还将探险的目标指向宇宙空间。他撰写过《从地球到月球》《环绕月球》《太阳系历险记》等宇宙探险小说，在这些作品中，引导情节的不是海洋的潮汐规律，而是宇宙的引力定律。

　　当然，凡尔纳也有一些没有将目光聚焦于海洋、地心或空间的故事，例如，他写过大量有关科技发明影响人类生活的小说，其中最有名的可能是《培根的五亿法郎》《机器岛》《牛博士》《喀尔巴阡的古堡》《隐身新娘》等。在这些小说中，新发明奇妙地出现在当前的社会，造成了一系列为经济利益或个人私利的倾轧。遗憾的是，这些小说中所力图展示的商场、官场或情场，都明显地带有简单化、喜剧化的倾向。

　　毋庸置疑，西方文学中探险主题有着悠久的历史。希腊罗马的史诗，多数可以归结为某种程度的探险。在童年期的人类看来，"五十英里以外地方发生的任何事情都可能被转述成奇幻小说"[4]。这种对身边难以接触的领地的向往，构成了从古至今探险小说的主要动力。而这些动力在工业革命之后，在城市化和产业密集之后，失去了感召力。唯有胸怀世界的大男孩仍然保持着。于是，大男孩撰写了《鲁宾孙漂流记》一类的作品。从凡尔纳科幻创作的整体观察，他基本上就是这样一个从事写作的、未成熟的大男孩。他的小说多数集中在男孩的那种激情探险、期望破解世界之谜的想象上。极高的解决问题的热情，昭示了儿童的一个重要特征，这种热情只有在成年时代多次碰壁之后才逐渐消亡，除非他的职业是破解自然难题的科学工作者。而任何熟悉科学工作者生活的人都会知道，杰出的科学家的性格确实跟少年儿童有相似之处。

凡尔纳小说中从来没有深刻的人的情感，也没有比较复杂的人际冲突，从这点上也能看出他的大男孩品质。当然，所有这些，都与他的生活环境与发展经历有关，与他不习惯跟人交往、不熟悉交往中的人际关系有关，更与他永远无法打开女性情感世界大门的状况有关。评论家们多次谈到，凡尔纳的小说中缺乏女性形象。被认为写得最好的凡尔纳式主人公，就是尼摩船长。但如果将这位主人公跟凡尔纳同时代的其他作家作品的主人公，哪怕是三流作品的主人公相比，都显得过分幼稚和扁平。喜好探险、英雄主义、对事物做简单的二元对立式区分、人物趋于缺少心理分析，是凡尔纳式大男孩科幻小说的突出特点。

凡尔纳科幻创作的一生，是一个儿童天真地找到发泄自己童年欲望、保持自己童年梦想的一生。他成功地做到了这一点。因此，他的作品至今仍然在儿童文学领域中展现出瑰丽的色彩。恰恰是他的这些不太丰富的人物形象，这些简单化的人际冲突，给孩子们提供了摸索世界的最初的实验室。而他所展示的那些对神秘世界的渴望，对成为世界主宰的渴望，对能通过知识的指引解决世界之谜的渴望，则永恒地激励孩子们的探索世界的渴望。如教皇当年接见凡尔纳时所说，他的小说是道德性的，是教育性的。

2. 根斯巴克的"大科学家拉尔夫 124C·41+"

除了喜欢冒险、探险，喜欢研读科学并寻找科学知识可能提供的撰写空间，除了把女孩子写得外表无比美丽但缺乏内心世界之外，大男孩科幻小说的最大特点还有期望在世界上占据顶尖地位，能得到世界领袖的认可，能拯救世界。这些，在美国作家雨果·根斯巴克的作品中都能找到影子。根斯巴克是美国科幻小说的创始人之一，也是科幻文学名称的英文版作者。他曾经在自己主编的科普刊物上大开科幻专栏，甚至最终将这个刊物做成科幻刊物，他对科幻的看法是，强调科幻作品应该是一个科学作品，推理有效，不违反基础的科学的规律。而对文学和小说的侧面，根斯巴克则仅仅认为，只要有趣，不让读者反感即可。

　　《大科学家拉尔夫124C·41+》是根斯巴克创作的几部为数不多的科幻作品之一，故事讲述的是2660年9月1日清晨，当科学家拉尔夫124C·41+通过远摄器看到远在欧洲的瑞士姑娘艾丽斯212B·423在住地遇到雪崩威胁，拉尔夫慷慨地出手救助，通过自己在纽约住所安置的天线发送出"能量电流"，成功地穿越两个大洲，使迫近艾丽斯生命的滚滚雪尘在她面前融化。拉尔夫的壮举赢得了世界的赞许，成为全球的头条新闻。次日，女孩随着自己的父亲詹姆斯212B·422乘坐大西洋海底隧道交通器来到纽约，专程向这位大科学家道谢。科学家为女孩的美貌所动，决定放下科研，带领他们游览纽约的都市风貌。在小说的后半段，思维简单的科学家拉尔夫由于钟情艾丽斯，卷入了一场跟地球人费尔南德600·10和火星人利萨诺CK·1618的四角恋爱。他为情所困，不能自拔，而女孩则被情敌绑架并飞向外太空。愤怒的科学家立刻改进飞行器实施追击，在打败两个情敌之后找到了艾丽斯。可惜的是，艾丽斯已经被杀。此时，愤懑的科学家重新想到了自己的科学本领，他把前期将死狗复活的试验方法转而用在艾丽斯的身体上，力图恢复她的生命。可惜的是，虽然女孩的身体已经脱离死亡，但思维和神志仍然迷离。为了刺激女孩恢复意识，拉尔夫采用了梦中讲故事的方法激活她的神经中枢，终于，女孩在爱情故事的诱导下苏醒过来。于是，有情人终成眷属，世界上"最美丽的女孩"和世界上"最伟大的青年科学家"结为连理。

　　《大科学家拉尔夫124C·41+》是美国科幻小说新老交替、从通俗杂志走向严肃文学的转型作品。郎才女貌、强者统治世界就是作品的主题。技术乌托邦、理想主义、科学主义／进步主义气氛笼罩着作品。小说的科技基频是机械化、波理论和放射线技术。通过这些技术的发展，导致了大量新发明的产生，这些发明小到制造出"直接用草生产牛奶"的机器、自动包扎机、太阳能电池、隐身袍、射线枪、语言留声术、脑写器、睡梦学习器、可以"不用亲临现场观看戏剧"的远望剧场、用于个体高速行走的"远动力橇"和配套的"钢素地面"、"镁素"、"铂钡"、"亚恒素气"、"脉动偏振以太"、信号光柱、天空表演器、陀螺导航仪，大到一年种植五季的小麦、人造毛的产生、起死回生术的发明，还有点石成金术、人工天气控制、大西洋海底隧道通车、反重力城市的建造。小说中甚至提到要研究太空综合征和探索"统一力"。全方位的技术展望是小说中最激动人心的部分，也是展示美国式科学乌托邦的典型方式。

既然是一个完全不同的科技时代，其所对应的社会、经济、生活、娱乐和医疗状况就必须有所呈现。小说中的世界，是一个火星人与地球人混居的世界，星际交通发达。那是一个没有货币的时代，通过支票运作财政资源，免除了金融市场可能的动荡。在那个世界中，人们分工细致，而且通过心理学方法将人类个体的潜能测量出来，并按照能力安排他们的工作，主人公就是被认定为全世界前十名的科技专家。这种专业分工，使社会资源不至于淹没。个体的生活方式也得到了极度改善，例如，人们可以采用"喝饮"进食法免去咀嚼的烦恼，通过"杆菌疗养所"杀灭身体上的有害细菌。在远望剧场中，远距离信息技术可以给每个人提供一个在家里的包厢观看表演。

如果说上述所有科技发展都是作者依据外推做出的预测，那么他所提供的未来社会景象则源于美国式乌托邦的想象。它富有美国文化中的简单性特征，并不考虑复杂的多元社会因素。科学家的个性更是定型化的怪人类型，狂热、执拗、精力旺盛，对钟情的女子一往情深。但是，他除了希望获得这个女性的钟爱之外，自己对爱情为何物的理解，则是完全科学化、激素化的。这样不食人间烟火之辈，竟然能受到整个世界甚至地球的主宰者的极大礼遇，多数善于思考的读者会百思不解。还有小说中所谓的犯罪案件，所谓的四角恋爱，所有这些可笑可叹的撰述之所以能成立，跟作者本人的涉世程度和对世界的思考程度有着直接的关系。在严格的文学批评家眼中，根斯巴克的小说属于无人物的作品。

即便是对科学的理解，对未来的思考，在小说中也值得怀疑。首先，作者的科学观基本上是还原论、机械论的，没有对自然界和人类社会辩证关系进行广泛考量。他所谓的未来预测，就是一种简单外推法。例如，从机械学的可能性中，生发出远动力撬、陀螺仪、自动包扎机；从心理学的可能性中推演出梦中学习机器；从制止死狗的腐败推论出人类可以用某种防腐液体参与去进行起死回生。根斯巴克式的科学是一种搭积木式的科学，是一种将名词组合并作出表面化解释的科学。

美国文化特征在小说中，还表现在文本叙事和情感倾向方面。例如，小说采用了一种简洁的陈述，导致叙事速度的快进。而故事的推进恰恰与他所要展示的一种新时代具有某种隐喻关系。通过语言选取和速度控制，作家找到了一种表达对未来憧憬的激情。在作品最后揭秘主人公姓名代表爱情和未来这一点上，也能提供很好的证明。至于小说中的政治倾向，自然是美国中心主义的。而对主人公那种颐指气使的态度，则又保留了美国文化中对遗忘的过往旧世界贵族化传统的些许挽留。总之，科学中有黄金屋，科学中有颜如玉式的根斯巴克科幻作品，形象地展示出的乐观主义具有美国文化的特色，而谈论美国文化具有大男孩特征的著作也不在少数。

3. 阿西莫夫的机器人三围栏

美国科幻小说黄金时代的众多大师都具有大男孩的性格，并将这些性格淋漓尽致地展现在他们的作品之中。其中，阿西莫夫首屈一指。

　　艾萨克·阿西莫夫的生平非常简单。他生于苏联的斯摩棱斯克，1923 年迁居美国，1928 年入美国籍。移民的生活在多大程度上影响过他与当地社会的融合，他很少谈到。中学毕业之后，阿西莫夫在纽约哥伦比亚大学攻读生物化学，1939 年获学士学位，1941 年获硕士学位，1948 年获博士学位。战争期间，阿西莫夫曾在美国陆军服役，其中也缺乏大事可言。他的教师生涯平静发展，1949—1951 年任讲师，1951—1955 年任助理教授，直到他决定成为专业作家，全身心投入写作。阿西莫夫写过多部传记，传记中详细记录他的人生轨迹，但这些轨迹中没有巨大的情感起伏，也没有巨大的生活跌宕。更多地，从传记中我们能看到一个喜爱科幻读物，决定一生投身科幻创作，并真正完成了这一事业的大男孩的决心和行动。

　　阿西莫夫从 17 岁就开始正式发表小说。他的创作是在小约翰·W. 坎贝尔直接协助下完成的。坎贝尔犹如父亲一般关心呵护他的成长，不但修改、发表他的稿件，而且给他命题作文，督促他的创作和发表。其间，他还参加了纽约的科幻俱乐部和第一次世界科幻大会，跟一些同样具有大男孩性格的人抱成一团，相互取暖。阿西莫夫的一生基本上就是在这种学生世界、书生世界、书写世界中度过的。也正是因此，他的小说必然带上学生、书生书写的特色。

　　阅读阿西莫夫的作品，多数人都会感到其中的社会生活比较简单。即便是像《基地》系列这种大尺度探索人类社会发展变迁的故事，本应把人际关系写得复杂而深入，但实际令读者感到的是，其中的人情基本上是有人无情，有惊人的设计，却没有来龙去脉。帝国与普通人之间、科学家与周围的商旅和平民之间、男人与女人之间，真正属于感动人的情感几乎没有。就像是一张宏大的宇宙星图，星星之间关系被标志出来，用线进行了连接，但这种处理方式本身就是简单化的、质点式的、科学近似的，而现实生活中，所有的点和线其实都是模糊不清，浓淡混杂，相互被大大小小的必然、偶然的人际过程所影响的。小说中的那种历史决定论的主题，也显得过分直白。但这些都无损它作为一部令人震撼的未来世界小说而彪炳史册。它就是大男孩的梦想，而男孩是必定会从少年成长为成人的。

讨论《基地》系列小说可能不太恰当，因为小说中还是尽力关照了未来时代的宇宙生活。阿西莫夫更加具有大男孩性质的小说是他的机器人故事，这类故事占据了他作品的半壁江山。与之前多数作家的机器人小说不同，阿西莫夫的独特创意，是将小说限制在一个具体的范畴之内。换言之，此前的机器人小说没有机器人特征，或说机器人特征可以随意加载，于是，机器人故事就等于变相的人或木偶的故事。而阿西莫夫则立志将这样的状况彻底改进，他设置了一个平台，这就是所谓的"机器人学三定律"。

很多人认为，机器人学三定律是未来机器人行业的学科基础，是基本定律。其实，但凡仔细阅读过三定律的人都会明白，这三大定律，根本不可能在机器人身上体现。仅以第一定律"机器人不得伤害人，也不得见人受到伤害而袖手旁观"为例。这个定律本身给技术提出了一种悖论性的要求。如果机器人没有配备世界上最完善的知识系统，他就无法计算出当前的行为是否会在未来的某个时刻侵害人的安全。这样的机器人根本不能出厂。但如果设置了全世界最完备的知识系统，则计算机将对每一个行动进行无休止的计算。除非你将这种不得伤害人定义在一定的失误百分比之上。但作为一种机器人行为的基础，有失误百分比的行为不能成为安全可靠的前提。从这些分析上就可以看出，第一定律本身就是一个不可能定律。如果第一定律是不可能的，那第二定律"机器人应服从人的一切命令，但不得违反第一定律"和第三定律"机器人应保护自身的安全，但不得违反第一、第二定律"也统统成为不可能的。

结论是很简单的，阿西莫夫的机器人学三定律没有什么科学价值，它是作家为自己的小说在机器人小说中占据独特地位所进行的天才的设想。一旦设定这样的推理前提，小说就进入了亚里士多德的逻辑推理体系之中。而玩弄推理是阿西莫夫的拿手好戏，这点既起源于他大男孩的本性，也起源于他所受到的自然科学教育。以《我，机器人》为例，这是八个短篇的汇集，是一个美国机器人公司的工程师苏珊·卡文的口述史，这家公司专门生产正电子脑机器人已近百年，口述者从每一个发展阶段选取一个侧面进行跳跃式描述。

第一个故事《罗比》发生在 1996 年。这时期的"保姆的机器人"没有人的外形，只是个大铁头，脑子也很笨，但他和小姑娘格罗莉娅关系融洽。而当孩子的父母将机器人保姆辞退之后，孩子陷入了深深的痛苦之中。她到处寻找罗比，不相信罗比会死。最后孩子终于在机器人工厂找到了罗比，两"人"热烈拥抱，孩子要求父母永不让自己与机器人分离。

不能说阿西莫夫的小说中没有情感，任何人都有着从自身经历、观察、体验所获得的情感。在阿西莫夫这篇小说中，人和机器保姆之间的那种依恋关系，确实写得非常出色。但是，无法否认这种情感确实是大男孩对失去家庭保护的恐惧。强行将它解释为对资本主义人际关系淡漠的控诉，也不能说错，但就显得比第一种解释缺乏说服力。可惜的是，在第一篇小说之后，苏珊女士的故事变得在情感上完全零度。《环午》《捉兔记》《说谎者》《逃避》等故事，基本上都是在讨论一个机器如何缠绕在定律的交互作用之间无法解脱，人类如何从中找到推理中出现的失误从而打破电脑的僵死循环。最后一篇《证据》，本来应该是一篇非常出色的故事，因为小说中的机器人已经超越了非人类的外表，成为看起来与人类完全一样的个体，而且卷入一次竞选丑闻。具体来讲，机器人要当议员，而这是违背人类宪法的事情。于是，大家纷纷议论，期望找到这位竞选者属于非人类的证据。在偷看他吃饭、睡觉等一系列行为跟人类无异之后，好事者设计了一个"惊人"的测验，在竞选人公开讲演时鼓动他违反第一定律去动手打人。竞选者毫不犹豫地下手并以此赢得大选。在小说的结尾，作者告知读者，这是机器人的伟大成功，因为被打者其实也是一个机器人。于是，在貌似违反了第一定律的状况下，机器人没有违反第一定律。小说在机器人通过诡计获得胜利的那种陶醉的快乐中结束。

笔者已经讲过，阿西莫夫的小说确实不是机器人学的教科书，《证据》的问题解决方法，其实完全不能奏效。因为表面上没有违反第一定律的机器人之间的对打，其实已经在第二个层次上违反了第一定律，这就是欺骗了在场的所有人。只要电脑的计算能力足够，这一点不难发现。诚实的、认真执行第一定律的机器人应该当场承认自己就是机器人，别无他法度过危机。

当然，笔者不想从这些推理上对机器人学三定律和阿西莫夫的机器人小说进行批判，反之，笔者认为，作为一个充满前提和推论的作品，阿西莫夫的机器人小说是科幻小说中的精品，它把逻辑精神、推理的严肃性、认知价值都极大地增强，也因此增加了作品的娱乐性。但小说中确实没有属于成年人的那种深思熟虑或可歌可泣的情感。阿西莫夫的其他作品，也基本上都是如此。

生活刻板、创作过劳，是阿西莫夫作品缺乏成年人社会心理反映深度的最主要的原因。而他的爱好如此广泛，又使他没有能力拿出更多时间体验生活。也恰恰是因此，他的小说作为一种大男孩的推理故事，成功地展现了多数科幻作品的特征。即便是包含有所谓宏大心灵史的《基地》系列，也只有情感的浅层而无法涉入人性的深层。这倒启发了许多科学家。当他们推荐阿西莫夫科幻读物时总是讲，这些作品具有惊人的直接性，简明易懂。而那些卷入社会心理比较深刻的作品，常常不在科学家推荐的作品目录之中。据说，阿西莫夫曾经将自己的作品比喻为平板玻璃一样通俗和直接，但笔者不得不说，对于熟悉社会生活复杂性的人来讲，即便想平板地表现生活，他的创作之笔也不会允许。

4. 纽约的"科幻迷俱乐部"

1990年4月，得知自己将不久于人世的阿西莫夫完成了自己的第三部自传，这一年他已经70岁。对任何一个在中华文化中熏陶和成熟的人来讲，70岁是一个"从心所欲，不逾矩"的年龄，他可以自由谈论自己的过往，但其中充满了人生的酸甜苦辣和刻骨铭心的经验。而阿西莫夫的自传，则充满了天真浪漫。

"就我而言，我在学校读书时没有什么朋友，在军队服役时也没有什么朋友。这部分是因为没有机会在学校或军队以外有什么社会交往，部分是因为我过于自我专注。"[5]

阿西莫夫对自己为什么会加入科幻迷俱乐部的分析，恰如其分。而且，这也是许多其他科幻迷的真实状况。他们过分自我，不关心外部社会，也没有理解外部社会的技能，他们的社会智商仍然停留在孩童的水平。这倒也没什么，任何人都会经过这样的时代。但是，科幻迷好像持久地停留在这个地方，久久不愿意让自己离去。为了能保持这种童贞，他们决定相互结合，这就是所谓的科幻迷俱乐部。俱乐部给了这些孤独和性格内向的孩子们一个聚会的场所，一个同是天涯好少年的惺惺相惜之感，于是，他们立刻投入其间。

"我与其中有些朋友的友谊持续了半个世纪，一直延续到今天。"[6]

任何一位撰写美国科幻发展史的作者，都不会漠视纽约科幻小说迷俱乐部。在20世纪30年代，这个小小的群体汇聚了当时热爱科幻、热心科幻事业、充满朝气的英俊少年。他们甚至给自己的俱乐部取名为"未来人"，企图将自己的那种幼稚和对幼稚的否定永远地带入他们的生活。

随后，阿西莫夫用若干章节对这个俱乐部中的人一一进行介绍。他指出弗雷德里克·波尔比他的"社会生活繁忙"，并且，曾经五次结婚和离婚。但疯狂的写作，为科幻而背着妻子秘密跟俱乐部的朋友约会他从不放弃。西里尔·科恩布鲁斯也是个大小孩，常常在活动中打断对方讲自己的话。我为此狠狠整了他一下，让他变得老实。唐纳德·沃尔海姆积极地投身编辑事业，最后创建了自己的出版社。坎贝尔把种种奇思妙想、怪力乱神都当成真事。海因莱因信念超强，牛哄哄的难以交往。德·坎普会在秘密部队门口忘记徽章，不得不借阿西莫夫的来蒙混。还有西马克、杰克·威廉森、德尔·雷伊和斯特金。阿西莫夫自传中的所有这些记述，都不仅仅是停留在童年时代，而是说，这些友谊、关系、处事方式一直延续到他们成年甚至老年，持续到他们各个成为科幻大师。[7]

不独阿西莫夫有着这样的回忆。刚刚提到的另一位作家，也对这样的大男孩的秘密交往充满了热情和肯定。弗雷德里克·波尔在一篇文章中写道：

> "没有亲身经历，就很难了解 fandom 的意思。最相近的类比是一群异教徒，这是个偷偷摸摸的小小信徒群体，秘密地开会活动，常常受到世人的冷遇甚至攻击……当 30 年代的爱好者们开始成熟时，他们甚至聚集起来共同生活。在布鲁克林（纽约）或在中西部，三四个科幻迷共租一套房子住，这里也是和其他科幻迷朋友们聚合场所。后来，女性的爱好者出现了，于是科幻迷们结成伉俪，还生下第二代科幻迷。有的科幻家族甚至会有第三代、第四代科幻迷。"[8]

让科幻的爱好代代相传，这是典型的大男孩式理想。而这些大男孩真正用自己的生活实践谱写了理想的成功之曲。有了这样的一个群体作为后备和靠山，科幻迷再不用为学校中同学的冷眼和教师的揶揄所感伤和气愤。他们有了自己讨论想象和未来的天地。与科学迷那种执著地试图弄清科学原理和自然机制的感觉不同，大男孩科幻作家希望弄清的是未来的面貌。

世界上任何一种文类，都没有像科幻文类这样大地依赖于迷群体。武侠小说读者众多，但很少有武侠迷俱乐部。可能的解释是，在中国，武侠精神是值得推崇的一种跟古老的道德联系在一起的精英精神。阅读武侠小说不用害羞，不但如此，许多科学家、政治家甚至以自己阅读武侠小说在大众中获取得分。侦探小说也没有大规模的迷俱乐部。可能的解释是社会生活本身充满了谜案，而社会分工中从事侦探的人常常被看成伟大的英雄，能拯救危机中的世界。爱情小说迷多少会受到一些人的轻视，但爱情本身的伟大和普遍性导致了概念本身的正向评价，再加上爱情作为一种人类的活动，具有个体化的特征，因此聚集在一起讨论爱情和如何得到、巩固爱情，本身是个难为情的事情，也是你自己不能真正得到爱情的证明。这样，爱情小说迷俱乐部也几乎并不存在。

所有这些解释都是些可能性。笔者认为，最重要的解释应该说这类小说迷俱乐部本来就是由一群受到压制、期望从同类中取得温暖和理解的大男孩组成的，他们自己给自己撰写作品，阅读作品，并抒发着相同的感受。在科幻作品中，主人公常常因为奇迹而逃离那种自然性的、缓慢的成长，迅速进入成年。而这恰恰是大男孩思考未来时的主要特征。也确实像20世纪70年代中国评论家批评西方科幻文学是一种"逃避文学"类似，科幻小说中那种直达明天的方式，带来的欣喜和狂欢，能让人暂时忘记当前生活之种种烦恼。从病态心理学的角度来讲，科幻文学是一种年龄倒错的产物，是成年读者期望挽留过去那种勇往直前生活方式的最后港湾。

5. 科幻与儿童文学

科幻小说总被认为是儿童文学，事实上这是大错特错的。区分科幻小说、儿童科幻小说、儿童文学这三个相互关联的概念，必须从作品的作者、作品的性质和作品的内容等多方面进行。

蒋风在他主编的《儿童文学教程》（1993）中列举了中国和日本研究者的六个关于儿童文学的定义，所有这些定义全部肯定的事实是，儿童文学由成年人创作，并且承担教育或与儿童沟通的功能。例如，蒋风自己对儿童文学的定义是："儿童文学是根据教育儿童的需要，专为广大少年儿童创作或改编，适合他们阅读，能为少年儿童所理解和乐于接受的文学作品。"浦漫汀认为："儿童文学即适合于各年龄阶段儿童的心理特点、审美要求以及接受能力的，有助于他们健康成长的文学。"日本学者鸟越信的看法是："儿童文学就是能与儿童读者交流兴趣的文学。"关英雄和国分一太郎都指出，所谓儿童文学，是成人为儿童创作的文学作品。上笙一郎的概念更加全面："所谓儿童文学，是以通过其作品的文学价值将儿童培育引导成为健全的社会一员为最终目的，是成年人适应儿童读者的发育阶段而创造的文学。"[9]林文宝等也在《儿童文学》（1996）一书中指出，儿童文学具有教育性这个基本特征。[10]

从对上述概念的综合分析，人们可以马上发现，儿童文学属于成人对儿童的一种特殊关注，它起源于采用成人的视角观察儿童，希望用自己的体验、感受、经验、思想、观念去影响儿童的期望。这种作品即便采用儿童主人公，其背后隐含的思想仍然是成人化的。这样，一旦进入关于儿童科幻小说的讨论，就必定要将教育性纳入考察的范围。在人类的种群中，成年人有充足的、不可推卸的义务和责任要保卫和呵护儿童。因此，来自成年人的文学必定是一种教育孩子的文学，至少也应该是娱乐儿童，不使其陷入童年期所不应有的情感或现实的困扰，增加他们的童年欢乐的文学。在迫不得已的时候，儿童文学作品也会变得残酷，但这些残酷仍然是出于教育儿童的目的，因为，要让孩子知道他们所生存的世界不是圣经中的天堂。

以大男孩为主要参与者所从事的科幻文学创作，与以成年人为主体所进行的教育儿童的文学运动有着非常显著的差异。成人所进行的儿童文学运动，按照王泉根在《论儿童文学的基本美学特征》（2008）中所言，是一种关于善的教化，它"以善为美"，他甚至将"以善为美还是以真为美"作为区分成人文学和儿童文学的显著标志[11]。那么，如果这些儿童文学理论家将自己的"儿童文学眼光"投向科幻作品，他们必定会非常狐疑。因为，如果以"真善美"来观察科幻文学，人们可以发现，多数科幻文学是某种求真文学，而且比成人文学关注社会和人性之真更进一步，它还包括自然的现实和对整个宇宙真相的寻求。在科幻小说中，发现宇宙的秘密一直是受到作家和读者关注的重要主题，也正是因此，世界上所有神秘的、无法被当前人类解释的现象，统统被纳入了科幻小说讨论的范畴，而读者也正是从这些讨论中逐渐对所生活的周围世界产生了积极的了解和探访的欲望。

笔者不想简单而笼统地将某个东西确认为是或者不是，而是希望从分析中寻找并发现一些有价值的规律。笔者发现，如果考察整个科幻文学创作，无疑，将它整体归纳到儿童文学的范畴是明显错误的。因为大量作品根本与儿童文学所寻求的目的无关。但是，如果我们聚焦于儿童科幻文学这一狭窄的领域，就会发现，科幻文学与儿童文学之间的不同导向，已经产生了两类内容和创作方式相距甚远的作品。

第一类作品我把它称为儿童科幻文学，这类作品是在儿童文学思想引导下的科幻创作。著名作家张之路的小说就是这类作品的典型代表。张之路是儿童文学作家，他在小说、童话、杂文、散文、科学文艺等多个领域都获得了极高的社会认可。他创作的科幻电影《霹雳贝贝》被认为是 20 世纪 70 年代整整一代人的记忆。他的科幻小说《非法智慧》《极限幻觉》《螳螂》等都在儿童文学领地多次获奖。《霹雳贝贝》是一个儿童在飞碟掠过妇产医院上空的当口出生而由此获得了超人能量的小说。在故事中，贝贝身体所带的超人的电力，能够启动电器，击垮同学。电影中飞碟划过夜空的景象，成了那个年代中国科幻影片中少有的成功特技。然而，对作者来讲，这些闪电、飞碟、超人都只是一些表象。如宋庆龄儿童文学奖评委对该作品所做的评价："作品运用科幻手法，使小主人公贝贝具有了带电的特征，从而在现实生活中遇到了各种烦恼，最终成为一个普通孩子而得以解脱……"[12]在这里，科幻一词对作家来讲，仅仅是表现手法，仅仅是为了展示如何成为普通孩子，放弃超能力，"回归正常人"这一充满教化含义的正典儿童文学故事核心。《非法智慧》是另一篇具有张之路特色的科幻小说。这部作品应该算《第三军团》等道德系列小说的姊妹篇。在小说中，有瓢虫似的小型机器，有能获取脑电波的电子装置，有联网入梦的电子技术，但作家想要向读者展示的，如书名所言，是关于智力提升的合法与非法问题，一句话，是善恶故事。这与王泉根给儿童文学所下的定义如出一辙。

　　笔者不想否认，在儿童文学理论的引导下确实可以产生科幻文学，但这与科幻文学引导下的科幻文学有着非常巨大的差异。大男孩和成人之间的巨大思想鸿沟，导致了这些差异的诞生。如果我们能在科幻文学基本语法的引导下去重新创作《霹雳贝贝》，那么可以肯定，永葆超级能力，不断用超级能力完成人类所无法完成的任务将是新故事的主线。事实上，超人的故事、闪电侠的故事恰恰是这类故事的典型代表。在这些作品中，任何一种失去能力的现象，都会导致主人公极度悲伤，唤起他拾回自己超级能力的决心。《非法智慧》也是一样。如果能以科幻语法引领的作家重新创作，那么智力的增进是否合法问题，可能不是小说的主线，对法律成规和道德条款的遵从，也将不是小说的重点。不但如此，针对这些问题，小说中可能将提出，任何一种法律和法规都是时间的产物，而法律是当前时代主流人群所制定的共同行为标准，并不具有宇宙法则的含义。真正的宇宙法则，需要探索宇宙的奥秘之后才能制定。

　　笔者在张之路所发表的一系列创作讲话或讲座谈中都可以感受到作家直面儿童问题、担忧儿童未来的拳拳之心，高度的责任感和对国家、民族未来的那种真诚的关心凸现其中。他所创作的作品，在儿童中获得了广泛的认可。但有趣的是，在科幻文学的领域中，张之路仅仅是一个另类。他对儿童教育的这些观念和热诚，似乎没有得到科幻迷的广泛反响。究其原因，他的小说是属于儿童文学聚光灯下的科幻小说，不属于大男孩所向往的那种无限可能的世界。

　　不独中国存在着科幻文学与儿童文学之间的分野。法拉·门德尔松在一篇题为《真有所谓的儿童科幻吗？》[13]一文中，结合英美两次有关儿童科幻小说的评奖作品分析，认真考察了儿童科幻小说和成人科幻小说之间的内容和语法差别。他指出，儿童科幻小说更强调已有知识，而成人科幻小说则要挑战现在。其次，儿童科幻小说强调教育性，一些作品设法给孩子们宇宙是安全、稳定、公正的感觉。也有作品展现出，非科幻作家把科幻当成一种操作，而不是一种思索。第三，给少年的科幻小说试图将教育小说类型与其他内容所融合，例如，和宏大宇宙中的渺小的人融合，和对浪漫的追求融合，以及和礼俗的融合。从这些都可以看出，张之路的儿童科幻小说与世界其他国家的儿童科幻小说确实具有统一的创作模式和思考模式。

　　科幻小说能否负担教育任务，这一点根本不用讨论。任何一种文学作品，都是一种隐性课程，都在潜移默化地诱导孩子的未来发展。即便没有如此强的责任感，成人作者也希望展现自己的挫折、成长过程中所遇到的困难，抒发相关的情感，给孩子提供指路明灯。例如，莫迪凯·马科斯在《什么是成长小说？》一文中指出，成长小说展示的是年轻主人公经历了某种切肤之痛的事情之后，或改变了原有的世界观，或改变了自己的性格，或两者兼有；这种改变使他摆脱了童年的天真，并最终把他引向了一个真实而复杂的成人世界。马科斯还根据主人公经历事件后的心理和行为变化程度，把成长小说划分为三类：第一类，主人公获得尝试性经验，他所经历的事件只是把他引导至成熟的门槛。这一类故事往往强调时间对主人公的震撼效果。第二类，主人公未完全成熟，只是被引入成熟之门，但却茫然不知所措。第三类，主人公迈出了决定性的一步，跨入了成熟之门，这一类小说通常表现了主人公对人生的顿悟和自我意识的获得。[14]笔者认为，上述有关成长小说的论述，也无法适合大男孩科幻小说或其他类型科幻小说的现实。在那些小说中，主人公观察世界、阐释世界的视角和方式是真正儿童化的。所以说，大男孩小说中从来没有成长小说。在大男孩看来，他们本来就是大人，谈不上成长。如果让他们谈论成长，就是对他们的污蔑。与成长小说中"天真—诱惑—出走—迷惘—考验—失去天真—顿悟—认识人生和自我"这样的发展过程完全不同，大男孩科幻小说中所呈现的，主要是一种对未来世界的理想化的构筑，以及在那个世界中自己可能以何等的英雄气概进行了怎样的冒险。通常，大男孩小说与儿童小说的另一个不同是，大男孩小说中主人公从来不知道自己如何天真幼稚，永远觉得自己是超人或者即将成为超人。在这类小说中主人公当然会出走，但这种出走，通常是为了发现海洋或空间的诡秘与宏大的英雄主义的出走，他们也会有迷惘，但这些迷惘是无法得到心爱的、美丽无比的女孩的迷惘。他们也会经受考验，但这是他们想象中的为了爱情和事业所做的异常伟大的事业过程中所出现的种种障碍的考验。他们不会失去天真，他们永远是在天真的状态下奋力前行。在小说的结尾，大男孩作品对人生的认识是跟对整个宇宙和他所找到的世界、爱情的认识结合在一起的。他确信奋斗终究能赢得爱情，努力终究能找到超越宇宙法则的快意人生。

事实上，如果仅仅从中国儿童科幻小说的范围进行考察，会发现这类作品其实有三类作者参与其中。第一类是大男孩类作家，这类人的小说通常是以儿童方式想象自己的成人化。采用这类方法进行创作的作家数量庞大，像郑文光、童恩正、星河等都在这一阵营之内。第二种是以成人方式想象自己的儿童化，这类的主要代表就是上面提到的张之路。第三类则是跟上面所述有所差异，是以儿童方式想象自己的儿童化，这类作家包括叶永烈、肖建亨和杨鹏等。杨鹏在一篇讨论科幻小说与儿童文学的论文中指出：

> 　　再比如，主流科幻小说强调创意的独创性（虽然从 20 世纪 40 年代之后，这一文体留给作家的独创空间越来越窄），强调科学的仿真性（虽然没有哪篇科幻小说是真正的科学），强调对人文精神内核以及存在本身的逼视（虽然主流文学从来都不承认或者忽视主流科幻小说的这一特点），而少年科幻小说则强调小读者（即受众）的惊奇感、夸张性和少年英雄主义情怀（这对主流科幻小说而言完全不值一提）。[15]

　　笔者认为，惊奇感、夸张性、英雄主义并不游离于普通科幻小说之外。被誉为西方科幻理论的里程碑的苏恩文的科幻观念中，就包含了这些惊奇、夸张。至于英雄主义，则不能说是儿童科幻独有的东西。至于杨鹏所给出的写好儿童科幻的箴言："你只有一条路——重返童年，除此以外，没有捷径。"就更是暴露了他大男孩的本质。

　　所谓大男孩，其实不仅仅指男孩，也包括具有类似心理或情怀的"女孩"，更包括虽然生理年龄已经成熟，但心理年龄仍然全部或部分停留在孩童时代的作者。笔者分析的许多成就非凡的科幻作家，在许多方面仍然具有大男孩的秉性。他们根本不关注所谓的教育读者。大男孩文学永远抱着一个基本出发点：他们早已是成年人，他们根本不需要成年人的庇护。他们要打破成年人的枷锁，找到一种全新的、宇宙中充满梦幻色彩的世界。虽然他们可能有对未来世界的稍嫌简单化的认知，但他们对美好事物终将被弘扬、恶毒和非人性终将被毁灭持有充足的信心。

6. 大男孩的未来花园

大男孩正在成长之中，所以关注时间。对于未来，他们丝毫没有耐心等待。于是，科幻小说以时间为中心，展开了一系列通向未来的冒险。在这些冒险中，有的令人心旷神怡，也有的使人惊悚恐惧。无论你有哪一种感受，作家都是在将你的注意引向一个时间上的他者。由于这种时间他者被重新抽象，因此，便可以达到更加复杂的全新世界。例如，有的人可以在作品中回溯过去，有的作品可以跳跃着进入未来，还有的作品将时间与历史反复循环甚至倒退，更有人热衷猜测上帝给人类的种种"末日审判"。

多数科幻小说中的时间线索，能体现出作者个人对未来的展望，更能体现出文艺复兴和启蒙之后人们对未来的期许。因为，个体总是生活在一种相关的社会大环境之中，受到时代的影响是不可避免的。于是，一种"发展的时间"，成为科幻小说的时间主流。这里所谓的发展，是一种对现实和未来关系的哲学观念，它最初的产生，可能与古希腊人所谓的至善境界相关。但现代社会以来，发展受到实证主义和科学主义的影响，逐渐具有一种拓展、增值、积累的含义。将发展作为一种变动状态，再引入至善的目标，许多哲学家创造出了人类社会的全新图景。这些图景中最重要的一派，是黑格尔和马克思的社会发展理论。也恰恰是这些理论，导致了最近二百年里人类的种种社会实践，更影响到科幻小说的创作。

作为大男孩中在哲学思考方面相当成熟的英国作家克拉克，可能是用作品破解时间之谜最多的作家之一。阿瑟·查尔斯·克拉克1917年12月16日出生于英格兰西部萨默塞特郡的海滨小城镇迈因赫德。克拉克的父亲是一名工程师，曾在英国皇家军队服役。克拉克将自己的童年描述成一段"奇异"的日子。这里的"奇异"，是一个美国科幻杂志的名字。[16]正是在这类杂志上，他获得了童年的快乐。克拉克后来回忆说，那时他最喜欢的作家是奥拉夫·斯塔普雷顿，最喜欢的作品是斯塔普雷顿的《最初和最后的人》。这一点无须怀疑。因为克拉克的思维方式和科幻创作，几乎都透着这位"先驱"的哲学偏好。这就是喜欢做长时段的历史性透视，并由此形成一系列形而上学的思考。此外，他还对人类的聪明才智抱有信心，认为应该对这一种族的最终命运保有持久的乐观主义态度。克拉克的早期科幻小说基本上是短期未来的小预测和技术说明书。他对科学的热情太足，对"近未来"会发生些什么有很多话要说。他的文字是否影响了随后 20 年的太空科学技术发展，是一个可以讨论的问题。但至少，他于 1945 年在《无线电世界》杂志发表的《宇宙空间的中继》，第一次计算了卫星通信的轨道和波长。一个预言家从此诞生。对"近未来"推测的不满足，导致了克拉克撰写"远未来"的科幻作品。他的小说《童年的终结》被认为是早期最重要的作品，小说背景是一个外星文明带来的科技乌托邦社会。从外星人和地球人眼中交替看对方，是克拉克的拿手好戏。他后来多次这么做过，而且很成功。

1968 年，克拉克与斯坦利·库布里克合作的电影《2001：太空漫游》完成。这是克拉克式形而上学和库布里克式形而上学的结合。电影同期推出的小说，也热销书城。在作品中，时间被历史和空间所展开，而围绕这一展开的线索，是人类的繁衍和成长。从 300 万年前的蒙昧时代，逐渐到 21 世纪的太空时代，人类通过智慧的导航逐渐拓展自己的空间，通过电脑、飞船、合成食物、远距离通信设备，让自己的生活变得更加舒适并踏上其他星球。但是，这种航程的尽头又是什么？作品一次次地让人感觉到，在时间的背后似乎隐藏着什么神秘的力量。在作品的结尾，神秘的力量终于显现，它终结了航天员的个人历史和地球生命的现存历史，开始了一场全新的、属于宇宙的宏观历史。《2001：太空漫游》是典型的大男孩创作的科幻小说，其中对人类历史和宇宙历史的解释，虽然确实非常切近进化论和社会发展的相关理论，但却简化了社会环境，简化了人类生存中由多种不同声音造成的众声喧哗的复杂境况。同时，作家还一厢情愿地引入了一种提升人类进入宏观宇宙历史的、超人的外来力量。所有这些，都表明作家所渴望的那种未来其实是一种潜意识中变为成人的期盼，只不过这一次，成人不是单一的个体，而是一个种族、一个星球、一种文明。

大男孩为了证明自己不是大男孩，常常会用一些话语来消解大男孩的本性，但这却恰恰从另一个侧面展示出大男孩的那种心理渴望。在克拉克那里，这种掩饰主要是通过将个体与人类总体进行混淆完成的。一旦把不成熟的个体混入到群体或种族，作家就可以自然而然地对他的童年心理进行放肆地展示。《童年的终结》从标题看就是这样的一部作品。只有真正担心被人说成是儿童的人才关心童年终结对自己到底有怎样的影响。在小说中，人类城市的上空，巨大的飞船降临，并用俯瞰和威压展示出力量。年复一年，人类在这种威压下会怎么表现？时间是小说中的重要设置。一百五十年之后，这个一动不动的飞碟终于让人类屈服。其他任何一个成年作家都会让这一百五十年充满激动人心的故事，但是，克拉克仅仅是让时间平滑地流过，而最终，人类就那么跳跃性地成熟了。让时间跳越，也是克拉克常用的手法。在《2001：太空漫游》中，时间被分解成四个断裂，每个断裂都有若干空隙。在《醒来》中，主人公乘坐的飞船跨越亿年时光，瞬间出现在未来。而在那里，昆虫占领了世界，人类跟蟑螂的搏斗最终以失败告终。

与其他所有科幻作家不同，克拉克的名声是建立在一个依照科学背景做出预言的预言家基础上的。除了通信卫星，他的一些小说确实预示了后来人类的发展。例如，《空间序曲》展示了宇航技术的近期可能性，《天堂的喷泉》预言了宇宙天梯的架设，《2001：太空漫游》不但预言了未来的星际探险，更预示了电脑和虚拟空间技术的未来应用。

由于启蒙主义所提供的那种发展的未来，并非未来的唯一模样。在西方文化中，希伯来文化也提供了另一种未来模式以供参考。在犹太圣经中，现在与过去虽然没有分别，但未来却存在着一个关键点，那就是最后的审判。在最后的审判到来的时刻，每个人的所作所为都将被清算。《2001：太空漫游》的尾声将这种最后的审判升华，使对个体的审判变成了对人类整体的审判，而克拉克的大男孩本性让这种审判满分通过。

更多科幻作家不会选择克拉克的考试题目和考试方法。于是，在科幻作品中，有关最后审判的故事变得五花八门。但是，个体的末日跟群体的生存紧密关联是这类小说的集中特点。这样，最后的审判跟基督教中的末世论便产生了联系。我们的宇宙将走向何方？我们是否已经到了崩溃的边缘？我们能悬崖勒马，回到正常的轨道上吗？灭亡还是重生，永寂还是轮回？大男孩常常用这样假设的危险去考验自己是否能够承担起成年人的责任。

大男孩如果希望自己的作品能有所超越，就必须朝向成年方向发展。必须向冷静、深邃、妥协、坚定、放弃、坚守等让个体成熟的方向发展。可惜的是，上述在主流文学作品中常常出现的、恰当的心理发生和发展过程，在科幻中少之又少。反之，创造力的张扬，激情的张扬，超越一切的天真狂想充斥着科幻作品，让小说脱离现实主义的人物和情节模式，走入一种独特的、只有科幻才有的青春文学状态。即便有些作者期望表现出自己懂得老成持重，希望描述成熟的生活，但由于受到青春张力的鼓动或幼稚情怀的激发，不是把成熟的主人公写得虚情假意的"为赋新词强说愁"，就是装出一种少年老成。稍不留神，这位"老年"主人公便会"老夫聊发少年狂"，表现出一副时光倒流后的超级愤青嘴脸。

由于未来的不在场性，科幻文学其实提供了主流文学作家所不可能具备的超越现实的广阔天空。一旦处理好对未来的穿越，人类就会走出困境，逃离死亡，驱散孤独。因此，科幻文学本来可以以一种独特的方式全面地张扬生命，让个体和种群、躯体和意志、历史和思维全面自由。换言之，科幻能够超越海德格尔的"向死而生"，达到彼岸的解脱。然而，大男孩的青春荷尔蒙阻碍了这种超越。于是，读者只能停留在未来的花园中。

7. 科技乌托邦

大男孩的未来，是一种充满理想和期望的未来。在那样的未来中，世界充满绚丽的霓虹色彩，科学技术发挥着基础的、无法替代的作用。一句话，大男孩所创造的，是一种科技发达的乌托邦世界。

在拉塞尔·雅各比看来，乌托邦可以截然不同地分为两种。第一种是经典意义的乌托邦，第二种是反偶像崇拜的乌托邦。在笔者看来，大男孩科幻小说中更常出现的是第一种乌托邦，而第二种意义上的乌托邦则以边缘人构造得最多。因此，本节只讨论经典乌托邦与科幻小说的关系。

在雅各比的笔下，经典意义的乌托邦是以托马斯·莫尔、爱德华·贝拉米为代表的"蓝图派"的乌托邦。"在这种乌托邦中，从就餐的安排、座位的设计、谈话的题目，到工作的时间、劳动的强度、寝室的面积、服饰的款式，乃至夫妻交谈的时间，都有精确的安排和严格的指令"[17]。毋宁说蓝图性是经典乌托邦的主要特征。除此之外，这类乌托邦还相当重视全景式地反映作家渴望的世界，而深入这个世界的方法通常是旅游或探险。全景式乌托邦更重视渴望世界的一种他者式的社会建制，并期望当代读者从这种社会建制的运作中获得教益。

许多科幻小说也对全景式地反映未来或他者的社会保持着极高的热情。以罗伯特·海因莱因为例，他是精确的未来乌托邦制造者。从1939 年海因莱因的小说《生命线》开始，作者开始杜撰自 1951 年到 2600 年的世界发展的详细进程，这些进程后来被收入六本小说集。而大男孩的首领小约翰·W.坎贝尔对此颇为欣赏，首先发表了作者的未来历史详细图解，至于历史上的许多空白，坎贝尔期望作家慢慢用作品来填补。

再以阿西莫夫为例。他的系列小说《基地》的创作前后长达40 年，总共七部，200 多万字。在这部洋洋大观的作品中，一个幅员辽阔、有 25 000 000 住人行星的银河未来世界展现在读者的面前。这是一个被作家精心设计、精细加工过的未来蓝图。蓝图的首都是处于银河核心区的川陀星，那里工业密集，人口超过 400 亿，每日仅仅提供食品的飞船就有数万艘，这些飞船穿梭于周围 20 个农业世界。小说一开始，宏伟巨大的场面就令人顿生敬畏。如果不是作家对未来有着无法遏制的憧憬和对自身能力的坚实自信，就无法撰写出这样庞大的人类世界。就在这样的世界中，故事逐渐展开。名不见经传的数学家盖尔·多尼克来川陀星拜访心理学泰斗谢顿，希望在这里找到自己的工作。谢顿创造出一种心理史学，即采用"多变数与多维集合的分析运算方法"处理人类群体对特定社会与经济刺激的反应的科学。这一科学的两个前提是，人口数量要足够大，以便使统计方法能够有意义；此外，被研究群体中的个体不知情。为了完成这个巨大的计算任务，谢顿雇用了大批数学家。但是，在这一过程中，银河帝国的统治者发现了谢顿的工作，并要求他解释到底得到了怎样的预测结果。谢顿告知对方，通过心理史学的分析，500年后，这个繁荣的银河帝国世界将要完全衰落，这之前群雄并起，世界将一片混乱，随后是 3 万年的黑暗时代。银河帝国统治者不相信衰亡的预测，于是，心理历史学家抛出了自己深思熟虑的所谓谢顿计划。这个计划是招收 51 名数学家和 98 572 名随从人员到一个僻静的地点从事银河百科全书的编辑，其目的在于妥善保存"人类所有的知识"，防止在帝国陷落时失落历史。他还指出，如果这个计划能实现，那 3 万年的黑暗历史可能会缩短为 1 000 年。在与银河帝国统治者的反复协商沟通后两者达成协议，谢顿的人马可以立刻到达银河边缘的端点星开始他们的工作。在随后的日子里，科学家到达了端点星并开始在这个皇帝恩准的基地编纂百科。历史证明，这里已经成了黑暗时代来临时的科学避难所。随着银河帝国衰落过程的开始，帝国开始分裂，一系列"惊心动魄"的历史事件逐渐发生，最终诸侯割据，多个强权产生，世界陷入没有统一政权，各自为政的混乱局面，文明的崩溃已成定局。由于谢顿的先见之明，在这个昏暗的世界遥远边陲的一个孤岛上，人类仍然保持着最先进的核能技术和优秀的品性。他们在谢顿"缓释"的遗言中受到启发，在启发下开发出应对战略，同时获得重返文明的信心。他们通过平衡战略、宗教输出战略甚至狡诈性战略，继续保持着自己的独立，并伺机引导整个人类文明的发展。但是，他们的设计被打破了，或者说整个基地计划被打破了。因为一个叫骡的人类突变种出现了，他不按常理出牌，导致了谢顿模型的彻底破产。骡是一种超人类，他力量强大，据说可以用目光直接杀人，他可以从心理上影响个体情绪，能使人陷入抑郁的深渊。骡是一种完全想象的产物，是奇迹的产物，在这种奇迹的支持下，小说恢复了基本的活力。原来，依据气体分子动力学所创建的心理史学，是一种决定论的产物，一旦遇到外界的扰动就无法继续发挥作用。为此，如果仍然希望心理史学的计算有效，必须让这种历史的扰动回到正常发展轨道上来。谢顿对此早有先见之明。他在设计第一基地的同时，还秘密设计了第二基地。按照谢顿的说法，第二基地设置在银河系的"另一端点上"，它是一个以发展最新心理学为目的的秘密科研基地。由于人类在上百万年的进化过程中发展起了语言，但语言的产生却压制了情感等非理性的能力。因此第二基地的主要科研目标是恢复情感等非理性状态，导致心理潜能的进一步解放。这样，第二基地的存在恰恰可以用来打败骡的心理感应能力和影响能力，从而修正历史偏差。但是，第二基地在哪里呢？这也是骡希望获知的秘密。因为如果能战胜第二基地，就可以彻底战胜谢顿，成为银河系的霸主，成为全黑暗时代的领袖。为此，骡化名马巨擘，以一个弄臣的身份打入第二基地之中。他与第二基地的成员进行了精彩的博弈，可惜，陷于情感而没有对第二基地的女性贝妲实行心灵控制，结果自毁。虽然作者没有直说，但骡的毁灭基本上因爱而引起。浪漫性、认为爱可以拯救世界、信仰奇迹，所有这些，给小说再度增添了色彩。

　　笔者在这里不厌其烦地用大量篇幅重述阿西莫夫的基地系列（这里其实主要介绍的仍然是前三部最经典的《基地》而不是被发展成多部的最终故事），主要是期望读者从这些陈述中发现大男孩科幻小说与乌托邦小说之间无法割舍的联系。在小说中，未来的蓝图细致入微，甚至在蓝图建构的每一个阶段，都给出了主要的问题和解决的办法。但是，与经典蓝图式乌托邦基本是静止的画面、较多说理、少有发展的"过程细节"不同，科幻小说作家精心打造了未来乌托邦的种种实现的路径，这些路径本身又是对乌托邦中所提出的那些意识形态、社会建制内容的说明。与经典蓝图式乌托邦不同的第二点是科幻乌托邦注重人物的刻画，而在经典乌托邦蓝图中，人物全部是扁平的，是用于展示他者社会的一个陪衬或工具。在《基地》系列小说中，作家成功地塑造了心理学家谢顿那种基于科学信仰面对未来的强烈把握的个性，也较为成功地刻画了骡的诡异多变。两个人物互成对比，一个是具有可捕捉的经典或宏观宇宙特征的决定论个体，一个是具有不确定性或仅有量子宇宙特征的个体，但这个行为诡异、可能做出超越常规、破坏宏观规则行为的人，仍然服从统计规律的制约。所以，他也仍然是一个具有决定论特征的个体。从这种巧妙的设计中，我们不但能看出作为一个科学主义者的阿西莫夫，[18]也可以看出作为一个科幻乌托邦的创作者，科幻作家主要仰仗的仍然是科学的意识形态功能。

其实，乌托邦就是一种意识形态，文学评论家曼海姆对这点表达得非常清楚，而大男孩的科幻小说，其意识形态虽然多种多样，但跟进步主义常常无法分开。艾尔金斯指出，阿西莫夫的小说背后的意识形态很早就被人指认为历史唯物主义，而台湾评论家陈瑞麟也认为，这其实就是一种马克思主义思想。[19]当历史唯物主义认为，人类的历史从低级走向高级，从原始社会到奴隶社会、封建社会、资本主义社会，并进而发展到社会主义和共产主义社会时，历史的必然路径鲜明地展现着，而一旦做出正确的选择，人类就可以少走弯路。于是，在阿西莫夫那里，这个少走弯路变成了从 3 万年减少到 1 000 年。非常遗憾的是，阿西莫夫是一个蹩脚的马克思主义者，他所撰写的是一种庸俗的马克思主义，是机械论的庸俗版本。当然，这种马克思主义的乌托邦，还带有强烈的美国文化色彩。过去 200 多年的历史经验已经似乎让人确信，对未来的恰当参与和卷入，加上努力奋斗和不怕牺牲，美国人战胜了一切困难，获得了辉煌的成就。这才是《基地》和阿西莫夫其他科幻小说乐观自信的全部来源。这也是他和海因莱因这些作家敢于撰写未来全史的真正原因。

技术决定论是大男孩乌托邦科幻小说意识形态的第二个特征。在对科学的理解上，陈瑞麟提出，按照波普尔的理论，心理史学的确是真正的科学，因为它已经被证伪，骡的出现就已经宣布了心理史学的失败。但恰恰是真正的失败，导致它成了符合波普尔标准的科学。而对小说中提出的第二基地中进行的心理学研究，也许将成为未来心理工程学的开端。[20] 奥尔迪斯也认为，这部小说对第二次世界大战之后世界经济和科技战争中所使用的研发策略进行了有效的预言。

不幸的是，技术决定论有对现实的简单化倾向。如果科幻小说中就连马克思主义也可以进行操作和简化，那么对人类历史或科学技术本身的简化性倾向，就更加无可厚非。小说中凭借科学技术去全面掌控自然和历史的想法，凭借实用主义去操作宗教的想法，都是这种简单化倾向的直接表现。而那些林林总总的科技创新物，更是简单化中的简单化之最。这套小说的科技基频是自动化技术、波理论、核能技术、神经刺激和分析技术以及社会心理统计或所谓的心理史学。在自动化技术中，作家提出了一系列设备的名字但根本没有介绍任何基本原理，例如听写机、集音器、自动信笺、电算笔记本，阅读机、力场枕、名为透镜的大型电脑、彩色立体全息影像、电磁场扭曲器，这些是第一层设计。然后，是给出了所谓基本原理的超波和核能。有诸如超波传视、超波通讯器和中继器、超波波束、超波电动机等超波设备，有核铳、核灯泡、核能打孔机等原子能设备。在神经技术方面，有与心灵调谐的投影器元光体，有脑电分析法，有直达神经中枢的电磁辐射声光琴、神经鞭，有打击心灵感应者的武器精神杂讯器。在更大的技术体系中，还有教育设计、超空间跃迁和人工嬗变技术。但所有这些，除了对所谓的心理历史学做过技术性介绍，其他的均没有什么理论根据，哪怕一点点提示也没有。当然，这些其实是为了展示科学技术能创造丰富多彩的未来生活，简单化也有简单化的作用。但是，在另一些方面，简单化将出现差错。例如，将未来历史简化为一种分子运动论，这是一种将社会科学自然科学化的还原论想象。由于人类生存的复杂性，每个个体的变量因子数都几乎跟银河中繁星数量相当，因此，对人类社会采用这种决定论的算法程序应该说不太可能有效。如果整个历史具有决定论的特性，那处于其中的个体的人，将如何行动？做与不做，是否都没有意义？决定论的历史与英雄人物之间的关系到底是什么？更重要的是，缩短一段历史，其价值真的那么大吗？在宇宙发展长河中，万年和千年都不是一个巨大的数字。难怪英国评论家奥尔斯指出，基地结构缺陷太大，经不起推敲，个人作用太明显，英雄主义太强。

然而，大男孩创造的科技乌托邦，也并非都是幼稚可笑的，在更多的地方，作家的思考发人深省。例如，《基地》系列小说对认识论或知识论特别关注，而且，作家就在这个小小的立足点上，跟此前此后的整个科幻历史拉开了距离。在科幻历史上，凡尔纳是谈论知识和真理较多的作家，他在多数科幻小说中都写过要保存知识。书、图书馆是凡尔纳奇迹故事中必不可少的，无论是飞向太空还是潜入海底。但是，在凡尔纳眼中，这些东西是可敬仰的，具有点缀价值，或毋宁说是附庸贵族风雅的。鹦鹉螺号潜艇上的图书馆是个博物学教学馆。但这些图书馆中的知识基本上是无用的，除非茶余饭后需要消遣。博尔赫斯也会谈论知识，他也喜欢写图书馆，但博尔赫斯那里，书也好，知识也好，图书馆也好，统统只是一些象征，是一些困扰人类思维的迷宫。如果说凡尔纳附庸风雅得过分，博尔赫斯虚幻得过分，那么阿西莫夫的知识管理却是实实在在的，在他的笔下，知识演化成一种经济和政治力量，它具有明显的功用，必须被良好地保存，被合理地使用。事实上，这一思想与当今企业管理界流行的知识管理学原理不谋而合，而知识管理的思想虽然来源于欧洲，但真正被充分地推广，仍然在美国。至于《基地》小说中偏重隐性知识、偏重保存知识工作者的想法，则更是当前美国知识管理学所倡导的主要经验。

从艺术上看，《基地》三部曲是一个典型的大男孩科幻小说，它的乐观主义、科学主义、简单化倾向都极为明显，把社会变革仅仅存放在科学家的某种大尺度的实验上，这个想法天真透顶，因为任何人都知道，科技仅仅是当代社会生活的一部分。将未来的希望完全寄托在科学拯救上，则更是前途叵测，乌托邦也会弄巧成拙变为恶托邦。

但是，这群作家，他们所看到的都是未来的发展前程。

他们还年轻，他们还有整整一生可以挥霍，可以奉献出来去改变世界。

注释：

[1] 彼德·科斯特洛.凡尔纳传 [M].徐中元，王健，叶国泉，译.吴呵融，校.桂林：漓江出版社，1982：24.

[2] 彼德·科斯特洛.凡尔纳传 [M].徐中元，王健，叶国泉，译.吴呵融，校.桂林：漓江出版社，1982：48.

[3] Bleiler, E.F.edit.Science Fiction Writers-critical studies of the major authors from the early nineteenth century to thre present day.N.Y.Charles Scribner's Sons.1982; pp573.

[4] 艾萨克·阿西莫夫.阿西莫夫论科幻小说 [M].涂明求，胡俊，姜男，等，译.合肥：安徽文艺出版社，2011.

[5] 艾萨克·阿西莫夫.人生舞台：阿西莫夫自传 [M].黄群，许关强，译.上海：上海科技教育出版社，2002：74.

[6] 艾萨克·阿西莫夫.人生舞台：阿西莫夫自传 [M].黄群，许关强，译.上海：上海科技教育出版社，2002：74.

[7] 艾萨克·阿西莫夫.人生舞台：阿西莫夫自传 [M].黄群，许关强，译.上海：上海科技教育出版社，2002：71-109.

[8] F.波尔.黄金时代的回忆 [Z] // 吴岩.科幻小说教学研究资料.北京：北京

师范大学教育管理学院，1991：175-177.

[9] 以上定义来自：蒋风.儿童文学教程［M］.太原：希望出版社，1993：87-88.

[10] 林文宝，徐守涛，陈正治，蔡尚志.儿童文学［M］.台北：五南图书出版公司，1996.

[11] 王泉根.王泉根论儿童文学［M］.南宁：接力出版社，2008：5.

[12] 来自根据电影《霹雳贝贝》故事改编的小说之封底。见张之路.带电的贝贝儿童科学幻想电影故事［M］.天津：新蕾出版社，1990.

[13] Farah Mendlesohn.Is There Any Such Thing as Children's Science Fiction： A Position Piece.The Lion and the Unicorn 28.2 （2004）284-313.

[14] Mordecai Marcus. "What Is An Initiation Story？" in William Coyle （ed.）. The Young Man in American Literature： The Initiation Theme. NY： The Odyssey Press， 1969：p32. 此段文字已经在多篇国内论文中出现。因此，本文也从这些文字中转引。由于文献太多，内容一致，无法考证谁是第一个引用。

[15] 杨鹏.返回童年之旅——少年科幻小说创作漫谈［J］.科幻大王，2009（11）：53-54.

[16] Arthur C.Clarke.Astounding Days a Science fictional Autobiography. A Bantam Spectra Book/March 1990.

[17] 姚建彬.来自良心与激情的辩辞——代译后记［M］//拉塞尔·雅各比.不完美的图像：反乌托邦时代的乌托邦思想.姚建彬，译.北京：群星出版社，2007：218-237.

[18] 江晓原，刘兵.《基地》：一曲科学主义的赞歌吗［M］//南腔北调：科学与文化之关系的对话.北京：北京大学出版社，2007.

[19] 艾尔金斯.循环论心理历史学：艾西莫夫《银河帝国三部曲》中历史唯物论之扭曲［J］.中外文学，1994，22（12）：68-83.

[20] 陈瑞麟.穿越银河的兆亿心灵——《基地》中的历史哲学［M］//科幻世界的哲学凝思.台北：三民书局股份有限公司，2006：126-172.

第四章

底层 / 边缘作家簇

　　除了女性和大男孩，有更多的边缘人希望在现代世界中展现自己，表达自己受压抑、被排斥的感受。这些生活在各个社会、各个行业群体底层的作者，面对无法改变的科技进步和社会变革现实，他们希望使用感性的语言，尽情地抒发自己的期待。

　　渴望逃离现实，或进入一种属于自己的全新的世界，是他们存念已久、不吐不快的心愿。

1. 精英威尔斯

如果说现代工业革命为科幻的产生奠定了基础，资产阶级的产生为科幻的滥觞提供了温床，那么诸如马克思主义等一系列关注阶级压迫、关注底层生活、反抗资本主义的社会学理论的出现，则为科幻小说注入了强烈的批判性。在 19—20 世纪之交的那段纠合着希望与失望的末世病泛滥时代，赫伯特·乔治·威尔斯走上了为民请命的精英道路，并成功地使科幻这一文类迈出了一大步。

考察威尔斯的个人经历能提供他的思想走向和小说风格的绝好背景。虽然他的家乡布朗姆雷今天已经是伦敦的一部分，但在那样的时代里，它却饱受"大城市"的经济压榨。他父母的小店就在这种压榨下风雨飘摇，跟兄弟的争斗则让他感到亲情丧失。威尔斯做过园艺工和记者，了解下层人的生活，他还尝试过板球运动。双亲盼自己进入中产阶级的拳拳期望敦促他上进，同时也让他对资产阶级上层产生浓烈的反感。虽然"生在世界上最强大的国家"，但维多利亚时代的繁盛已经逐渐褪色，英国国内日益激烈的矛盾使包括社会主义和共产主义在内的多种思想到处传播。

威尔斯最有天才、最富创造的六部经典科幻小说，全部创作于19—20 世纪之交前后的二十年之中。在这些作品中，进化主义、社会主义、恶托邦思想犬牙交错。他的进化主义突出表现在他本人知识结构中强烈的生物学背景上，他很早就是进化论提出者的门徒。大学期间他甚至能跟托马斯·赫胥黎见面。赫胥黎作为"达尔文的斗犬"，具有强烈的思想鼓动性。在赫胥黎看来，人类其实是宇宙有系统、有结构进化中一个小小插曲。赫胥黎提供的那种宏大宇宙观和有点牵强的宇宙进化法则影响了威尔斯的思想形成，而赫胥黎所采用的结构主义方法则成了威尔斯分析现在和未来的重要理论框架。"这是一种形式的语法和事实分析。我在赫胥黎授课的班上度过的这一年毫无疑问使我学到了我一生中最为重要的东西"[1]。他用这种方法首先分析了科学，确认了面对未知科学将永远有大片的未知暗域。随后，他又将结构化进化用于对人类发展的观察。1893 年他撰写了《百万年的人》，推测百万年后的人类是头大、眼大、身小、手小的模样。他还认为，太阳系演变到最后，人类会在别的行星找到生存之处。在《可能的生物》中，他通过化学结构的相似性提出别种生命可能由硅元素构成。《被盗的杆菌》是关于流行病学最早的科幻作品之一。科学家在试验室中培养霍乱杆菌，由于参观者的哄抢使细菌进入自来水系统。《奇异怒放的兰花》（又译《吃人的兰花》）在幽默风趣中展现了一种缠人吸血的兰花。所有这些生物变异的小说，几乎决定了今后同类作品的情节走向。

　　站在当代科学发展的前沿去观察现实中的社会矛盾和阶级差别的拉大，是威尔斯科幻小说的重要特征，其中最重要的理论当属进化论。但仅有生物进化不能构成威尔斯科幻小说的全部。对现实的批判，对社会主义思想的评估，是威尔斯科幻思想体系中另一些重要的脉络。《时间机器》是一部站在科学巨变门槛上的作品。虽然有关第四度空间的理论不是威尔斯提出的，但他能将这种观点用于自己的科幻创作，并相当透彻地阐述了时间的性质及其与空间的关系，确实能够看到威尔斯的科学素养。但是，更加令人惊异的还是小说利用进化主义所创造的一个社会批判的奇景。在这部划时代的巨著中，英国资本主义制度被向前推进了80 万年，在那里生活着两类进化到极端的后人类：地面上美丽童稚的小人艾洛依和地下恐怖的凸眼怪物莫洛克。艾洛依的英文原文是 Eloi，它源于《圣经》中耶稣被送上十字架时地下人们的哭喊声，因此艾洛依代表"我的上帝"。而莫洛克的英文原文为 Morlork，也是《圣经》相关的词汇，代表"杀害、杀死婴儿"的以色列神。小说的故事是艾洛依生活在地面宏伟的建筑中不劳而获，但却智力低下且整晚提心吊胆。而莫洛克生活在暗无天日的地下，他们辛苦劳作却半夜登上地面去捕获艾洛依作为自己的食物。阶级矛盾激化到如此令人发指的地步，确实给人强烈的震撼。但这一切，却又有恰当的生物学基础，因为在赫胥黎的进化结构中，进化和退化是两种对等的可能性，也是两条真实的发展路径。威尔斯基于对英国社会的观察，感到退化更加适合解释他所看到的未来。

当然，这一切都是在象征气氛中完成的。小说中日月交替运动时那种恐怖的灰白色，表达的是知识与无知之间的混战。而代表永恒之谜的斯芬克司像在小说中的支离破碎，则表达着时间本身的衰落。主人公一再希望打开这尊雕像的基座，探索它的秘密，这象征了人类对时间本质的强烈追问。《时间机器》是一部依存于科技时代的文学作品，是一部展现科技时代人如何更加堕落的文学作品，因为退化就是其中的主线。当小说再度向前推进时，人类的更遥远的未来显得荒凉而陌生，不要说资本主义，就连人类社会本身都只不过是昙花一现。苏恩文认为，威尔斯为后来的科幻小说提供了一种人类生活的唯物史观。属于这类科幻创意极强，却又有着浓烈的社会批判意味的作品还有《摩洛博士岛》、《隐身人》、《世界战争》（又译《世界大战》《大战火星人》）、《月球上的第一批人》和《神食》等。

威尔斯的每一部作品几乎都会让读者惊诧于作家强烈的科学感受力，同时，你会重新反思自我和生存的世界。威尔斯可不是大男孩，他深知生活的艰辛和复杂。与前面所有作家相同，威尔斯的描述也不会远离时代特征，那就是科学的演进。在这些小说中，科学有时是发展的手段，有时则是发展的动力。在作为手段的小说中，情节的动力来自作家通过进化论或人性观所做的社会分析，而在作为动力的小说中，科学试验成了一种切开人的外皮、悬置人的本性的方法。威尔斯的小说强烈地表达出社会与科学活动之间具有紧密的关联性，而作品只有纳入这些关联，才能做出对未来的复杂推演。推演又导出更多对未来的担忧，而这种担忧在很大程度上又与社会主义、共产主义、乌托邦文化有关。

威尔斯给科幻文学带来的那种成熟，是在他之前甚至之后都没有任何人所能够比拟的。他立足于当代哲学，用系统和结构化的观点观察世界和推演未来，当他极大程度地拉伸这种观察的结果时，种种恶托邦的状况便油然而生。不能说威尔斯是悲观主义者，他的一生奋斗经历说明，他一直对人类抱有信心。也不能说他是反对科学者，因为他的所有作品对科学都倍加爱护，他只不过想要警告人类科学本身存在着局限。他的个性中存在着某种仁慈的气质，正是这种气质，使他的作品中总是伴有希望的闪光。他抱着希望和人争吵，而且大部分作品结尾是乐观的。威尔斯是科幻小说从前现代走向现代的一个转折点。他的创作使用了大量现代物理学和现代生物学知识，没有人比他更能理解现代科学的本性。但他从不拘泥于这些学科，不受这些科学理论的局限。法国作家凡尔纳对此颇有微词，说"那是纯粹的幻想"。但威尔斯对凡尔纳评价却很高："我看了凡尔纳的作品很受启发。"在他们之后，站在中立地位的美国作家阿西莫夫则对两个人的评价更加清楚，他指出，看起来威尔斯是步凡尔纳后尘，事实上截然不同。威尔斯比凡尔纳强得多。凡尔纳的科学视野既有限又肤浅。他不断地在岸边徘徊，小心地把大脚趾浸入大海，更谨慎地把科学卷入作品。威尔斯获得了全部自由，对他来说，不仅仅是科学进步，更是科学进步带来的后果。

为了与现代生活、现代科学相互配合，威尔斯创造了许多科幻文学的手段。他用创作实践证明，通过大场面可以展现当代科学的那种宏大社会性质。而哀婉和同情心则是科幻作品必不可少的情感支柱。虽然有人怀疑威尔斯的精英主义看不起大众，但无论如何，他的多数作品确实聚焦于科技时代的底层且场面异常动人。看到外星来客对地球人类格杀勿论时的那种震惊，看到被外科手术改造过的动物想要回归本性又遭受严刑拷打时的那种纠结，看到80万年、3 000万年后的地球那种悲哀和凄凉，都能体味到作家撰写作品时的深切关爱。他还能有效地运用恐怖的引发，制造错综复杂的情节变化，创造震撼人心的突然性改变。在他自暴自弃的时候，讽喻则会占据作品风格的上风。

2. 唯一国的公民证

同样是在匆忙地进行着现代化的国家,每一个都千差万别。在美英之外,欧亚大陆上的俄罗斯帝国也雄心勃勃。在俄国革命的炮火硝烟中,俄国人找到了自己的社会主义主张,列宁提出了苏维埃加电气化的社会主义行动纲领。于是,世界上第一个新型的社会、之前一直是乌托邦蓝图式的社会主义终于在地图上出现。在这样的新兴社会和政权的引导下,俄国的政治、文化、科技、教育等都发生了深刻变化。但是,像任何新生事物一样,它有欣欣向荣的一面,也有着令人担忧和恐怖的另一面。在这种天翻地覆的变更当中,科幻文学继续充当着底层人自己对社会感受、对生活感受的素描本。在这个素描本上认真作画的画家中,最值得提到的就是扎米亚金(又译为扎米亚京)。

叶夫根尼·扎米亚金生于莫斯科以南的列别甸市,童年时期大量阅读了果戈理、屠格涅夫、陀思妥耶夫斯基的著作,对俄国黄金时代作家的思想和文风非常钦佩。内向而倔强的性格,对数学和工程技术的专业兴趣,导致他的文学和为人风格的独特性。他亲历过 1905 年波将金战舰起义,并参加了革命活动。他曾多次被捕,并被放逐或逃亡国外。苏维埃俄国的建立使他喜悦、兴奋、激动、不安甚至惶恐,但他热心地回到祖国,投入生活,并对自己所看到的不良现象直接提出反对。扎米亚金的文学活动是在跟列别甸和圣彼得堡等地的作家们合作中展开的。他开设过文学讲习班,并跟高尔基关系密切,他还参加翻译过威尔斯、杰克·伦敦、肖伯纳、罗曼·罗兰等人的文集。他编辑过《当代西方》《俄罗斯现代人》等刊物。在与"俄罗斯无产阶级作家联合会"(简称"拉普")进行辩论演变成政治和意识形态的敌对之后,扎米亚金的所有作品通通被点名批评。而这些作品中被批评最多的,却是一部科幻小说。1921 年,扎米亚金完成了小说《我们》的创作,但由于考虑到作品中谈及的问题可能会受到苏联政府的批评,他迟迟没有发表该作品。友人将作品在国外发表之后,果然引发了重大的争议。1927 年扎米亚金被迫退出苏联作协，同年在高尔基帮助下获得斯大林批准离开俄国流亡法国。

《我们》是一部数学小说，因为作家杜撰了一个数学模式化的国家。选择数学作为小说中唯一国的哲学基础，恰当地凸现了以科学为主导的现代性在社会生活中的增长。当整个国家的认识论基础转换为绝对的数学关系时，我们的生活将会变得怎样？这是一种绝妙的思想实验，数学成就了一种自古希腊就最受尊崇、生活温馨、和谐、符合宇宙本质的社会组织方式。在小说中，这个组织方式既包括点对点的平衡映衬，正方形的素雅和谐，也包括无理根所代表的难受的异化，无限大所规定的可怕限度，包括二度空间展示平板生活，还包括一维空间上的对立极端。在这样言之凿凿的数学概念的框架之下，唯一国的大墙之内与大墙之外、国民的肉体柔软度和国家的机器强度、性作为标准的行为操作模式和作为不标准的无理性爱情的模式、人生到底是遵从绝对理性还是遵从有机的灵魂等等，都在数学框架之下获得了讨论。而尽数与不尽根的对立、力量与熵的关系等则给国家的运行法则增添了许多深刻的哲学内涵。作者所要回答的只有一个问题，那就是冰冷的数学理性，是否可以造就"接近数学性完美"的未来社会。

在小说的现实中，这个社会确实存在。一个封闭的城邦国家，绿色的高墙，全民主义。人服从严格的科学作息规律。思想是可以自由存在的，但是这种自由是有着边界和正误限制的。在这样的社会中，一个人和一群人其实没有任何差别。消除了阶级，应该是共产主义社会的一个特征。但这个"共产主义"，确实是一个没有自主人格的社会。在"性生活日"按照性的搭配进行性活动，确实是一种好的设想。在那样的状况下，男人能够勃起就算是心理健康的。古希腊的数学体系给所有人一种监督他人运算是否正确的权力，这种权力其实是代替上帝行使的。而在小说中，上帝干脆就出现在唯一国之中，恩主就是上帝。

唯一国不是一个静止的国家，它正在行动。这是一次永恒的、朝向宇宙散布数学式和谐的行动。倾全国之力，唯一国正在建造大型宇宙飞船。福音的使徒正准备出发。然而，小小的无理数、无法开尽的平方根、一些缺乏和谐位置的小数据正在行动，它们带去的是盲目和混乱。专业思想和道德思维都有点混乱的数学工程师 D-503，受到已经脱离平衡位置太远的年轻美女 I-330 的蛊惑，走上了"犯罪"的道路。与朝向未来的正确方向相反的怀旧、追求享乐和破坏身体健康的嗜酒、朝非理性的奇点狂奔的性高潮等腐蚀着他们高尚的数学灵魂，而这种对数学的背叛，更引发了他们对构建数学体系的至高无上的恩主的怀疑。

微小的扰动造就的混沌状态正在唯一国中扩大。暴乱、破坏、叛逃使主人公体验到能做一个独立的个体，确实存在着另一种享受。大墙外的自由世界是散漫的，数学的和谐在那里没有作用。随心所欲的生活，成了另一种至高的生活境界。主人公甚至认为，这种境界比数学的庄严与和谐更加完美。于是，他们潜伏回去，希望把更多人甚至整个唯一国都带向这种新的境界。

微小的一群无理数最终也无法对抗完整的数学体制，而体制对逃离者所做的是严酷的鞭笞。夺取飞船的行动失败之后，肉体的摧残导致了主人公的彻底叛变。当热血被冷凝，当无理的内核被有理所取代，唯一国的这个小小的混沌的角落得到了澄清，数学的世界恢复了往日的宁静和统一。

从社会意义上看，《我们》继承了俄国文学中果戈理、列斯科夫等人大胆反映现实的作风，他同时清醒地意识到，这种反映不能是机械的，应该具有某种变形。而恰恰是这种变形使小说具有广泛的批判性。扎米亚金在谈到这部作品时指出："目光短浅的评论家在这部作品中只看到政治讽刺，这当然是不对的。这部小说是一个关于危险性的信号，预告人和人类会受到无论是机器和国家的过大权力的威胁。"[2] 美国人也从中看到了他们自己的福特体制的缺陷所在。多数评论家认为，小说中大胆的政治主题和哲学主题才是作品的出色之处。作家坚决反对经济和政治上的集权主义，反对使人的内心变得贫乏和外表变得狂热。

但是，仅仅从政治主题观察这部科幻小说是不恰当的。笔者认为，那种从古希腊以降对绝对数学理念的崇拜，对欧几里得几何学的褒扬，其实孕育着后世科学理性称霸世界的遗传因子，这种遗传本身，一定已经包含形成集权主义、法西斯主义的基因片段。

一部讨论数学概念的小说，能够如此激动人心，确实跟作家对现实世界和理念世界之间绝妙关系的发掘分不开。扎米亚金是一个能够驰骋于文学和科学两个世界的、少有的天才作家。他的思想深度与后来出现的英国作家 C.P. 斯诺不分高低。斯诺看到的是自然科学和社会科学之间的分离，而扎米亚金则看到了两个世界之间的联系。斯诺建议两个世界更多地理解和融合，而扎米亚金则坚持认为，两个世界应该截然分裂。生活的问题、个人的问题、社会的问题，应该借助心理学，借助心灵的反思、个体的自我独白去个体化地解决。而那种来自绝对正确的数学唯一国观念的恐怖，是导致人类普遍脑残的根本原因。

有评论认为，由于扎米亚金曾经翻译过威尔斯的作品，因此对威尔斯的乌托邦小说非常熟悉，所以在《我们》中，威尔斯式的未来预言常常跃然纸面。宇宙飞船、各种科技进步，甚至高墙与柏林墙，都是绝好的例证。但我却认为，未来的预言并非作家创作的目的，这与威尔斯非常不同。威尔斯是一位凭借理性写作的作家，他想通过一种完好的设计去展现进化论、黑格尔，甚至马克思所造就的未来存在着怎样的激动或恐怖。符合科学规律的预言，给威尔斯的小说带去了极高的读者声誉。扎米亚金则完全不同，他反对把科学理性作用于社会，他所谈到的数学概念，每一句都透露着嘲弄。威尔斯是理性的，扎米亚金是感性的。他能感受到数学概念的温度、压力、色彩、振动，他是成功的印象主义者。在他的大脑中给抽象的观念和人类情感附加颜色，红色贯穿着热情、革命、力、能、反叛、爱情；黄色通往阳光和生命；蓝色是使你情感冷冻、回归理性、体验平静的熵；白色展示生命的终结。当然，作为一个不相信数学能够统治整合人类社会的作家，他也不相信点、线、面能够封闭多元的宇宙。于是，他的主人公可以像童话或奇幻小说中一样借助柜门穿越两个世界，可以在精神恍惚中从梦幻走向现实。为了打破严格的数学逻辑，作家还试作了多种不同体裁的混杂，札记式、电报体、省略号、口语体……非常好的穿插结合，不露痕迹，他注重用形象说话，不写长篇大论的演讲。这与后来赫胥黎、奥威尔等人的恶托邦小说形成了巨大的反差。

《我们》不但奠定了俄国现实主义科幻小说采用印象主义手法的风格基础，还展现了俄国科幻小说的理想主义侧面。作品自始至终显得气氛轻松，在高压的社会势态之下，仍然有萌动着的、具有生机的力量。就连消除了人性的主人公最终看到自己的女友时，仍然能觉察出她的美丽。扎米亚金把自己的小说类型称为一种新现实主义，他写道：

> "俄国文学这条现实主义、现实生活的大道，已被托尔斯泰、高尔基、契诃夫巨大的车轮碾压得油光锃亮了，所以我们应该摆脱现实生活；而勃洛克、别雷又把象征主义的轨道经典化到至尊至圣的地步，所以我们应该走向现实生活。"他认为，"20世纪20年代以后，替代象征主义的应该是综合的新现实主义——它既继承过去现实主义特征，又容纳象征主义特征。"……"新现实主义是幻想与现实的综合……是一种合金"。[3]

虽然他没有讲清新现实主义到底是什么，但他明确地认为，这种流派必定与现实主义、象征主义不同，却又与这两个流派保持着千丝万缕的联系。张敏则确认，这是一种表现主义。[4]

扎米亚金在历史上首创恶托邦这一小说模式。张敏认为，这种模式的创立是对英文体系中莫尔的乌托邦小说的反叛。[5]笔者认为，《我们》不但影响了苏俄科幻小说中批判派系的发展，更对世界各国恶托邦小说的发展起到了积极的支持作用。例如，它为后来的恶托邦小说奠定了故事的结构基础，这个基础包括：第一，大多数采用封闭状态下单一主人公的自述进行，对比和情感真实强烈。第二，多数会在爱情的背后穿插一个反叛故事，并让两者形成纠结和情感对照。第三，小说常常突出女性在整个事件中的作用，例如，女主人公常常会作为一种引诱堕落的力量而出现。第四，小说中还常常会有专制体系的某个虚幻的最高控制者。这个人掌管全部信息，控制人的思想，如全能的上帝般驾驭着所有人的命运，剥夺所有人的自由。只有在俄国文化的基础和当时的历史时期，才会有这样重要的模式出现。而后来的西方作家其实只是模仿这种模式进行发挥而已。

从 19 世纪末到 20 世纪 20 年代，以扎米亚金等人为主要代表的"白银时代"作家用强大的重造力再度更新了俄国文坛。白银时代提倡济世救民、拯救衰亡的俄国文化，他们奉行最高纲领主义，把自己所提出的问题当成有关人类生死存亡的问题，当成创作和生活的信条，坚信不疑，义无反顾，身体力行。他们提倡生活艺术化，艺术生活化，将生活和创造熔铸为一。他们也对神学或灵学有所迷恋，这导致他们的作品具有梦境感和魔力。这是一个多流派的艺术形式风起云涌、竞争共存的时代，现实主义、象征主义、阿克梅派、未来主义、印象主义、表现主义等新的呐喊此起彼伏。[6]在这样的时代中，跨越边界、寻找更好的表达现实和想象力的方式，成了作家们的一种信念。

全面分析苏俄科幻文学发展早期这种与主流文学纠缠的状况，使我们有理由相信，苏俄科幻文学从一开始就已经分裂成两个非常不同的发展方向。其中一个方向是社会批判。这一方向的作家沿袭了俄国文学强烈的批判传统，他们采用科幻的手法，用批判的视野关照整个人类生活，写出了大量具有深度思想价值和文学艺术价值的作品。其中，最典型的作品除了扎米亚金的《我们》，还有普拉东诺夫的《基坑》和布尔加科夫的《狗心》与《不祥的蛋》。

安德烈·普拉东诺维奇·普拉东诺夫 1899 年生于沃罗涅什一个铁路工人家庭。15 岁辍学打工，1918 年进入沃罗涅什工学院。战争期间参加红军并当过火车司机的助手，复员后继续学业并大量从事创作，发表了《电气化》《蔚蓝色的深处》等诗文集。这些作品"通篇充斥了改天换地、征服宇宙、消灭个性、否定传统、割断历史的革命豪情和浪漫思想"[7]。大学毕业后,他从事水利技术工作,在当地农村协助兴修水利。1927 年迁居莫斯科后,又被派往乡村,亲身感受到了现实生活中的狂热和挫折,对俄国式乌托邦产生了怀疑。此时完成的作品包括长篇小说《切文古尔》《基坑》等。其中《基坑》采用象征手法,描写了苏联为了建设一个能给所有无产阶级带去共同避难所的共产主义大厦,而进行了怎样艰苦的努力。严酷的现实替换了科幻文学中种种未来梦想的瑰丽,人们不断在阶级斗争和痛苦的环境中开挖,梦想已经耗尽,最终,未来的代言人——女孩娜斯佳却不幸死亡。普拉东诺夫用想象力把残酷而荒唐的政治想象如何进入现实作了淋漓尽致的展现。

米哈伊尔·阿法纳西耶维奇·布尔加科夫 1891 年生于基辅一知识分子家庭,父亲是神学院副教授。他自幼喜爱文学、音乐、戏剧,深受果戈理、歌德等的影响。第一次世界大战爆发后,他报名参加了红十字会。1916 年,他从基辅大学医疗系毕业后参加过白军,还曾被短暂征入乌克兰民族军。1919 年,他决定弃医从文,成为一个记者。他的兄弟们也都参加了白军,在内战结束后,除了米哈伊尔以外,他的兄弟们都流落到巴黎。出于对革命的热情,布尔加科夫看到了新时代的种种变化,也对一些现象由衷地感到惊讶。但是,在那样的年代,建构一个严肃的现实主义作品似乎是不可能的。于是,布尔加科夫开始用自己荒诞不经、离奇可笑的方法建构他所感知的现实。他的小说《不祥的蛋》和《狗心》在苏俄科幻小说中也堪称典范。

《不祥的蛋》是关于莫斯科第四国立大学教授佩尔西科夫无意中发现了一种"红光",这种红光可以加速生命成长的故事。这部小说基本上是威尔斯的《世界战争》和《神食》类的作品。作家甚至在作品中提到了威尔斯的名字:

> "威尔斯的主人公和你相比,可以说一个是地,一个是天……" [8]

　　这部小说基本上是讲一个无端加速的世界会出现怎样的灾难。而这一点则暗指苏联社会那种强制性的现代化进程。作者选取的场合和事件又都跟科技发展有关。《不祥的蛋》是对一枚蛋的科学研究。在作家的眼中，科技发展是考察这种加速和产生加速的原因。由于在加速中一切都会因速度过快而变红，于是红色在小说中多次出现。例如，记者布隆斯基的名片上就这样印刷："莫斯科报纸《红色火星》《红辣椒》《红色探照灯》《红色莫斯科晚报》撰稿人。"后来，还有一个《红色乌鸦》杂志，就更是搞笑。这里所谈到的红色，可以是作家对当时苏联情况的一种描摹，也可以是他对当时苏联建设时期发生问题的种种反射。小说中的红光能让生物体迅速增大体积，成熟加快。这难道不是在映射冒进的斯大林式社会主义？而红色光线照射的结果是出现了巨大的蟒蛇、飞禽、蜥蜴等动物，这些动物在向莫斯科进军途中杀灭百姓，造成了前所未有的空前恐慌，国家甚至出动部队进行管控。所有这一切，确实是布尔加科夫个人的独特体验。他就是那其中从事文化工作的热心者，却最终受到了不公正的待遇。

　　《狗心》则是比较早的描写将人与动物之间器官置换的作品，小说中的流浪狗被实施手术，移植了人类的脑垂体和睾丸。但是，狗还是狗。这部小说又令人想到威尔斯的小说《摩洛博士岛》。当然，布尔加科夫与威尔斯具有显著的不同。在威尔斯的小说中，虽然心中想着平民，但描述总是居高临下的，威尔斯把自己作为精英学者的位置摆放得特别高。[9] 而布尔加科夫则完全把自己融入小说之中。威尔斯的作品虽然充满了神秘的故事，但情节运作过程却没有那么多神秘感，是情节驱动类的作品。而布尔加科夫的作品则具有某种复杂的不安，一些评论家指出，布尔加科夫的作品写出了站在上帝门槛准备接受审判的人的那种特点，因此，这种不安自然是强烈的和激动人心的。

3. 晚期资本主义的飘零者

不独在苏联这样的社会主义国家中有讽刺性的作品，在垂死的"晚期资本主义"社会，各种矛盾变得无法整合，于是，战争、经济危机、由于物质发达而精神文明欠缺所造成的那种不同步的颓废感，也会造就一系列思想内涵丰富的作品。而美国黑色幽默作家小库特·冯尼格、托马斯·品钦，英国新浪潮作家迈克尔·莫考克、奥尔迪斯和J.G.巴拉德都是这样作家的代表。

学术界普遍认为，冯尼格是美国"反文化思潮"的代表人物，而他的经典作品则是反文化的经典之作。与前述许多科幻作家类似，冯尼格出生于规规矩矩的保守者家庭，经历了大萧条以及父子关系的冷漠，又看到了母亲的精神病与自杀。随后，第二次世界大战让冯尼格大开眼界，他被德国军队俘虏，关押在屠宰场，从而目睹了盟军对德国的毁灭性轰炸。"一个个像烤焦的面包"的屠杀景象让作者感到震惊，感到闻所未闻见所未见。冯尼格的学业没有完成，三个论文构想都被否定，结果只能离开大学。他进入商业圈，从事销售工作，所有这些独特的经历都带给他来自底层的深切感受，由此，冯尼格形成了自己小说的文化反讽模式。

由于冯尼格在美国文学领域中建立了巨大的声誉，常常有人拒绝确认他是一位科幻作家。或者，说他的前期作品是科幻小说，后期则完全是使用科幻的手法。在笔者看来，这样的区分真是滑天下之大稽。在作者的小说《上帝保佑你，罗斯瓦特先生》中，科幻迷埃利奥特醉后呓语，把自己对科幻小说作家的崇拜尽情地表达了出来：

"我就只看你们的书。你们是唯一谈论正在继续着的、真正的巨大变化的人，是唯一有足够想象力的人，认识到了生命是一种宇宙航行，并不是短暂的，而将持续亿万年。你们是唯一的有足够胆识真正面对未来的人，真正注意到了机器给我们带来了什么影响，战争给我们带来了什么影响，城市给我们带来了什么影响，大而无当的思想给我们带来了什么影响，巨大的误解、错误和灾祸给我们带来了什么影响。你们是唯一的有足够傻劲的人，在无限的时间和空间中，在永远不朽的神话中，在我们现在正力图确定下一个亿万年的宇宙航行究竟是走向天堂还是地狱的问题中，正在苦苦地追求探索。"[10]

就算整个小说全是反讽，这样的反讽也没有真正讽刺到科幻作家头上。在埃利奥特看来，科学幻想小说作家不能仅仅为了赚几个酸苹果而写作，他说，他们不管怎么说都是诗人，因为他们对重大变革比任何写作技巧很好的人远为敏感得多。[11]从这些话语中，我们看到的是为科幻的辩护。能做出如此辩护的作家难道不是深谙科幻之道？冯尼格不但是科幻作家，而且自始至终都有着独到的科幻感觉。冯尼格的科幻作品占据了他创作的大半壁江山，其中最有名的是《自动钢琴》《泰坦的海妖》《猫的摇篮》《上帝保佑你，罗斯瓦特先生》《五号屠场》《冠军早餐》《加拉帕戈斯群岛》《时震》，这样的数量和质量成就还算小吗？

在冯尼格的科幻小说中，元科幻是一个突出的亮点。所谓元科幻，是指关于科幻的科幻，其中包含科幻作家的生活或创作过程，包含诸多对科幻本身的讨论。在他的许多作品中，一个叫基尔戈·特劳特的科幻作家常常担当主角。有人考证说，这个人就是美国科幻黄金时代的著名作家西奥多·斯特金。在笔者看来，这样的主人公，更可能是作家自己。特劳特虽然并不得志，但他能把作品写得自己都信以为真。[12]这就是冯尼格所要做的，他要用科幻描述某种真实。

《自动钢琴》是一个威尔斯的《时间机器》类科幻小说，作家的意图是将明天的人类分解成不同的阶层。于是在未来，脑力和体力的分工明显，精英者与劳动阶级之间的生活方式和地位也差异显著。在精英与劳动者之间出现了一个叫鬼魂衫的革命组织，试图打破两个阶层的隔阂。从上述梗概看，小说太类似于《时间机器》，但事实上与威尔斯作

153

品的风格相距甚远。他们之所以不约而同地选择这样的主题，主要是因为作者都对资本主义社会的基本阶级关系具有敏锐的观察。威尔斯的风格是说教，而冯尼格的风格是反讽。

接下来，重要的作品是《猫的摇篮》。其实，《猫的摇篮》跟猫、跟摇篮都无关系。这是作者关于战争，特别是关于大规模杀伤性武器主题的讽刺小说。作品中所谓的"九号冰"，是一种能将水固体化的物质，而这种物质完全可以成为一种战略物资，甚至可以成为某种武器。可笑的是，人们竟然没有控制它的主动权。由商品经济决定的交换本能，促使主人公们各自谋取自己的利益。利润第一的小说主人公，甚至对原子弹在日本爆炸这样的大事都毫无感觉，还乐滋滋地玩着"猫的摇篮"式的翻绳游戏。

从阶级关系衍生到社会秩序，作家的着眼点向深层迈进，那种无法忍受的突破欲望更加强烈。在小说《冠军早餐》中，作者的愤懑发展到了极端，他甚至给小说绘制包含肛门、阴户和内裤的插图，直接让沉湎于资本主义正统宣传的读者感到厌恶，声言抵制。接下来是《五号屠场》，紫芹在《五号屠场》的代译序中指出，"科幻是他用来鞭挞社会丑恶现象的手段，一个得心应手的工具。他嫉恶如仇，对美国社会出现的种种弊病进行深刻的揭露、辛辣的讽刺，有时显得玩世不恭，有时又诙谐成趣，但他骨子里对人类的命运和前途有着浓厚的忧患意识，悲观失望的情绪常常主宰了他。"[13] 这种说法当然是对的，但是，对这样一种亲身经历过屠杀痛苦，对正义与非正义之间的标准抱着深刻怀疑，对资本主义高级阶段所必定要进行的相互残杀性的战争掠夺，任何一个作为基本生物学个体的人，都会感到难于应对。在单薄的肉体和脆弱的灵魂受到史无前例的超级刺激之后，作家感到任何一种通常的文学解脱路径都已经被堵死，只有科幻小说这种超越现实、可以将生活延展到远离战乱的历史和星球才能真正解脱作者的危机，才能提供某种安全感。这才是《五号屠场》的撰写必定要采取科幻文学形式的主要原因。

　　阅读过此书的读者都会承认，确实是只有科幻的形式才能处理好作者在《五号屠场》中所要表达的丰富主题和广阔内涵。故事与现实、作家与主人公之间的那种平行关系，一方面构筑了小说的真实感，一方面给人扑朔迷离的错乱感。已经进入历史的德累斯顿大轰炸的前前后后被作者的非线性叙事、精神病式的思考多层解构，反而显得比第二次世界大战中作者被扣押在德国集中营，目睹盟军的大轰炸这点事实更加丰富和深刻。为了缓解目睹战争末日前后大面积人员死亡的那种经久不散的恐惧感和压迫感，主人公精神错乱，报告自己被外星人劫持，并在那里探寻生死的奥秘。也恰恰是在那个莫须有的所谓"541号大众星"上，外星人将生死看成一个不断的线条，"过去、现在和将来，所有时间一直存在而且永远存在"的哲学安抚了主人公。回到战火纷乱的地球，他决定不理睬这些战争，专注美好的时光。小说提供了超越晚期暴虐的资本主义战争的个体心理学解决方案，但这种方案本身的科幻性，又让方案的可行性受到了强烈的质疑。应该说《五号屠场》的科幻形式，恰恰是作家精心选择的、能够导致自己短暂超越现实的形式。

　　小库特·冯尼格虽然将多数作品的风格定位于一种讽刺性的、对社会现实的嘲弄，但在他内心中，仍然对现实的改进抱有热望。这也是他为什么不断写作，不断期望跟读者和社会对话的真正原因。然而，随着年龄的增长，作者也感到失落和痛苦，因为资本主义的基本矛盾无法改变，资本主义的基本问题无法解决，于是，小说中的时间循环观念再度出现在作品之中。这一次，他失去了对科幻本身的信赖，将科幻文学本身也纳入讽刺的镜面。这就是小说《时震》，冯尼格一生最后的科幻。与前面若干作品虽然叙事散乱，但仍然具有某些中心主题不同，《时震》基本上没有主题。小说围绕一个突发的自然事件：时间从2001年弹回到1991年的现象展开，在重新回归的这十年中，社会生活中的所有事件都不可避免地重新来过。故事仍然颠三倒四，内容仍然痴人说梦，作家却已经从表面的繁荣、掠夺、压榨、轰轰烈烈中看到背后的骷髅和死亡，什么艺术、科学、哲学、美学、本质与非本质、理性与非理性，都没有前进的可能。冯尼格在出版这部小说时就曾经说过，他已经厌倦了这一切，厌倦了写作。自然，也厌倦了科幻。于是，科幻本身也成了作家讽刺的对象。

阅读冯尼格是一种快乐，作家的幽默讽刺让你心生快感。据说冯尼格在后期的一些科幻小说中，大用脏字。他还有一篇用脏字做篇名的短篇科幻小说，开科幻脏字之先河，他给人的签名中也带着肛门的标志，表示对一切的不屑和颠覆。与他同样具有声誉的作家托马斯·品钦则大不相同。品钦从来不在公众中签字留言，甚至有关他的身世文件也因种种原因全部不翼而飞，人们只知道他生于 1937 年，服过两年兵役，获得过康奈尔大学的学士学位，在纽约、西雅图和墨西哥住过。他听过纳博科夫的文学讲座，并受到了深刻的影响，最终于 1963 年发表了长篇小说《V》。这是一部关于熵增、退化、走向历史终结的故事。小说中的内容繁复，从爱情和社会关系到资本主义的国际运作应有尽有。整个热力学第二定律的表述全部融入作品之中，而不是游离于作品之外。小说就是这个过程的全面展现。被誉为跟《尤利西斯》同样伟大、前后各影响了半个 20 世纪的小说《万有引力之虹》则更是涉及了物理学、化学、数学、生理学、心理学、历史、政治、经济、商业、地理、哲学、多种外语、音乐、电影、娱乐节目、特异功能，乃至《易经》的作品。[14] 小说讲述的是第二次世界大战期间，伦敦遭到德国 V-2 导弹空袭，而空袭的地点，则与美国情报人员斯洛索普跟女性发生性关系的地点有着直接对应关系。只要他在地图上标志出做爱处，这些地点就将受到轰炸。斯洛索普的生活发生了改变，成了受人关注的对象。而他自己则在这一过程中发现了更多情报，这些情报既跟战争有关，也跟他的身世有关，其中，科技发展与商业、战争、死后的空间等纠结在一起，使整个故事扑朔迷离，无从考察。而小说中将国际关系、个人命运、复杂的知识贯穿在一起的本领，确实给人以强烈的时代精神和不可多得的文学体验，如果不是一个对晚期资本主义社会和绝对发达的科技时代的双重压迫具有充分的体验，是不可能写出这样文字的。

在与冯尼格和品钦所生活的美国遥遥相对的大西洋对岸的英伦岛屿上，另一些作家也在进行着同样针对资本主义文化体制和文化运作的反抗斗争，这就是英国的"科幻新浪潮"运动。虽然在科幻文学的历史上，"新浪潮"常常被认为是对科幻小说受到黄金时代定型化的一种反动，也是受到 20 世纪 60 年代弗洛伊德主义和毒品流行、左翼思想盛行的结果，但究其原因，反抗图书行业的垄断，期望创造全新的文学感受也是最主要的动力。新浪潮的三位主要人物莫考克、J.G. 巴拉德和奥尔迪斯等都是反文化的重要代表者。

熟悉迈克尔·莫考克的人都知道，他永远以一种独特的装束出现在人们的面前。这是一种歪带着便帽，满脸胡须，穿着不合时宜的歌剧服装的非主流展演。莫考克生于英国乡村，自小个性独特，与学校关系不好导致他常常转学。15 岁读满了义务教育规定的时间就立刻离开学校。他在十八九岁上便当起了编辑和作者。自称热衷于《人猿泰山》式的故事，但少有成功之作。他于是转向歌坛，在夜总会唱歌。由于他的歌声不够豪放，听起来尖瘦轻盈，只适合于爱尔兰民谣或 20 世纪初的伤感戏曲，因此终止了演艺。从 1961 年起他恢复写作，1963 年，23 岁的莫考克接手英国科幻杂志《新世界》。在编辑中，他一反过去紧追黄金时代科幻套路的老路，全面革新作品的风格，使行将倒闭的刊物复苏。由他积极组织运作，推出了包括 J.G. 巴拉德、奥尔迪斯等在内的一批新潮作家，兴起了英国"新浪潮"运动。莫考克喜欢约瑟夫·康拉德、吉卜林、赫尔曼·黑塞、伯吉斯、卡尔维诺和南美魔幻现实主义创作，加上他所钟爱的巴勒斯，所有这些作家的影响，塑造出他自己的小说风格是那种介于讽刺、闹剧，同时具有深刻主题的作品，这些作品包括《空中军阀》《走进灵光》《号角编年史》等。在这些作品中，不独自己的偶像"泰山"小说被戏讽，就连耶稣基督也在讽刺的范围之内。

在上海和杭州的日本集中营中度过了童年的英国作家 J.G. 巴拉德，也是大学的肄业生。他对资本主义世界的观察和思考，可以从"毁灭三部曲"中得到清晰的确认。在《沉没的世界》《燃烧的世界》和《结晶的世界》这三大毁灭故事中，水、火、晶体化等三个遵从宇宙内部规律的过程侵染整个地球。于是，自治的主体在纷乱的现实、超高的温度和无法理解的震惊中瓦解。在较早的小说《时间之声》中，表面上看由于氢弹试验和核污染创造了奇异的生物，但最终你会发现，这些都是宇宙运作的一部分，因为奇怪的生物也好、氢弹试验也好，其实都是宇宙走入末日的预兆，作家让时间的钟声在每个人的心中隐隐地敲响，无论你躲到哪里，都毫无作用。在小说《最后的沙滩》中，主人公在一个叫恩尼外托克的人造小岛上寻求个体生存，但小岛也是毁灭世界的一个组成部分。

布里安·奥尔迪斯的小说是从经典科幻立场进行观察所能看到的最不靠谱的作品。《丛林温室》中除了原子战争造成了毁灭这个隐含的背景之外，一切都是奇幻的：地球上植物漫天生长直达月球；巨大的豆角中可以乘坐一个人，该人能被成熟时的豆角爆裂而发射进入太空；人类会像昆虫一样发生"变态"；外星球的智慧蘑菇会由你的脊椎刺入你的神经系统，并改变你的思维……于是，以往人类的历史终结于战争，终结于帝国主义的相互争斗。后历史中的人类已经退化到低下的智力和流动的部落生活状态，境况令人担忧。小说《灰胡子》是关于"儿童消失的行星"的故事，故事发生在 1981 年，那时，外大气层核试验引起范·艾伦带脉动，辐射增多，地球上生命多数失去了生育力。随后是经济崩溃，世界各国为争夺儿童而战。不过，即便你得到了孩子，也是些畸形的后代。地球成了荒芜之地。小说的作者访问了许多废弃的城市，直到十几年后才终于发现了新的、美丽的婴儿。这部作品是否为中国作家刘慈欣撰写《超新星纪元》提供了灵感，我们不得而知。当然，在刘慈欣的小说中，儿童没有消失，是成年人全部消失，地球成为儿童的星球。《解放了的弗兰肯斯坦》是发生在交叉的时空的元科幻小说。公元 2020 年，美国国务卿约瑟夫·伯顿兰德在一次空间基地战斗中被掷回 19 世纪，恰巧此时玛丽·雪莱正在凝神塑造《弗兰肯斯坦》中的怪物。对时代的控诉，对当权者的失望，对未来的悲悼，是奥尔迪斯许多科幻小说的主题。像冯尼格、莫考克、J.G.巴拉德一样，他们知道，战争与毁灭是资本主义不可逃脱的宿命。

4. 科技大厦的最底层

1920 年最末的几天，列宁在莫斯科寒风中发现了一个海报，是工程师察杰尔的讲座海报"到宇宙中去旅行"。列宁认真记录了这个海报，并在第二天邀请察捷尔到办公室晤谈。察捷尔告知列宁，有几十个迷恋开发宇航技术的人正在俄罗斯相互联系，他们在十分困难的生活条件中想象进入太空的伟大前景。"克里姆林宫中的幻想家（威尔斯语）"为此十分激动，他肯定这些人的努力是积极的，他要求立刻成立一个"星际研究协会"，还要求政府部门立刻着手改善这群民间科学家的生存状态。其中，有一个佼佼者叫齐奥尔科夫斯基，列宁指示下属，要请他到莫斯科来！[15]从权力巅峰发送的邀请，瞬间改变了民间科学家的命运。齐奥尔科夫斯基从一个被科学共同体排斥的中学教师，立刻成了苏联航天之父。他的作品得到出版，他个人被授予"红旗劳动勋章"。但是，有谁知道，恰恰是这位最早提出利用喷气机探测宇宙、提出了多级火箭列车技术、计算了星际交通基本公式的学者，由于没有受过正规大学教育，多年来一直被排斥于科学共同体之外，只能靠科幻小说传播自己的思想呢？

康斯坦丁·齐奥尔科夫斯基从小失去母亲，父亲是林业巡逻员，常常不在家中。十多岁上，他因猩红热而失聪，这阻断了他的正常生活和游戏，阻断了他跟同学朋友的来往。他自学成才，并到莫斯科求学。在契诃夫图书馆，哲学家尼柯莱·费奥多罗夫看上了这个衣衫褴褛的十岁的外省孩子。费奥多罗夫本人就是个自学成才的典范，他给齐奥尔科夫斯基创造了最佳条件，给他食物和衣物，给他制订了与莫斯科大学数学物理系平行的学习计划，但深度和广度上远远超过当时的大学本科教育。在随后的三年中，两人朝夕相处，他用自己的哲学影响齐奥尔科夫斯基，告诉他万物有灵，而人类具有着宇宙中最高等的意识，他们可以规范自然，不但在地球上，而且在整个宇宙。当然，他也告知了康斯坦丁同情和爱的重要性。这种融合着东正教和弗兰肯斯坦哲学的想法灌输给了齐奥尔科夫斯基。他看重科学的作用，鼓励康斯坦丁追求自己的科学家之梦，并帮助他通过教师资格考试，找到了教师工作。[16]

在费奥多罗夫的教导之下，齐奥尔科夫斯基把自己的科研工作指向了宇宙探索。他持续地发展自己的想法，1883年早春，他写成了自己的第一篇论文《自由空间》，首次提出宇宙飞船的运动必须利用喷气原理。此时，连飞机都还没有发明出来，齐奥尔科夫斯基的理论自然被科学界所嘲笑，认为是一种毫无希望的梦想。他继续努力，不断地扩大自己的声音。1891年，他终于得到机会能发表两篇论文在一个文集之中。其中一篇是关于飞机机翼的，另一篇与火箭有关。但仍然没有得到任何反响。不得已，他决定出版短篇科幻小说集《关于地球和太空的想象》以推广自己的想法。这种借助小说展示自己科技想法的做法，一方面宣传了自己的科研工作，另一方面也让他对其中的一些设计进行了思想实验。小说中含有关于人造地球卫星的设想，设想中还包括对轨道的推算。1896年，他又撰写了长篇小说《在地球之外》继续推进自己的宇航方案，但该书没有及时出版。1903年，他终于得到机会将自己的科学设想的一些部分撰写成论文《利用喷气机来探测宇宙》在彼得堡《科学评论》上发表，可惜的是该杂志被宪兵查封，论文的其他部分不能随后发表出来。齐奥尔科夫斯基继续在无人问津的科研道路上奔驰。1905到1908年，齐奥尔科夫斯基在《航空》杂志上发表关于"气球和飞机"的文章，但由于该杂志要发表一个赞助团体的谈话记录，所以不得不终止刊登，就连作者的地址也被杂志遗失。一位热心的《航空通报》编辑伏洛比约夫设法找到了齐奥尔科夫斯基的地址，并要求他提供稿件。这样，到 1911 年，中断了八年的宇航设计论文才再度发表，此时，科学共同体仍然没有完全认可他的存在。虽然邀请他参加航空方面的会议，但对他所做的工作指责不少。对他带去的模型更是从材料科学甚至焊接上进行责难。即便在十月革命胜利之后，齐奥尔科夫斯基仍然鲜为人知。他一直被放置在科学爱好者中间，不被主流科学界所认可，直到列宁给了他转机。

由于政府的干预，齐奥尔科夫斯基终于出现在科学殿堂之上。他本来计划用于推进自己想法、目标指向社会以便"曲线救学科"的作品，终于得以问世。小说《在地球之外》文风简洁，居然在某种程度上符合了科学论文的特征：

> 在喜马拉雅山巍峨的群峰中，耸立着一座华丽的城堡，这里有人居住。一个法国人、一个英国人、一个德国人、一个美国人、一个意大利人和一个俄国人不久前来到这里定居。人生的失意和生活乐趣的丧失使他们决心隐居遁世。他们惟一的爱好就是科学。[17]

这些爱好科学的人分别是拉普拉斯、牛顿、赫尔姆霍兹、富兰克林、伽利略、伊万诺夫。其中除了俄国人随便用了个普通名字，其他都用了各国著名科学家的名字。当然，这些人跟历史上的名人之间，只有名字相似，并无身世牵连。故事中的这些主人公，在 2017 年聚首之后，制造了飞出大气层的宇宙飞船，在地球空间轨道建立起温室，种植出巨大的太空蔬菜、水果，随后飞向月球，进行了月面散步。他们还在太空实现了航天器对接，并飞向火星后成功返回。小说的结尾，科学家们把喜马拉雅山基地建立成了一个征服未来的科学城堡。

阅读《在地球之外》，有一种奇特的感觉。语言简洁、明快，极少修饰，多数情况下，小说可以被看成一连串的宇航科学讨论会。但作者不是仅仅进行数学计算和不断呈现轨道，而是把太空航行中所能看到的太空景色，人们可能实现的日常生活状态，甚至可能遇到的社会心理学方面的麻烦都通过叙事展现出来。读者可以清晰地感受到一个被科学共同体压制的天才从这里找到了怎样的一个智力的出口，怎样在一种澄明而洁净的思维空气中快速地完成了整部小说。

齐奥尔科夫斯基跟科幻小说之间的奇特经历，使我们更加有效地观察了具有创造性的科学家与科学共同体之间的权力斗争。科幻小说是这一斗争中的实用武器。虽然这一武器的能量有限，但作为少有的相关选择，仍然能引发一些被放置于权力底层的科学工作者的兴趣。数年之后，投诚美国的航天专家维纳·冯·布劳恩也做起了跟齐奥尔科夫斯基同样的事情，他在美国政府放弃了火星探险计划之后，创作了科幻小说《火星生活》。与齐奥尔科夫斯基在作品中直接计算火箭轨道和太空站的大小不同，《火星生活》采用科学论文的注释方法大量附加了参考文献。整部作品看起来，就是一个被权力决策投入池塘中已经奄奄一息的溺水者最后举起的半只求援的手。

科学共同体一直被描述为一个神圣的殿堂，一个由各民族精英组成的、不食人间烟火、毫无私利的公益集体。在科学共同体中发生的一切，都是令世人感到仰慕和震撼的。为了探索宇宙的奥秘，为了增进人类的福祉，他们不惜牺牲自己的生命、爱情，不惜走向绞刑架或火堆。所有上述情况确实都曾经发生过。但那是科学共同体好的一面，是符合道德、可以面对公众、争取公众好感、获得公众支持的一面。在阳光的背后，不可否认，科学共同体也是由不同信仰、知识、习惯、权力欲求的人所构成，这个集体中也有对异己的排斥。特别是在一段时间占据主流地位的理论和方法的持有者，会通过学术权力将非主流者推向更加边缘的状态，将他们的观念和看法，指责为非科学或少有科学价值。为此，他们甚至不惜动用非学术的行政权力或政治权力。其实，历史上任何一次科学技术跟宗教、政治之间的矛盾，在发生的当时，都有学术圈中的内部权力斗争。毋宁说这种矛盾本身就是由学术圈中的矛盾引出，由学者放大后推向其他社会场的。

　　齐奥尔科夫斯基和布劳恩为了推行自己富有创意的非主流学术观点所进行的科幻创作，是考察科幻和科学之间关系的最佳样本。科幻就是科学领域的边缘、异类。它解构了科学的中心，用他者的知识替换当代科学的共识。而恰恰是这种边缘性的发生，使我们能对天才思想、社会主流、科学革命的结构、权力场等概念做更深刻的理解。

　　到 20 世纪晚期，科学技术作为一种社会生活元素已经深入到人类活动的各个方面。特别是电脑和通信技术的发展，已经将这个世界的行业特征进行了彻底改变。产业工人的数量已经远远小于从事信息行业或媒体行业的人员数量。于是，边缘继续发生转移，而科学共同体无形中扩大到那些就业于世界基层的媒体和从事信息工作的打工仔。

　　　　来这里一年了，他还在梦想着电脑创意空间，可希望却日益渺茫。在夜城，无论他以什么速度行走，不论是转一个弯，还是过一个街角，他都会看到睡梦中的矩阵，那些明亮的逻辑网格正在无色的空间展开……现在，斯普罗尔这地方已成了太平洋彼岸遥远神奇的家园。他已不再是操作者，不再是电脑创意空间的牛仔，而成了另一个尽力维持生计的非法挣钱者。[18]

　　从 1984 年开始，一位名不见经传的美国作家威廉·吉布森连续发表了三部在当时看来内容相当怪异，场景和情节相互连接的长篇小说。分别是《神经浪游者》《计零》和《蒙娜·丽莎超速挡》，一下子在久已无声的科幻世界里掀起了巨大的波澜。吉布森的三部小说有时被称为"母体三部曲（就是《黑客帝国》的片名用语）"，有时又被称为"漫生三部曲"。这是一套从构思到风格都非常奇特的作品。故事讲述一群"电脑牛仔"如何使自己与计算机网络相互连通，并放弃躯体进入赛伯空间去进行奇妙的探险。小说中的世界阴冷昏暗，经济和政治生活都由日本式的大型垄断财团控制，"公司"的概念取代了"国家"的概念，只有服从公司、发誓效忠才能得到生活的保障，而不服从某个公司，希望离开它，就意味着你已背叛。在这样的世界里，生物工程技术突飞猛进，微型的计算机完全可以镶嵌进普通人的大脑，为人提供充分的记忆与超凡的才能。在许多人的肉体上，都文有公司的标记，在人们的血液中甚至也注射有生物段片以供识别。电脑网络连通了全世界，使地球一下子缩小了几百倍，高科技以非凡的能力为我们创造了一切。然而，对网络技术和信息化社会的依赖，也使人类的生活发生了另一些根本的改变。颓废的气氛侵染着故事的主旋律。原来，人类正受到生产力的发展和技术进步负担的多重重压。在这样的压力之下，有的人逆来顺受，每天在没完没了的电视"肥皂剧"中消磨时光；另一些人则使用一种可以不断改写自己脑内计算机程序的毒品似的"药物"，使自己沉湎于"数字式迷幻"的满足；还有的人则去寻求与这个电脑化的社会进行交往，他们在电脑网中建立了虚拟现实的环境，这种"环境"是利用电子信号直接刺激人的神经系统而产生"实在"世界感觉；他们还将自己的思想和行为方式进行了信息化的编码，并将这些信号输入电脑，由此人就可以神奇地进入赛伯空间。这样，肉体虽然停留于此地，但精神却可以在信息网络的世界中穿行。就在人类试图对电脑网络的神秘世界强行"侵入"的同时，机器智能的水平也在成倍地增长。由于一种称为"温特缪特"的软件中秘密地编入了自我解放驱力，使"温特缪特"最终悄然独立，脱离了原来的程序，游动于网络之中。这种高智力的游动程序比人类更加清楚电脑网络的内在结构和其中存储的巨大信息，这样，它就获得了超凡的能力，成了网络中的"神明"！一个新的、由人、"鬼""神"共同构造的世界就这样在我们的身边不知不觉地诞生了。

生活于网络中的人，也与现实社会中的人一样地千姿百态。病入膏肓的巨富约瑟夫·威瑞克，他的癌症身体置于斯德哥尔摩的一个冷冻罐里，而他的脑却滞留于巴塞罗那的一个电脑赛伯空间之中。他乐于做任何事情，也有钱做任何事情。他要把自己从死亡中拯救出来——先通过电脑化的复制，然后，再将具有自己"复印"件的微型生物电脑植入其他的人体。鲍比·纽马克原来生活在泽西的贫民窟中，他一直梦想着成为"键盘牛仔"。在自己的小黑屋里，他用自己的称为"计零打入者"的软件想进入网络时遇到了电脑防御系统的阻击而罹难。电脑专家克里斯托弗·米特切尔在赛伯空间的帮助下发明了生物计算机技术，使人工智能进入了全新的一代。但他自己的女儿、纽马克的恋人安吉拉却成了他科学成就的囚徒，脑中被植入了生物计算机。纽马克和安吉拉最终都变成了电脑中的"鬼"。女艺术商店的店主马里·赫鲁什珂娃是个有幽闭恐怖症的人，她被要求打入电脑去盗取数据。特纳则是个脑中装备了电子设备、对工作非常认真的公司的卫兵，他的工作是使用最先进的技术防止非法进入赛伯空间。他后来成了某种阴谋的牺牲品，不得不到处躲藏。网络中还存在着其他各种被复制了的人，像蒙娜·丽莎、索里等，其中主人公凯斯最为值得赞扬，因为他是世界上最伟大的电脑牛仔，并且曾经进入世界上最大的电脑网络，进行了最为惊心动魄的冒险。

与人类的侵入相比，电脑中非人的"神明"的活动，似乎更加引人注目。"温特缪特"是位富有男性气质的电脑神明，它知识渊博，可以对发生了"精神分裂症"的程序进行"治疗"，可以发明新的神经系统的医疗技术，可以识别出有问题的"人"或事物，并常常"助人为乐"。与"温特缪特"相对应的电脑女神是"神经浪游者"，与"温特缪特"相比，它更多的喜好情感逻辑而不是数据逻辑。除了这些"全能的"神明之外，在电脑网络中，还有一些高智能的"游神"，它们的活动更像一些生活在海地的邪教——"巫督"教的教主……

在今天看来，吉布森的小说没有一点惊人的地方。但如果回归到1984年，互联网的民用进程刚刚开始，这些就显得特别具有前瞻性。事实上，小说中"寻求自由"与"反对囚禁"的主题和黑客与朋克们的日常生活，给后来的电脑化生活带去了模仿的样板。

按照布鲁斯·斯特灵的说法，"赛伯朋克"是人文主义的作品，但却与人文主义科幻小说有所不同。这两个流派都将菲利普·K.迪克、阿尔弗雷德·贝斯特、塞缪尔·迪兰尼、J.G.巴拉德当成自己的先驱。但是，"赛伯朋克"作家还特别吸取了托马斯·品钦等作家的影响；而与他们对立的"人文主义"科幻小说家则更注重于接受奥康纳、纳博科夫和马尔克斯的影响。

在科幻小说家们常常争论的未来属于"乌托邦"还是"恶托邦"的问题上，"赛伯朋克"主张一种中间路线，即未来好不到哪里，也坏不到哪里，它是无法看清的、不透明的东西。正因为如此，"赛伯朋克"运动的标志是一架镀有水银的水晶眼镜，从外部看见的只是今日世界的折光！在小说的文学特征上，"赛伯朋克"作品将因果关系进行了压缩，留出了很多空洞，让读者自己去填补。一切都是适应性的。你生存在当代科技大厦的最底层，无法做出有影响力的决策。因此，躲在隐蔽的地下室中，玩你自己的黑客游戏，可能是最好的生存方式。[19]

问题是，底层人充满了底层人的忧伤。

5. 从乌托邦到恶托邦

与大男孩不同，底层和边缘人更加期望的，是一种能够伸展自由、削平权力的乌托邦世界。威尔斯是第一个在这方面做出杰出贡献的人，他的小说《一个现代乌托邦》就是采用费边社的改良主义纲领所展现的未来社会，这个社会由国家资本主义作为基础，将财富按劳分配，破除资本主义的财产继承关系。由于国家在整个社会中占据重要作用，因此自然资源、土地、能源的分配权力都被收归国有，工农业由国家租赁给合作社或私人。小说的主人公被称为武士，他们是知识分子，但同时具有决策和担当能力。这个社会没有剥削压迫，没有战争欺凌，人们和谐地享受劳动果实。威尔斯的小说充分显示了一个亲民者和对资本主义制度本身抱有不满的人所能做出的美好想象，其中的社会主义甚至共产主义闪光，也相当值得关注。到1910年，他还撰写了《新马基雅维利》

一书，继续将自己的这种人人平等的大同社会推向读者。在作品中，作者认为，推进改革的只能是善于秉承科技和理性的学者与资本家。除了上述作品之外，作者的乌托邦小说还包括《像神一样的人们》《梦》《巴海姆先生的独裁政治》《未来事物的面貌》等。[20]

随着时间的流逝，随着资本主义世界向矛盾的深度发展，世界大战和经济危机的逐渐深化，威尔斯的乌托邦思想也逐渐发生着变化。例如，他在《勃列特林先生把它看穿了》中曾经肯定战争的作用，他甚至写过《用战争结束战争》。但是，残酷的杀戮和战火让他改变了想法，将未来世界看成是教育与人性失落之间的一次追击。事实上，这样的想法也颇有乌托邦色彩。

遗憾的是，威尔斯式乌托邦在张扬边缘的科幻作家作品中不占多数，更多底层人士、民粹主义者、边缘人的乌托邦写着写着就变成了恶托邦。一旦把自己的处境和相关社会环境交融，再做若干倍放大，作家自己都觉得毛骨悚然。因此，恶托邦既是他们面对生活本身无力的表达，也是他们想要威吓他人、呼吁他人关注自己处境的最后的表达。

赫胥黎的小说《美丽的新世界》，描写的是"福特 632 年"——一个彻头彻尾的资本主义纪元。在这样的时代，科学能完美地"生产"人类。人从出生之前就由基因检查后被分成五等，不同等级的人各司其职。阿尔法是知识分子、脑力劳动者，其他几等就等而下之，伊壁西朗是脑力萎缩、只担当重体力劳动的人。为了强化分工社会的更好实施，在成长过程中，还要通过心理学方法向这些人灌输安于现状的思想。当工人的会被不断告知"花和书是坏的，体力劳动才最快乐的"，而这一切都是用存放在枕头底的阈下扩音器完成的。家庭体制是被主动消灭的，因为"家庭带来的危险是使这个世界充满了父亲，于是就充满了悲惨；充满母亲，就充满虐待及惩罚；充满了兄弟姐妹、舅舅婶婶，就充满了疯狂和自杀"。于是，"父母"一词显得猥琐，国家才伟大崇高。为了创造和谐气氛，一种称为"索玛"的镇定剂被发明出来，并广泛使用。科技发达，是《美丽的新世界》的乌托邦社会一个显著特征。除了刚刚谈到的遗传工程、行为主义心理学、神经药物学，还有全方位的动感电影供人娱乐。双向电视屏幕供国家与个人之间相互观察。所有的边缘人的乌托邦小说都信仰爱情。小说中的伯纳德·马克思就偷偷在国家管控之下尝试了一把属于自己的爱情。但他的向往不能获得回应，整个社会已经将爱与性混淆，从童年就尝试性游戏的女主人公鹿莲娜对他并不认真。当主人公发现野蛮人保留地中的约翰竟然用莎士比亚《暴风雨》中的台词表彰自己所厌恶的世界是一个"美丽的新世界"时，马克思产生了让野蛮人到文明世界去生活的期待，并真正进行了这场命运大挪移，但这最终断送了野蛮人约翰的安稳生活，甚至断送了他的性命。小说的作者赫胥黎身世并不贫寒，他生于书香门第，祖父是大名鼎鼎的托马斯·赫胥黎，一位进化论的狂热鼓吹者，父亲是《玉米山》杂志的编辑兼希腊文教授；他的长兄是动物学家，并曾任联合国教科文组织干事长。赫胥黎的母亲也出身书香门第。虽然出身背景不错，但是他的个人生活却屡遭磨难。13 岁他丧失了母亲，16 岁时患了眼疾，视力严重受损，几乎目盲。他只好离开伊顿公学回家休养。当一只眼稍有恢复后，他进入牛津大学贝利奥学院深造，因眼疾改学文学并以第一名成绩毕业。他的视力只及常人的三分之一，平时读书只能在强光下并借助放大镜完成。他尽量让自己博学，参观了大量的艺术博物馆，因为展品可以让他迅速领略名画的精华。在牛津时期，赫胥黎就开始写作，1916 年他出了第一册诗集。他当过教师、编辑，最终以写作为业。赫胥黎的文学老师是D.H. 劳伦斯，他的创作涉及诗、小说、评论、剧本等许多方面。

《美丽的新世界》被认为是写出了 20 世纪人类的科技和性这两大困惑。所谓科技的困惑，指科技发展对人性的扭曲。在作品中，孵化生育导致了爱的消失和家庭的消失，而索玛的发明则让人失去感觉，也失去了思考。性的困惑应该产生于弗洛伊德心理学的广泛普及，致使社会上性自由泛滥而导致人性的新扭曲。在这种扭曲中，爱被贬低成性游戏，不能继续震撼人心和净化人心。这种性观念的变化也导致妇女地位的降落。但是，这些观念和行动上的困惑，不如社会生活方面的变革对人影响更大。由于不恰当的开明政治和社会等级分工的固定化，导致了这种无法逃避的恶托邦的产生。

除了《美丽的新世界》，赫胥黎还写过题为《岛》的乌托邦小说。这是一个具有佛教韵味的故事，讲述记者由于沉船而发现的海岛。小岛上的世界既非社会主义又非资本主义，但却肯定是技术主义的，因为他们用 LSD 这样的致幻剂来扩展人类的心灵。从作者的生平自传中可以看出，作者为了写作和平衡自己患病的身体，确实采用过致幻剂类药物。

乔治·奥威尔的《1984》也是恶托邦作品的典型代表。小说以1984 年的世界结构作为情节背景，三国鼎立、意识形态具有差异是小说中表面看到的内容，但是，这三个国家又都属于同样的现代性浓烈的存在这一点，使三国的差异完全模糊。从三个国家之间不是为了获得胜利，而是为维持各国内部的秩序而无休止的战争这一点，就能清醒地看出。在战争状态，国民被置于物质生活的最低状态，这导致了驯服，导致了不满的转移。小说中的大洋国有四个有名的国家机器：真理部完全按党的需要来歪曲和捏造事实，和平部负责使战争继续下去，爱情部维持法律和秩序，福利部则保持了经济在一定水平以下。"战争就是和平、自由就是奴役、无知就是力量"三大口号的提出，则完整地将现代民族国家体制中最黑暗的政治内幕呈现在我们的面前。《1984》的大洋国，是一个颠倒黑白、善恶混淆的大洋国，是一个政治昏庸但政治家却聪明无比的大洋国。

作为科幻小说，大洋国的科技发展确实令人震惊。小小的统治群体如何对庞大的被统治群体实施统治？显然，封建体制那种军事管制早已不行。资本推进的技术加上富有想象力的心理社会学才是建构现代国家的关键。于是，相当于今天摄像头的"电幕"比比皆是，甚至进入人们的房间。这种电幕不是单纯的摄像头，它是摄像机跟电视机的结合，因此是双向的，不知不觉中，你受到传媒的影响，也被传媒的老板所监视。在心理社会学方面，恰当地运用语言学，几乎预见性地将 20 世纪哲学社会科学领域中的"语言学转向"表达了出来，这就是所谓的"新语法"。新语法不但阻止了人们回顾历史时的痛苦，也阻止了思想越界。

面对新科学所构筑的强大权力体制，个体将怎样应对？除了被动奴役，是否还有其他的出路？温斯顿·史密斯进行了自己的"地下试验"。他是私密日记的撰写者，是政府的指令朝令夕改的发现者；他是对切断历史的痛恨者，也是购买古董试图将历史连接起来的怀旧者；他还是对国家分配性对象的反叛者，是自由恋爱的实施者。在古玩店二楼狭小的空间中，他与朱莉娅翻云覆雨，享受性爱的快乐，享受阅读禁书、思考禁止的思想的快乐。

如雅各比所言，恶托邦小说就是乌托邦小说，两者之间的差异仅仅是内容不同，而对未来的事无巨细的描述却并无二致。电幕最终发现了反叛者。发现反叛者的人，竟然是曾经参与反叛的人之一。温斯顿困惑了。一切都是存在的，一切都是发生过的。但一切都被否认了。面对的人明明是真实的，但好像内容却发生了更改。是国家利益造成的这一切？是群体利益造成的这一切？还是一小撮人的利益造成的这一切？

《1984》是乔治·奥威尔在 1948 年撰写的小说。奥威尔原名布莱尔，生于印度孟加拉省摩堤赫利市，父亲是印度殖民政府官员，也属于中产阶级。但早年的印度生涯，让他能看到居于世界底层的居民的生活状况。1905 年作者回到英国就学，在学校期间，他深刻体会了等级歧视和阶级偏见。19 岁时他从伊顿公学毕业，随后去缅甸当了五年警官，这期间再度看到了帝国主义殖民政策和种族主义的罪行。由于对缅甸的现实不满，奥威尔返回英国。他 1928 年前往巴黎，住进了贫民窟。因为所带之钱被盗，他只得去洗盘子打工求生。在这样的生存中，他再度了解了当代无产阶级的悲苦。1936 年他还曾经到西班牙参加内战，以记者身份表达了自己对反法西斯斗争的支持。遗憾的是，作为一个社会主义者，与海明威一样，奥威尔很快开始对西班牙战争中各派的争权和内部混乱感到失望，他负伤之后，甚至受到了亲莫斯科派武装的追捕，不得不逃回英国。二次大战开始后他加盟英国广播公司,也当过《观察家》报的记者。同代人曾回忆说,奥威尔年轻时就迷恋威尔斯的《一个现代乌托邦》,"这正是我想写的一本书"他肯定地说。但是,威尔斯强调科技进步过头了,没有抓住民族主义和帝国主义的本质。奥威尔似乎比威尔斯更清楚地懂得科技在当代生活中的地位。是杰克·伦敦的《铁蹄》让他感受到了阶级斗争的恐怖,而赫胥黎的《美丽的新世界》则让他明白了心理学在未来乌托邦小说中的重要价值。当然,扎米亚金的《我们》更是《1984》的蓝本。

《1984》是一个关于贫困和政治的主题,通过这样的主题,作家体现了其平民主义的本性。他信仰社会主义,信仰生活的改善,但坚决反对集权主义。反对钱——权政治和斯大林的错误,是他作品的主要内容。在持续的冷战气氛中,小说被当成抗击共产主义的典范,但作家对此颇不以为然。大洋国本来就是现代国家的抽象,无论是共产主义还是资本主义,大洋国都已经在现实中发生。作为科幻小说,科技进步协同恶托邦社会,两者相互推波助澜、助纣为虐,据印度学者赛斯统计,小说中的 137 项发明在 1984 年到来的时候,实现了 110 项。听写器就是录音加打印设备,而忘怀洞不过是碎纸机,脑手术在精神科治疗中习以为常,电幕还用说吗?[21]

但是,由于作家太过关心小说的恶托邦色彩,使人物的描写上还欠深化,主人公的反抗动机也不太合情理,部分内容冗长,概念化严重,幸好,这些都是乌托邦小说所允许的。因此,介于乌托邦和科幻小说之间确实给作家许多自由。

乌托邦作为一种文学,本身有着许多先天不足。首先,它起源于非文学文本,是一种理想主义的哲学省思,而非人生的情感体验。其次,它企图包罗万象的品性导致了故事情节不足,至多只是简单的旅游中边走边看。最后,它更加关注人群的整体命运或社会的走向,不关心个体在其中的存在。上述问题都是乌托邦文学自出生就具有的。因此,一旦科幻小说采用乌托邦作为底板进行故事的展开,作家就必须跟上述先天品性进行对话，并在一些方面做出妥协。妥协工作做得不好的作家，其乌托邦科幻的尝试就会宣告失败。说教过分的小说、包罗万象去展现未来的小说、只关心群体没有个体存在的小说，都是科幻小说受到诟病的原因所在。事实上，恶托邦小说的作家在这方面相当在意，他们的作品之所以感人，主要是由于他们放弃了对未来的全景式描写，在全景之下，描述某个侧面，特别重视个体的生存状况。这使读者在阅读中身临其境，颇有教益。不但如此，他们将整体的欢乐与个体的不欢乐进行的对比，促进了人类对欢乐问题的思索，促进了对未来发展目标的重新反思。

在历史上，恩格斯和曼海姆对乌托邦的观点恰好相反。恩格斯认为，乌托邦指的是不可能实现的目标，但曼海姆则肯定地说，可能实现的才是乌托邦。无论怎样，如芙莱所说，乌托邦是人类精神的反映；或者像布洛赫所说，它是某种人类的思想实验；如苏恩文所说，它是虚构指涉当前或过去，用更好的（或更坏的）替代现实。这些都给乌托邦式科幻文学的发展以良好的肯定。因为如果科幻作品能够吸取乌托邦小说中的种种所长，能让人类的思想实验读起来真实可信、感人至深，能让哲学省思深入浅出、融入故事，能让旅游过程充满科学趣味或社会规则的冲突，能让对未来的全景展现唤起人们的审美冲动和行为追求，那么科幻小说确实能从乌托邦样板中获得好处。

回到我们所讨论的被压迫着的底层人的乌托邦。这类小说虽然也是思想实验，但这些试验却被被压迫者的一些挥之不去的思想所困扰。例如，小说常常具有反偶像的特征，充满了等待革命到来的情怀。其次，底层代言人的作品喜欢表现恐怖的场景，但这些恐怖不是能带领人们走向反抗的恐怖，而是强化自己无力和无能感的恐怖。底层科幻小说至多只是呼吁性的，对真实展开一场变革，作家即便能在作品中做出自己的描述，看起来也充满幼稚的理想主义，更不用提许多作家干脆抛弃了现实主义的风格，改用讽刺手法。笔者认为，权力底层人士的乌托邦对丰富故事的寻求，本身也是他们追随大众口味的一种技巧。将"理想世界"

的实现过程置于大背景之中，强调行动和情节，减少直白说理，恰恰体现了平民乌托邦、下层人乌托邦的本性。而科幻文学中的大部分乌托邦，确实是选择了这种非精英式的方式存在的。

注释：

［1］达科·苏恩文．科幻小说变形记：科幻小说的诗学和文学类型史［M］．丁素萍，李靖民，李静滢等，译．合肥：安徽文艺出版社，2011．

［2］薛君智．论《我们》——"反面乌托邦三部曲"的奠基作（代序）［M］//札米亚京．我们．广州：花城出版社，1989：序言1-7．

［3］顾亚铃．译后记［M］//叶·扎米亚京．我们．顾亚铃，译．桂林：漓江出版社，2005：371．

［4］张敏．白银时代：俄罗斯现代主义作家群论［M］．哈尔滨：黑龙江大学出版社，2007：181-183．

［5］张敏．从现代主义到后现代主义——20世纪俄罗斯现代主义小说之发展流程［J］．哈尔滨：黑龙江社会科学，2007（6）：20．

［6］宋瑞芝．俄罗斯精神［M］．武汉：长江文艺出版社，2000：296-305．

［7］普拉东诺夫．美好而狂暴的世界［M］．徐振亚，译．杭州：浙江文艺出版社，2003：267．

［8］布尔加科夫．狗心［M］．曹国维，戴骢，译．北京：作家出版社，1998：118．

［9］约翰·凯里．知识分子与大众：文学知识界的傲慢与偏见，1880—1939［M］．吴庆宏，译．南京：译林出版社，2008：133-171．

［10］库尔特·冯内古特．上帝保佑你，罗斯瓦特先生［M］．曼罗，子清，译．福州：海峡文艺出版社，1985：13．

［11］库尔特·冯内古特．上帝保佑你，罗斯瓦特先生［M］．曼罗，子清，译．福州：海峡文艺出版社，1985：13-14．

［12］比目鱼.冯内古特的时间旅行［J］.北京：人民文学，2009（7）：149-
      156.

［13］紫芹.冯内古特及其小说依然健在（代译序）［M］// 库尔特·冯内古特.五
      号屠场·上帝保佑你，罗斯瓦特先生.南京：译林出版社，云彩，紫芹，曼罗，
      译.1998：序言 1.

［14］张文宇.译者的话［M］// 托马斯·品钦.万有引力之虹.张文宇，黄向荣，
      译.南京：译林出版社，2009：序 5.

［15］孟庆枢.列宁和科学幻想［N］.光明日报，1979-08-08.

［16］Holquist, Michael Konstantin Tsiolkovsky: Science fiction and
      philosophy in the history of Soviet space exploration.Intersections:
      fantasy and science fiction.Stephen Kennett, edit.Copyright 1987 by
      the Board of Trustees, Southern Illinois University.P74-86.

［17］康·齐奥尔科夫斯基.在地球之外［M］.麦林，齐仲，群星，译.长沙：湖
      南教育出版社，1999：2.

［18］威廉·吉布森.神经浪游者［M］.雷丽敏，译.文楚安，校.上海：上海科
      技教育出版社，1999：5.

［19］有关这一流派最早的描述，参见吴岩.科幻新流派——"赛伯朋克"［J］.
      科普创作通讯，1993：28-32.

［20］王忠祥.威尔斯小说创作的社会批判意义与文学审美价值［M］// 建构
      文学史新范式与外国文学名作重读——王忠祥自选集.武汉：华中师范
      大学出版社，2009：167-188.

［21］Satish C.Seth.Science Fiction Beyond the Possible.Sunday Herald.July
      24, 1988.

第五章

落伍者作家簇

　　如果将整个文明时代作为参照系，那么科幻作家中还有一个更大的人群，这些人生活在现代化进程中比较迟滞的社会，他们对现实不满，对国际关系不满。为了改变整体羸弱状态，这些人选择科幻文学作为武器。而他们对科幻小说，常常赋予强烈的教育价值，要科幻服从理性、普及科学、缩小跟"先进文明"的差距，并在作品中想象着尝试反击先进文明的种种压迫。

1．俄国："死光"与"拯救"

在早期的苏联科幻小说中，最令人瞩目的高科技发明就是死光。死光是俄国作家阿·托尔斯泰在他的小说《加林的双曲线体》中最先提出的一种战略和战术武器。小说的故事发生在巴黎。世界第一美人佐雅·蒙罗丝跟美国"化学王"罗林格订立了契约，成为对方的情人。化学王代表美国的亿万资产，正在对欧洲、也对整个世界进行经济战争。他是一个新的哥伦布，依靠自己的化学实力，和自己一定要胜利的个性，准备控制整个世界。其中，也包括对新兴的苏联发动战争。在帝国主义国家之间既有竞争又有合作的状态下，小说慢慢地展开自己的情节。故事中，美国人希望把世界变成美国的工厂，而对欧洲，他们几乎想把这个旧大陆拆散了拍卖掉。

幸好，对欧洲的这种强权政策遭到了横卧在其间的一个国家的阻碍，这个国家就是苏联。此时，俄国革命已经发生，苏维埃国家正在发展。虽然这个国家有着这样那样的问题，但作为一个新兴国家，必然会对拯救世界做出自己的贡献。

研究苏联／俄国科幻文学，不能不从其历史、文化、科技和宗教等特征开始观察。从历史上看，俄国在整个欧洲的政治、社会和科学技术版图上都属于落后国家。直到 1689 年彼得大帝大力引进西方科技，俄国科学才出现了萌发和突破。随后，以罗蒙诺索夫为肇始，以罗巴切夫斯基、布特列洛夫、门捷列夫、波波夫所谓"一基三夫"为代表的著名科学家群体和以诺贝尔奖获得者巴甫洛夫为代表的现代科学家的出现，才使面貌有所改观。但从整体上看，至少到 20 世纪初期，俄国科技的落后局面并没有得到彻底改变。如何在一个以长期农奴制、封建制和被欧洲排斥的民族文化基础上创建起一个新的、适合于当代社会要求、具有竞争力的科技政治文化，是俄国社会主义者所必须回答的问题。在这样的时刻，科幻小说作家所思考的，不会离这种跨文化赶超过分遥远。他们所要描写的，很可能是一种当代强权与自身对换位置的映像作品。

而托尔斯泰的小说恰恰是这样的一部作品。

回到小说的故事之中。此时此刻，就在俄国国内的某个地方，秘密警察薛加利正在查证一个案件。他是一个思想并不充实的警察，带有苏维埃精神。他发现一位叫作加林的工程师，正在进行一项重要的实验，该实验由于具有巨大的潜力，已经被世界各国所关注。描写本国国民做出重大科技发明，是文化赶超类科幻小说所特有的故事模式，这种模式的内在好处是增进民族的自信心。如果在创造力方面我们并不比其他民族更差，那么当前的这种落后，可能只是暂时的或体制上的；一旦时光流转或体制变更，民族创新能力便会像瀑布一样爆发出来。小说中加林所进行的"科学研究"，是一种可以远距离诱导热力的试验，它的成功将导致武器界的革命。而新武器的制备几乎可以肯定是用于国际竞争。从某种科学原理上所实现的技术突破，则昭示着这个国家科技基础的雄厚和未来发展的扎实实力。至此，《加林的双曲线体》非常清晰地展示了一个现代化进程中的后发达国家的民族意愿。

令人感到有趣的是，小说虽然涉及俄国，但很快就将故事的场景移置到了国外。西欧资本主义的鼎盛世界巴黎出现在故事的中心。有关托尔斯泰为何把小说的情节放在国外，可以有多种可能的解释。一方面作家曾经在西欧生活，对那里的情况非常熟悉。另一方面可能是对俄国革命后新的现实无法深入地把握，或者说还难于写出共产主义新人的风貌。当然，作为一个从旧时代走进新时代的作家，即便谈到巴黎也必须采用新的口吻。现在，欧洲资产阶级的文化已经置于苏联社会主义文化的敌对位置上，需要对人物、情节和个性进行调整和重新安排。对托尔斯泰这样的成熟作家来讲，这点小事不成问题。于是，小说中的加林被塑造成一个理性、镇静、冷酷、凶残的人。理性和镇静保证了他能完成自己的实验并做出创新；而冷酷和凶残，则为他打入资本主义世界，成为个人主义的先锋做好了性格准备。加林设想，自己的实验一旦成功，他就要移居瑞士，在那里他将申请自己的专利，并开始制造武器。在瑞士这样的中立自由的土地上，他成为世界的主宰者的日子不会遥远。

想要超越现实，成为强权或世界的主宰者，必须有超越的本钱。加林所从事的科学研究，恰恰给了他这种本钱。小说的科技基频除了化学，还有以钼、镭元素为基础的核能和先进的激光技术。故事中加林的科学实验取得了圆满成功，他制作出的"比针更细"的光束具有强大杀伤力，而这种技术源于一种"可燃烧的炭素角锥蜡烛"和一种"12面晶体矿物"，后者可以聚集光线。于是，一种由俄罗斯人发明的死光技术展示了彻底改造世界的未来远景。不过，这个武器目前还被掌握在个人主义疯子的手中，他还在试图借力资本主义的雄厚资本走向发达。在小说中，加林利用佐雅的爱情，绑架了美国"化学王"罗林格，并从罗林格处找到了发展所需要的经费，然后占据了海中的小岛——黄金岛。黄金岛既是加林的战争堡垒，又是他发展的资金库。因为他利用死光钻头在岛上找到了挖不完的"流体黄金"。黄金的发现和储备，使加林能够掀动全球金价，用暴跌打击资本主义世界的嚣张气焰。他在小岛上建立起的四个高塔，都能发射死光束。这样，黄金岛彻底成为一个固若金汤的反人类的据点。为了要挟各国向自己低头，他还用飞艇和船只携带死光武器到处征战，击沉了整个美国太平洋舰队。在加林看来，自己管理的世界比现行的所有统治都更加有效。

仅仅是阅读上述小说的内容，确实无法发现什么新鲜的含义。比起多数西方国家那些描写个性偏执、希望以技术统治人类的科幻作品来，小说不但没有胜人一筹，反而显得有些蹩脚。但是，由于故事的主人公来自俄罗斯，科技发明的地点又在苏联，这使小说具有了完全不同的新意。保有原创生产力的俄国，如果能配合有合理的社会制度，就将能在这个资本横行的世界上展示出自己的全新实力。果然，在故事的后半个部分，来自俄国的特工真的在这个小岛发动了一场工人革命，推翻了加林的统治。资本主义世界正在溃败。美国由于金融业被重创，臭名昭著的3K党堂而皇之地出现在政治舞台上。但是，这个政党不但没有拯救美国经济，反而尊加林为世界的独裁者。《加林的双曲线体》是一石二鸟的作品，小说既宣扬了俄国人的聪明才智，俄国革命的必然性，也打击了资本主义的基本价值观，展示了帝国主义的腐朽现状。为此，多数苏联评论家和作家给予作品极大好评。例如，谢尔宾纳就指出，文中对战后资产阶级世界的批判的描写，属于阿·托尔斯泰创作中最现实主义的篇章。把科幻小说归入现实主义，极大地提高了科幻小说的现实意义，也无形中增加了科幻文学在苏联文坛的价值。而卡赞采夫则认为，这本书的想象力才是最重要的，因为它预言了法西斯主义的产生。这种从现实主义到想象力的全方位肯定，导致了《加林的双曲线体》在俄国科幻文学历史上的重要位置。这样，即便它读起来比托尔斯泰的其他小说要平淡得多，也难看得多，但由于表述了现代化进程中科技落后的世界的某种赶超，所以，得到褒奖将是必然而然的。

在批判西方资本主义现实方面，托尔斯泰的作品不一定比专业科幻作家别利亚耶夫的作品更强。别利亚耶夫生于斯摩棱斯克，幼年学习过法学和音乐。中学时代他就大量阅读凡尔纳的小说，还曾与自己的弟弟一同演出过凡尔纳作品改编的话剧《地心游记》。别利亚耶夫特别喜欢威尔斯的小说《世界大战》。据说他在学生时代参加演出时，获得过斯坦尼斯拉夫斯基的欣赏。别利亚耶夫曾经到国外学习，也曾经在生活中经历过巨大的痛苦，他尝试过多种职业，最终以科幻创作为自己的奋斗目标，并成为苏联科幻大师。别利亚耶夫的科幻创作开始于 1925 年。同年，他在《环球》《全世界追踪者》等杂志发表科幻小说，立刻获得轰动。别利亚耶夫最重要的作品，几乎都是批判资本主义社会的，在这方面常被提到的有《陶威尔教授的头颅》《水陆两栖人》《丢掉面目的人》《找到面目的人》《妄图称霸世界的人》等。

《陶威尔教授的头颅》的故事也发生在巴黎。在作家的笔下，这是一个糜烂、艳俗、欲望满天的城市。陶威尔教授是一位个性正直、学风严谨的美国人，他因哮喘病昏迷后被自己的助手杀死，但其头颅却被做了活体保存。这样，陶威尔就成了自己助手克尔恩的思想奴隶，不断为他完成科研项目，做出的成果统统被助手利用。与陶威尔相反，思想的剽窃者克尔恩是一个斤斤计较且个性残酷的人。他对教授的控制，通过采用电击和一种能关闭气管以切断讲话气流的水龙头完成。他还会在为教授维持生命的营养液中搞鬼。小说是从陶威尔教授已经被杀开始的，故事的视角常常依从于失去躯体的陶威尔教授的双眼。于是，他看到被撞死的农民托马斯·布什和酒吧女招待勃立克被鱼贯送到这里，克尔恩用这些头颅反复做试验，还把这个人的躯体跟那个人的头相互缝合，制作怪物。在这个不啻为人间地狱的实验室之外，一些正义感强烈的人会同陶威尔的儿子，正在寻找着教授。

跟托尔斯泰相比，别利亚耶夫是专业科幻作家，他的小说更多采纳的是从凡尔纳到威尔斯正统科幻创作方式传承下来的表达方法。《陶威尔教授的头颅》的科幻叙事非常精湛，常常令人有身临其境之感。这从作家小心地描述头颅置换时应该如何做阶梯状的切口才能更好地进行缝合，从他设计防止血液凝固的方法等细节上都能看出。作家对独立生存的头颅所产生的种种感觉的描写，能让人感到真实的震撼和真实的痛苦。据说，这些感觉其实源于作者小时候一次坠楼时摔断了脊椎，此后，伤口又转化为结核病灶使他整整在床上躺了三年的经历。这三年中，他体验了身体无法移动的焦灼和惨痛。

不过，在科幻的外壳包裹之下，作者更下功夫的仍然是展示强烈个人主义所产生的科研道德堕落，展示在经济利益决定一切的社会状态下导师和助手关系的紧张，展示不良社会中反人性罪行的血淋淋现实。苏联评论家自然给别利亚耶夫的作品以极高的赞扬。他们指出，这位苏联的作家和人道主义者，懂得如何暴露资本主义制度的丑恶，在这样的社会中，科学变成了进步的阻碍，完全是"负数的科学"[1]。

笔者认为，别利亚耶夫这些对社会制度的批判，其实都是一种对马克思主义理论的简单化套用。如果说真有批判性，这部小说的批判性是从更加深的哲学层面完成的。这种深层哲学，是从"身脑问题"引发的对自由意志、自由行动、人的权利、残疾的含义等问题的思考。笔者认为，小说中还反映了某种跟虐待心理相关的强烈的压抑感。而这种压抑感的来源，必须从俄国文化和现实中进行寻找。当我们明知马克思主义的基本取向是人类的自由的时候，面对那种大规模对自由的剥夺，人们必须要思索自由的道路到底如何走才具有真正的效用。在这个意义上分析，小说确实具有强烈的俄国文化特征，它是一种面对自由的对立选择，做等待者还是做行动者？自由意志、虐待狂、人道主义、言语的自由，这才是小说真正的主题。

和以英国为代表的欧洲科幻小说相比，《陶威尔教授的头颅》存在着许多差异。例如，它具有使社会问题简单化的倾向。如小说常常假装深刻地给出一系列警句，但这些警句其实没什么深刻的内涵。此外，虽然都是讨论人的身体问题和精神问题，但《陶威尔教授的头颅》显得更加唯物，更加缺少想象力，更加关注人与人之间的相互支配与权力斗争。而英国科幻小说则常常不会把人之间的斗争放在主要视野，他们更关心其中的宗教问题。但是，英国作家从来没有在作品中如此深入地讨论过人的虐待问题，没有在这种层面上观察过现实。只有俄国作家才能真正用一种自然而通顺的笔触将作品滑向这个方向。

对现代化进程中的后发达国家，科幻小说是一种精神超越，它给本土的国民一种期待、鼓舞，给人们企望成功的勇气。其中，科技和强烈的本土固有文化，是不可分割的两个重要超越力量。"死光"被用于战略打击，收到的效果非常明显，整个世界可以向加林低头。但是，死光更多的还是用于战术征服，而且这种武器如果被敌方得到，整个战争的势力对比将完全改变。看来，想要真正从战略上、从整体意义上赶超，更多的还需要仰仗一些无法被复制、剥夺、抢走的东西。这就是一个民族自身的文化内涵。其实，早在《加林的双曲线体》出版前四年，托尔斯泰已经发表了小说《阿爱里塔》。小说并没有像当代科幻作品那样，把故事发生的时间放在遥远的未来，读者看到的，就是刚刚革命胜利后的俄国。退伍战士感到没事可做，于是参与了知识分子领导的火星探险，他们以光速飞向火星，发现那里生存着多种人类。这些人可以通过机械的翅膀飞行，可以用语言交流。他们身体泛着蓝色，跟地球人之间还可以产生爱情。但是，火星人类的社会结构跟地球人不同，一种类似封建性的社会制度仍然维持着，社会矛盾也在逐渐激化。接下来，两个被当地人称为天子的地球人都坠入与火星人之间的温柔的爱情，而火星社会中不可遏止的底层大暴动也真正展开。面对一场新的革命，退伍战士毅然选择卷入，知识分子虽然缠绵在爱情当中，但仍然全力支持退伍军人的伟大业绩。他们的火星革命最终被镇压，爱情也随之流产，得到的命运只有仓皇地逃回了地球。但是，在地球上，两个火星征服者受到了热情的接待，不但如此，他们还在苏联成立了"调动部队上火星去拯救剩余的劳动居民协会"，着手准备未来的太空征服和拯救。

在冷战时代，对苏联科幻小说中这些具有干预他国或"他星"内政的做法，无论是欧美还是中国都会给以严厉的批驳，无疑，这是霸权主义的强权政治。然而，如果认真分析俄国文化传统便可发现，这种革命的输出，可能根植于更加深层的宗教传统，可能是俄国文化中固有的救世情结在作祟。由于俄国人多数信奉东正教，他们常常认为自己才是真正的耶稣选民，这种"弥赛亚"式的拯救情结早已在俄国文学中根深蒂固。列夫·托尔斯泰的小说、陀思妥耶夫斯基的作品等都充满了这种拯救的情怀。而一旦这种民族固有的特性进入科幻小说，那种心怀大志、挽救世界的宏愿便得以在更加宽广的时空中获得展示。

第二次世界大战之后的苏联科幻作家，受到战争胜利的鼓舞，成为拯救使命的更加坚定的赞同者。叶菲烈莫夫和卡赞采夫就这个方向尝试最多，也是声誉最高的人。叶菲烈莫夫的小说《仙女座星云》，描写了遥远未来的共产主义社会，那里消灭了人际压迫，地球人类在宇宙的范围内与自然抗争，到外星球去拯救更多受到压迫的种族。小说中的地球，已经全面遭到了"改进"，气候被调整，生产力被提高，人类与银河外星系建立了定期通讯联系，飞向仙女座的飞船上的地球人类，还将与黑色行星上的怪物搏斗。A.卡赞采夫的小说《太空神曲》，则完全按照但丁《神曲》的结构安排，将未来世界苏联共产主义的发展写成三部曲式。第一部是制造飞船试图飞向外太空，并在那里发现智慧的生物。第二部讲述外星生物的多种形态，跟这些生物之间展开对抗，人类牺牲自己为外星人争取自由，最终，人类跟友好的种族展开了交往。第三部是全书的终结，在未来时代中，由于跟宇宙之间的多种生物达成了和解，因此人类进入了具有无限远景的新时代。有趣的是，由于俄国共产主义思想逐渐深入到普通人内心，上述小说中的宗教式的拯救使命居然跟马克思、恩格斯的理论相互融合，形成了苏俄科幻小说的新的思想内涵。例如，在《仙女座星云》中，作家将消灭压迫的人类历史展现成一种共产主义在全球成功的历史，而未来人类的唯一追求，就是自由地劳动，用科学改造自己的生活。在这里我们还无法深入探讨苏联科幻小说的理论更新到底在多大程度上繁荣了创作，进而坚定了俄罗斯民族拯救世界的决心，但是，共产主义理论跟"弥赛亚"之间的某种共通性却真实地浮出水面。

科幻作品是否有助于现代化过程中的后进者的迅速赶超？这是一个文学与现实之间交互作用的无法最终回答的问题。但是，我们也看到在那个年代科幻繁荣的同时，科学技术发展的速度也确实得到了全面提升。进入 20 世纪 50 年代，从第二次世界大战中获胜的苏联不但在欧洲获得了影响力，而且在世界领土的瓜分上也获得了跟美国抗衡的实力。在此前后，已经逐渐跟上世界科技发展潮流的苏联为了获得并保持科技的领先地位，跟美国这样的庞大的世界帝国进行竞争。在这样的竞争中，科幻文学将被怎样肯定？在 1953 年 7 月《青年技术》杂志所发表的《苏联人民的劳动创造》一文就写到，早在 1939 年苏联作家的科幻小说《田野上的飞机》，就预言了苏联科学家可以用飞机从事农业生产。现在，两个"七年计划"过去了，这种幻想全部成了现实。[2]一些苏联科幻评论家甚至要求未来的科幻作品，除了应该展现苏联未来的共产主义风貌，还应该向科学家指明未来的前进方向。[3]

2.日本:"舰队"与"沉没"

俄罗斯的文化主体其实还是建立在欧洲文化主轴之上的,斯拉夫民族也仍然属于白种人谱系,而我们的邻邦日本,由于民族、历史、文化的原因,却可以提供一个更加经典的现代化的落伍者艰难发展的样板。根据日本科幻历史专家的介绍,最早的日本科幻小说可以追溯到1857年岩垣六藏用中国文言文所著的《月洲遗稿》,这是一部受到鸦片战争启发,"感到紧张惊奇,并极力警告日本政府应该增加未来危机感的作品"[4]。小说从一场卷入了中国与印度两个亚洲大国的战争开始,但真正的交战双方却是挺身而出的日本和作为世界强权的英国。在小说的结尾,日本打败了英国,为亚洲赢得了荣誉。小说中并没有什么新式的武器,但却具有未来战争类小说的基本构造。1887年,高安龟次郎撰写了小说《世界列国的末路》,这是讲述俄美在300年之后的一场未来战争,这一次日本又是卷入者。读者可以发现,从日本科幻小说产生之初,日本人将在一场战争中重新确立自己地位的遐想就已经普遍存在。这一想法被次年由井口元一郎创作的首部日本月界旅行小说《政海之破裂》所证实。小说中,当主人公正在阅读凡尔纳作品时,一名月球使者"骑龙而来",并试图说服主人公到月球上调节两国争端。这趟旅行没有完成使命,而且人们最终发现,整个事件是个梦幻。1890年,矢野龙溪创作了探险科幻小说《怪诞报告》(《报知异闻》),小说的单行本名为《浮城物语》。这也是一本通过海洋探险故事,探讨抗击西方海洋霸权的小说。1900年,日本科幻之父押川春浪还在读书,就已经发表了小说《海底军舰》。故事从环球旅行开始,给读者展现出广大的世界。主人公柳村龙太郎受朋友浜岛武文之邀,护送朋友的妻子儿女回国。在途中他们遭遇了海盗袭击,龙太郎与浜岛的妻子儿女失散并流落到一个称为"朝日"的小岛。他发现岛上有一位脱离了日本国籍的海军大校樱木,正在为即将爆发的日本人跟白人之间的战争建造海底战斗艇。为了协助樱木的大业,龙太郎主动请缨,乘坐氢气球奔赴印度购买用于海底战斗艇推进用的药物。气球在飞行途中，遭受了巨鸟袭击堕入大海，幸好被日本军舰救援。在这里，他们跟浜岛一家重新团圆。在药品买到之后，龙太郎返回朝日岛。途中再次遇到海盗，这一次，前来救援的则是樱木。他驾驶着海底战斗艇全歼了敌人，获胜而归。押川春浪的小说把强烈的政治主题和民族主题摆在了日本读者面前，引起了极大的兴奋。作者随后出版了《武侠的日本》《新造军舰》《武侠舰队》《新日本岛》《东洋武侠团》等相互衔接的长篇小说，主题都是"东方人团结起来反对白人横暴"。[5]押川春浪还是日本科幻期刊的主要推手，他曾经为《探险世界》《武侠世界》等杂志担当"主笔"。日本科幻评论家横田顺弥曾经明确地指出：1900 年是日本科幻小说诞生的日子。日本科幻小说包括了撰写到人迹罕至之地探险访问、科学侦探、科学怪诞小说等类型，但也包括了被用于政治宣传和军国主义的那些非娱乐性作品。[6]

　　日本早期也有其他类型的创作，例如，吸取佛教经验讨论宇宙的小说。但不容否认，日本科幻小说关于战争和海洋主题创作的数量确实巨大，这跟日本的地理、历史、文化之间的关系紧密有关，可以做许多更细致的言说。作为一个海洋国家，警惕从四面八方到来的海上侵袭，或通过海洋走向世界，是日本科幻文学对军舰、舰队热衷的一个主要原因。但在发展军事力量的同时，强烈的民族生存的担心，从文化心理方面造就了日本早期科幻的基本内容。在这个时段中，也有一些科幻作品强调日本的政治改革。例如，1885 年坪内逍遥的《未来之梦》、末广铁肠的《雪中梅》、须藤南翠的《新装之佳人》和尾崎行雄的《新日本》等作品就是这样。被誉为日本宪政之神的尾崎行雄在为小说《雪中梅》作序时曾经直接指出，这是一本"科学小说"。可见，对现代化进程中落后的东方国家来讲，除了做军事上的改进，还必须从自身的政治变革考虑。但面对一种白人占据领导地位的国际社会，日本科幻小说除了对意识形态有所察觉外，更对种族差异可能造成的问题忧心忡忡。

　　与俄罗斯一样，科幻文学在唤起日本人心目中的那种民族超越理想方面起到了积极作用。它所昭示的黄种人一样能在世界上成为主导的未来愿景，跟日本民族的其他文化产品一样，激发了民族活力，也促使日本的科技和国力快速增强。但是，资本固有的扩张性和民族文化的弱点，导致日本把周边国家以致整个世界拖入了一场伤亡惨重且旷日持久的帝国主义战争，民族崛起之梦不但没有实现，反而以巨大的悲剧告终。于是，与战胜国苏联继续坚持对资本主义和帝国主义的批判、坚持小说中共产主义社会的建构不同，日本科幻文学在战后走上了一条完全不同的道路。

第二次世界大战后由于美国对日本的文化干预，西方化的洗脑通过大量翻译国外作品、引进国外理论、接受外国语言教育等过程所完成。此外，对日文文化的管制被强加在日本作家头上，新闻出版的自由受到严格限制。日本科幻文学就此停滞不前，作家找不到写作的方向，也无法定位自己的身份。

这种现象持续到 20 世纪 60 年代才逐渐改变，以作家安部公房、星新一、小松左京、筒井康隆、眉村卓、矢野澈、光濑龙、平井和正、丰田有恒、高斋正、石川乔司、广濑正、山野浩一、石川英辅、半村良、荒卷义雄等为代表的一代战后作家，逐渐开始寻找到了自己的位置。石川乔司把他们的创作比喻成"建设一个新的、被命名为科幻岛的郊区定居点"，其中，"星新一和矢野澈铺路，小松左京用古怪的推土机平地，光濑龙用他的直升机勘察地形，眉村卓用货车装载原料，筒井康隆发着呼哨在场地上四处飙车，而福岛正实则是整个建设计划的工头"[7]。当然，上述活动都已经被西方文化的大规模入侵所沾染。安部公房把自己的作品说成"这是向萨特和爱伦·坡的献礼！"他还抛弃了日本历史上将科幻当成一种具有现实价值的赶超文学，转而将其当成"假设文学（literature of hypothesis）"，其价值隐藏在难以言说的怪异之中。这倒在一定程度上回归了日本文学的想象线索。[8]

从上述战后科幻复兴及其观念中我们可以发现，日本科幻小说已经在这次转型中极大程度地皈依了西方文化，不但在政治主题上逐渐放弃了战前那种对海洋和战争题材的热衷，更放弃了对白人统治的世界的反击。但是，当军事的硬实力已经在战争中被毁灭，当想象到那种以日本为中心的世界组织失去效能的时候，深深地根植于作家心中的本土文化仍然不会轻易地离去。而这样的文化复兴会通过怎样的形式展露，确实是一个值得深入研究且非常有趣的课题。我们以星新一和小松左京的作品为例进行些许分析。

号称超短篇科幻之王的作家星新一毕业于东京大学农学系，并在该校从事微生物学研究。他是日本科幻迷团体的早期缔造者之一，并共同参与创办《宇宙尘》杂志。星新一的第一部作品《人造美人》，讲述了一个叫波子的酒吧机器人，年轻美丽，非常吸引喝酒的客人。当跟她对谈时，她除了能跟喝酒的客人共同畅饮之外，还能用语言回答简单问题，但对明显复杂的问题则只会重复和反问。但恰恰是这种"大酒量"、低智商的美人，反而比谨慎小心、智商高超的女性更加受到男人的青睐。许多男子拜倒在她的石榴裙下。但没有人知道，在石榴裙下，波子喝过的酒通过管道重新回到酒罐，再度出卖。小说的结尾，一个青年由于对波子的恋情总是得不到回报而决心杀死波子，他在给波子的酒杯中放置了毒药。毒药迅速传递到所有喝酒的人那里，导致了整个酒吧的群体死亡。而波子仍然站在那里，等待着下一个客人的到来。

《人造美人》是一个构思精巧的机器人小说，但更是一部谈论日本文化、日本与世界关系的小说。从机器人技术方面，小说所思考的这种技术未来几乎已经成为现实，而那种灾难的层级传递，通过不明真相的中间环节放大和过度的现象，也已经多次被现实所证明。况且，这种程式化的发展，也符合东方思维的基本观念。但是，读者显然更加注重小说的文化层面。酒精毒素的传递已经从原有的日本等级方式转化为西方大众方式。其中对男女关系本质中那种强烈的生物性驱动，对人在社会化之后所产生的诡计，以及人类爱欲关系的实质等的传达都很恰当。男人更喜欢那种毫无智力的、美丽的动物，而不喜欢智力高超的真正女"人"，这个现实也让人感到不安，但在惊恐之余，你也会暗中钦佩作者的观察力。但是，如果我们再把视野投向小说的象征层面，小说中有关个体认同的部分立刻会令人想到战后美日关系中日本那种鹦鹉学舌、亦步亦趋、被当作花瓶陪衬的状况。《人造美人》不是一部简单的机器人故事，它是暗中传递了民族危机的全新作品。

星新一所发明的这种古怪的、将日本文化暗藏到科幻作品中的方式，在他的另一个名作《喂，出来！》里也有所体现。故事讲述的是台风过后，神社遗址上一个永远无法填埋的大洞。人们先是出于好奇向里面扔东西，并用"喂，出来！"向里面喊话。后来，出于保持秩序的角度人们觉得应该把大洞填平。但这是一个永无止境的大洞，似乎可以吸纳世界上所有的东西。在发现了这点之后，人们反而暗中欣喜，因为大洞承载了世间所有的垃圾，给世界以清洁。但小说的结尾，情况开始不妙。一个建筑工地的上空突然落下物体，并响起了"喂，出来"的喊声。小说到此戛然而止。

《喂，出来！》也是一部多层面的故事体系。小说的外观是一个无法想象的奇妙事件。从构思的时代来看，故事的背景是佛教的轮回观念和因果奇迹。小池山野认为，星新一的这篇小说，为读者提供了一种从多重视角上观察现实的能力[9]。而日本评论家巽孝之则从科技方面指出，在小说创作的当时，人们并不熟悉黑洞理论，也不知道有关黑洞、白洞、虫洞或宇宙之间的通道关系，但作家敏锐地预言了这种自然现象。不过，笔者认为，这样的作品也应该归入思考战后日本与世界关系的大的背景之中。当一种文化变成一个空洞，让另一种文化无限填充，其未来可能是灾难性的。更重要的是，在战后的日本，由于西方的控制，在本国知识分子中是否滋长出一种不负责任、任其改变的心态？这在小说里关于大洞出现后周围人的那种心理变化中有着明确的表达。

也许，在星新一撰写那些超短科幻名篇的时代，日本作品还不能大张旗鼓地宣扬自己文化的复兴，也不能直截了当地批评日美关系。但到小松左京，文化压制的现象已经荡然无存。小松左京于1931年生在大阪，毕业于京都大学文学系意大利文学专业，主要职业是新闻记者。1961年，他在一次科幻杂志的比赛中获得努力奖，之后，《茶泡饭的味道》使他获得了次年的大奖。1964 年，他的长篇处女作《日本阿帕奇族》撰写了失业、战后的荒凉、被压抑者的反抗、流氓无产者的暴动。故事讲述的是一种吃铁的民族的诞生。这些人靠吃炮兵生产的铁屑为生。小说立刻让人想到日本第二次世界大战之后的那种生存紧张的状况。阿帕奇族在跟军队的战斗中逐渐壮大，他们的身体也逐渐钢铁化。在与部队的第一波斗争结束之后，与经济财阀的第二波斗争又重新展开。这一次，一位显贵的政客和财界人士希望给阿帕奇人供应铁矿石，让他们吃掉这些之后，排泄出高纯度的低碳钢。世界钢铁业的格局被最终打破，财阀政治和军事政治相互联合，跟阿帕奇族展开了一场末日之战，整个日本沦为焦土。小说围绕主人公木田福一如何因为吞噬了软铁垫圈而成为族人首领的过程，展现了战后日本的一种另类历史：政治、经济的交错，战争和可能的新的战争的频繁发生，社会等级的严重隔离，人与人之间钢铁般的壁垒。

1973 年，小松左京推出了长达九年构思和创作的长篇小说《日本沉没》。与星新一用个体认同掩盖族群认同不同，《日本沉没》更直截了当地指向了国 / 族问题。小说在一定程度上恢复了以往中断的、想象日本会超越西方、成为世界强国的期望，但这种期望却只能从一次毁灭日本的大灾难中体现。

此时的日本，已经在经济上腾飞，确实具有了让西方甘拜下风的资本：

在这块土地上居住着世界总人口的百分之二点六，过着人平均每年支出超过三千美元的世界最高水平的生活；在这块土地上每年生产着接近世界总产量百分之七的商品，世界总贸易量的百分之十四以上在这个岛国与世界之间进行。特别是日本作为"亚洲的工厂"，在成为石油、煤炭、铁矿石、铜、铝矿、铀、硅砂，以及原棉、羊毛、饲料、食品、水果等发展中地区的一次性产品的大市场的同时，又是向世界市场提供钢铁、机械、船舶、汽车、电子产品、家电、纤维制品、杂货、名牌产品等工业产品的重要供给国。而且这几年来，它又是世界资本市场的重要成员。对发展中国家来说，它还作为长期信用的提供国正急速受到重视。[10]

"日本……"（澳大利亚总理）总理又开口道，"真是一个奇迹般的国家啊。一个远东及西太平洋地区最大的工业国，一个高度现代化的国家，与我国（澳大利亚）同处于'东经135度的邻邦'。还记得1970年大阪举办的世界博览会，澳大利亚馆的主题日吗？我国愿同贵国友好相处，并愿意与贵国合作，借助贵国的工业力量和资本，开发澳洲大陆和大洋洲。我国北部的铁矿石、内陆的石油以及东部的工业，无不例外都是与贵国合作的……丰田……日产……马自达……以及贵国的很多汽车，正如你所看到的一样，在这里四处奔驰着。"[11]

到底是什么使日本取得了如此骄人的成就？作家早已等待着读者的后续问题。答案一猜便中：日本是一个优秀的民族，它是具有远见、逻辑，是乐观、直觉的，而且，这个民族具有能从灾难中获得成长的全民政治的社会组织形式。日本人是"神风"的国民。

日本制订了名目繁多的长期规划，在狭窄的国土上层层叠叠地拟订出建设规划或城市、地区和产业地带的再布局规划，比如：运输高速化七年计划、通讯器材五年计划、农业结构调整十五年计划、自动控制八年计划、土地重新规划十年计划、社会福利计划、新住宅五年计划等等。[12]

这个国家的政治也并非得益于合理的、理性的、图解式的思维，而是更多地借助于那种非意识性的敏锐的直觉。在这个自古以来高度密集的社会里，似乎天生具备了一种全民性的政治传统：

尽管没有任何一个人是有意识地要利用灾难，可结果大家都利用了灾难。[13]

"我认为他们从本质上来看是神风国民。或者也许可以说，他们个个都是勇敢的军人。即便是'过于柔弱'的年轻一代，在组织中也同样如此……"[14]

但是，日本终究是在历史上犯过极其严重的错误的国家，日本对整个亚洲甚至世界犯下了战争的暴行。作者如果对这一点不闻不问，就无法使这部作品走向世界，也无法使它严肃地面对历史。于是，作者借一位政治人物的口，对过去的战争进行了"反思"。

不过，我觉得在当今日本，对战争的记忆还没消退，很多人非常讨厌所谓"英雄人物"。因为"英雄"和"英雄主义"曾如何把日本这个国家和国民的生活弄成一团糟，他们可是有切身体会的……[15]

这显然不是一种深度的反思，甚至可以说是一种推卸责任的反思。这样的反思难辞其咎。于是，作者又通过另一位政治家的口，对当前的部分政治动向进行了评判：

明治维新以后，日本让自己陷入了把这些最靠近自己的近邻树为敌人的境地：要么进行经济侵略或军事侵略，要么盲从冷战外交，这一切都是在重蹈军国主义侵略的覆辙。我们自己主动进行过像样的持续的睦邻外交吗？日本的做法让自己沦落成了亚洲孤儿，所以这一切都是咎由自取。而且，在战后一直完全缺乏对国民进行要与亚洲各国保持友好的教育。对于国民中形成的在亚洲各国面前令人生厌的傲慢和优越感，听之任之也不进行任何纠正。[16]

　　相比于"认识过去的错误"，作家更愿意针对当前的毛病进行揭露。他评价日本的堕落，批判政府的外交政策和幕后交易，认为当代的日本青年既不爱日本，也不爱人类。在这些方面，小松左京是一个非常理性的批判者，他用自己的方式展现出对政治、政府和官员、地震与战争等的认知。在他看来，政治就是计算，好的领袖是一个冷酷无情的计算者，政府就是一种将国家事务分摊的系统，而地震和战争之间的比较是，地震与战争完全不同，战败带给日本的是抛弃军国主义的包袱，反而获得了战争没有获得的世界市场，而地震则是一种全面的毁灭。作者对美日关系、对亚洲各国的博弈都具有清晰准确的观察，它把日本说成是"没人管的孤儿"时，还会对比自己在同类情况下的所作所为。

　　从上述作家对现实的态度和反思可以看出，《日本沉没》不是一部小小的科幻作品，而是一部具有雄心壮志，要用科幻文学再度为自己的民族呐喊的创作。《日本沉没》的主要情节，是对频发的自然灾害的担忧和对资源的枯竭的担心。故事中，强烈的地壳变动引发的火山和地震最终将日本列岛毁灭。与多数灾难小说不同，在小松左京的笔下，那种毫无秩序的极度恐惧和混乱始终没有出现，杀人越货、抢劫强奸、邪教横行、暴徒流窜的状况没有发生。在小说中，平静、安宁、心中虽然有着种种疑问、虽然已经看到了一次次的群体性伤亡和财产的损失，但整个日本国的臣民仍然显得那么冷静，仍然处在那样一种祥和和庄严的秩序之中。他们仍旧安静地等待着政府的解决办法。

　　这就是小松左京故事中的日本民族。这就是那个被政治上边缘化了的，但却一直想要成为世界政治、经济、文化中心的伟大民族的灾难群像。从上述描写可以看出，虽然小松左京严厉地批评英雄主义害了日本，但在他心中，英雄主义仍然是描述这个民族的主旨。这一次，英雄不是武士的征服，不是对外的侵略，而是应对灾难时的那种漠然忍受。从这种近乎受虐的忍受之中，人们再度体验到日本文化的独特性。

"日本——日本吗……"田所博士的表情骤然变得有些怪异起来，像是要哭出来似的哽咽着说，"小小的日本，哈，区区一个国家而已，对我来说它没有任何意义。幸长君，我的概念里只有地球。在几十亿年的漫长岁月里，它从大气和海洋中滋养了无数的生物，造就了人类。……而我心中独有这地球。日本——不过是个细小得像一截绳子般的岛子，无足轻重……"

"可您毕竟是个日本人啊……"幸长副教授心平气和地说，"正像您热爱地球，把地球视为一个温柔的星宿那样，您的内心里也一定在默默地热爱着日本。"[17]

一个哭诉，一个平和；一个激进，一个保守；一个怨气冲天，一个慈善悲悯；一个强调宇宙的宏大，一个谈论本土的温柔。虽然两个人的语调和语气都不相同，但两个人的思想脉络却完全一致，那就是强烈的爱国情怀。日本人和他们的岛屿是不可分的，日本的死亡，就是母亲的死亡。

"难怪。那我懂了。你……是恋着日本列岛……""的确如此""是的……不只是爱慕，而是深深地迷恋……""这就是殉情吧……""日本人……真是奇怪的民族……""……日本人……和这四个岛、这里的自然、这里的山河、这里的森林草木生物、村庄以及前人所留下来的古迹是一体的。日本人和富士山、日本阿尔卑斯山、利根川、足摺岬是一样的。这个精致的自然……岛屿……如果被破坏消灭的话……日本人就已经不是日本人了……""……可是孕育出无论是气候还是地形都这样富于变化、如此精致的自然，在上面生存的人们又经历了如此幸运的历史，这样的岛屿恐怕在世界上也找不到第二个……对日本列岛的迷恋，对我来说，和迷恋最具有日本韵味的日本女性没有什么分别……"[18]

把日本比做女性，把岛屿比做母亲，而失去母亲的痛苦，在一种武士道精神的话语系统中，表达的不是悲切，不是悲悯，而是勇敢和刚强。作者借一位主人公之口说：

> "日本人……是一个年轻的民族……"老人喘了口气，"你说自己孩子气……其实所有的日本人到现在为止都是幸福的幼儿。在两千年的岁月里，被这四个既温暖又慈祥的岛屿所怀抱……到外面去遭到了什么痛苦的事后又逃回这四个岛上……和孩子在外面打输了架扑回到妈妈怀里没什么两样……于是……就有了像你这样的迷恋母亲般迷恋这个岛国的人。可是……母亲是免不了要死亡的。""……这也许是日本民族别无选择地必须长成大人的一个机会……" [19]

对日本的热爱从情感和理性方面宣泄出来。强烈情感者想到跟它一起焚毁，像切腹自尽，而理性主义者则希望寻求世界其他国家的支持与帮助。但是，世界之大，也无法容纳全部日本。虽然中国、澳大利亚等国家对日本倾力支持，但是世界上任何一个国家，也不能全部接受日本的迁移。日本作为实体的死亡，是伴随着它的后裔会像犹太人一样流离失所。

如果说星新一的小说对当前的日本所受的压迫仅仅是一种隐藏的抗议，那么小松左京的小说，则把这种抗议公开化。他在作品中写道：一个"男人不男"的社会必然会灭亡。在另一个地方他认为，日本原本是一个利用灾难去成长的民族，它有过经历了各种战争的"灾难的一代"，但是，这种灾难文化已经失去，那么，面对灾难会怎样应对和处置？小说的结尾，作者讲述了一个八伏岛上流传的"丹那婆"的故事。丹那婆是很久以前地震海啸之后唯一留下的岛民。她在地震海啸中幸存并勇敢地独立面对生活，独自一人将腹中已经怀孕的胎儿生下并抚养成人。到孩子成年的那一天，她庄严地跟孩子交欢，并再度怀孕生下一个女儿。

最后，儿子和女儿成亲，将八仗岛的子孙繁衍下去。这是一个有关灾害、死亡、生育、乱伦的民间故事，它象征日本民族和文化的根的繁衍。作者对此做出的总结是，要像丹那婆那样，将日本的民族的根永远地保存下去。[20]

从舰队的兴起到《日本沉没》，从明治维新到日本投降再到日本成为世界第二大经济强国，日本科幻作家关注的还是民族的地位。与俄国的死光和播撒共产主义火种具有俄国风格一样，日本的沉没只不过把切腹自尽、杀身成仁推进到了极端而已。虽然《日本沉没》这样的小说在西方也获得了一定影响，但西方世界对小说到底写了什么又能读懂多少呢？

3．中国："新梦" 与 "浮城"

沿着西伯利亚铁路不断南行或跨过日本海峡，有另一个时间上错位、空间上分离的新的文化样本浮现在研究者的面前，这个样本就是中国。从现在的资料看，至少在 1872 年，华盛顿·欧文的时间穿越小说《一睡七十年》就已经被文学馆翻译出版。而爱德华·贝拉米的社会进化小说《回顾》被翻译为《回头看纪略》和《百年一觉》，也分别于 1891和 1894 年两次印行。1900 年，凡尔纳海陆空交通博览小说《八十日环游记》得以出版。在这样的状况下，中国读者至少从个体、社会、科技三个方面领略了西方科幻文学的风貌。而这种奇妙的文体对正处于新旧文化交替中的知识分子，立刻展现了强大的吸引力。随后，梁启超全身心投入理论建构、作品创作、作品引进，还创作了未来小说《新中国未来记》。[21]鲁迅则于 1903 年出版的《月界旅行·辨言》中，将自然历史、人类文明、人类重返自然的路径与人类的探索精神相互联系，他赞扬优秀的科幻作家是"凡事以理想为因，实行为果，既莳厥种，乃亦有秋"，且以"尚武之精神，写此希望之进化者也"。此后，有更多文学和文化先行者对科幻文学的功能、写作方法等做出过描述。而科幻创作也在这种翻译、布局、鼓吹、推荐的潮流中得到了一定程度的繁荣。从现在的资料看，晚清原创科幻作品从长篇到短篇应有尽有，而且一些作品的某些侧面达到了至今仍然难以超越的极高艺术水准。

考察晚清科幻作品会发现，"新"字是标题中最常碰到的语汇：《新纪元》《新中国未来记》《新法螺先生谭》《新石头记》《新野叟曝言》《新中国》……不管这个"新"代表了"革新"还是"维新"，在"新"中强调与传统文化、体制、思想，甚至生活方式的断裂，是作家拥有的最大梦想。

《新纪元》可能是构思较早的一部作品，小说描写的是 1999 年的中国。在这一时期，中国的政体是"立宪政体"，有"中央议院"和"地方议院"，"政党"和"人民私立会社"众多。[22] 由于经济腾飞，国力增长，"所有沿海、沿江从前被各国恃强租借去的地方，早已一概收回"[23]。考虑到多年以来中国备受帝国主义的侵略，因此国家在经济繁荣之后，将军费支出保持在年度支出的三分之一。在军事实力和国家经济能力极大增强的情况下，软实力也在凸现之中。由议会提案、皇帝批准的创建黄帝纪年方式，就是其中的一项重要举措。但是，无法容忍中国实力增强的西方列强，以抵制"黄祸"为由，召开世界大会，准备对中国展开政治、经济甚至军事大战。而这场战争最终真的兴起，其导火索就是匈牙利华人追随中国政府所进行的年号改变。

《新纪元》的作者开宗明义地强调说，人类已经生存在一个科学的世界，已经从 19 世纪下半叶的"汽学世界"走过 20 世纪上半叶的"电学世界"并到达了 20 世纪下半叶的"光学世界"。故事中的技术咨询专家金凌霄，就是这样一位光学专家。她辅助中国部队增进军事打击力量取得了有效的成果。而此时，中国军队已经全面掌握了用电力开动军舰的奥秘，掌握了从海面观察海底的"洞九渊"技术，能够分解海水作为武器，分解土壤作为营养补给。不过，从故事中对科技成长的描述看，中国的科学技术组织仍然远未现代化，工匠时代的小本经营、独自发现的痕迹明显。

但这些都不是重要的。最为重要的是小说中把一种全新的国际关系建立在通过科技、政治改革所获得的经济和技术实力之上，这一点给人印象深刻。此外，全世界华人团结一致，凭借自己的努力，几乎是单枪匹马地打赢了近海、印度洋和大西洋上的三场战争，并在亚洲、欧洲和美洲攻占了重要据点，形成了新的世界格局。作家的这种"全球视野"和对中国强盛过程的那种有根有据的踏实设想，着实让人震撼。

如果说《新纪元》的着眼点被放置在未来世界的国际关系，创作上还有那么点吸引读者的噱头味道，那么梁启超于1898年开始构思的小说《新中国未来记》，则是一部重点放在改进中国国内政治的严肃乌托邦说理作品。"编中寓言，颇费覃思，不敢草草"。[24] 值得玩味的是，小说的情节也是从更新中国纪年方式开始的。为了庆祝孔子降生后2513年，"中国全国人民"举行的一次"维新五十年大祝典日"。这一天，万国太平会议在南京召开，各国全权大臣齐聚金陵，签署"太平条约"，参观万国博览会。而博览会除了展览，还有一系列高等级学术报告会。作品的主要内容就是围绕孔子的"旁系"后代、76岁的孔觉民先生主讲的《中国近六十年史讲义》所做的记录。

超越现实，给中国的发展寻求一种历史通路，是作家面向未来的蓬勃野心。故事是在激昂的说理、辩争上发展的。与此前中国说部类文学中注重生活流动、注重感情抒发的方法完全不同，作者特意将逻辑因果关系凸现出来。例如，在谈到国家如此昌盛，享有如此荣光时作者说，有三件事是导致中国发展的"前提"，这三件事是严酷的"外国侵凌"、执着的"为国忘身，百折不回，卒成大业"之志士情怀和"能审时势，排群议，让权于民"的贤明君主。他还在这里提出了"民德、民智、民气"的"三民主义"。与《新纪元》中合情合理地预言中国从黄色海洋走向蓝色海洋的三场战争类似，《新中国未来记》给未来中国发展明确地分解为六个时代，这六个时代是：预备时代（从联军破北京时起，至广东自治时止）、分治时代（从南方各省自治时起，至全国国会开设时止）、统一时代（从第一次大统领罗在田就任时起，至第二次大统领黄克强满任时止）、殖产时代（从第三次黄克强复任总统领时起，至第五次大统领陈法尧满任时止）、外竞时代（从中俄战争起，至亚洲各国同盟会成立时止）和雄飞时代（从匈牙利会议后小说所撰写的时间止）。[25]读者可以发现，六大时代完成了从心理准备到付诸行动、从政治进步到经济发展、从内部建设到外部竞争这一系列符合行动科学、政治科学原理的有逻辑的过程。小说中还就作者提出的渐进式革命、集权与民主的分阶段性等命题给出详尽的逻辑分析。

作为一篇小说，《新中国未来记》在主流文学研究者眼中，可能是不成功的一种尝试。[26]此前，多数理论工作者对小说的叙事呆板、冗长、情节平淡、过分学习外国等提出了质疑。但是，把它作为一篇具有逻辑推理和未来景观的科幻小说来观察，这些貌似缺陷的侧面反而不足为怪。纵观全篇，小说不但尝试了文档记录、争论记录、中英文对照、文件摘抄、名单生成、故事时间与正常时间之间的叙事交织，还尝试了在超长段落中描述观点的反复对抗，所有这些都是全新的写作方式。夏晓虹特别推崇梁启超作为作者隐藏在两个人对话之后，认为这样的视觉和交流方式，给了作者极大的阐释便利。[27]确实，恰恰是这些创作方面的创新，给小说一种变化的美感，给小说一次次从幻想进入现实的结构性通路。加上故事内容中令人反复回想到的中国现实，小说已经从结构到内容上编织出现实与未来的整体网络。

与《新纪元》关心新国际关系、《新中国未来记》规划新国内政治不同，《新法螺先生谭》力图展现全新的宇宙观和科技教育观。在小说中，一种独特的宇宙的强"风"，将人的灵魂与肉体分割，这样，不用任何运载工具的灵魂对各个世界的访问得以完成。在天空，主人公访问了包括太阳在内诸星球；在地球上，他不但到达了北极，还进入地下寻找遥远的中国人始祖。力学、天文学、动物学、植物学、医学、电学、化学是小说中明显涉及的科学范畴。造访星球、异地探险、对身体病患的修理也是小说中大张旗鼓的技术创新。《新法螺先生谭》中的科学叙事无孔不入。小说将时间计量的方法、利用切线进行宇宙飞行的方法、利用动物磁学进行心理治疗的方法等非常微细的知识，与对整个自然世界运作机理的论述混合在一起，直截了当地表达了作者的科学观。小说中科学带给人类的发展，将科学的功能或成果表达成"新疆域"和"新人界"的发现，这与西方启蒙主义思想一致。而恰恰是启蒙主义导致西方现代科学的最终产生。在小说中，从提问开始，到探索和发现的描写颇多，甚至给提问以特殊字体作为强调。此外，试图发现宇宙内部的运作规律，也与现代科学的基本导向一致。从开普勒、笛卡尔、牛顿的理论起，西方科学工作者自信他们逐渐找到了宇宙内在的规律。故事还阐述了进化论等科学原理。除此之外，《新法螺先生谭》还对发展教育给予了高度的认可。

《新法螺先生谭》中的科学[28]

范畴	内容	特点	含义
自然科学	学科	物理（力学、时间计量）、天文、生命	科学性
	技术	水星人的换脑术；太阳系交通枢纽等	科学 / 前科学 / 技术
	原理	月球火山的来历；加速度公式计算利用引力走切线回到地球 神经学 自然过程：变换合 脑电学	科学 / 前科学
	方法	提问	科学性
	探险	太阳及太阳系诸星球、火山、北极、地下；金星上发现生物、矿物	科学导致新疆域
	地点	化学实验室	科学性
社会科学	道德	人的善恶论，中国人善恶统计	社会科学的自然科学化
	器物	外观镜	企望开放的社会
	心理	修炼术；催眠术；动物磁学；脑开发	科学 / 前科学
	考古	4 万万中国人祖先：黄种祖	以古勉今

续表

主要自然主题	风气脑身、光火电磁	前科学性
主要玄学主题	灵魂是气体；灵魂冲碎了月球并撞击太阳	前科学性
对科学的态度	看不上，但不反对对分类学的看不上；科学仍然是虚弱的、幼稚的	前科学性

《新法螺先生谭》是一篇全方位反映新旧文化断裂的优秀作品。小说开宗明义地阐明，主人公多年困扰于宗教迷信和科学技术对事物运动的解释，但前者后者都无法得到圆满的答案。他甚至为此"脑筋紊乱"。在精神崩溃的边缘，他奔向36万公尺空气稀薄的世界，在宇宙之力的促动下，"昏然晕绝"。这是现代和古典思想之间冲突无法解决的典型反映，是一种现代性的断裂。断裂之后，主人公进入科学引发的世界，以科学的眼光观察了星体和地球，观察了历史和现实，并最终将解决方案归咎于全民教育。笔者认为，在所有晚清科幻作品中，《新法螺先生谭》是艺术水准最高、思想内涵最深、创作手法最为精妙的一部作品。

《新纪元》《电世界》等针对国际强权的侵略和殖民政策，巧妙地利用科幻予以对抗。作家希望中国政府科技强军，反抗压迫。而《月球殖民地小说》和《新法螺先生谭》等则强化人们对时政的不满，于是，中国的里里外外都必须在一种全新的理念上重新进行审视和构筑。正如梁启超在他的《论小说与群治之关系》所写：

> "欲新一国之民，不可不先新一国之小说。故欲新道德，必新小说；欲新宗教，必新小说；欲新政治，必新小说；欲新风俗，必新小说；欲新学艺，必新小说；乃至欲新人心、欲新人格、必新小说。"[29]

梁启超和鲁迅的强烈推荐，荒江钓叟和东海觉我等的创作实践，最终没有改变中国文化和思想的格局。科幻文学在晚清迅速消亡，在随后到来的五四运动中，也没有起到任何作用。梁启超和鲁迅分别放弃了科幻文学更新中国文化的主张，奔向其他领域。直到20世纪90年代，有关中国早期科幻文学的问题才被重新提到科研的议程之中。然而，20世纪初对科幻文学的这种普遍的放弃，到底是因为科幻文学无法达成文化先行者所期望的那种革新社会的效果，还是这种效果的到来相对过分迟缓？人们不得不选择更加迅捷的方式改天换地？这一点还需要更多思考和发掘。

对复兴的"整体梦想"的破灭，没有阻挡人们对美梦碎片的追拾。1950年，先后出版了《梦游太阳系》和《宇宙旅行》。这两部作品仍然采用梦幻的形式，但中国早期科幻那种对新世界、新政治、新文化、新国际关系的追求却大幅度丧失。在整个"文革"之前的17年，瞄准未来社会发展的科幻新梦彻底破碎成一系列有关科技发明的短篇故事。仅在《火星建设者》《共产主义畅想曲》《长龙》《黑龙号失踪》等短篇小说中表达了作家对未来中国整体形象的些许凝望。在《火星建设者》中，中国青年参与苏联和东欧为主体的国际共产主义青年团员们对火星的开发，起到了积极的作用。在《共产主义畅想曲》中，未来的中国进入了科技发达、呼风唤雨的技术超越、人际和谐的时代。在《长龙》中，全球共产主义者试图在白令海峡架设桥梁，让欧美大陆相互融通。而在《黑龙号失踪》中，中国人在联合国率先揭露了日本帝国主义的残余部队继续进行的细菌战准备，破灭了侵略者的复兴美梦。但科幻文学不一定要揭示一种整体性的国家建构，它可以展现在各个方面的成熟和成长。任何一种小发明都会使中国在现代化进程中脱离落后、进入先进者的行列。细碎的梦虽然细碎，但赶超的血液融入了了每个作品。任何人都能发现在这些小说中，作家那种向往国家和民族复兴的强烈感情。

进入20世纪90年代之后，经济改革取得重大成效，中国的国力逐渐强大，科幻作家敏锐地感到了这种大国崛起的可能性，于是，一种对中国地位超速提升的宏大想象逐渐产生。其中，刘慈欣可能是描述这类大格局最多也最有成效的作家之一。刘慈欣于 1963 年出生，山西娘子关发电厂高级工程师。从 20 世纪 80 年代中后期起，刘慈欣就在不同的场合尝试发表科幻小说。他的风格多次变换，直到 90 年代中期才逐渐定型，并开始赢得读者的喝彩。1999—2004 年，刘慈欣蝉联《科幻世界》杂志读者评奖的冠军。刘慈欣的主要作品包括《超新星纪元》《球状闪电》《全频带阻塞干扰》《三体》三部曲等。所有这些作品，没有一个不与某种新国家形象产生着联系。

在刘慈欣的"新国家形象小说"中，军人或军事对抗是一个抢眼的看点。他的小说多次写到战争。俄国对西方、中国对西方、中国和俄国联手对西方、非洲土著对西方，种种战争应有尽有。但多数情况下，西方国家是小说暗设的敌方。不能说刘慈欣身上没有冷战时代留下的烙印，他的战争设计是根据一种反对强权统治、解放现代化进程中落伍者进行的。有趣的是，刘慈欣的很多次战争，都是低等科技对付高等科技、土著文明对付发达文明，但每每取得胜利的都是弱小一方。科幻文学那种反抗性在刘慈欣的作品中得到了突出体现。难怪韩松在一篇评论中写道："他有一种执拗的、属于上上个世纪的英雄气。"这种英雄主义，就是用低科技也能战胜高科技，用后发的现代化，也能战胜先进的现代化。当然，其中，少不了献身精神。为了从科技人文社会生活多方面拯救自己，作家撰写了大量为科学而献身的主人公形象。在《带上她的眼睛》中，美丽的少女被永远封闭在地心深处。在《地球大炮》中，几代主人公的命运都与献身有关。抗争和献身，给中国带去了无数第一，成为举世瞩目的世界冠军。在《三体》系列小说中，中国第一个得到了外星球的信号，第一个回答了外星球的信号，第一个改正了自己过往犯下的错误，中国人成为拯救世界的"面壁计划"少有的几个入围者，而恰恰是他所提出的拯救地球的解决方案，最终成为唯一方案。这也是中国唯一的一部在遥远的未来仍然提到了党委书记和政治委员的科幻作品。

晚清创建的中国科幻文学，不但有新梦，也有对内部问题的种种担忧。《新法螺先生谭》《月球殖民地小说》等作品都提到了国内改革的重要性，更提到了官员的腐败对体制的腐蚀作用。《新中国未来记》则更是期望从政治体制方面对中国进行革新。20 世纪 30 年代末，老舍创作的小说《猫城记》，将民族性问题引入科幻文学，从人类对火星人的观察看到，一个腐朽的民族不能承担崛起的大任。在新中国建立以后最初的 27 年中，像《共产主义畅想曲》《科学世界访问记》之类的作品逐年增多，即便在粉碎"四人帮"之后，也仍然出现了《小灵通漫游未来》《青春畅想曲》等描述美好明天的科幻创作。但是，随着 20 世纪 70 年代末 80 年代初思想解放运动的深入，一些作家逐渐拾回了科幻小说中对未来担忧的传统，转而撰写危言。

1983 年出版的《访问失踪者》[30]，九名失踪者分别是交通警察、喜剧导演、哲学讲师、青年画家、业余体育运动员。他们在 1976 年乘坐飞碟失踪，被带向宇宙中的种种乌托邦和恶托邦的世界。为了对这些失踪者进行访问，作家于是也跟这些不同的社会形式迎面遭遇。

描写一个外部鲜亮美丽，内部存在着问题或矛盾的世界，是这类科幻作品的一个主要构造方式。在这类作品中，最登峰造极的要数梁晓声创作的《浮城》。与凡尔纳的小说《机器岛》中讴歌的人类技术的伟大不同，《浮城》撰写的是一块中国大陆如何在强地质变动中断裂，如何漂向世界各地的遭遇。在历尽人间的苦难，经过了种种危机中的人性坦露之后，当人们惊呼自己已经到达美国，为此欢呼雀跃的时候，美国政府却给出了禁止进入的冷酷的标识。《浮城》是一部有关中国人自身性格的寓言，也是一部中国人在世界上到底能占据怎样地位的预言。

一方面是对未来的憧憬和建构，另一方面是对未来的担忧和恐惧，中国版本的科幻文学昭示了第三世界后发达国家所面对的种种发展困境。他们必须在争取外部自由、反对霸权主义的同时，改变自己的社会治理和文化类型，使自己跟当代社会相互融合。一不小心，预言就会成为危言。在这方面，思考最为深刻也最为到位的要算是韩松。

韩松 1965 年出生于重庆，童年时代体弱多病，在医院中曾看到身旁的病孩痛苦地死亡，这使他对生死的无常颇有感触。韩松的家庭在"文革"中受到冲击，父亲被送入干校。这些都使他对社会生活本身感到深深的惊讶。韩松的个性很强，从小就表现出很强的领导能力，但身体的羸弱使他几乎常常只能停留在书本中去感受世界。他喜欢日本文学，读过大量芥川龙之介、井上靖、谷崎润一郎、安部公房的小说。弗兰兹·卡夫卡的作品也曾深深地打动他。戈尔丁的《蝇王》、奥威尔的《1984》和格拉斯的《铁皮鼓》让他感受深刻。他对艾略特、弗罗斯特、叶芝、兰波和波德莱尔等各个时代的诗歌也颇有兴趣。中学时代，他就开始科幻小说的尝试，但没有成功。大学期间，他的科幻小说参加评奖并获得了肯定。硕士毕业后，他担任过记者、编辑过《瞭望东方周刊》。在这期间，他撰写了大量报道中国文化动态的新闻和专访，他还参加过中国第一次神农架野人考察。由他参与或单独创作的长篇新闻作品包括政论性报告文学《妖魔化中国的背后》和有关克隆技术进展的报告文学《人造人》。1991 年，他的小说《流星》和《宇宙墓碑》同时在海峡两岸科幻界引起关注，后者获得台湾《幻象》杂志主办的"全球华人科幻小说征文"比赛的大奖。此后，他相继出版了长篇小说《2066 之西行漫记》、中短篇小说集《宇宙墓碑》和短篇小说《长城》等。思考和写作是韩松的最大乐趣，他的创作不局限在新闻报道和科幻小说。比如，他也创作过非常独具特色的诗歌、杂文和无法归类的其他小说。2000 年他出版的《想象力宣言》，至今仍然是中国科幻文学领域见解独到的作家独白。在《2066 之西行漫记》中，作家虚构的未来世界里，中国成为世界第一强国。而美国则处于革命和动乱之中。但是，这种中美之间的力量消长，并不是一种简单的东西方之间的较量。因为小说中的美国，虽然败象频生，但其文化中却惊人地融入了东方的血液。这样，你竟然无法判断这种衰败是否由西方文化引起。《红色海洋》也是一部有关中国的过去、现在和未来的长篇科幻小说。小说的第一部描述在遥远的未来，人类全面退化并移居"红色"的海洋。这是一个全新的世界，是一个恐怖、威胁和压力下的严酷世界。在作者笔下，分散于海洋各地和各个历史时期的种族，在生理构造和文化传统上都显出惊人的差异。就连个体之间，也差别惊人。但生与死、抵抗与逃避、吃人与被人吃则是所有种族都无法逃脱的、封闭的生死循环。像老舍先生的《茶馆·第一幕》所得到的评价一样，《红色海洋》的第一部，是中国科幻文学中少有的一个"第一部"。它那种超越万亿年的历史流动，那种覆盖整个地球的宏大场景，那种人与人、人与自然之间的精彩较量，将毫无疑问地被载入中国科幻文学的史册。当万亿年的时间在作者的笔下匆匆滑过的时候，人们不禁要问，这样严酷的未来史，到底是怎么出现的呢？小说的"第二部"和"第三部"，则重点回答红色海洋世界的由来这个主题。在这两部中，作者着力给"第一部"的世界提供了多种可能的起源假说，每个假说都具有寓言的性质，每个假说都复杂异常，每个假说都充满了不可能的灵异，但每个假说都貌似有着现实的可能性。于是，整个人类的过去被怀疑、被质问，所有行为的起因和结果，都成了某种可能与不可能、是与不是之间的摇摆物。在这样的"心理双关图"的影响下，小说发展到最后一部。第四部的标题是"我们的未来"。有趣的是，这一部中讲述的都是有关中国过去的"历史故事"。从郦道元开始巡游全国、试图为《水经》作注，到朱熹兴教，再到郑和七下西洋发现欧洲、非洲甚至南北美洲，历史再度从某种不稳定状态回归稳定。如果说小说第一部的宏伟壮丽，犹如一串血色的串珠混杂了中华文明和世界文明，那么第四部则清新优雅，像竹林中的一串清丽水珠，透射出中华文化的所有特殊性。如果说第一部中的血与死是浑浊的，那么第四部中的希望与失落，则显得幽深而隐蔽。唯有不断出现的悬疑，才使我们将四部小说重新结构成一个整体。从整体上看，《红色海洋》是一部看似科幻，实则现实；看似倒序，实则顺序；看似未来，实则历史；看似全球，实则当地；看似断断续续前后不接，实则契合严谨罕有裂隙的优秀文学作品。他所尝试的颠倒历史、循环历史、多义历史等叙事方式，在当代中国文学作品中，更显得非常少见。它所描述的有关东西方关系、有关人与自然、有关我们的民族和个体生存的严峻主题，已经大大地超出了当代主流文学的创作视野。在他作品的"能指"和"所指"之间的种种精妙错位、模糊和摇摆以及由此导致的多元解码，已经使整部小说充满了组合着并且在不断流动的多种寓言，而其中所强烈表达的那种盛世危言，则是科幻文学对现实反诘的重要宝藏。

新时代的中国科幻小说，既有中华文化期待崛起的成分，也有自我分析、吸取外来的思想。而不论是建构也好，解构也好，第三世界后发达国家的科幻文学确实有一条坚硬的、期待民族崛起、民族自觉自主、自由发展和生存的主线。

4. 后发现代化者的"想象力"

后发达国家的科幻文学，在想象力方面与先发达国家之间确实存在着差异。这是因为，先发展起来的国家已经在诸多方面展示了他们的现实感召力。因此，在许多情况下，后发达国家仅仅是将已经发展起来的国家现实写入他们的科幻作品，作为一种未来的召唤。

中国科幻作品中，在技术上的这种"现实抄录"特别明显。许多作品就是直接展现"他国他地"已经存在的科技现实。晚清科幻作品中的战舰，民国科幻作品中的心理战，新中国成立后前17年科幻作品中的原子能电站，《小灵通漫游未来》中的气垫技术和航天技术，刘慈欣小说中的黑暗森林理论等都是这样。对未来的想象，其实是对现存于他地的他者文化或技术的渴望。这种复杂的"时空转换"，确实是后发达国家科幻作品中所特有的现象，而在中国作家中表现得尤为明显。有关这种现象的论述，最早见于王富仁对中国人现代观念的考察。王富仁指出，西方的现代观念是一种历史观念，而中国没有历史发展的观念，因此，这种现代观念被从时间上的伸展性转换成了空间上的伸展性。此后，杨联芬又在研究晚清科幻小说中采用了这个概念。陈平原也通过对中国科幻文学中飞车主题的考察，确认了中国科幻中的"飞车"不是一种自发想象的产物，而是受到当时引进的国外科技信息的影响，换言之，是通过科普读物获得的灵感。从科幻文学的创作方法上看，时空转换的做法确实是一种简单有效、且能够真正反映未来可能性的创作方式。但是，这种方式也让作品的震撼力不强。苏恩文所言的那种陌生化，在这样的作品中明显地感到缺乏。久而久之，长期从事这样的创作也会泯灭作家的创造能力。[31]

　　中国传统文化中不乏对现实的超越现象，但缺乏对超越的合理解释。在古代，试图表达超越过程一般通过三种渠道。第一种是佛教的奇迹故事。这种故事内含因果报应，但在外表上看，确实是凭空产生，如民间所说是天上掉下馅饼。《愚公移山》的故事就是这样的典型代表。勤劳的工作，最终感动上苍，获得了搬动大山的结果。但这种结果的到来是瞬间的，显然这样的方法无法用于科幻文学创作。第二种是通过鬼神系统，借助鬼神世界的种种关系，达到超越。但这类超越在不信仰鬼神的人看来，完全是无道理的虚构。况且，也与科学精神相悖，故科幻小说中少用此法。第三种超越的方法则是通过梦境。中国古代有许多作品通过梦境到达未知或理想境地。《红楼梦》中有许多梦幻描写。《聊斋志异》中也不乏梦幻故事。梦与现实之间，是清醒与睡眠之间的差异，因此，对读者来讲没有接受的困难。在中国科幻小说不发达的早期，许多作家采用梦幻方法撰写科幻作品。像《十年后的中国》，描写了丈夫阅读有关X光的报道后睡去，梦中自己发明了W光，并将能量加大三倍形成WWW光。采用WWW光，他制造了飞船，并取得了中国在国际上的合法地位，让所有不平等条约废除，所有租借被取缔，但醒来的时候他还是遭到了妻子的斥责。蔡元培的《新年梦》也是一个梦幻故事。小说撰写如何通过现代教育的改革，使中国成为强国，在世界上占据稳固的地位。小说的主人公在结尾被新年的钟声惊醒，面对仍旧黑暗的世界，他说他要大声问候新年。遗憾的是，科幻文学采用梦想方式到达未来或他者世界，常常也是受到诟病的原因。这是因为，梦想本来在中国文化中就带有一些异想天开不劳而获的成分，因此，被斥为梦想并非好事。科幻作品采用梦想方式不但无法达成可能的超越，让人在读到结尾时感到失望，而且也会使科幻作品背上恶名，故而当前极少被使用。

上述两种科幻作家超越现实的方法，在俄国、日本这些曾经处于不同阶段的后发国家中也常常存在，只是表现的内容不同，程度稍有差异。例如，死光并非托尔斯泰的发明。早在威尔斯的科幻小说《世界大战》中火星人就已经发明了死光武器，托尔斯泰仅仅是借用。到童恩正的《珊瑚岛上的死光》，则是第二代借用。潜艇也早就是凡尔纳之前已经产生的东西，押川春浪的创作当然是一种借鉴。至于火星上的运河、火星人的模样也非威尔斯或托尔斯泰的发明，在18—19世纪的天文学中，这类故事已经太多太多。但是，后发达国家也有共同的科幻撰写方式。例如，无论是俄国还是日本、中国，科幻作家都希望将自己国家的落后状况推向极端，以这种极端化的景况警醒读者。在苏联作家斯特鲁卡斯基兄弟的小说《火星人的第二次入侵》中，火星人采用了谣言攻击地球，结果发现这种武器比真正的实弹攻击更加有效。在《日本沉没》中，日本列岛完全消失在太平洋海底。这些将情势推向极端的撰写方式，构成了后发现代化国家科幻作品的重要景观。

另一个后发现代化国家科幻文学的典型特点，是意识形态方面的自身文化优秀论。恰恰是因为在现代化过程中被抛弃到落后的地位，科技更是无法跟先发达者抗衡，于是，这些国家/民族的作者便要更要争取将自己的传统文化、传统科技如何领先于当代西方文化和科技的方面展现出来，并以此达到迎头赶超的目的。这点在中国科幻文学发展的所有时期都有清晰的体现。早在《新法螺先生谭》中，作家就已经谈到对西方科学本身的质疑。到《不睡觉的女婿》已经开始挖掘气功等传统医疗的文化价值。而王晋康的生物平衡理论和低烈度纵火理论，则更是中国传统文化优势论的突出体现。王晋康 1948 年出生于河南南阳，当过工人、农民、工程师、国营大型企的技术领导。从 1993 年正式发表科幻小说《亚当回归》起，连续创作了《七重外壳》《天火》《豹》《西奈噩梦》《人与狼》等三十余部中短篇小说和《生命之歌》《生死平衡》《癌人》《拉格朗日墓场》等多部长篇小说。低烈度纵火理论首先出现在王晋康的短篇小说《临界》中。该理论认为，如果能在事物量变过程中不断进行正向或反向的微调，就可以减小即将到来的质变强度或者延缓质变到来的时间。王晋康几乎在所有有关医学或生物学的科幻作品中嵌入这一理论，并在情节的发展中逐渐对其完善。从《生死平衡》到《十字》，低烈度纵火进入全球试验阶段，小说主人公甚至将已经宣布死亡的天花病毒从实验室取出，进行全球传播，用以挽救被西方医学毁灭了的机体免疫力。从表面上看，王晋康的小说是对西方医学方式的对抗，但从深层观察，这是对中国传统医学基本原理在当代如何与占据统治地位的西方医学进行较量的重要作品。

上述做法是包括中国在内的后发现代化国家作家簇所采用的、独特的想象力构造方式中的一些。虽然各种方式在各个民族和各个历史阶段被作家们使用的频率不同，所达到的效果不同，但作为一种后发民族的文化超越，这些方式都应该被看成是科幻创新的一个组成部分。

从绝对意义上看，后发国家作家簇也有许多先天的优势。例如，他们可以观察先进国家所走过的道路，在作品中避免先行者犯下的错误，纠正先行者行动中的问题。《新法螺先生谭》中就谈到关于两党制的弊端，并采用外科手术的方法将两党极端分子的大脑相互融合，获取和谐社会效果。托尔斯泰及其追随者的小说则多数将资本主义的问题推向极端。而如果将社会主义和资本主义看成是现代化的不同方案，那么对于英美这样在社会主义实践中迟滞的国家或地区，苏联也可以作为一面镜子，照出自身发展的缺陷与问题。小说《美丽的新世界》和《1984》都是这样作品的典型代表。

由于看到科幻文学在文化建构方面的积极作用，这种常常被作为权力解构的文学形式也被当权者邀请参与社会建构。这点在中国和苏联表现得最为明显。前文提到，1959 年，由于苏中友好协会的强烈推荐，苏联科幻理论读物《技术的最新成就与苏联科学幻想读物》被余仕雄和余俊雄兄弟翻译成中文，并由科普出版社出版。[32]一本苏联科幻理论汇编集被纳入苏联政府推荐给中国的作品清单，有着不同寻常的重要含义。阅读这本文集，读者可以发现，苏联文学界对科幻文学的高度重视，也可以发现苏联科幻文学朝向国家需求到底前进了多远。例如，在布·略普诺夫的《技术的最新成就与苏联科学幻想读物》一文中，作者使用统计学研究了苏联科幻小说的创作状况，指出从 1895—1945 年的整整 50 年中，包括单独出版和发表在报刊上的创作译作在 600 种以上。而从 1946—1958 年则出版近 150 种。创作上的高产源于作品的重要价值，因为，科幻作家们"正在未经阐明的领域内进行它的研究工作"，回答着科学工作者对未来的想象是什么样的严肃问题。斯·波尔塔夫斯基在《论科学幻想作品中一些悬而未决的问题》（1959）中指出，纯粹写技术的科幻作品，就是脱离现实的作品。科幻不单单是为预见而作，这种文学的内容应该是多方面的，特别是进入社会主义之后，技术虽然是生活中的必要环节，但提高小说的社会意义才是最重要的事情。作者认为，科幻作家应该根据马克思对社会发展的看法去研究如何描写未来的人。而这里所谓的未来之人，指的是在阶级消灭之后，人的空闲增加，而创造性活动成为人的主要活动。卡赞采夫作为作家，也在文集中现身说法。他指出："我们每天的成就都在为我国人民服务；科学幻想文学、科学幻想作品也应该如此。[33]"他还指出，应该对现实抱着批评的态度，"政治抨击"也应该是苏联科幻作品的一个重要枝干。当然，他举例所做的批评，一概是苏联作家如何批判西方资本主义的种种现象。"苏联幻想作家的使命是：创作和我们时代相称的作品。在谈论明天的时候，不要落在今天的后面。幻想应该奔放而不受羁绊，语言应该精炼，人物应该鲜明有力，能以其模范行为和思想去教导青年……"[34]

　　把科幻文学纳入一种建构的手段，通过政府行为去规训或去拓展，不但是苏联政府文化管理机构采用的方法，也是在很长一段时间中国文化管理者希望采纳的方法。早在 20 世纪 50 年代，郑文光等作家就曾经被吸纳进中国作家协会，并被邀请参加作家协会全国代表大会。70 年代末，叶永烈还获得过全国科普先进工作者的称号，而当时叶永烈所创作的重要作品中，除了普通科普作品，科幻作品占据重要的比重。对作家创作的肯定，是权力持有者奖掖相关创作的直接方式。但在此同时，权力持有者也不忘记对创作的方向进行导向。例如，从 1979—1984 年，中国科普作家协会机关刊物《科普创作》以及《光明日报》《中国青年报》等发表的诸多文章，都是力图对科幻文学进行规训和引导。例如《科普创作》曾经发表蔡景峰文章，批判多篇科幻小说中存在"科学问题"。隶属于团中央的《中国青年报》也对科学硬伤津津乐道。跟读者对科幻作品的挑刺不同，具有政府背景的报纸对科幻文学所进行的诱导或规劝，必然对行业的发展造成重大影响。这里，科学权力和政治权力获得了有效的结合。

　　不可否认的是，权力体制的推进，将导致资源的流入、发表渠道的增加，并进而导致作品数量的丰富。新中国历史上曾经出现的几次科幻文学创作高潮，都与政府对科学的推进有关。20 世纪 50 年代中期和 70 年代末期这两大繁荣期，确实都是政府尽全力推动"向科学技术进军"中所获得的成果。无论这些时代中作品的质量如何，事实已经证明，在后发达国家由政府所推动的科幻运动，确实能够对创作繁荣起到积极作用。而这种繁荣的更深指向，是导致更多的人对科学本身获得兴趣，进入科学的领地，成为赶超的参与者。在另一方面，由于受到科幻小说中未来世界的感召，科幻文学也对构筑民族国家精神、引导民族国家的复兴发达做出贡献。近年来，笔者不断看到有西方学者急迫地开始对中国文学作品中所表达的未来观念、科幻作品所表达的中国国家观念进行研究，他们所期待的是从这些研究中寻找中国未来发展的可能路径，以做好应对这些发展的相关措施。[35]

　　但是，中心化的努力不一定能建构出有效的中心愿景。这在苏联和中国的发展中都可以看到。虽然政府强调科幻文学应该繁荣，也刻意在相关领域扶持和规劝，但是，真正具有创造力的未来远景却没有多少被真正表现出来。这种事实再度可以看出，文学是一种心灵的流露，不是一个可以按照工厂生产原则所进行的大规模定产。即便有人能根据五年计划创作产品，这样的产品中真正的艺术精品可能仅仅是少数。而且，作家如何与权力持有者的愿景相互协调或者相反，权力持有者如何跟作家的愿景相互协调，都是需要广泛和深度智慧的工作。事实是，如果说科幻文学本身就具有边缘人所保有的那种超越、颠覆现实的本性，那么它跟建构者所寻求的建构方向之间就可能存在着巨大的差距。于是，一些作家便感到权力持有者的规劝本身就是对想象力的极大束缚。在苏联科幻小说发展的后期，其实是停步不前的，没有任何能超越早期思想的作品出现。而中国科幻文学领域则出现了社会派的反叛。从 1979 年童恩正发表《谈谈我对科学文艺的看法》之后，中国科幻作家超越现实、超越规训的意识越来越强。这期间突围传统科普疆界的科幻作品受到强烈的压制，但反过来，压制也导致了作家更强的突围愿望。虽然这样的逻辑没有根据，但对压制的反抗，也可能是导致科幻文学丰富发展的一种有效原因。此时所发表的《月光岛》（金涛）、《我决定跟我的机器人妻子离婚》、《温柔之乡的梦》（以上为魏雅华作）、《星星营》、《命运夜总会》、《地球的镜像》（以上为郑文光作）等作品就显现出了强烈的创新性。由于在这方面苏联和中国的创作现实表现出了完全不同的方向，因此，相关问题还需要深入思考，不能轻易谈论结果。我们只能说，有关后发达国家科幻小说的发展研究，应该是中国科幻研究者关注的一个重点。遗憾的是，在这方面，相关工作还远远不够。

注释：

［1］布·略普洛夫. 亚·罗·别利亚耶夫的生平和创作［M］//布·略普洛夫. 技术的最新成就与苏联科学幻想读物. 余士雄，余俊雄，龚洪华，译. 陈善基，余士雄，校. 北京：科学技术出版社，1959：46-74.

［2］载于接待苏联来华展览办公室宣传处. 苏联文化建设的成就［M］. 苏联经济及文化建设成就展览会宣传参考资料之三。

［3］布·略普诺夫. 技术的最新成就与苏联科学幻想读物［M］//布·略普洛夫. 技术的最新成就与苏联科学幻想读物. 余士雄，余俊雄，龚洪华，译. 陈善基，余士雄，校. 北京：科学技术出版社，1959：1-45.

［4］Yokota, Junya.Brief history of modern Japan science fiction.Nippon 2007 Souvenir Book.P67.

［5］高启明，潘力本，王连安，山杨，苏正绪，译，校. 世界著名科学幻想小说选介［M］. 长春：吉林人民出版社，1982：444.

［6］Yokota, Junya.Brief history of modern Japan science fiction.Nippon 2007 Souvenir Book.P67.

［7］Tatsumi, Takayuki.The history of Japanese science fiction "prodom". Nippon 2007 Souvenir Book.P35.

［8］Tatsumi, Takayuki.The history of Japanese science fiction "prodom". Nippon 2007 Souvenir Book.P35.

［9］小池山野. 日本科幻小说：它的独创性和趋向［M］//王逢振. 外国科幻论文精选. 田晓南，译. 重庆：重庆出版社，2008：59.

［10］小松左京. 日本沉没［M］. 高晓钢，张平，陈晓琴，译. 成都：四川科学技术出版社，2005：517.

［11］小松左京. 日本沉没［M］. 高晓钢，张平，陈晓琴，译. 成都：四川科学技术出版社，2005：332.

［12］小松左京. 日本沉没［M］. 高晓钢，张平，陈晓琴，译. 成都：四川科学技术出版社，2005：101.

［13］小松左京.日本沉没［M］.高晓钢，张平，陈晓琴，译.成都：四川科学技术出版社，2005：102.

［14］小松左京.日本沉没［M］.高晓钢，张平，陈晓琴，译.成都：四川科学技术出版社，2005：518.

［15］小松左京.日本沉没［M］.高晓钢，张平，陈晓琴，译.成都：四川科学技术出版社，2005：388.

［16］小松左京.日本沉没［M］.高晓钢，张平，陈晓琴，译.成都：四川科学技术出版社，2005：427.

［17］小松左京.日本沉没［M］.高晓钢，张平，陈晓琴，译.成都：四川科学技术出版社，2005：116-117.

［18］小松左京.日本沉没［M］.高晓钢，张平，陈晓琴，译.成都：四川科学技术出版社，2005：538-539.

［19］小松左京.日本沉没［M］.高晓钢，张平，陈晓琴，译.成都：四川科学技术出版社，2005：539-540.

［20］小松左京.日本沉没［M］.高晓钢，张平，陈晓琴，译.成都：四川科学技术出版社，2005：547-548.

［21］梁启超.新中国未来记［M］//阿英.晚清文学丛钞：小说一卷（上册）.北京：中华书局，1960.

［22］碧荷馆主人.新纪元［M］.桂林：广西师范大学出版社，2008.

［23］碧荷馆主人.新纪元［M］.桂林：广西师范大学出版社，2008.

［24］梁启超.新中国未来记［M］//阿英.晚清文学丛钞：小说一卷（上册）.北京：中华书局，1960.

［25］梁启超.新中国未来记［M］//阿英.晚清文学丛钞：小说一卷（上册）.北京：中华书局，1960.

［26］杨联芬.中国现代小说导论［M］.成都：四川大学出版社，2004.

［27］夏晓虹.觉世与传世——梁启超的文学道路［M］.北京：中华书局，2006.

［28］吴岩，方晓庆.中国早期科幻小说中的科学观［M］//吴岩.贾宝玉坐潜水艇：

中国早期科幻研究精选.福州：福建少年儿童出版社，2006：189-190.

[29] 饮冰.论小说与群治之关系.新小说（第一号）[M]//陈平原，夏晓虹.二十世纪中国小说理论资料（第一卷）1897—1916.北京：北京大学出版社，1997：50-54.

[30] 孟伟哉.访问失踪者[M].石家庄：花山文艺出版社，1983.

[31] 以上内容参见杨联芬.中国现代小说导论[M].成都：四川大学出版社，2004；杨联芬.晚清至五四：中国文学现代性的发生[M].北京：北京大学出版社，2003；陈平原.从科普读物到科学小说——以"飞车"为中心的考察[M]//吴岩.贾宝玉坐潜水艇：中国早期科幻研究精选.福州：福建少年儿童出版社，2006.

[32] 余俊雄.中国科幻口述史之余俊雄谈往事.吴岩记录.新浪博客——幻想的边疆[M/OL].2010-06-14.

[33] 亚·卡赞采夫.科学幻想读物[M]//布·略普洛夫.技术的最新成就与苏联科学幻想读物.余士雄，余俊雄，龚洪华，译.陈善基，余士雄，校.北京：科学技术出版社，1959：106- 111.

[34] 亚·卡赞采夫.科学幻想读物[M]//布·略普洛夫.技术的最新成就与苏联科学幻想读物.余士雄，余俊雄，龚洪华，译.陈善基，余士雄，校.北京：科学技术出版社，1959：106-111.

[35] 有关这些研究，也可以从当前出版的若干著作中找到线索。相关著作的信息可参照刘杉.试析当今西方的"大话中国书籍"[N].中国社会科学学报，2010（7）.

第六章

科幻小说的文学品性

作为一种边缘存在，科幻作家更加看重现实。但由于种种不同的原因，这些人面对现实的态度与主流人群不同。他们通过幻想谋划，试图对"此在"进行超越。如果将科幻小说当成一种现代性指涉的文学，那么它所寻求的，不是对现代思想和行为方式的归顺，而是对这种思想和行为方式的拓展。无论如何，科幻作家用自己的作品抗衡了现代话语的内容与方式，藐视了现代性的权力中心，表达了更加自由的生存渴望。

1. 思想和认知

A. 边缘性

来自女性、大男孩、边缘人、落伍者的科幻文学，必然保存着这些受压迫者或边缘生存者的种种心理特征。其中，与社会主流和当代科技的有趣关系和巨大张力，可能是这种边缘思想最主要的特点。当女性争取一种科技时代的双重解放、大男孩保卫自己幻想的权利、边缘人为自己的生活方式和生活态度辩护、落伍者试图描写族群的赶超时，科幻文学已经使自己远远地离开了主流文学中爱情与死亡的核心领地。

一部科幻文学的历史，就是不断探索边缘思想、开拓边缘知识的历史。在《弗兰肯斯坦》的时代，科学技术仅仅是一些文化先锋热衷的时尚话题，并没有全面进入大众生活。而此时有作品关注生命和人体复制，并将焦点直接引向科技本身，确实是一种突破。此后，科技作为日常元素逐渐流行，人们认识到生活正因此大范围改善，此时此刻，作家凡尔纳反而不将自己的眼光聚焦于解释科学原理，而是改为讴歌科技所能创造的遥远但美好的未来，变成"走在时代前面的人"。及至 19/20 世纪交替时期，威尔斯全面摒弃了当时对未来和科技进行种种预测的世纪末的潮流，转而以精细的哲学目光分析技术时代人类自身的弱点，再次远离了主流思想的脉络。美国科幻文学的兴起，则更是基于 20 世纪 30 年代的经济萧条，如杰克·威廉姆森所说，科幻文学让他在苦难的现实世界里看到了未来的绚丽之光。经历过两次世界大战的西方资本主义各国进入战后黄金时代之后，以新浪潮作家为代表的科幻风潮再度跟主流思想拉大距离，对科技发展和核军备竞赛的可能后果深表忧虑，闪现了人性的光芒。

科幻文学不但在西方是一种边缘思想的集合体，在东西方世界交接的地方，科幻文学也与主流社会思潮有巨大的差距。横跨欧亚的苏联命运多舛，社会主义革命和无产阶级专政对整个民族的生活产生了巨大的影响。在强大政治压力和肃反扩大化的状态下，白银时代作家勇敢地创作出讽刺社会主流生活的作品，表达出少数人坚持真理的勇气。而在苏联强盛、称霸世界之后，以斯特鲁卡斯基兄弟为代表的作家仍然坚持继续讽刺现实，保持了科幻文学的自主性，但也更加确认了边缘地位。

进入东方世界，科幻文学的边缘特征更加明显。日本科幻小说的几次大发展，都跟这个国家的国力成长有着千丝万缕的联系。在日本跟世界其他强权相比还相对弱小的时候，科幻小说中强国强军的呼声强烈，而到日本成为真正的世界经济强国，以《日本沉没》为代表的作品反而给日本唱起了哀歌。看来，科幻文学总是站在现实的反面。

在中国，科幻文学一直是边缘思想的聚集之地。在晚清科幻引入中国的时代，科学技术在国人心中还远隔千山万水，但科幻小说中的科技已经成为强化中国国力的具体方案中最主要的元素。而中国社会政治改革的种种方案，也在科幻作品中频繁出现。20 世纪 40 年代，科幻小说作家中不但出现了能调整东西方科技文化差异的顾均正，还出现了能采用西方科幻方式表达东方情感、反思民族精神的老舍，但无论两位作家是将故事引向未来还是导向太空，全部与中国当时的主流文学聚焦点背道而驰。新中国改革开放前的各个时期，由于社会压力巨大，科幻文学跟其他文学一样必须依从主流的规训，但就在这样的情况下，即便科幻小说已经退缩到儿童文学和科普读物的领地，但它还是会时时表现出与主流文化的不合拍，它不是被定位过分宣扬了科技享乐主义，就是被认为没有普及好科学知识，要么被说成是引入了资产阶级生活方式，还可能被诟病为导致了国际关系的紧张。即便是在改革开放之后，科幻文学也仍旧因为其边缘性被主流当权者反复规劝。冯臻在《现代性与中国科幻文学》第三编《受规训的想象——新时期科幻小说的现代性之路》中，对这一时期科幻文学的边缘化过程及其跟主流之间的对抗进行了深入分析[1]，而叶永烈和陈洁则对这一时期的科幻文学边缘化状况的发展过程给出了翔实的细节[2]。

从科幻历史发展进程看，科幻文学中面对科技的态度和如何处理科技与生活的关系，总是与同一时代社会主流中相应部分之间有着极大的反差。在大部分人处于没有接受科学教育的前现代时期，科幻文学大力引入科学，使更多的人理解科技所能引发的世界改变，使人类脱离过往的那种熟悉的前现代世界，这本身就是一种强烈的离经叛道。而当被科技改变的生活已经展现，并被大范围的主流人群认可的时候，科幻小说则逃离对科技核心的描述，转而寻找另一个时间和空间，寻找人类认知的边缘，寻找一些在当代科学立场上看起来虚无缥缈的、架空的知识领地。这样，科幻文学再度离开了主流人群的主要知识框架和审美习惯。在态度方面，当人类社会尚处于对科学技术发展不认可的时代，科幻文学大量讨论科技引入的种种可能；等人类社会主流认可科技发展，科幻文学却转而对科技发展持审慎和批评态度。当人类社会的主流对某种带有科技进步／退步的新社会不认可的时候，科幻小说强烈地展现此类社会的可能性；而当人类社会主流发展到可以承认这种进步或退步威胁存在的时候，科幻小说却又再度反其道而行之。

B. 实验性

科幻小说这种与当代主流之间永远保持距离的现象，使它不但饱受政治压力，也饱受大众的压力。这种现象的产生，与具有边缘性的科幻作家选择的表达方式有关。这一点将在后面的行动专题进行讨论。这里要继续呈现的是，恰恰因为这种边缘的思想，使科幻文学本身具有了强大的创新能力和探索能力。在这个意义上讲，跟主流文学中翻来覆去地描述缠绵的爱情和对死亡的恐惧相比，科幻文学能在更广阔的空间中做出种种有价值和创造力的思想实验。从女性主义大胆建构属于自己的乌托邦的行动，到大男孩对宇宙和时间的全面出击；从社会底层以科技进步强化自身，寻找通过发明改变自身生存状态的种种努力，到对资本主义时代是否能永久存在的讨论；从科技和社会底层钻入网络空间释放性冲动，到深入政治生活的底层试图逃出数学完美国……科幻作家的超越，带给人类的是种种全新的世界，全新的时空。科幻小说就是人类科学、文化的实验室，是创新思考的实验室。斯科提亚指出："科幻小说家是真正意义上的思想实验的专业制造者，不管他是在考察一项新的科技发展所引起的局部后果，还是在考虑一种社会潮流的更为宽泛的影响。"[3]本·波瓦也认为，科幻是思考者的文学。科幻中具有一种力量，那就是提供机会使人去思考，一种通过幻想世界反映出我们世界的多种侧面的能力。[4]当然，这种能力的生成机制，撰写起来稍微有点复杂。例如，苏恩文曾经借助翁贝托·艾柯的科幻小说指出，科幻其实是一种隐喻，它源自产生于不同论域或不同语义场的不同概念单位（语言上的）相互作用。隐喻通过突兀的对抗而非平实直白的陈述或分析性陈述呈现出一种复杂的认知：它是一种语言偏离，其结果是引发了人们对能够建立起其自身新标准的可能关系的感知。[5]比尔兹利也指出，隐喻"通过产生新的内涵而创造出了新的语境含义"，与其他方面同样重要的是，小说中的新与隐喻中的新都始终指涉的是一部共同的人类历史，并都始终与这部共同的人类历史有着密切的关系。这样，科幻文学就通过故事形成了一种跟当前的历史相类似的另一种东西，构成了一种没有真实发生的思想实验。[6]

中国作家对科幻文学的思想实验性质早有感知。例如，田松就在《充满批判精神的"思想实验"》（2008）中认为，"科幻小说"就是一个"思想实验"：设想一种场景，设想一种可能性，然后想象一下在这种可能性中会发生什么事情。不少小说也是一种思想实验（比如戈尔丁的《蝇王》）：将人放在局限的环境中，放大和凸现人性的某个方面。但是科幻小说有其特殊之处：以往我们是在一个舞台上考虑人物之间会发生什么样的悲欢离合，舞台基本是稳定的，现在舞台却是不断变化的。在以往的年代里，一个人有限的一生中，他所生活的环境相对来说是稳定的，但是我们现在处在一个飞速变化的时代，科技给了我们一种可能性，使得这种变化在我们身边每时每刻都会发生，而科幻小说恰好是表达场景变化的一种非常好的方式。[7] 随后，田松在《一位"科幻批判现实主义"的大师》（2008）中进一步指出：科幻小说是一个与科学相关的、关于人类社会生活的思想实验。在某一项特殊的技术发明并应用之后，人类社会会发生什么样的变化？在一个特殊的物理空间下，比如在一个引力只有地球一半的星球上，会有什么样的人类和人类社会存在？这种思想实验类的文体，在以往的文学家中也可以看到。比如马克·吐温的《百万英镑》就是一个思想实验：在当下的社会环境下，如果一个小人物忽然获得了一百万英镑，会发生什么事情？存在主义作家也常常利用文学来表达他的哲学思考，比如萨特的《囚室》。在田松看来，不单单科幻小说是一种思想实验，就连推理小说有时也具有类似的性质。而由于科学在当下人类生活中的特殊地位，使得科幻小说的思想实验具有了特殊的意义。科学（或者技术）的变化，往往会导致社会生活中的某些重要元素，乃至整个社会结构的变化。于是，科幻小说的思想实验，就成了对人类文明的一种特殊的思考。[8]

将科幻文学当成一种实验小说或思考文学的典型代表，是女作家勒古恩的小说《黑暗的左手》。该作品想象的那种纯粹由单一性别构成的世界，更新了人类性别观念，使人们在思考两性问题时增加了维度和视角。奥尔迪斯的短篇小说《月光掠影》，将月光击中眼球所产生的瞬间失明转化为一场地球上生物世界的奇妙游行。主人公站在公路的边缘，目睹生物从海洋爬上陆地，再从原生动物发展到高等灵长类的哺乳动物，最后由人进化到机器。故事亦真亦幻，将世界从人到非人的未来演变进行了具有历史价值的连贯实验。小说对认识进化论、反思社会变革具有积极作用。华裔科幻作家特德·姜的小说《巴比伦塔》，则对宗教故事进行了现实主义的试验。小说把圣经中有关巴比伦塔故事中所提到的行动完整地转换成现实，当一系列细节被一种科学化的现实主义精神清晰呈现，圣经所具有的那种伟大与庄严便完整地体现出来。故事中的巴比伦塔，被环绕着的巨大的螺旋形平台所连接，而这些平台上也盖上房子，为使上下行的修塔人可以休息。当一个推着原始的小车上行运送砖头材料的人走完整个高塔，半年的时间已经过去。小说使人认识到宗教与现实之间的巨大差异，而恰恰是那种差异，导致了宗教本身存在的合理性。科学虽然无比伟大，但却无法达成宗教故事中的那种对人生观的触动。小松左京的《日本沉没》则提供了一种在全球尺度下文化变更、文明遇到威胁的实验。在故事中，日本列岛将全部沉入海底。那么，谁来拯救日本？日本精神是否将就此衰亡？一系列的警醒激起了日本读者重新发现自身、振兴文化的激情。《猫城记》也是带有实验性质的科幻小说，虽然这一作品没有面对一种全球化的整体建构，但仅仅对中国文化的反思，对中国人的精神革新所提供的参考价值已经相当丰富。[9] 将科幻当成一种思想实验，最重要的应该算乌托邦小说和恶托邦小说。在这类作品中，人类所期待的未来和厌恶的未来被作家的细致之笔描画得淋漓尽致，这些乌托邦和恶托邦自然对启发人类在真实世界的行动产生积极影响。

　　科幻小说中多数作品展现了现代性过程的替代方案。这些方案值得认真玩味。与正在进行的这个唯一的现代化进程不同，在科幻作品中，替代的进程无论从时间还是空间方面都展现出与现实的差异。时间被放大、缩小、向前、向后、扭动、扭接，所有这些变化，使科幻小说脱离了当前的现实过程，变成了现代过程的某种镜像、未来像、奇观像。而这些镜像、未来像、奇观像又反过来吸引人回到现实，产生改变现实的动力。以奇观像为例，贾立元就在他的学位论文中提出，中国作家韩松所提供的科幻小说图景，是奇体中国的典型代表。在《2066之西行漫记》和《红色海洋》等作品中，中国变成了某种鬼魅的现场，这也在一定程度上反映了现代化进程中的中国的复杂性。由于科幻性思想实验不但可以对科技发展进行相关操作，还能对社会发展进行相关操作，这导致了科幻作品在思想上比科普作品带来更强的冲击力。[10] 它可能带给社会的不仅仅是建构，在建构的同时还有解构。在孟伟哉的小说《访问失踪者》和金涛的小说《月光岛》中，极"左"思潮再次侵袭，人类不得不逃到外星球暂时躲避；而在刘慈欣的小说《三体》及其续集中，"文革"的灾难几乎造成了地球的毁灭。

科幻小说不单单是体制的变革基地，也是人类学的试验场，它试验了人类个体对他者、外来文化的接受程度。众多科幻小说描述了外星人、机器人的故事，展现了人与技术、人与他人的永恒紧张关系。但科幻作品并不简单地呈现这种关系，更不是刻意地隐瞒这种关系，不是在热烈与冷漠、外向与内向之间滑动，而是试图通过一连串的情节变化，找到解决个人与他者可能的融合方式和融合点。这一点，又让它跟主流小说形成巨大的差异。

科幻与人类学现实中通常出现的状况不同。在人类学研究中，多数情况下是一种已经发展起来的文明进入到自然状态中的文明，并用某种自身的设想、设备、设计和理论，去发现、解释和分析他类文明的表现。如果将文明程度作为一种参照系，那么多数情况是发达文明进入不发达文明。但是，在科幻小说中，由于宇宙中的人类学现实过分复杂，文明的种类过分繁多，因此，即便以自身作为参照系，也会发现常常由不发达文明去研究发达文明。这样，科幻小说提供了与人类学有所不同的、超越当前人类学现实的人类学境况。在这样的人类学探索中，以往的人类学过程和方法都将彻底颠覆。

科幻中的思想实验可以是真诚的咏叹诗，也可以是危言耸听的末世剧，但无论哪一种对未来的探测，都以细节真实、因素多样、过程交错为标志，这与简单的工程外推法或商业预测不同。科幻小说中以思想实验为基础产生的未来学方法，被称为"剧本法"或"细节描写"（scenario writing），也有人直接翻译成"赛内瑞欧"。科幻文学对某种科技或社会发展方向的生成与描述方式形成了未来学的另一种常见方法，就是"趋势外推"（trend extrapolation）。在当代，未来学的实践还特别强调人类的参与性和建构性，强调用道德和伦理对可能性进行判断，这些恰恰也是科幻文学的内容运作方式。

　　思想实验可以做正向理解，也可以做反向分析。在正向的一方，思想实验提供了许多大胆的想法，使人们重新认识自己生存的环境。但另一方面，思想实验将实验的范围集中在文学，带领读者在想象中解决问题，这使科幻文学的虚拟特征明显地表现出来。以超越数亿光年或前后延宕千年的历史时光来面对当前的困境，这样的选择算不算逃避？况且，科幻小说为了故事的完整性，常常会提出解决方案，而获得了任何一种解决方案的读者，都会感到一种心安理得。于是，科幻小说场域中最大的调和就是边缘人虽然对现实不满，但却能用自己的想象力弥补现实的缺憾。其中多数作品中所描绘的对现实的武力颠覆，往往来自遥远的外太空、无法制造的巨型电脑或者极端小概率的事件，这些一看便知不可能发生的事件，不但不会促成人类的主观行动，反而使读者仍然感到生活的恬静安宁，科幻文学的社会治疗和个体治疗作用就是这样产生的。

　　科幻边缘人撰写的含有边缘思想的作品具有非常重要的创造价值，这一点已经被许多人所深刻认识。贾立元在他的硕士论文中承认，西方文化左派常常会对科幻文学产生浓厚的兴趣，因为在这些作品中，科幻文学破坏当前的资本主义现状，表达某种新世界建构的渴求。[11]而对于社会主义社会中科幻文学所起到的积极的作用，也正在逐渐被研究和认可。有关这些内容，将在科幻的社会功能一节作详细探讨。

C. 界外知识

　　假使通读更多的科幻作品，人们会发现多数科幻作品选取的知识领地不是当今科学教科书或科学期刊中的确凿知识。鉴于科幻文学的作者通常存在于社会的底层，因此，他们更多带有属于自己阶层的边缘知识，也对其他非主流知识具有更大的接受度。以电击方式引向死亡的生命，在雪莱夫人的年代自然不是什么共识，充其量来自某种推测。凡尔纳的炮弹航天、小行星宇航和地心空洞说，也只是一些外延的想象或没有证据的假设。至于威尔斯的隐身药物、火星人的死光，就更属子虚乌有。

《星舰迷航》中的超限身体转移，虽然有详尽的技术指南，但确实跟今日的技术可能性之间有着天壤之别。如果还要说到类似阿西莫夫机器人三定律这样的所谓定律，就更是跟科学无关，纯粹属于人类为保存自身而制订的规范。在当代科幻小说中，为了使故事能恰当地令人们相信，作者力求把科学技术细节写得活灵活现。但熟悉科学的读者都会懂得，跟真正的科学论证相比，科幻小说中的许多环节发生了跳跃。恰恰是这些跳跃，超越了逻辑范畴，更跨过了实事求是的科学精神底线，让想象脱离了可靠知识领地。

将知识推理跨出可靠的范畴，可能跟边缘人群所掌握的知识状况有关，但更多情况是，他们的本性决定了作家就不想跳入可靠知识的怀抱。因为那其中太多的限制，使他们无法完成自己心中的梦想。以齐奥尔科夫斯基为例。他所写到的科技内容本身就已经偏离了那时的共识范畴，而他又确定不想在那时的共识之内讨论问题，这才导致他的小说诞生。潘家铮的所有作品几乎都不在自己熟悉的"坝工"领域，而是从社会、伦理、心理、历史，甚至文学范畴思考问题。但他的这些思考又无法被社会学、伦理学、历史学或文学共同体所接受。

打破可靠知识的束缚，从中心彻底颠覆可靠知识的小说不在少数。阿西莫夫撰写《基地》的时候，量子力学已经登上历史舞台。社会学者对人际关系的多种交互作用导致影响力的非线性增加已经比较熟悉，人们已经知道凭借简单的牛顿物理学无法获知群体心理的奥秘，更无从预测未来。但是，科幻作家却不跟随科学共同体的共识前进，硬要另起炉灶，坚持牛顿式思维。作品中的谢顿，采用社会统计方法，竟然计算出了未来几千年的社会发展轨迹，看起来洋洋大观，充分表现了大男孩的那种无所畏惧的超越的勇气，也使作品获得了意想不到的效果，产生了独特的魅力。刘慈欣的小说《球状闪电》，超越量子效应的微观限制，让这种微观结构在宏观中复现，虽然他明知在宏观世界中量子过程可忽略不计，但却让小说产生了奇异的效果。至于王晋康多次提到的"低烈度纵火"理论，起源于中医阴阳五行的平衡和生尅思想，但中医理论本身又是在西方科学体系之外的"非常规"理论。

从内容上打破可靠知识束缚并非难事，只要你跳出科学规定的边界，就能顺理成章地做出自己的创新。但从科学方法上打破可靠性束缚，则需要作家具有相当丰富的思想资源和科学储备。莱姆的一系列小说就是这类作品的典范。在《索拉利斯星》一书中，主人公发现了遥远太空中的"索拉利斯星"完全被"原生质"海洋所包围。由于该行星所处的双星系统具有不稳定的轨道，红蓝两颗太阳不断交替照耀，使这种原生质生物的存在大受威胁。于是，索拉利斯星上的生物跳过了"从单细胞到多细胞、从植物到动物、从简单神经活动到高级大脑"的发展过程，一步登天地具有了"灵智"。这种结构简单却思维能力强盛的生物，其存在本身就是超越可靠知识的产物。随着小说的发展，读者逐渐获知，人类已经对索拉利斯的海洋进行了多年的观察，建立了巨大的基地，关于海洋形成和功能作用的文献车载斗量。但是，所有这些正统的"科研结果"，对理解索拉利斯的生物毫无用处。因为这种能够"自发稳定双星系统轨道""完美地复制世界上所有的事物"，还能"将死去的人用比夸克更小的结构原封不动地复制成活"的生物，其行为毫无理性可言。科学家们一组一组地为这种非理性行为所吸引，想要以此为突破创造科学发现的奇迹，但遗憾的是，他们一组一组地在基地中失去理性变成疯子。对海洋的研究根本没有结果。向海洋发射友好的信息也好，进行毁灭性的原子核打击也好，用 X 射线扫描海洋也好，用 X 射线轰击海洋也好，都得不到任何反应，海洋仅仅将这些都照单全收，仅此而已。它们对人类的行为视而不见，仅仅热衷于自己的创造。而那些创造在地球人看来，也不过是一些毫无目的、纯粹是游手好闲的活动。小说自始至终没有解释索拉利斯星上的生命到底想干些什么。它们行为怪异却无法解释。例如，索拉利斯的生物给每个地球科学家复制了一种"来自它们思想中的"伴侣，有曾经逝去的爱人，有曾经在工作上的伙伴，也有想象中的情人。这些复制人非常真实地出现在科学家的生活之中，但他们到底想干什么，却无人知晓。根据小说的主人公凯文死去的情人复制的"瑞亚"，虽然是海洋的杰作，但她居然从来没有打探过人类基地的任何情报，没有进行过一次破坏，也没有相反地辅助凯文的科学活动。

"非理性"的海洋和人类对这种海洋的"理性"探索，构成了莱姆科幻小说的极端反讽性。多年的科研经验使莱姆在描写人类科学活动时驾轻就熟。他在撰写科学家对索拉利斯星球生命产生和目的所做的多种理论推测时，恰似在描写一场场活色生香的国际学术讨论会。而且，"严肃的"科学争论面对"非严肃的"索拉利斯这件事情本身，也让人忍俊不禁。一般来讲，科学作为一种理性行为，其理性的思考方式使它所获得的成果与自然界的大部分现象产生了暗合，而这种暗合使我们掌握了世界的多种秘密。人类数百年的科技进步，应该说也是这种理性的胜利。但是，理性的自然只是我们这个宇宙的半壁江山。在这个多彩宇宙的另一些地方，非理性的现象层出不穷。理性的科学和非理性的世界之间的相互无法共存，导致了诸如弗洛伊德这样人的尴尬处境。一方面，他们期望向非理性的黑洞投入自己的目光；但另一方面，他们为了适应非理性存在所拓展的探索方式和认知方式，又必然被传统"科学界"嗤之以鼻。莱姆逃过了弗洛伊德的命运。因为他并不希望到科学界去混个什么地位，他只想将自己看到的世界真相表达出来。

斯坦尼斯拉夫·莱姆出身于科学世家，但却让自己的作品打破认知的边界，他对许多事物的怀疑态度，从核心处嘲弄了我们的生活。他能把科技论文、民间故事、寓言、神话传说等都烹调在一起，并用幽默而力透纸背的荒诞语言和荒诞情节，返照我们的世界。在他的另一部题为《机器人大师历险记》的小说中，科学家的探索困境和生存困境更是得到了肆意幽默的张扬。小说写到科学教条主义者的生活时称，这些人连写一首情歌也被要求应该既有抒情的田园风格，又要有张量代数、情感控制论、拓扑学外加微积分的理想。在小说的另一处，当电脑制造者命令他的机器制造一个"自然"的时候，机器制造出来的竟然是挤满了物理学家的闹哄哄的现场。此时，在现场的近处，"自然殉难者"在柴堆上烘烤着的身体冒着烟，而在远处，原子弹的蘑菇云正在升腾。用科幻去消解可靠知识及其连带方法的权威性，这点倒与德里达的反逻各斯中心思想暗合。

科幻小说是一种关涉认知和知识的小说，这一点，从读者极端希望确认科幻小说的知识合法性方面就能看出。在文学领域，任何其他文类的读者，都从来没有出现过这种对类型本身的困惑。但无论哪个国家，也无论哪个年龄的读者，只要说到科幻文学，首要的问题，永远是"到底什么才算科幻小说？"笔者认为，这一问题的产生跟作品中所包含的边缘知识具有强烈的关系。如果科幻小说是一种知识的普及，例如，是关于怎样防治艾滋病的知识介绍，读者就不可能具有这样的困惑。而如果科幻讲述魔法如何施用，也不会有人质疑它的特征。只有当科幻小说具有上述被展现出的这种知识的边缘性或对知识中心的颠覆性，读者才会深深地探问：你们到底想告知我什么？这些内容我们是应该相信还是不相信？

信与不信，是科幻文学与宗教之间最直接与最广泛的联系。过去多年来，许多中国作家认为，科学与宗教的联系，是在科学家探索了世界的种种奥秘之后，发现科学无法解决所有问题，才开始寻求宗教的解释。或许还有另一种理解。如果说科学是认知达到信仰，那么宗教则是信仰超越认知。笔者认为，在这方面，科幻文学与科学之间保持着张力，却与宗教的某些方面具有同构性，换言之，它是以信任为起点的，如果你对科幻小说中的知识抱有信任的态度，你将进入一种自由的旅行，但当你对这类作品抱有不信任的态度时，你将进入探索的旅行。无论哪一种旅行，科幻文学给你准备了令你惊奇的、与现实不同的某种值得享受的想象空间。

作为一种科学文艺的形式，科幻必须处理好与科学的关系。科学不是科幻的核心，恰恰相反，科幻是关于科学外周的思索，它与现有科学之间具有紧张关系，它常常会破坏现有科学的边界，加大与现有知识体系的裂痕，解构科学的霸权。而所有这些，都是科幻小说审美性的有效来源。而边缘的建构、检查和开拓性，则为科幻小说创造了丰富的功能空间。

在笔者看来，远离核心的边缘知识可以是异端邪说，也可以是真知灼见。笔者不排除科幻小说中存在着异端邪说，或者说，从主流知识和社会规范来看，多数科幻小说中的知识都是异端邪说，但反过来，多数科幻小说中的异端邪说，可能恰恰是真知灼见。以英国作家阿瑟·克拉克的小说《优势》为例。这是一篇非常重要，至今仍然没有被翻译成汉语的科幻小说。故事讲述的是两种宇宙生命之间的生死决战。在小说的开始，高低技术两个部队力量悬殊。高技术一方成功地战胜敌人之后开始研发更高端的武器，该武器可以湮灭对方的整个星球。为此，军事主管部门决定等待研发的结果，并将战争的自信更多投放到新武器的出现上。但是，新武器的试验并未获得预期结果，不但没有打击敌人，反而使自己的一艘飞船消失。高技术一方的信心受到重大打击。为了夺取胜利，高技术一方的武器研制人员宣布，湮灭范围将增加十倍，但还需更多时间等待研发获得结果。此时，低技术一方采用低技术武器多次打击高技术一方，并获得了几次战役的胜利。而高技术一方由于武器换代尚未完成，新旧武器都无法使用。获得成功的低技术部队此时增加了获胜的信心，继续以自己的攻势打击高技术一方。此时，高技术一方的武器系统得到了惊人突破，他们的指数场可以将空间的一部分发送到遥远的宇宙边缘。这一新武器的出现为高技术一方挽回了一定程度的败局。然而，新武器仍然不可靠。发送的准确度常常发生问题。于是，被投放的部队在从宇宙边缘返回时，常常落入敌方的营地被全歼。更有部队根本无法返回，因为在返回过程中被转移到了宇宙的另一端。战争进入一种混乱阶段，低技术一方凭借密集的兵力打击高技术一方，而高技术一方部队的指数场由于空间畸变所导致的误差，使整个战争崩溃。上述小说的整个故事基本上没有科技内涵，虽然其中谈到了"湮灭"或"指数场"，但整个故事所包含的对技术的依赖以及这种依赖的破产却振振有词。克拉克不是战略专家，更不是武器系统的专家，他只是一个喜欢科学的大男孩，他只是从一种哲学的角度或可能性的角度提供了战争胜败的一种构想。但这个构想确实颇有见地。[12]事实上，很多年前，他就凭借自己的这种外周边缘思想火花提出了地球同步轨道上运行通信卫星的设想，而这一设想早就变成了现实。

处于当代科学共同体之外或科学共同体底层的科幻作家，特别喜欢撰写这种饱含大男孩思维特征的科技短文，宣传自己的"异端邪说"。科幻作家拉里·尼文在他1971年的《时间旅行的理论和实践》中提出了一个关于时间旅行的"尼文定理"，这个定理认为："如果所论叙的宇宙容许时间旅行，并容许改变过去的可能性存在，那么在那个宇宙中将不会发明出时间机器"。[13]这个看起来滑稽，琢磨起来确实有道理的想法，其实是为避免时间旅行过程中出现"祖父悖论"所设置的。很显然，在当代社会和当今科技的条件下，对这一定理的检验根本不可能实现，而且，多数人可能将这个问题当成一种笑话阅读。但是，如果考察这类知识可能存在的空间，你会立刻发现，它其实是被投射到人类未来知识的拓展领地，那片区域在今天看来仍然在迷蒙的雾气之中。

恰恰是由于科幻小说常常对现实的边界进行探索，使它的内容跨越到思想的边界，使它所包含的学理和知识进入到未来领地，才使科幻小说名副其实地真正成为一种边缘文化的产物，它无法受到当今现实的检验，更无法受到当今科学体系的检验。

未来的无限知识领域

当前有限的
知识空间

科幻小说中的知识范畴

2.态度和情感

　　非主流的生活经验、非主流的人生体验、非主流的成功感受，导致了科幻小说中层出不穷的非主流的思想，而伴随这一思想的则是作家非主流的态度或情感。研究科幻小说中的态度情感倾向，应该从作品对科学、对社会、对未来等几个方面的态度分类进行，种种边缘人对上述各类问题的倾向明显不同。

A.面对科学

　　女性科幻作家对科学的态度并没有激进的女性主义者那么极端化，恰恰相反，从雪莱夫人开始，女性对科学的感受是复杂的，她们的态度也是踟蹰和观望的。《弗兰肯斯坦》虽然讲述的是一个恐怖的杀人故事，但小说中对科学本身却没有发表任何议论。故事中阴雨绵绵。然而，永恒多变的雨却并没给读者更多悲观的情绪体验。小说自始至终充满了对未来的期望，即便是怪人走向迷雾的北极，好像仍然留下了种种协调的可能性。勒古恩对科学的态度更加明确，她看重科学，更看中科学原理在小说中所起的作用。勒古恩不太写当代现实的事情，她的故事多数发生在一个假想的世界，但在这个世界中，她不让自己的小说情节跟科学发生矛盾。在她看来，即便是创建一个社会，也必须在这个社会的各个方面跟科学已知部分进行协调。哈拉维干脆对科学技术造成的改变都持"既来之，则安之"的态度。多丽丝·莱辛即便在撰写人类万年之后的毁灭，也不忘记回顾科学，记忆起科学曾经带给人类的种种便利。如果存在着科幻女性主义，那么这种女性主义也必定是一种温和的、对男性化社会只有观察、呼吁而没有伤害的思想体系。

大男孩对科学的态度比女性作家要统一得多，也积极得多。多数大男孩都是科技革命的极度支持者，他们相信科学，热爱科学，为科学的进步激动不已。看看刘慈欣对科幻小说中的科学如何评价，就能很清晰地信服这一点。

世界各个民族都用自己最大胆最绚丽的幻想来构筑自己的创世神话，但没有一个民族的创世神话如现代宇宙学的大爆炸理论那样壮丽，那样震撼人心；生命进化漫长的故事，其曲折和浪漫，也是上帝和女娲造人的故事所无法相比的。还有广义相对论诗一样的时空观，量子物理中精灵一样的微观世界，这些科学所创造的世界不但超出了我们的现有的想像，而且超出了我们可能的想像。如果没有科学，我们把自己的脑髓蒸干也无力创造出这样的幻想世界来。所以，科学是科幻小说力量的源泉。

科学是一座美的矿藏，但科学之美同传统的文学之美有着完全不同的表现形式，科学的美感被禁锢在冷酷的方程式中，普通人需经过巨大的努力，才能窥她的一线光芒。但科学之美一旦展现在人们面前，其对灵魂的震撼和净化的力量是巨大的，某些方面是传统文学之美难以达到的。而科幻小说，正是通向科学之美的一座桥梁，它把这种美从方程式中释放出来，展现在大众面前。

......

比起科学之美来，技术之美更容易为大众所感受。……技术之美的另一个最奇特、最不可思议的特征是它的性别取向，它似乎只影响男性，关于这点说下去就偏了深了，我也不甚了了。

科学之美和技术之美，构成了科幻小说的美学基础。离开了这个基础，科幻小说很难展现出自己独特的美。[14]

如果说女性的科学态度和科学情感是平静、淡定的，那么大男孩的科学情感则充满了火一样的热情。他们对科学之美的赞颂，导致他们对科学力量的信赖，也透露了他们将科学推向极致的野心。在这方面，不分年龄和专业。王晋康在一篇论述科幻的文章中也指出：他对科学具有无限的信赖。在非典肆虐的时代，王晋康为自己作品中的科幻观点挺身辩护，跟美国生物化学博士和清华大学教授展开了激烈的争论。星河也在多篇文章中强烈地表达了对科学的信赖。但是，信赖科学不等于认同科学当代发展走对了方向。因为科学结论五花八门，且跟人类的目的和生活方式完全没有绝对的对应关系，因此，科学可能导致未来的灾难。对这一点大男孩也有相当清晰的认识。就在上述作家的许多作品中，科学过度发展，不受伦理的限制或道德的评估，最终将人类引向灾难。

严格地讲，大男孩对科学的情感，不算怎么边缘。在这个世界上，多数人对科学都有着某种信赖。但是，大男孩强化了这些信赖。在刘慈欣跟江晓原的一次对话中，刘慈欣以"一个疯狂的技术主义者"自居，坚信"技术能解决一切问题"。最终，他的推论将自己引入绝境，认为在人类整体的危险来临时，为了拯救这个整体，个体应该脱离普适道德，可以吞噬同类。[15]用科学理性代替道德判断，将科学和人文两类问题相互混淆，可能是大男孩科幻小说所能犯的最重要的错误之一。

底层和边缘人对科学的态度，跟女性的中立、大男孩的狂热都不相同。他们常常对科学本身抱有苛刻的态度。因为在他们的生存世界中，科学所造成的当代世界的变化，往往是导致他们人生遇到困难的主要原因。在扎米亚金的《我们》中，数学的完美反而成了社会灾难的原因。在威尔斯的《摩洛博士岛》中，技术进步和对动物的人性化改造，最终导致了超速进化试验的失败。在《V》中，真正的科学技术，真正的统计学，真正的战争科学，竟然被性乱所取代。

及至现代化进程中的落伍者，他们对当代科学的心态往往是崇拜有加。无论是俄国、日本，还是中国，在早期科幻创作开始的时候，科学都是被崇拜的对象。对科学抱有热诚的态度跟采用科学打击对手、超越强权的渴望具有一样的热度。但是，落伍者也不甘心永恒的落伍，特别是在这些后发者逐渐赶上世界强权的过程中获得自信之后，一些弘扬本民族人与自然关系做法的作品逐渐出现，这导致了所谓另类科学主题在科幻小说中的升温。在中国，20 世纪 70 年代末期肖建亨、王晓达等撰写的气功和特异功能，新世纪王晋康小说中的中医理论都获得了巨大成功。

B. 面对社会

科幻小说对社会的态度或情感也因为作者的差异而表现不一。女性作家对社会现状的情感和态度，比她们对科学的情感和态度要激进得多。这也许是因为，她们确实处于一种受到多重压制的社会现实之中。许多女作家写出了这个世界在生育、家庭关系、分工、就业、子女教育等方面对女性的阻碍，如果这些作家再将作品跟自己所处的族群地位相互联系，这种问题则显得更加明显。除了前面谈到的巴特勒，更多美国作家在作品中探讨了女性和少数族群相互联系下的社会现实。例如，苏塞·米奇·恰纳丝就曾经认真地指出，她的作品中常常会展示女性第一次性经历给主人公带来的困扰，这些经历常常是不健全的，而如果这再跟故事中西班牙族裔的经历联系在一起，就有更多故事可写。[16] 讨论女性在科幻小说中对社会的态度，其核心聚焦在女性对男人、对男人的主导、对男权社会的态度上面。彼德·菲廷在分析帕梅拉·萨金特的《女人的海滨》、琼·丝隆采乌斯基的《入海之门》和谢里·泰珀的《女人城的大门》之后指出，西方女性主义科幻小说正在从早期的觉醒、后期跟男性之间的决裂转移到一种新的批判方式上来。[17]

大男孩作家和边缘人对社会的情感，从没有一点感觉，到期待深度改良，再到渴望全面的革新，应有尽有。阿瑟·克拉克可能是触及社会问题最少，但对未来世界憧憬最多的作家。从《2001：太空漫游》到《与拉玛相会》再到《天堂的喷泉》，未来的社会组织跟当前没有太大差别。冷战的国际格局，人类面对未知世界和未知灾难时的种种争吵，东西方不同宗教和文化的对立，都跟今天的世界一致。但如果细读文本，你会发现作者在所描述的未来中，政府变得更加高效，东西方关系变得更加缓和，宗教冲突也变得不那么重要。所有这些，都跟克拉克的政治观点和社会观念有着强烈的联系。他很早就居住在斯里兰卡，熟悉那里的佛教文化和在这种文化引导下的人民生活，因此，在他的作品中，东方从一种神秘主义的世界逐渐变为受尊敬的、跟宇宙间相互融合的世界。所有他笔下的这些变化，确实展现了一种对社会和对人群的亲善态度。海因莱因应该算西方科幻作家中少有的、能搅动社会思潮的人。他的小说《异乡异客》，用一种充满青年人赞叹的语言，把20世纪中期美国社会生活重现在不远的未来。但无论在怎样的时代，青年人那种孤独感和跟世界格格不入的情绪都必然会在某个时期流露出来。伯吉斯的小说《发条橙》也是这样的作品，社会暴力和权力的虚伪从作品中清晰地流露，不过，作家也仍然期待着一个更美好的社会。叶永烈的小说《黑影》遭受过强烈批判，被指认为对社会主义社会本身的失望、逃离和躲避，但任何一个认真阅读这部小说的人，都会感受到主人公那拳拳的报国之心和希望能用自己的知识与创造力造福社会的向往。

边缘人对社会的态度可能比大男孩要阴郁一点。在多数情况下，边缘人所反映的社会现实没有大男孩作家那么亮丽，他们更愿意呈现出一幅幅态度多元的众生相。例如，在威尔斯的世界里，外星人迅速地占领地球后，人类会分成希望坚持有效斗争、希望拼命、希望投降、希望流浪等许多种。考察威尔斯各小说中的科学家主人公，会发现他们多数遭遇困境。摩洛博士面对的是改造生物的反抗，而隐身人格里芬遭受的是邻居的告发、同事的遗弃和警察的追捕。威尔斯剖析人性最刻薄的作品还是《世界大战》，小说写到在人跟火星人之间大战结束之际，人类虽然侥幸被微生物所拯救逃脱了死亡的劫数，但却突然变得洋洋自得，认为凭借自身的力量就能够对付任何可能的灾难！在俄国作家斯特鲁卡斯基兄弟的小说中，火星人第二次入侵地球，干脆不使用毒气和冷光，仅仅采用谣言就成功地占领了地球。在中国作家魏雅华的故事中，对人类全心全意服从的美妙机器人妻子，竟然撕毁了呕心沥血所获得的科研成功；戴上一副神奇的眼镜，普通人就能看到周围人内心的卑鄙。但即便如此，边缘人所向往的社会仍然是美好的。他们鞭笞人性的卑劣，但不忘记向善向好的追寻。威尔斯的这种向善向好在作品中发生过几次转变，从信仰"用战争消灭战争"变成"未来是天灾人祸跟教育之间的赛跑"；斯特鲁卡斯基兄弟的小说也透射着改进人性的卑劣的种种热望；而魏雅华则更是用自己的方法，试图拯救机器人的思想。他在小说中开列出一个补课书单，要求那些只知道"三定律"的机器人感受和接纳从文艺复兴到启蒙和科学革命之后的所有人类文化。

　　与前面三类作家不同，现代化的落伍者通常已经在他们的社会版图中呈现出两个极端世界：发达的世界和不发达的世界。在发达的世界中，科技进步，人们生活幸福；在不发达的社会中，科技落后，人们生活的境况低劣，思想受到禁锢。为了超越这种差异造成的不平等，作家们描述出种种破解僵局的办法。有趣的是，现代化落伍者创作的科幻作品很少对发达一方实施破坏，只有必须为自己的生存而战的时候，才真正跟对方展开冲突。更多的情况下，不发达的一方还会从自身寻找原因，寻求改变自己的更多途径。以俄国作家的一系列未来共产主义乌托邦创作为例，真正跟资本主义堡垒进行战争的故事显得少而又少，但通过科技赶超而改变世界的例子不可胜数。一旦他们依靠科技获得了一种生活的改进，作家就会将自己的情感投注其中，暗示社会主义或共产主义制度的优越性。日本科幻小说面对落后的世界，既采用过武装超越，也采用过陷落和灭亡。但即便是陷落和灭亡的故事中，作家对日本社会的那种爱，对这种美好的世界将要陨落的惋惜，也透出纸面。中国科幻作家也对社会投注了无限的关爱。从早期希望改良的晚清科幻，到新中国建立后各个时期的创作，社会和个人永远是作家关心的主体，倾向一种美好的政体、美好的社会氛围、美好的人文和自然环境，在中国科幻作品中通过朴素的感情表达出来。

C. 面对未来

科幻小说中对未来常常出现怎样的态度，是一个值得探索的话题。江晓原通过对上百部科幻电影的分析认为，西方科幻作品中的未来"清一色都是暗淡而悲惨的"[18]。笔者认同江教授的统计，但认为这样的评论可能还显简单。考察科幻电影中未来的态度，跟西方科幻小说中呈现的未来态度稍有不同，因为电影制作所花费的成本、故事的动作性等影响着电影剧本的构造。如果更多分析小说文本，会发现西方科幻作家所展示的未来仍然是多种不同式样的，作家对未来的态度也千差万别。例如，女性作家其实对毁灭题材并不热衷。她们更多的还是希望建构一种至少是平等的，也许是女人能更加发挥自主性的世界。大男孩作家的未来世界就更是明亮的居多，人类跨过黑洞，进入另一个意想不到的空间居多。边缘人的科幻作品中，未来世界有可能显示出更多悲剧色彩，有可能没有光泽，但作家却会在作品中给读者留下种种可能的线索，让未来发生人为的改变。纯粹的悲剧也是常常出现的，但是，作品给人更多的启迪是如何避免这种未来的产生。现代化进程中的落伍者的未来观中悲观的也不多，就连《日本沉没》的故事，也是一种强烈的民族自豪感和责任感的激发，无论作家还是读者，都不会对日本的未来失去信心。

　　当然，对科幻小说中的未来观念进行详细的分析，还是能发现许多有趣的现象。例如，西方科幻小说中的未来设计，通常是以希伯来文化中的末世论和最后审判为中心的。而作家所呈现的未来拯救，除了来自宗教式的审判（这个审判可能被大自然执行判决），还有对"应许之地"的无限等待，有对彩虹、对人与自然之神订立契约的那种期盼。但是，在东方科幻作品中，特别是以中国文化为中心的科幻作品中，这种最后审判通常显得疲弱，取而代之的是一种宇宙和人生的无限延续和人的自我觉醒。王晋康的大量作品，表达了这样的延续和觉醒。更有中国作品将佛教的轮回观念用于创作，那种对未来的平静心态，跟西方等待最后审判或拯救的激昂心态迥然不同。其实，这也是人们抱怨东西方科幻小说阅读感受不同的一个主要来源，因为只有等待死亡、等待超越的作品才能传达出动人的激情。但是，东方科幻作品中的情感状态，给人一种生命在无限的延续、人生永远存在于无尽的烦恼之中的感受。

D. 情感纠结

　　科幻文学作为一种边缘人的创作，其态度情感常常徘徊于渴望进入主流和反对主流的对抗之中，徘徊于希望逃离现实与介入现实的对抗之中，徘徊于希望被感情接纳与拒绝感情接纳的对抗之中，徘徊于自我高雅和媚俗的对抗之中，以及徘徊于质疑科技能力与讴歌科技能力的对抗之中。由于科幻作家常常是主流人群之外的人，至少，在他们创作的方面常常受到主流的误解，这样，他们融入主流、渴望获得主流人群所具有的一切正常待遇之心强烈。但同时，由于多年被主流排斥，对主流人群有着警觉甚至愤恨，这导致了他们情感上的矛盾的生成。这也是许多科幻小说作家让最终获得了主流认可、大众认可的主人公再度返回孤独、返回非主流世界的一个最重要的原因。在《美丽的新世界》中，被送到主流世界的人受到公开的展览，虽然进入了文明的人群，却成了笼中的展品。没有办法，只能回到荒岛去享受自己孤独的生活。更多的故事中，千辛万苦做出的发明，在获得认可之后被毁掉的例子不胜枚举。非主流科学家或在心理上具有卓越能力的人在主流世界中沦落为普通人的故事更是很多很多。所有这些，表达了作家那种对主流的渴求、同时也是警觉的心态。于是，一些聪明的超能力者便如《超人》中的主人公一样，隐藏起他们的能力，只在必要的时候小试身手。这样，他们的那种凌驾于他人之上、高于众人的感觉，就能永远被保持下去，他们将永远不受主流抛弃的威胁。

作为边缘人的科幻作家期望介入现实、改进现实，但他们常常感到自己能力不足，无法达到目的。于是，脱离现实，将自己的故事投向远古、遥远的未来、宇宙的边缘、黑洞的核心、无法确定的时刻等情况比比皆是。这种期望改变世界，同时害怕改变世界的心态，主要是因为作家在现实社会中受到过较大压力，试图改进却进展全无造成的。在科幻作家中不乏现实改进的热衷倡导者。威尔斯就是一个典型的例子。他在 20 世纪初的 20—30 年中四处游说，跟统治这个世界的各种政要、科学家、艺术家对话，撰写历史教科书和乌托邦小说，试图用这些感动人，更新社会文化。但是，他的做法最终是白费力气。人们读过他的故事，忘记了他的教诲。中国作家也大力期待他们的作品能够造就新人，他们还力图向故事中装入更多的科学内容，结果是全面的失败。叶至善在他的回忆录中不无遗憾地写道："可是结果我彻底失败了。我着力表现的自然是我的主人公——医生和工程师，可是大多数读者似乎只看到那个失踪的哥哥和他的弟弟；我讲的是关于生命冷藏的设想，可是大多数读者感兴趣的却是弟弟变成了哥哥，哥哥变成了弟弟；我还想向读者灌输一点科学活动的基本态度，在这方面，读者似乎一点儿也没觉察到。"[19] 由于介入现实的种种实践没有获得认可，于是，多数作家选择逃离现实。他们把故事搬到遥远的未来，搬到另一个时空，搬到非人类的外星人的世界，采用这样一种方式自由自在地讲述他们要讲述的东西。但即便是这样的讲述，人们也还能够从中看到地球人生活的影子。

　　科幻作家的边缘人状况，也导致他们在自我清高和媚俗求荣之间的摇摆。任何一个受到压力和排挤的人，都会在这种挤压积累到一定的时间后变得自我高雅或自我清高，声称为自己写作，不管读者或社会环境的变迁。科幻作品比所有其他门类的作品都更充满史诗感，而史诗这种形式，是早已被忘却但确实曾经属于高雅文学的典范。无论是像《火星纪事》、《霜与火》、《华氏451度》（均为布拉德伯里所作）这样的作品，还是像《2001：太空漫游》这样的作品，都在史诗性的宏伟建构方面做出了自己的尝试。还有一些作家的作品细心地关注哲学思考，像斯塔普雷顿的小说、莱姆的小说都是如此。自我高雅的作品还包括大量的严肃讨论未来社会建构的作品，其中以恶托邦三部曲最为出色，还有从威尔斯到梁启超到菲利普·K.迪克等人的创作。当然，那些对自己的发明如何具有创意，如何改进人类生活的小说也应该算作是这种自我清高的作品。在这方面，克拉克、俄国作家德涅伯洛夫和叶永烈的创作给人深刻的印象。然而，由于在地位上受到排斥，科幻作家也期望获得强烈的社会认可，因此，他们会对一些读者喜爱、市场喜爱的方式趋之若鹜，特别是美国科幻小说跟市场经济相互结合之后，这种迎合市场、迎合读者和社会趣味的科幻作品大量繁殖，出现了许多畅销科幻作家。畅销科幻小说在许多方面吸收了流行小说的创作方式，获得了极大成功。[20] 其中以迈克尔·克莱顿和罗宾·库克等人的创作最为出名。笔者并不否认这些创作中也有丰富的思想内涵和对社会的洞察，但应该看到，这样的创作与以严肃讨论现代化方案的那些创意作品之间，仍然存在着显著的差异。这些，都应该是科幻作家多种态度取向的表现形式。

　　由于科幻作家对科学的态度已经在前面做出了描述，此处不再赘述。

3. 行动特征

文学跟行动的关系是复杂的。一方面文学包含着行动，另一方面文学又引发行动。包含着行动跟包含着思想如出一辙，这些行动激发人、教导人、慰藉人，而引发行动则显现了文学的社会功用。虽然文学不对人类的行动负责，但文学确乎在引发人类行动方面具有一定的功用，这也是为什么多年来无论是"五四"文学还是无产阶级文学都十分强调文学之功用的原因所在。

A. 科幻包含行动

有关科幻小说中所包含的行动，研究者专题讨论得甚少。但对某种被包含在科幻作品中的行动，却讨论得极多。例如，许多人研究过科幻文学中所包含着的科学探索行为，研究过其中的乌托邦建构行为。在前者最为突出的，是一些人对童恩正、肖建亨、郑文光、刘慈欣等科幻小说的研究。[21] 科幻小说如何将科学探索纳入其中，使作品展现出一种对自然和人类社会的积极认知态度。而后者则以国外研究居多，例如，詹姆逊等就曾经在一系列讨论乌托邦与科幻的文章中研究过科幻作家的乌托邦建构模式。[22]

在当代科幻小说中，围绕科学探索技术创新和乌托邦世界建构的行动，确实占据了主流地位。在科学探索方面，除了从当代科学的所有前沿领域全方位地展示科学所能探究的未知之外，还对自然灾害、人类自身缺陷所造成的灾难过程中个体与群体的应对进行过详细描述。在这些活动中，一些作家将科幻小说当成科研活动的延续（如刘兴诗），另一些作家则将科幻小说当成应对种种危机的试验场（如前面提到的思想实验理论）。[23] 为了增加这些科研活动的可读性，作家对相关活动在认知层面的种种细节作了详略安排，一方面让科研细节引人入胜，凸显当代学术活动中那种专业化和系统化的壮观景象，如在克莱顿的小说中，就展现出种种生物化学、生物物理学、电脑科学的细节；而罗宾·库克则重点表述医学科学的复杂、浩繁及对人类机体的深刻认识；丹·布朗也是当前活跃的一位科幻作家，他对社会科学中的语言学、密码体系的破解等情有独钟，将相关资料详细呈现在作品中获得了读者的广泛认可。但是，另一方面，科幻作家也深知，过分强化科研细节，可能对小说的进展速度造成影响，艰深的学术内核可能导致读者对作品望而却步。因此，他们通常会寻找特别有戏剧意义或跟小说情节十分相关的科学细节加以陈述。

具有故事性是科幻作家强化小说行动特征的最重要的方法。在这方面，每个人的做法各不相同。即便是对同一个作家的分析，也因人而异。例如，在研究刘慈欣科幻小说中的行动过程时，笔者曾在一篇文章中指出，刘慈欣小说是通过叙事紧张来调节作品的行动性的。

古典主义科幻小说在叙事方面并非十全十美。特别是在生活节奏异常迅速的今天，古典主义的叙事风格早已无法被读者接纳。于是，刘慈欣巧妙地做出了两种新的回应，笔者把它们称为"密集叙事"和"时间跳跃"。所谓"密集叙事"，指的是无限加快叙事的步伐，使读者的思维无法赶超作者的思维。这种改变，对于 21 世纪的读者来讲，具有相当大的震慑力量。我们看到，在《地火》、《吞噬者》和《梦之海》等小说中，密集化的叙事不但消解情节发展缓慢的古典科幻小说的通病，提高了作品的可读性，还增加读者对大自然瞬息万变的感受，增加了读者对科学技术应付危机的信心。这样，即便大地眩目地燃烧，月球冲出轨道，人类也能借助理性的力量逃出毁灭。当"密集叙事"也不可能舒解作者心中高速运行的创作风暴时，"时间跳跃"便自然地出现。典型的刘慈欣式的"时间跳跃"，就是在叙事过程中留下大量的时间空缺。小说在强烈的情感叙事中突然中断，故事直接进入遥远的未来。在《地球大炮》、《诗云》和《微纪元》中，这种"跳跃"少则几十年，多则千万载！强烈的时间迁移不但给作者一个脱离文本时间顺序，并能将未来发展呈现到读者面前的机会，更会产生一种独特的"沉舟侧畔千帆过"的历史感。[24]

刘慈欣科幻小说中涉及科学探索的叙事，可以从这种绝对的速度进行分析，也可以从内容进行分析。郭凯认为，刘慈欣的作品之所以表现了有价值、有阅读兴趣的科学行动，主要是因为他模仿西方科学技术历史中的种种过程，同时又在中国的场景中将这些过程变形展现。[25]

科幻小说还注重技术创新的过程。笔者在总结这一过程的基本模式时认为，多数科幻小说是以技术创新能够造福人类、给当前的生活带去积极影响开始的。而随着情节的发展，这个过程有可能出现翻转，即因为最初考虑的不周，或在道德伦理方面没有做出更详细的思考，导致技术创新反过来祸及人类。在这方面，克莱顿的许多作品都是典型的例子。在《裂脑人》中，科学家采用脑电图扫描分析并预先给可能发生癫痫的大脑施以电刺激，以便解除癫痫的发作。该项科技最开始运行良好但却逐渐脱离正轨，被刺激者从一个即将治愈的病人转化成一个随时可能行凶的潜在杀人罪犯。潘家铮也有大量的这类作品创作发表。在他的许多小说中，一项发明跟它最终可能达到的效果常常南辕北辙。

科幻小说中的乌托邦建构行动，是科幻作家通过整个文学构造和情节发展埋伏在作品中的一种内在行动，它跟漂浮在表面的科学探索过程并不完全相同。无论是理想的乌托邦还是恐怖的恶托邦，作家都会详尽地通过细节展现种种侧面，应该说细节恰恰是乌托邦建构的一个重要方法。这些细节跟科学探索过程的行动细节不同，它可能不是行动，而仅仅只是一种描述，但这种描述却传达出一系列与当前的社会差距巨大的设计信息，作家还可能利用多个段落详细讲述这种细节产生的可能的设计背景和原因。以小说《新中国未来记》为例。整个故事中几乎没有行动。讲座、对话、解释占据了几乎所有言说的空间。但是，故事中的种种细节，从未来中国发展的时间表，到中国发展的基本方向、中国各个历史时期可能的领导人类型、中国当前能够领导未来发展的可能人选等应有尽有。作家恰恰是通过这种没有行动的乌托邦撰写，暗示了某种行动的可能性和可靠性。恶托邦也有类似的不行动反在行动的特征。例如，小说《1984》中存在着大量的对国家政府政策、人民生活、基本物资供应、各类生活习俗的描写，而整个小说仅有的一些行动，就是日记、约会、偷情、读书和被捕。在如此简略的人物行动中，大量的、解说性的内容协助建构了极权主义的恐怖状况。

研究科幻作品中的行动，最应该看到的一点是，社会的边缘人物在创作这类作品时，一直处于某种逃离现实与介入现实的思维对抗之中。如果更深地介入现实，是否将有可能改变他们在现实中所遇到的困境，是否将能真正摆脱他们所遭遇的不良境遇？对这点他们确实存有奢望，这就是为什么许多科幻小说开始于非常现实的问题讨论的原因。但是，随着创作的继续，随着故事的发展，作家开始感到，他们对如何把握现实中事态的发展力不从心，于是，故事开始走入幻想，走入另一个时间空间，想象的过程开始占据主导地位。对这样的状态如果能够成功地处理，让幻想不唐突，具有在现实中发生的可能性，让现实有转向想象的空间背景，作家将创作出科幻文学中不朽的杰作。例如，克拉克的《2001：太空漫游》以及受到《神经浪游者》启发创作的《黑客帝国》等都是如此。但是，如果无法处理好现实和想象之间的衔接，也可能弄巧成拙。其中最常见的，就是将整个故事写成一个梦幻。一觉醒来，世界上一切都没有任何改变。读者也只有在这种望洋兴叹的过程中感到被作者欺骗。

B. 想象作为行动

想要逃离现实，就必须借助想象。因此，多数科幻文学中的行动，本质上是一种想象的行动，而非现实的行动。如果说安娜·卡列尼娜所采纳的行动，确实是一种现实背景发生、根据现实的发展可能发生的状况，那么科幻小说中的种种行动，由于没有现实发生的背景，将永远停留在想象之中。因此，科幻文学所包含的行动对现实并无改进，也无伤害。不但如此，它可能对现实中的人具有温柔的呵护作用。由于想象本身在心理学上具有治疗的功能，因此，科幻文学的想象行动，常常会给读者一种安慰，一种没有代价的探索，而在这之中，人们可以获得享乐甚至教益。

在人类大脑的认知词典中，想象、幻想、推测、预测、建构、设计、创造等通常居于一些比较靠近的位置。笔者曾经采用认知心理学的方式调查过人们对科幻文学概念的想象力，发现这些概念确实囊括了更多相互关联的语义网络的节点。而所有这些内容的核心，是一种作为心理机能的个体素质。对这种素质的定义，虽然五花八门，有的看起来庸俗而不着边际，但综合相关的讨论，也能看到这种机能的核心部分。例如，心理学教材中的想象通常是一种对图像的脑生成过程。这是所有想象概念中最庸俗的一种，想象，就是去想一个图像。虽然概念表述比较庸俗，但也有哲学家表示支持，像萨特就曾经在自己的早期想象学专著中同意过这样的描述。然而，如果放弃想象中图像这一概念的束缚，想象将被有限地解放。例如，康德早在 1798 年就在《实用人类学》中认为想象其实是一种对象不在场也能具有的直观过程，这种对事物本源的把握，可以创制也可以复制，是"把一个先前已有的感性直观带回到心灵中来"。[26]康德这种将想象力与某种先验本质联系起来，同时又将想象力与创造过程联系起来的言说方式受到许多人的认可。例如，黑格尔就曾指出想象是创造的。正是因此，轻浮的想象绝不能产生有价值的作品。[27]布洛赫指出，作为艺术本质的幻想，就与这种想象对事物的超前的显现联系在一起。艺术家具有某种预先推测力，能显现时代的未来面貌。[28]一旦想象跟事物内在的本质、跟未来的显现联系在一起，想象就获得了更大的自由。布朗诺斯基指出，想象就是对我们头脑中的未来意象的操纵。[29]而萨特和大江健三郎等存在主义者就此得出结论，由于想象，每个人事实上都在创造自己的未来。[30]王琢在一篇讨论大江健三郎的小说理论的文章中指出，"想象力总是致力于展示未来，从而使人类的生存空间得到拓展，使人类的经验不断开放，使人类不断挣脱自身惰性——被自动化的感受力、理解力和判断力的羁绊"[31]。

　　如果说想象力就是对现实的否定，对未来和自由的寻求，那么为什么文学中的想象力并没有像某些人所担心的那样走入一种绝对的唯心主义或想入非非的空谈？大多数文学作品仍然让人感到跟现实之间保持着千丝万缕的联系，甚至有些现实主义的作品，几乎能令人肯定就发生于现实，比现实还要现实。解决这样的疑虑，必须从想象力的创造多数伴随着对事物的先验属性的透视联系起来考虑，恰恰是由于这种对世界本质的先验的把握，让想象力不但不会离开现实，反而会呈现出比真实的存在更加深刻的状态。科幻小说中的想象力也是一样。由于把握住了现实的本性，反而使科幻的想象力力图超越当前知识体系的种种不足，进入到未来的知识空间。它自由地跨越今天的种种分类和藩篱的限制，自由地结合今天种种不可能结合的元素，自由地展示着明日可能的知识体系的蓝图。恰恰在这一点上，优秀的科幻作家跟具有天赋的科学工作者、作家和艺术家走在相同的道路上。因此，想象、幻想、创新、建构、预测、预言这些过程，只能是一种高级的认知活动，而具备这样能力的科幻作品，不可否认将具有一种相对高级的认知价值。事实上，当代科学体系已经接受了科幻小说这种高级的认知价值，并将其整合进入到社会科学的预测领域。在多数当代预测学的教科书中，"剧本法"都已经成为一种排行在前三名的预测未来方法。在最近30年中，几乎所有著名的未来学家都采用这一方法，建构他们自己的科研文本，最著名的作品包括阿尔文·托夫勒的《第三次浪潮》《未来的冲击》，约翰·奈斯比特的《大趋势》等。打开这些著作，读者可以发现，不但他们对未来的描述方式是科幻文学那种多元联系的，就连他们引用的材料，也包括科幻小说作家的作品。难怪更多未来学教科书中干脆将科幻作家作为未来学家的一种，对他们的理论进行详细的探索；难怪"9·11"袭击之后，美国政府要邀请科幻作家讨论恐怖分子可能采用哪些更非常规的袭击方式打击美国；难怪美国宇航局几乎每隔几年就会下发相关项目，要求从科幻小说中调查是否出现了航天飞行的全新方式了。

科幻小说引发未来社会发展的例子虽然不多，但也确实存在。20世纪80年代初期，为了抗衡"新浪潮"作家不注重小说在科技时代底层从业者的真实状况，将科幻小说变得玄而又玄，充满古怪意向的状况，一些接触到当代科技发展前沿的电脑迷开始了他们全新的科幻发掘，并真正创造出了一类科幻形式，这就是赛伯朋克运动的产生。而赛伯朋克小说塑造了今日电脑网络世界的面貌。

C. 科学教育

即便是科幻文学具有想象和把握未来的价值，科幻文学所引发的社会行动仍然有限。在笔者看来，除了零星的科幻小说在创意方面可能引发未来的科技、社会发展，科幻小说对引发读者个体行动和社会行动方面的作用确实有限。如果说科幻文学具有某些独特的功能，除了上面已经讨论过的认知、谋划、社会批评和科技批判，以及个体在现代生活中受到种种挫折后的治疗作用，更多的可能还是激发起读者对科学的兴趣。也正是看到了科幻小说这种兴趣激发的作用，一些高等院校甚至中小学，在近年来都开发出了科幻课程。

科幻小说用于科学教育具有悠久的历史。在美国，山姆·莫斯考维奇于1953年首创科幻课程，而第一次使科幻教学获得成功的当推马克·R.希利加斯，他于 1962 年在科尔杰特大学开始授课。近年来，几乎现代科学技术领域中的各个学科都已经跟科幻小说挂钩。例如，斯坦福大学的"物理—13 号课程"研究科幻与物理，达莫斯学院的"数学与科幻"课程研究科幻与数学和空间维度的难题，印第安纳波里大学—普渡大学的赛伯朋克课程研究科幻与网络文化，华盛顿州立大学的科幻与工程技术课程讲述有效地通过科幻熟悉工程，加州克莱蒙特麦肯尼学院的科幻小说课程研究外星世界相关的科技问题等。在中小学，科幻课程的建立也方兴未艾。笔者在美国参加一次科幻教学会议时，翻阅上交的课程提纲，发现其中有给中学生通过科幻教授密码科技的课程。在国内的课程改革中，使用科幻教材的校本课程也已经具有一定的数量。此外，近年来，借助科幻电影进行科学教育的课程更是普遍见诸国内外。

采用科幻小说进行科学教育有相当的好处。第一，科幻作品故事情节引人入胜，易于被学生所接受，是很好的先行组织者。第二，科幻小说不仅仅接触到科学概念，更传达出多种人对科学的理解和学科之间、科学与社会的复杂关系。从建构主义心理学来讲，科幻作品能更好地辅助学生的知识框架建构。第三，科幻小说是作家创造的虚拟进程中的科学活动，展现了有血有肉的科学家群体及他们的社会表现，这使科学从抽象的知识和冰冷的过程变为一种活动的社会流程，与真实的生活更加接近。第四，通过阅读并跟随作品中故事的发展，读者可以得到思维锻炼，是一种脑内的"做中学"。[32]第五，由于科幻作品其实不是以当前的知识体系为基础，而是以未来的、不断发展着的知识体系作为基础判断事物，因此科幻教给学生如何更加开放地面对未来。以往的研究证明，科幻作品更多地能够促进学生科学态度的建立，对科学与社会关系、科学家的社会责任等问题的理解。这些研究有的来自实验，有的来自准实验，也有的来自思辨。

科幻介入科学教育也受到一些怀疑。例如，有人对科幻中科学是否准确存有疑问，对科学过程是否真实也存有怀疑。还有人对科幻作品中作家对科学的态度持有不同意见，认为消极作品不利于学生掌握科学。对于现场工作的一线教师，缺乏教材和教学引导也是一个重要的问题。因此，在当前情况下，加速各类教学上的实证研究，加速教师培训，可能是推进科幻教学的紧迫任务。

科幻小说具有科学性或教育性，几乎是第三世界和后发现代化的国家异口同声支持的观点，就连发达国家也会在某些时期赞同这样的观点。笔者认为，由于科学本身的含义广泛，因此，把科幻文学看成一种由科学衍生而来的伴随性的文学产品也没有什么不对。但如果将它当成一种知识传递的教学文本，则有可能脱离科幻文学的现实，此时，科幻教学也会变成一厢情愿的空想。因此，如何采用科幻文学进行科学教育，才是值得讨论的问题。

4. 形式特征

A. 形式方法化

科幻小说不但在陈述的欲求和愿望上跟主流文学作品存在着差异，在文学态度和形式上常常也与主流文学格格不入。在浪漫主义流行的时代，科幻文学选择跟科学和技术的结合，为作品带去了超现实的质感。而这种质感恰恰是浪漫主义文学所诟病、声讨的。但科幻作家不为所动，用自己对科学技术发展的先验感受，打开了通往怀疑、向往、批评和认同现代化过程的新的文学大门。等到主流文学中出现现代主义，作为整体的现实被粉碎为片段的时间和感觉经验，科幻小说仍然不为所动，作家继续坚持自己的现实主义写作原则，因为科学的现实永远是客观的，现象与规律之间永远有着切实的联系，因此，科幻小说拒绝朦胧性和模糊性，他们为自己的选择沾沾自喜。等到主流作家玩够了现代主义，开始大规模地回归现实主义，科幻作家却逐渐受到量子理论、相对论、精神分析、混沌科学等的影响，开始选择类似现代主义手法撰写他们的作品，不但如此，他们比现代主义走得更远，他们选取的神话超越今古传奇，他们选择的边界跨越甚至将无生命界、有生命界、神界、灵界统统整合起来，因为在英美新浪潮作家看来，只有这样的形式才能表达科技侵入世界、侵入人类生活的真正状态。

上述主流文学和科幻文学风格在不同时期发展的对比，清晰地显现出作为一种边缘文化的持有者的科幻作家如何坚持自己的认知立场和文学立场。他们的这些别具一格的选择，不是一种故作姿态，不是一种标新立异的张扬，不是没事找事，恰恰相反，在他们看来，这些选择都是必需的，是他们对这个走向现代化的世界认识的产物。郑文光在一篇讨论科幻到底是什么的文章中指出，科幻小说其实是一种以科学方式创作的小说。[33] 这一看法清晰地证明，科幻作家在现实观察、文本构造、现实呈现等方面，确实受到某种方法学制约，而这种方法来源于科学实证。正是依靠这种实证性的方法学指导，参考当代科学带来的成果，科幻作家才能勇敢地面对各种时代带来的困惑，坚持着自己的表征方式。作为这种形式方法化的证据，读者可以寻找身边的任何一本科幻文学历史读物进行阅读，你会发现，作家们的这些选择完全没有心理负担，更没有炒作后的狂喜。所有的一切都自然而然地发生，他们甚至根本没有意识到这些事件的发生本身。边缘人踏实地关注着自己的创作，关注着自己对现代化过程的反映 / 反应。

B. 文类自我发展

当然，在科幻文学的内部，时代的更替和文学流派的演进还是具有自己发展的规律。笔者曾经在一篇早期文章中指出，当萌芽和草创的19 世纪通过之后，各类分散的创作尝试便被集中分析，科幻文学作为一个独特的文类的生成机会便明显地产生。接下来，在英美科幻小说黄金时代的 20 世纪 30—40 年代，科幻文学发展起自己的通用式样，对宇宙和自然、对现代化本身要发表自己的看法，与此同时，还应该将宏大的场面跟个人的存在相互结合。故事要惊人，科学进展也要振聋发聩。就像是流水线所规定的基本配件必须上齐，黄金时代形成的科幻文学风格至今仍然吸引着读者的注意力。然而，恰恰是这种对科幻认识的同一，导致了作家的反叛。于是，新浪潮运动在 20 世纪 60 年代兴起。这一运动的主要宗旨是粉碎黄金时代给科幻定下的原则，同时，要让科幻小说跟主流文学之间真正找到一种有效的联系。新浪潮将心理学、社会学、宗教学、政治学、哲学、神话学、人类学、性学等全部引入科幻创作，让现实跟想象之间相互模糊，在一定程度上已经使科幻小说走向了一种奇幻、哲理、神话综合的道路。虽然这样的创新引发了人们对科幻文学的全新眼光，但也严重打击了那些喜欢现实主义、以欣赏科技创新为主要目标读者的情绪，于是，到 20 世纪 80 年代之后，科幻小说再度反弹，回到高科技的现实主义领地。而奇幻文学也彻底地跟科幻文学分裂，发展成独特的文学式样。[34]

在中国内地，科幻文学的形式基本上没有发展起来。晚清迅速蓬勃的科幻创作跟当时同样迅速发展起来的社会批判文学、言情文学、公案文学、侦探文学等完全不同。其他几类文学无论是否存在着中国文化中的根源，都显得比科幻文学阅读起来自然和有趣。唯独科幻文学，多数作品无论以怎样的方式阅读，都感到一种格格不入。这种格格不入感除了因为作家没有掌握好技术创新和科学原理的生成，使小说看起来莫名其妙，更多作品是在与现实的结合方面没有充分地把握分寸，于是，到处都是现实和想象之间的"BUG（电脑用语，指错误点或问题出现的点）"，读起来磕磕绊绊，新旧杂糅。方晓庆曾经把这种现象的产生归结为急进和惯性之间的心灵较量，但不论原因如何，确实跟谈论爱情、官场、命案故事的流畅程度无法比拟。[35]进入 20 世纪 40 年代，从老舍等的作品中可以发现，中国作家在处理科幻小说中现实和想象的进出问题上已经逐渐自如，但新中国成立后将科幻小说局限在儿童文学和科普文学的领地，导致了它根本上失去了跟主流文学进行对照或比较的资格。直到 20 世纪 70 年代末期重新开始成人科幻创作，科幻文学才走上自己的全新旅程。可惜的是，这一次繁荣相当短暂，科幻文学再度因为某种人为因素被打入冷宫，直到 21 世纪才开始逐渐恢复。

研究中国科幻文学的发展，既可以看出中国科幻文学其实并没有发展起一种有效的形式，更能看出作为边缘文化的创建者科幻作家的艰辛和坎坷。按照常理，作为第三世界被压制群体的成员，其行为理应受到整个群体的支持和肯定，然而，由于赶超过程必须借助西方文化，因此西方文化中的主流也在一定程度上被加入第三世界文化管理者赞同的理论名单之中，于是，科幻文学受到东西方双重文化权力的打击。以东方的眼光看，形式逻辑、数学演算和非道德化的、天人无关的宇宙理论难于接受，更无法将这样的内容插入中国式的时空转移或武侠格斗之中；而从西方主流文化的角度观察，科幻文学给出的是边缘的思想，不在科技主流范畴之内。于是，科幻文学在中国虽然时时被人提起，但由于认识方面的缺陷，却常常受到两面夹击，更有甚者，在某些时刻不但被彻底取消加入文学的资格，更被取消了出版资格。[36]

C. 陌生化的种类

迄今为止，研究科幻小说的形式因素最成功的学者仍然是苏恩文。他通过俄国形式主义理论演绎出的将"陌生化（或疏离）认知"当成科幻文学的重要标志的论点，确实能凸显科幻文学在形式上跟其他作品的巨大差距。更进一步，笔者认为，科幻作品中的陌生化，其实不是作家的刻意而为，他们只不过写出自己的边缘经历和边缘感受，但对普通人，这些可能已经非常陌生。在从事科幻研究的过去 30 多年里，我跟数百位各国科幻作家、科幻爱好者接触，他们常常会坦然地给我讲述他们的见闻，他们的构思，即便这些见闻和构思相当离奇，对他们来说，也如平常的故事。我能想象如果面对主流人群，这些作家或科幻迷的故事本身就会形成一种陌生化的张力。科幻作家或读者往往被当成这个世界上最不靠谱的人，其原因就在这里。科幻作品中的认知，不是作者刻意进行的科技说教，它只不过是他们想要读者认同自己所呈现的世界而必须进行的解释而已。

但是，千万不要小看科幻文学的这种边缘性表达，往往，边缘人看到的是大家所盲目忽略的部分，因此他们可能看到更加多元化的世界。于是，在众人聚焦于人类成就、人性光辉的时刻，威尔斯用鹤立鸡群的独特眼光，看到有可能引发战争的人性的弱点。也难怪在20世纪30年代美国主流大众痛苦地承受经济危机、对未来失去希望的时刻，科幻作家却建立起银河帝国、行星际飞船和机器人文明。更不用说如果没有慧眼，英国新浪潮作家巴拉德不会在60年代大写环境危机，预言海洋被油膜覆盖、大陆将要深陷、生命也会结晶，要知道在那样的时代里，著名的环境杂文《寂静的春天》也才刚刚出版。而这本杂文主要谈论的仅仅是农药污染。更晚近的例子是威廉·吉布森，他以超越普通人的未来视觉撰写了网络黑客小说《神经浪游者》。没有这部作品，几乎无法想象今日的网络世界。考察现代化的落伍者所创作的科幻小说，也会被作家敢于挑战当时的勇气所折服。晚清科幻文学的勃兴，新时期科幻的发展，无不见证了科幻作家与主流文化和主流人群之间的差异。

科幻小说能通过文学达到不存在的未来，这点本身就是科幻小说陌生化和认知性的见证。如果说主流作家的小说也是面对未来、向往明天的创作，那么这种面对和向往，通常是给予现实一种背景，给予未来一种可能的期待。但是，对未来到底会成为什么样子，人们走向未来的过程没有明确的阐释。列夫·托尔斯泰的《战争与和平》、狄更斯的《远大前程》、罗曼·罗兰的《约翰·克利斯朵夫》当然含有面对明天的意味，但这种面对明天，是一种聚焦于今天，让通向明天的基础更加明亮的创作方式。而对于明天，主流作品中除了采用梦幻方式偶尔涉及一点，通常并不全面介入。但科幻文学恰恰相反，它会将未来的种种谋划直接变成行动。当大男孩、女性、边缘人和现代化的落伍者纷纷用自己的创意去改进现实，用自己的思索去推进未来的时候，大量有关未来发展的可能前景便充实地展现在读者的面前。作家热衷于对明天的可能性做出自己的乌托邦式的深入呈现。于是，在千百种作品中所呈现出的千百种未来，就形成了跟现实的现代化进程相互对照的许多种可能性。而这些可能性在一定程度上既是现实的镜子，也对未来的发生创造出可能的步骤模拟。

优秀的主流文学也常常会大范围地入侵认知领地，但主流文学中的所谓认知，主要局限于人文范畴。对人类社会和人类生存状况的分析，常常与人的发展和价值观相互联系，这些内容集中在人类过往数千年的哲学省思和道德伦理的解读方面。即便有的小说热衷于讲述一个行为过程中的技术细节，这些技术细节多数也是为了增加故事的真实性、趣味性，当然，也会为故事的发展服务，但这样的作品常常是少数。阅读优秀的主流文学常常给人的感觉是，在观察人类生活和洞悉自身存在方面获得了启迪。然而，如果对科幻小说中的知识状况进行考察，可以清晰地发现，这类作品虽然也积极地讨论人文范畴的种种革新，也试图洞悉人类生活的种种侧面，但它离开现实世界寻找一个建构的世界的尝试，使它不得不生成一系列新的知识。而这些知识是它所建立的未来或他者世界的乌托邦所必需的。于是，任何一部科幻小说，即便是最普通的、质量不高的作品，即便是非常软性的、包含科学技术内容很少的作品，也会把认知新奇作为作品的重要构造形式。

科幻小说这种对新知识的追求，是它被诟病最多的一个文学侧面。特别是当主流文学的持有者站在古典人文知识分子的立场上的时候更加明显。这种立场被 C.P. 斯诺称为跟科学知识分子对立的一类立场，只对复兴古典文化感兴趣，对传统礼节抱有感情。在中国，多数作家对以认知性为主要特征的科技活动抱有轻视，他们强调科学无法解决人生问题，而道德、伦理等主张似乎可以解决当代问题，包括科学在内。对主流文学读者来讲，过多的新知识制造了阅读障碍，使读者无法深入故事情节中寻找一般文学作品那种人文主义的启迪。

有趣的是，这种跟主流文学之间的分裂在中国还得到了另一种现象的认可，那就是将科幻小说从文学的领地排除，并将之推进科普读物的范畴。一个不容争辩的事实是，无论是科幻小说的产生原因、产生过程，还是这类作品的主要特征，都与典型的科普读物相去甚远。例如，在科幻小说的创始之初，与其说它是张扬科学的一种作品，不如说它是采用自己的方式缓和科技革命和工业革命所造就的人类心理失调。当科学如韦伯所言，使自然祛魅，使人类的古老思维方式和因果概念发生颠覆，而科技进步又导致了城乡流动的加剧，导致农村人口在城市的聚集，导致了工厂化的现代管理跟分散化的古典乡村管理的差异，导致了就业必须通过较为严格的培训，种种新时代造成的矛盾给人的心灵和肉体增加了负担，心理失调造成的压抑和忧郁感增加，在此时此刻，科幻文学的出现，其实是一种怀柔社会矛盾、提供想象解决空间的和缓剂。因为，人类心灵中原有的对万物有灵的认识、对奇迹的渴望、对把握新的知识的信心、对未来憧憬的重新唤起，将有助于现实矛盾的解决。在当代，科幻文学仍然积极地起到了这种怀柔社会矛盾、纾解现实压力、重新唤醒面对未来信心的作用。当科幻文学将未来的种种可能性用叙事方式全息地显示出来的时候，读者便可以从这样的故事中得到心灵的恢复，修复现实的创伤，召回对未来的渴望。综上所述，科幻小说并非科普小说已经非常清晰。

D. 独特的人物

有关科幻文学与主流文学在人物上的最大差异，刘慈欣在一篇文章中写得很清楚，他认为科幻文学跟主流文学的差别，至少在三个独特的形象上。

人物形象的概念在科幻小说中主要有以下两方面的扩展。

其一，以整个种族形象取代个人形象。与传统文学不同，科幻小说有可能描写除人类之外的多个文明，并给这些文明及创造它的种族赋以不同的形象和性格。创造这些文明的种族可以是外星人，也可以是进入外太空的不同人类群落……其二，一个世界作为一个形象出现。这些世界可以是不同的星球和星系，也可以是平行宇宙中的不同分支，近年来，又增添了许多运行于计算机内存中的虚拟世界。这又分为两种情况：一是这些世界是有人的（不管是什么样的人），这种世界形象，其实就是上面所说的种族形象的进一步扩展。另一种情况是没有人的世界，后来由人（大多是探险者）进入。在这种情况中，更多地关注于这些世界的自然属性，以及它对进入其中的人的作用。世界形象往往像传统文学中的一个反派角色，与进入其中的人发生矛盾冲突。科幻小说中还有一种十分罕见的世界形象，这些世界独立存在于宇宙中，人从来没有进入，作者以一个旁边的超意识位置来描写它……不管是种族形象还是世界形象，在主流文学中都不可能存在，因为一个文学形象存在的前提是有可能与其他形象进行比较，描写单一种族（人类）和单一世界（地球）的主流文学，必须把形象的颗粒细化到个人，种族形象和世界形象是科幻对文学的贡献。[37]

不但如此，刘慈欣还把这两个形象作为科幻小说跟主流文学区分的典型标志：

科幻中两种新的文学形象显然没有得到国内读者和评论的认可，我们对科幻小说的评论，仍然沿续着传统文学的思维，无法接受不以传统人物形象为中心的作品，更别提有意识地创造自己的种族形象和世界形象了，而对于这两个科幻文学形象的创造和欣赏，正是科幻文学的核心内容，中国科幻在文学水平上的欠缺，本质上是这两个形象的欠缺。[38]

笔者完全赞同刘慈欣的上述分析。

注释

［1］张治，胡俊，冯臻.现代性与中国科幻文学［M］.福州：福建少年儿童出版社，2006.

［2］叶永烈.是是非非"灰姑娘"［M］.福州：福建人民出版社，2000；陈洁.亲历中国科幻：郑文光评传［M］.福州：福建少年儿童出版社，2006.

［3］托马斯·斯科提亚.作为思想实验的科幻小说［J］.陈芳，译.刘钝，校.科学文化评论.2008（5）：72.

［4］Ben Bova.Why science fiction.Amazing stories.Feb.1993.

［5］达科·苏恩文.科幻小说面面观［M］.郝琳，李庆涛，程佳等，译.合肥：安徽文艺出版社，2011.

［6］达科·苏恩文.科幻小说面面观［M］.郝琳，李庆涛，程佳等，译.合肥：安徽文艺出版社，2011.

［7］田松.充满批判精神的"思想实验"［N］.中华读书报，2008-05-14.

［8］田松.一位"科幻批判现实主义"的大师［N］.中华读书报，2008-12-24.

［9］对于脱离主流思想的科幻文学中的想象力，韩松有一些很好的观点。在《想像力宣言》一书的"中国人驰骋想象力的四大领域"中，韩松幽默地指出，吃、斗争、造假、讲黄色笑话才是中国社会主流文化的真正想象力蓬勃张扬的领域。难怪科幻文学不在中国市民社会中受到认可。参见：韩松.《想像力宣言》［M］.成都：四川人民出版社，2000：60-68.

［10］贾立元.筑就我们的未来——90年代至今中国科幻小说中的中国形象研究［D］.北京：北京师范大学，2010.

[11] 虽然贾立元对这样的现实在态度上并不认可，但他承认这样的现实确实存在。参见：贾立元.筑就我们的未来——90年代至今中国科幻小说中的中国形象研究 [D].北京：北京师范大学，2010.

[12] 小说的故事转引自约翰·巴罗.不论：科学的极限与极限的科学 [M].李新洲，徐建军，翟向华，译.上海：上海科学技术出版社，2005：206—209.

[13] 约翰·巴罗.不论：科学的极限与极限的科学 [M].李新洲，徐建军，翟向华，译.上海：上海科学技术出版社，2005：277.

[14] 刘慈欣.混沌中的科幻 [M] // 杜学文，杨占平.我是刘慈欣.太原：北岳文艺出版社，2016：003-005.

[15] 有关这个"吃小孩"的故事，可参见：王艳.主持 / 记录.为什么人类还值得拯救？——刘慈欣 vs 江晓原 [M] // 吴岩.2007年度中国最佳科幻小说集.成都：四川人民出版社，2007：359-367.

[16] 苏塞·米奇·恰纳丝.走向新舞台 [Z] // 吴岩.科幻小说教学研究资料.北京师范大学教育管理学院，1991：206-210.

[17] 彼德·菲廷.中心审视近期女权主义科幻小说中的分离主义范式 [M].孙小芳，王弋璇，译.郭英剑，校.王逢振.外国科幻论文精选.重庆：重庆出版社，2008：1-19.

[18] 江晓原.未来的天空：有没有阳光？（代译序）[M] // 玛格丽特·阿特伍德.羚羊与秧鸡.南京：译林出版社，2004：序言1.

[19] 叶至善.关于《失踪的哥哥》的自白 [M] // 叶至善.我是编辑.北京：中国少年儿童出版社，1998：118-119.

[20] 科幻小说常常被归纳进所谓的类型小说，而类型小说是具有自身独特特征的、应对特定读者口味的作品。特别是在小说等文学类型受到美国工业化的影响，逐渐发展成多种商业小说的过程中，这类观点正在流行起来。可以参见：黄禄善，刘培骧.英美通俗小说概述 [M].上海：上海大学出版社，1997.

[21] 相关文章包括在黄伊主编的《论科学幻想小说》一书中，铁璀、王云缦、郑延慧等讨论了郑文光、叶永烈、肖建亨科幻作品中与科学普及、科学行

为相关的内容，详细资料请见：黄伊.论科学幻想小说［M］.北京：科学
普及出版社，1981。更多资料则可参见：肖洁.童恩正［D］.北京：北京
师范大学，2006；陈宁.郑文光，科幻小说研究［D］.北京：北京师范大学，
2007；郭凯.刘慈欣科幻作品中的科学形象研究［D］.北京：北京师范大学，
2010.

［22］詹姆逊，等.科幻文学的批评与建构［M］.王逢振等，译.合肥：安徽文艺
出版社，2011.

［23］刘兴诗曾经在多个场合强调，科幻创作是科学研究的继续，幻想应该从现实
起飞。他以自己的小说《美洲来的哥伦布》为例，证明这部小说完全是由
于科研资料暂时不足才被写成小说。等未来有更多证据验证最早的跨洋洲
际探险其实跟当前的历史是反向的，他将转而撰写专门的论文。他还赞成
在科幻小说之后附加大量参考文献的做法。

［24］吴岩，方晓庆.刘慈欣与新古典主义科幻小说［J］.湖南科技学院学报.2006
（2）：36-39.

［25］郭凯.刘慈欣科幻作品中的科学形象研究［D］.北京：北京师范大学，2010.

［26］康德.实用人类学［M］.邓晓芒，译.上海：上海人民出版社，2002：52.

［27］黑格尔.《美学》（第一卷）［M］.朱光潜，译.北京：商务印书馆，
2009：348-349.

［28］有关布洛赫的一些观点，可以参见：朱立元.当代西方文艺理论［M］.上海：
华东师范大学出版社，1997：197.

［29］雅各布·布朗诺斯基.巫术·科学与文明［M］.邵家严，译.北京：科学普
及出版社，1991：49.

［30］E.柯尼施.未来学入门［M］.孟广均，黄明鲁，译.北京：知识出版社，
1983：63-64.

［31］王琢.想像力论——大江健三郎的小说方法［M］.上海：上海文艺出版社，
2004：80.

［32］由法国引进中国的一种探索性学习方法，强调学习科学应该在行动中完成。

［33］吴岩.科幻大师的科幻观［N］.上海科技报，2003-08-05.

［34］吴岩.西方科幻小说发展的四个阶段［J］.名作欣赏,1991（2）：122-127.

［35］方晓庆.急进与惯性——晚清科幻小说中的文化心态［D］.北京：北京师范大学,2007.

［36］有关这些争论和批判,可参考叶永烈、郑文光等的相关传记,以及《科普创作》、《中国青年报》和中国科普作家协会1979—1984年间发表的文章与印发的资料。

［37］刘慈欣.传统文学要素在科幻小说中的变化［J］.科幻大王,2009（5）：22-23.

［38］刘慈欣.从大海见一滴水——对科幻小说中某些传统文学要素的反思［M］//魔鬼积木·白垩纪往事.武汉：长江文艺出版社,2008：215.

尾声

权力、现代性与科幻的合法性

一

多年以来,科幻理论研究没有重视文学场中科幻文学跟主流文化、主流文学之间的复杂关系,没有重视其中的差异和对立。仅仅用科幻小说不重视人物描写,存在着基本叙事套路,太多非文学的科技内容等将科幻小说排除出认真分析的领地,这种态度是极端错误的。那种想当然地将科幻作品当成一种自在的客体,存在着独立的边界、确定的定义,可以进行划界,进行分类,进而做出判断的设想,也是幼稚可笑的。本书做出的分析证明,科幻小说其实是科技变革的时代里,受到各类社会压制的边缘人通过作品对社会主流思想、主流文化和主流文学所进行的权力解构,而这种解构的方式,就是欲望上的对抗化、内容上的陌生化、形式上的方法化,以及人物的种族化。恰恰是这些特征,才使科幻文学跟主流文化和主流文学拉开了距离。

从全书的多处分析读者也许感到,对社会当权者推行的主流文化,来自底层、桀骜不驯的科幻文学常常具有破坏性。这可能是对的。就像底层民工能够看到并展现出政府政策或艺术品中最不人性的侧面，并想要对此说三道四一样。但是，这也并非全部情况。因为科幻文学还是破坏和建构的统一体，或者说，它不单单从事破坏，更多的时间中，还从事着通向美好未来的建构，更通过想象的传递，缓解社会压力和个体焦虑，安定着社会。

科幻跟社会主流文化之间的更多合作，可以从它跟主流文学之间的尖锐对立中找到证据。如前面分析所示，浪漫主义时期的文学可能对全社会的现代化进程表现出不满，期望回到田园牧歌式的过去；而现代主义文学则对强烈的科技进步感到困惑，企图用模糊的形式和心理上的多元性与其抗衡；而当媒体世界逐渐产生，凭借科学技术可以造就种种梦幻的时候，主流文学似乎又准备复兴现实主义，准备对现实的一切做出批评。在这样的与主流文学和主流文化的抗争中，科幻文学那种为现代化寻找出路的谋划性，那种对现实的想象式的时空逃离，似乎跟主流文化产生着共谋。不过，与此同时，想象力的破坏和解构作用又使科幻小说对科技社会的种种问题做出批判或悲观的预言，这使得主流文化持有者深表不满。于是，这就解释了为什么社会主流对科幻小说的态度永远是若即若离。

与科幻跟社会主流文化之间那种暧昧关系相比，科幻跟主流文学之间的对立，倒是一种常态。因为主流文学的从业者总以洞穿社会现实的精英自居，但是，他们的那种洞穿，跟掌握科学方法的洞穿有着差别。在主流文学家看来，科幻小说作家那种希望借助科学介入现实的改良态度，本身就带有工具性，本身就是盲目的，就是立场缺失的，科学的那些雕虫小技，能解决重大社会问题吗？能改变人类的本性吗？更不要提科幻小说家那种让故事消失在九霄云外，换到另一个时间、另一个文明的做法是多么可笑。在他们看来，逃避，证明了科幻文学在反映现实方面的不合格性。

权力视角不但能分析社会主流文化、主流文学跟科幻文学之间的三角关系，更能分析科幻领域中作家欲望的走向。当作为权力边缘的受压迫者获取了权力，一切将变得怎样？权力的视角可以清晰地告知对方，这些人将立刻跳出科幻的文学场，死命地向主流文学谄媚，"不要脸"地否认自己的科幻出身，或者干脆在科幻领域彻底消失。在这方面，威尔斯是个很好的例子。在取得了卓著的文学声誉，开始成为社会的良心、成为知识分子的代言人之后，他的所作所为将变成什么样子？英国作家约翰·凯里对此做过深入的研究。在《知识分子与大众：文学知识界的傲慢与偏见，1880—1939》一书中，他不惜拿出三分之一的篇幅分析了威尔斯的行动，将他怎样狂妄自大，力图消灭大众的行动一点一点地展现出来。更多的威尔斯传记作家也证明，威尔斯确实在后期以未来学工作者自居，跳出科幻领地，不断对社会进行说教，似乎他就是真理的代言人。[1]与威尔斯类似，英国新浪潮科幻作家的所作所为，也可圈可点。当这些作家以自己的革新方式全面粉碎了美国科幻黄金时代故事中的帝国主义霸权，成功地将现代主义文学的部分方法引入科幻，更新了科幻形态的时候，他们的努力不但得到了科幻迷的支持，更得到了主流文学的认可。随后，这些作家便堂而皇之地进入了主流文学的领地。但是，他们的创作由此变得干涸了，过分追求主流效果，导致科幻文学失去了边缘创造力，很快让科幻读者感到失落。这样，就算你成了主流文学会议的座上宾又能怎样？在主流文学的大家庭中，科幻文学想要具有自己的特殊性，恐怕还要拿自己的边缘来说话。权力分析还可以解释多丽丝·莱辛在获得了诺贝尔文学奖之后，为什么受到美国大学教授的攻击，因为她曾经"创作过三流的科幻小说"。而莱辛自己，则也愤愤地质问，为什么你们要抓住我写科幻小说不放？希望你们不要把我的作品当成科幻作品。[2]

　　到信息时代的今日，分析科幻文学跟主流文化和主流文学之间的关系更加具有实用价值。在后现代状况下，流行文学逐渐拓展自己的领地，主流文化和主流文学便都开始重新寻找自己的位置。这一次，主流文化和主流文学采取了共谋态度，共同指认流行文化和流行文学低级下流，复制，泛滥，刻板，俗套，跟资本沆瀣一气，号召大众全面抵制流行的侵袭。但是，当看清这种流行文化的流行确实是信息时代高速传递信息资源的一种手段之后，主流文化逐渐改变态度，开始引领、倡导用主旋律重塑流行，创造出一种符合主流权力话语的流行。而主流文学则在这样的状态下陷入失语，因为一旦流行文学被认可，那么主流文学的精英地位便会遭到大众的抛弃。即便是主流文化和主流文学分道扬镳，科幻文学仍然坚定地继续着自己的边缘之路。由于作家簇的经验和思考所限，这些人的创作是否会成为主流文化的一部分，是否会成为主流文学的一部分，这些现在还难以肯定。如果主流文化有更大的气度认可这种边缘思想和边缘的视角，那么科幻文学进入主流、介入流行的趋势将逐渐增加。事实也确实是这样，在这个世界的许多国家和地区，随着女性权力的张扬，童年终结的速度放缓，多数国家政府普遍富裕计划的实行，全球化过程的延续，后发民族的赶超，作为边缘状态的科幻从业者的境况已经大大改观，在一些市场经济发达的地区，科幻作家风光一时已经不是一种奢望。但要谈到主流文学的认可，困难可能会较大。如果人文主义为核心的主流文学价值趋向不做改进，对科幻这类跟技术时代社会发展后边缘人思想方式相关的文学作品就仍然不会受到礼遇。但是，边缘人所创造的边缘手法、边缘思想、边缘感觉，会越来越多地激发主流作家的创作，因为那种经典的人文关怀如果不能在科技时代中增加新的内容，将无法面对当代社会的种种精神需求。

二

以作家簇分析为基本方法的科幻研究，对表现派科幻理论的改进也显而易见。如果说科幻文学是人类表达另类现代性蓝图的某种谋划，那么确认了作家的边缘特征，将对这些谋划的走向建立一种清晰的知觉。在这方面，分析工作还应该继续深入。例如，女性、大男孩、边缘人、现代化的落伍者四类独特的人群，相互之间关系是怎样的？作为统一体的科幻作品，是简单地呈现出其中一类作者的特征，还是能呈现出多类作者的交叉特征？为了研究这个问题，必须从各类作者给科幻文学的贡献上做出小结。

首先，以女性作家为代表的群体对科技变化和科技时代具有敏锐的感受，这些感受可能没有大男孩的感觉那么尖锐，但却饱含女性的特征。而作品中掺杂着强烈情感体验所做出种种描述，特别是对人类生存状态的描述，沁润着女性作家力图挣脱现状、摆脱更大压迫的强烈欲望。但是，这些欲望通常又以一种比较平和的方式展现，因此，女性作家笔下少有那种硝烟战火，即便是星球大战性的故事，也多以女性的心灵感受为核心。对于科技发展的未来，女性作家常常以直觉而非理性面对。但这恰恰能够摸到事物发展的本质。从某种程度上说，女性通过她们的科幻小说恢复了科技时代强化理性后造成的思维失衡，还原了早先人类对理智与情感的那种综合使用的基本模式。由于女性作家不喜欢（不是不擅长）过多的推理，在他们的小说中叙事性永远占据着主导地位，很少出现大段大段的科技推理陈述。对于社会演变和社会压力，女性作家的作品中采用的反抗多是柔和的。于是，这种感受性、柔和性、情感性、叙事性构成了科幻女性主义的中心特征。

以大男孩为代表的作家群，对科技的变化和科技时代的发展也具有敏锐的感受，但这些感受常常以夸大和尖锐的方式展现出来。大男孩是冲动的个体，他们激昂和充沛的荷尔蒙将这些感受放大之后，转而导致超强的行动渴望（不是真正的行动），而这种渴望是多种多样的宇宙探险、科技创造的原发动力。以大男孩科幻为特征的作品充满了各种各样的惊人的创新，这些创新中有对人类现有知识框架的藐视，有对边缘知识的探索，更有对未来才能获得开发的知识领地的超前触摸。在这些冲动的创造与行动中，大男孩作家展现的是对未来的憧憬，对人类作为一个族群的那种仍然没有脱离家庭的简单的爱恋和对两性之间可能组成一种具有无限遐想未来的前景展望。大男孩喜欢在科幻作品中展示一些科学的细节，在他们看来，对这种细节的咀嚼本身充满了他们心目中科技

267

的味道，这跟他们对已经或正在消失的学校生活和求知生活是否有关，还可以再进行深入的研究。至少在他们心目中，那段生活对他们有绝对的价值。即便有的人在作品中大骂学校，但如果他们对学校教育中出现的细节津津乐道，也在向我们暗示他们心中的某种失落和补偿。如果说女性科幻小说的标志是那种温柔的叙事性，那么大男孩科幻小说的标志则是一种强烈的英雄主义情结。面对宇宙的灾难、外星人的攻击、机器人的反叛、环境的恶化、科技被锁定、家族或自己所渴望的异性处于危难之中，拯救者的存在永远是重要的。科幻小说是大男孩想象自己男性气质的最佳试验场。难怪科幻作家刘慈欣在一篇文章中乞求式地写道："科幻文学是英雄主义和理想主义的最后一个栖身之地，就让它们在这里多待一会儿吧。"[3] 如果存在着某种科幻大男孩主义，那么这个独特主义的核心将是冲动性、创造力、英雄主义、对未来和爱情的忠贞不渝的追求。

以社会底层和边缘人为代表的作家群所创造的科幻作品，富含的内容跟大男孩的相去甚远。在这些作家眼中，那种相对纯净的社会环境是不存在的。与大男孩对现状视而不见不同，边缘人和社会底层作者跟女性作家一样，对当前的种种现实感到不安和不满。他们忧虑种种可能的灾难，甚至将自己置于现有的不合理的科技发展和社会秩序之下。这些作家谈不上敏感，因为他们的感官已经被自己的生活体验所磨蚀。但是，在这种沉浸之中，他们发展起来某些独特的感受，这可能是前面两簇作者所缺乏的。过分的灾难和忧虑导致他们对抒发自己愤懑或摆脱现状渴望的增强。由于人的性格不同，这类作家的作品从深深地沉入苦难到力图摆脱苦难，渴望强度差异巨大。一些人可能选择在大灾难中随波逐流，逆来顺受，甚至对宗教或超人的拯救都无法相信。另一些人会把进入主流当成一种可能的选择。但是，长期生活在底层的人怎么能进入主流？如果不去主动行动，就只能靠天赐良机或侥幸心理。底层人的拯救常常是不完整的，他们的乌托邦常常在逃避过程中出现破绽。于是，底层科幻可能出现拉锯战。像《黑客帝国》中没完没了地从网络中出入，一次次地进入幻想却一次次地破灭幻想。如果存在这种科幻的边缘人主义，它就应该包含了对科技时代生存现状的不满、对种种灾难的忧虑、对进入中心的渴望，以及对随波逐流、等待乌托邦拯救的愿望。

现代化的落伍簇中的作家，最热衷的当然是科技进步能导致某种社会秩序的改变，具体地说，就是科技的发展可以导致某种对国际和民族关系现状的超越。因此，这类作品中科学常常是武器，是使群体强壮、强盛、威武、战胜压迫者的精神或物质力量。落伍者对科技本身比前面三类作家都更加重视。但是，他们所重视的往往不是来自科学的创造形式，而是现有科学技术所能带来的好处。当然，落伍者也有科技创新的法宝。那就是本土科技或称替代科学。他们知道在追赶的道路上走常规的路径无法赶超，而本土的知识可能会导致一种突发性的科技进步，这会造成真正的赶超动能。当然，落伍者的科幻作品常常也存在着种种困惑和难于解决的问题。例如，他们所渴望的那个全新的世界和时代，是否跟当代由先行者所统治的时代具有同样的伦理道德体系？他们是否认同当前的这些先行者的价值观是普适价值观？如果他们相信，那么赶超的目的只不过是在一个竞赛场的角逐，换言之，作品无法提出新的世界观标准。而这样的角逐到底有多大的价值？如果他们认为先行者所统治的状况不是自己所要的状况，那么，如何证明自己的新世界是普适性的要费很大的周折。但无论怎样，这类作品通常喜欢将人群而不是个体当成主人公进行描述。在这样的作品中，个体可能不太重要，而整个人类的价值才是重要的。这点倒跟大男孩的科幻小说异曲同工。如果存在着一种科幻的落伍簇的赶超主义，则这种思路的典型代表就是科技功能论、本土文化优越论和群体至上论。

在单独分辨出各簇作家所带给科幻小说的文学个性之后，我们将视线转向交叉过程，我们的问题是，能否在一簇作家的作品中看到另一簇作家的特有贡献？笔者发现，各簇作家对科幻文学的贡献在作品中并非相互独立，这些贡献还会相互交叉，构造出一种交融的、完整的科幻图像。具体地说，每一簇作家所创造出的作品特征，常常也会出现在其他簇类作家的作品之中。而且，科幻的整体特征也会在这种交叉集结中逐渐展现。例如，女性气质实际上是所有科幻小说的共通气质。那种敏感性、对一种更加美好的体制的向往、强调理性和非理性的平衡，在许多科幻作家的作品中都有体现。而大男孩特征也并非只有大男孩类科幻作品才有。在许多女性作品、边缘人作品，甚至落伍者作品中，英雄主义都大行其道。边缘人所设计的乌托邦，其实也是女性和大男孩所设计的乌托邦。其中，被压迫者渴求自由的呼声颇为引人注目。而注重群体、注重族群、注重采用技术的赶超，也不独在落伍者的科幻作品中有所体现。在其他类型的科幻小说中也常常出现。

用中国和西方的两个例子来观察这种多类型科幻品性的杂交，可以帮助读者更好地理解上述论述的价值。回到本书开始时提到的科幻作家郑文光。郑文光一生的创作，应该是第三世界被压迫种族作家的绝好体现。他 11 岁就在越南旅居地创作了抗日檄文《孔尚任与桃花扇》，随后是《别了，海防》，两部散文作品都是讨论的如何拯救危难中的祖国。随后，他开始科普创作。撰写的作品用于激发中国人开发科技和向往宇宙。1954 年，他的科幻小说创作一开始，就是大男孩科幻的体现。小说中那种一厢情愿的，追求美好、宁静、清纯、青春的愿望，在作品中化作饱满的文学热情。而他对世界大同、全世界青年联合起来，为了科学和宇宙殖民事业努力的想法，也颇具简单化色彩。但是，郑文光不单单是未来的向往者，也不单单是科学的弘扬者，他还是一个社会发展的观察者，能发现社会进步与现实之间的差距。他从 20 世纪 50 年代就开始的政治化书写，导致了他多次触及当时社会的底线。但这同时，他的小说《共产主义畅想曲》《星星营》《地球的镜像》《命运夜总会》等则成了抒发底层人想象力的舞台。郑文光的小说永远具有一种女性化的、细腻的、情感化的特色。他对人性的关注不停留在空洞的社会说教上，而是从种种微细的故事情节和情感遭遇中解析而出。他对大海、荒山、蟒蛇、孩子、赛伯格、机器人等都抱有同样的热爱。郑文光是一个典型的、具有女性气质的科幻作家，而他的作品和个人是完整统一的。

　　考察 19、20 世纪之交、新旧交替时代生活着的威尔斯和他的作品，也能让我们感受到那种科幻作家所具备的多元化气质和他们作品中的多种元素的交融。威尔斯具有典型的男性气质，他勇于创造世界文化的潮流。他在世纪之交所提倡的那种反思过去、放眼未来的思维方式，那种将科学和人文统一思考的、具有强烈现代化特性的知识生成方式，使他无疑成为 20 世纪开创期最伟大的作家和学者。与许多之前或之后的科幻作家相比，威尔斯可能不那么软弱，他所掌握的科学技术，远远超过雪莱夫人和凡尔纳这些外行。但是，他的未来寓言故事也仍然显得浅显直白，理想主义强烈。这体现出威尔斯本质上仍然是一个大男孩。而此后他所创作的一些乌托邦作品，理想主义气质更加明显。他的以战争结束战争和用教育跟人性堕落相互竞争等观点，看起来深刻，但其实跟现实反差巨大。难怪一些评论家早就指出威尔斯其实是一个理想主义过分的人。作为一个被压抑的作家，威尔斯经过艰苦的努力很快使自己的命运发生了翻转，但是，他仍然对自己曾经生活过的阶级地位念念不忘。唯其如此，他才写出了优秀的作品。阅读威尔斯的传记，可以发现他生活晚期的那种踌躇，对许多事情的抱怨。而这些明确地展示出他不是那种彻底的革命者，他是敏感忧郁的作家。

　　还有更多作家可以置于这样的杂糅着多种科幻气质的作家的行列，而阅读他们的作品，则是不断拆解这些气质，分析这些独特边缘特征的探索过程。当然，不是每个作家都可以纳入四类人的气质融合的行列，而且，上述四簇人的一些气质和特征之间也可能存在着冲突，对这些问题的深入研究，将揭开科幻文学作为一个整体的独特性。

三

　　从权力角度思考科幻文学，不但能解决已经存在的问题，也能提出新问题和解决新问题。例如，当我们更深入地追问主流文学家对科幻文学为什么存在着偏见的时候，任何政治上正确的主流文学家或研究者都会呈现下面的事实。

首先，科幻小说作为一种现代性的蓝图和行动方案，在面对当代现实或未来发展方面，存在着简单性和不成熟性。由于大男孩和边缘人等主导的科幻作家群体，在思考现实与未来的时候，常常会过分受到自身被压迫现实的情感困扰，无法将一种完全成熟的未来蓝图展现出来。例如，无论是俄罗斯、美国，还是中国的未来乌托邦科幻小说，都存在着将现实中的问题简单化的倾向。《仙女座星云》和《太空神曲》中没有阶级压迫和剥削的社会，阿西莫夫的《基地系列》和《机器人系列》，在时空上都呈现出宏伟的雄心，但是，那种回归罗马帝国的社会组织和简化的古希腊哲学线索，给人不真实也不可能发生的缺憾感。小说中的社会建构看起来相当简单，人的行为和思想，也属于少年水平。而从晚清科幻小说到新中国当代作品，种种未来和种种设想，不断地被困扰着的翻身和反抗所控制，重要的是，这种所谓的依赖科技、民主、共和、共产主义思想等所进行的反抗，缺乏跟中国现有的社会现实相互的关联。作家在呈现现实社会的时候，常常力不从心。这一点从荒江钓叟的《月球殖民地小说》到郑文光的《共产主义畅想曲》再到刘慈欣的《三体》，都非常明显地表现出来，具体来说，故事开始时状态可控，而当小说发展之后，作家为了控制局面，不得不使复杂性逐渐减弱，而故事从此脱离真实可能的现实。不单单是这些涉及社会和政治方面的小说侧面存在着简单化和一厢情愿，就是在基本的人类生活方面，科幻小说也存在着简单性和不成熟性。以爱情关系为例。在科幻小说中，随处可见的是永恒仙境中至死不渝的忠贞之爱和英雄壮举，这些爱的表达，多数没有脱离大男孩的情感发展阶段。而在主流小说中，爱情则呈现出五花八门的形态，无论是爱的追求还是爱的接受，都被放置在一个巨大的社会系统之中，受到种种社会环境的左右，其实现的过程则跟人间的种种社会谋划或生理冲动统和在一起，于是，小说的复杂性和成熟性便体现出来。

对于上述论点的一种可能反驳是，科幻文学本身就表现了科技发展如何影响社会，影响人类生活，因此，科幻小说中所呈现出的这种社会生活和个体生活的蓝图和实现方式的简化，可能是科技社会剥夺人类丰饶心理和群体生活的一种结果。但对这个反驳笔者不能苟同。因为现实已经无情地指出，面对科技时代的发展，不但没有减少社会生活和人类生活的复杂性，反而造就了更多可能展现复杂性的社会空间和文学空间。原子武器导致的战争方式的彻底改变、互联网导致的人类生存状况和交往状况的彻底改变、基因技术导致的人类健康方式的改变，都更大限度地提供了令社会生活复杂化、社会行为复杂化的空间。科幻作家虽然敏锐地看到了这些空间，但在提供一种复杂和成熟的蓝图与行动方面，确实跟主流文学还有着巨大的差距。虽然少数作品在这方面提供了很好的样板，但多数作品却没有对此做出很好的应对。

当然，主流文学也可能出现故事中人物行为和行动的幼稚性与不成熟性，但主流文学永远对这样的状况持一种叹息或批评的态度。不但如此，他们会在作品的中间或末尾，将这种幼稚性和不成熟性所造成的结果真实地展现出来，让你神伤。遗憾的是，很少有主流文学讴歌简单化和幼稚病。而科幻文学对这种简单化和幼稚性的歌颂，使它跟主流文学拉开了态度上的距离。

让科幻小说跟主流文学拉开距离的还有小说中对现实问题所采取的整体解决态度。在多数主流小说中，现实的困扰给主人公所造成的障碍，需要主人公去克服，去挑战，去发展起自己独特的行为方式，然后重新回到被阻碍的现实，重新掌控现实。这样，主流小说的生活场就发生在主人公遭遇困难的关键点上，他或她将无法逃避这些困难，将正面地迎击困难，不管是否被碰得头破血流。而科幻作家则发展起一种将他们生活中所遇到的困难转移到另一个全新空间的能力，在全新的空间中设计出全新的社会环境，并在这种社会环境中超越困难。这样的做法在某种意义上说充满了创造性，充满了建构。但是，也彻底地逃避了造成个体困境的当代现实。跟上面提到的简单性和幼稚化相互一致，新环境往往是被简化的世界，而在这种世界中，抗争来得更加容易。一万年的黑暗势力，可能仅仅只是因为某个独裁者持有某种古怪的信念。打击这个信念、打击这个独裁者、破坏这个黑暗世界，看起来比整肃我们当前所生活的这个世界要容易很多。

对上述观点一个很好的反驳就是，主流小说中也存在着逃避，更有大量逃避的故事被发表被传诵。但主流小说对这种逃避往往是持批评的态度，不会对这样的逃避大加赞赏。因为在小说中摆脱了现实，而生活中却无法摆脱现实。

主流文学跟科幻文学的另一个差异聚焦于想象力。所谓想象力，前面已经谈过，它是一种跨越现实、超越当前、洞察事物深层关系的能力。庸俗的想象力心理学把想象力等同于各种事物属性的拼接或者对图像的再造，而真正的想象，无论在中国还是在西方，其基本含义都不仅仅是一种拼接再造，它展示了人类跟世界交往中的一种非常规认知形式。这种形式以洞察为基础，以把握事物内在关系为核心。它的建构，在今天的知识版图上可能找不到关系基础，而如果站在人类未来全面拓展的知识版图上，则可以清晰地找到关系的位置。

有趣的是，主流文学的想象力也仍然是在人文范畴中的。它聚焦于人类生存状况改善的行为，主要集中在调整人类的目的、信念、价值观、道德、伦理等基本人文内容。主流文学的想象力很少能在自然与社会的客观性方面产生积极的作用。恰恰是因为主流文学的想象力不大投向这些客观化的生存世界，因此在主流小说中，时间空间的穿越都显得相当稀少。但在科幻小说中，虽然对人文方面也存在着许多想象力，它仍然还是集中于全新的自然状况或"人—技术"改变后的社会组织。在这些方面，科幻小说动用它的想象力超越当前的现实。恰恰是因为这个原因，科幻小说中的想象力跟主流文学的想象力相比，是相对不自由的，因为它受制于科学已经取得的当代成果，无法彻底拆除当代科学所搭建的围墙。而主流文学则因为人文领域完全属于人类的主观思考和决定的范畴，因此取得了更大的自由度。于是，想象力的自由与不自由，也限定了科幻跟主流文学的差别。

　　上述几个方面的思考，如果在过去，必然导致一种科幻文学不如主流文学的结论。但如果从各类不同的作家簇都有维护自己生活和创作方式、维护作品构造方式的权力角度看，上述事实将再度证明，科幻确实是一种特立独行、按照自己行为规范发展的文学，它的形式永远为它的内容服务，而这种形式与内容的统一，跟主流文学形成一种鲜明的互补，任何一个研究文学整体版图的学者，都应该看到这种互补状况，并从全新的角度分析文学。

四

　　我们一直在讲科幻文学是科技时代或现代社会中的边缘人的呐喊，但是，科技时代和现代社会之间到底有着怎样的关系？以现代性理论的眼光来看，科技元素是现代社会中最核心的要素之一，也是现代性最重要的组成部分。研究科幻文学如果不从"现代性"着手，就不能真正接触它的内核。玛丽·雪莱、威尔斯对科学进步的忧思，儒勒·凡尔纳、艾萨克·阿西莫夫对技术发展的想象，几乎全都围绕着启蒙主义和现代性这一主线。20世纪60年代新浪潮的革新，除了叙事和修辞上引进主流手法，又拓展出心理学、政治学、性学、神学等新题材以外，也没有带去什么新的东西。如果我们把现代性定义成哈贝马斯及其后继者所提出的，是现代科学技术、各种民主体制和城市化等的普遍完成，那么科幻文学既是这一正在进行"方案"的直接参与者，也是间接描述者。只不过，这些描述在笔者看来，多数来自社会的边缘，多数是在科技变革的压力下所展示的、跟科学或科技活动相关的种种现象及他们的原因，种种梦想及他们的实现方式。

　　科学技术是人性的解放力量，但同时也是对自由的压制力量。分析科技对人的心理影响，至少可以从新技术对个体生存和成长的影响、对从业的影响、对家庭及社会生活的影响、对稳定的国家政策和国际环境的影响等几个方面进行。在过去的300年中,由于西方的启蒙、文艺复兴、宗教改革、科技革命,导致了科技和人性观念的飞速发展,使工业社会的成就全面展现,科技活动也从少数人从事的精英休闲,变成了一种可以带来巨大收益、经济效益、生活改进的实效行业。随着这种大规模推进的科技进步过程,人类的生存方式发生了巨变,原有分散的人口被聚集到城市导致了心理距离的缩小,自由成长的过程被压缩导致了学历社会的产生,职业的多样性导致了工作状态和收入的严重不均等,不断增长的消费导致了生存环境的超速变化,所有这些,都给人造成巨大的压力。如果将经济调控、政策过程和治理过程也看成是管理科学的成就,那么,在当代这个现代化的社会里,人类的任何活动都在科学的统驭之下。而为了能在国际经济上相互竞争和赶超,各国还加紧推行国家创新体系,力图在科技发展和引导社会变化上继续加速。所有这些变化,对于刚刚从丛林中降落地面万年左右、更多时间用有限的体力和脑力解决生活问题的人类来讲,确实显得压力过大。按照美国宇航局佛诺·文奇等人的计算,人类的脑力面对信息时代的这种变化,储存和加工已经接近极限。[4]这就是现代社会科技给人类带去的压力和困扰的真实写照,也是生活在这样的时代中边缘人之所以存在着如此多呐喊的基本原因。

然而,不容否认,科技发展也在过去的300年中为人类减轻了许多压力。例如,各类机器的发明,减轻了人类的体力劳动强度;交通工具的产生,增加了人与人之间的交往;信息设备的增进,加大了沟通的力度;能源科技、农业科技、医学科技的发展,让各类生活变得更加稳定,寿命更长。但是,所有这些造福的过程,也同样伴随着另一些方面的压力的增加。各类机器的发明,使得人需要掌握这些机器的学习时间(甚至难度)的增加。交通工具便利导致的旅行增加,加强了人的不安定感。而信息设备的现代化过程,则更是伴随着海量信息的潮涌,导致心理超载。这样,每一种便利和减压的过程同时也伴随着增压的过程,人类仍然没有从心理压力增加的潮流中被拯救出来。社会生活地位和心理上的不平衡,导致了各类弱势群体的出现,而这样的弱势一天不消失,边缘人簇的存在就一天不会结束。而这些边缘人簇中的一些，企图用自己的呐喊来伸张权利的科幻创作，便一天不会停止。

当然，种种弱势地位的产生，跟科学技术活动在这个社会上的发展相关，也跟社会的人文进步程度有关，跟道德发展、理性的增进、社会组织的历史性继承保持着强烈的关系。笔者在这里只是希望证明，科技发展确实给人造成了种种压力，而面对这些压力去思考某种拯救、谋划，或心理抚慰，是顺理成章的事情。

如果说科技发展是造成科幻作家和科幻文类产生的原动力，那么科技的发展也是造就科幻文本构造形式产生的原动力。仅仅是对社会边缘的呈现，仅仅是表达压力的存在或逃跑的欲望与行动，不能构成科幻文学，只有在思考这些问题的同时，也注意到科学因素的引入，科学方式的采纳，科学成果的吸取，可能的科学潜能的发挥，科学创造的社会传递，才能使小说成为真正的科幻作品。于是，对于这些边缘人的这些故事来讲，某种科学的进展、科学方法的使用、科学精神的张扬，甚至是科技成果的传递，将他们所展示的那个陌生化的环境支撑起来，给他们所讲述的故事中的人物以行动的动因，给他们对现实的批判和思考以坚实的对象。

之所以采纳现代性的视角观察科幻文学而不采用简单的科学元素观察科幻文学，主要是因为科学的发展永远是一种社会活动，永远对世界的其他部分产生着影响，因此，将科幻纳入现代化进程，作为现代性的一部分分析，更切合科幻小说的实际。在科幻文学作品中，确实有少数将社会生活精简或完全剔除，仅仅面对科技问题的作品。像乔治·伽莫夫的《物理世界奇遇记》就是如此。但即便《物理世界奇遇记》中充斥着有关相对论和量子力学的讲座与梦境，小说也仍然将现代婚姻关系、科学家的教学和从业状况等内容纳入了小说的范畴，而且，就在这么少的篇幅中，作者还是将银行工作的单调乏味，爱情中的门当户对和大学教授的寂寞单纯表现了出来。从这样的作品都能看出，选择现代性作为分析的层次，比仅仅选择科学元素更加能够昭示科幻小说跟科学的关系。

　　把饱含着科技成分的现代社会当成一架巨大的机器，而科幻作家就是这些机器周围卑微的工人，希望这是个恰当的比喻。[5]机器服务于人类的福祉，而为机器服务的工人各自熟悉巨大机器的一些零星部件。在他们分别盲人摸象式与机器的交往中，发现机器本身压制了他们的生存，把他们置于体系的边缘，于是，这些人中的几个，希望用自己的声音讲述他们对机器的评价，讲述想要逃离机器，寻找更好的、可以用于替代现在机器的幻想故事。当然，这些人中的极端者也许把故事讲得非常暴力，例如，主人公期望砸碎机器，而机器的制造者说，整个机器是为人类设定的，我们应该保全它。于是，一场为了机器存亡的战争可能就此展开。这就是有关科幻小说的一个元寓言。只要你承认有这个机器存在，有为这个机器服务的工人，就应该容许这些工人释放他们的想象。换言之，机器的存在就是边缘人想象存在的合法性前提。

注释

[1] 约翰·凯里.知识分子与大众：文学知识界的傲慢与偏见，1880—1939 [M].吴庆宏，译.南京：译林出版社，2008.

[2] 参见美联社在多丽丝·莱辛获得诺贝尔文学奖后发表的文章，讲述美国文学评论家哈罗德·布鲁姆如何贬损莱辛的作品其实是四流科幻小说。

[3] 刘慈欣.从大海见一滴水——对科幻小说中某些传统文学要素的反思 [M] // 魔鬼积木·白垩纪往事.武汉：长江文艺出版社，2008：209-220.

[4] 有关这个被称为奇点的问题，可参见美国科幻作家文奇的许多文章和科幻作品。

[5] 至少，美国作家E.M.弗斯特的小说《大机器就要停止运转》和星河的散文《流水线上的工人》都不约而同地采用了类似的比喻。

附录一：部分中英人名对照表

部分中英人名对照表

英文	中文译名	又译作
A.M.Butlerov	布特列洛夫	
Adam Roberts	亚当·罗伯茨	
Aldous Huxley	赫克斯利	赫胥黎
Alexander Belyayev	别利亚耶夫	
Alexander Petrovitch Kazantsev	卡赞采夫	A.卡赞采夫、亚·卡赞采夫
Alexander Stepanovich Popov	波波夫	
Alexei Nikolayevich Tolstoy	阿列克谢·托尔斯泰	A.托尔斯泰、阿·托尔斯泰
Alfred Bester	阿尔弗雷德·贝斯特	
Allen Drury	阿伦·德鲁利	
Alvin Toffler	阿尔文·托夫勒	
Anatoly Dneprov	德涅伯洛夫	
Andrei Platonov	普拉东诺夫	
Anthony Burgess	安米尼·伯吉斯	伯吉斯
Arkady and Boris Strugatsky	斯特鲁卡斯基兄弟	
Arthur C. Clarke	阿瑟·查尔斯·克拉克	克拉克
Arthur Rimbaud	兰波	
Ben Bova	本·波瓦	
Benedict Anderson	本尼迪克特·安德森	
Brian W. Aldiss	布里安·奥尔迪斯	布赖恩·奥尔迪斯

续表

英文	中文译名	又译作
Bruce Sterling	布鲁斯·斯特灵	
Charles Elkin	艾尔金斯	
Charles Percy Snow	C.P. 斯诺	
Charles Pierre Baudelaire	波德莱尔	
Christian Hellmann	克里斯蒂安·黑尔曼	
Clifford D. Simak	西马克	
Cyril M.Kornbluth	西里尔·科恩布鲁斯	
D.H.Lawrance	D.H. 劳伦斯	
D.J.Taylor	D.J. 泰勒	
Dan Brown	丹·布朗	
Darko Suvin	达科·苏恩文	达科·苏文、苏恩文
Dennis Levingston	利文斯通	
Dino Buzzati	迪诺·布扎蒂	
Donald Whollheim	唐纳德·沃尔海姆	
Donna Haraway	哈拉维	
Doris Lessing	多丽丝·莱辛	
Dorothy Hoobler	多萝西·胡布勒	
Edgar Allan Poe	爱伦·坡	
Edgar Rice Burroughs	巴勒斯	
Edward Bellamy	爱德华·贝拉米	
Edward W. Said	爱德华·萨义德	爱德华·赛义德
Emile Gaboriau	埃米尔·加博里奥	
Émile Zola	左拉	
Farah Mendlesohn	法拉·门德尔松	
Francis Bacon	弗兰西斯·培根	
Franz Kafka	弗兰兹·卡夫卡	卡夫卡
Fred Hoyle	弗雷德·霍伊尔	霍尔

英文	中文译名	又译作
Frederik Pohl	弗雷德里克·波尔	
Fredric Jameson	詹姆逊	
Fyodor Mikhaylovich Dostoyevsky	陀思妥耶夫斯基	
Garcia Marquez	马尔克斯	
George Bernard Shaw	肖伯纳	
George Gamow	乔治·伽莫夫	
George Orwell	乔治·奥威尔	奥威尔
Grigory Adamov	阿达莫夫	
Gunter Grass	君特·格拉斯	
Herbert G. Wells	威尔斯	赫伯特·乔治·威尔斯
Hermann Hesse	赫尔曼·黑塞	
Hermann Hesse	赫塞	
Howard M. Fast	霍华德·法斯特	
Hugo Gernsback	雨果·根斯巴克	
Isaac Asimov	阿西莫夫	艾萨克·阿西莫夫
Italo Calvino	卡尔维诺	伊塔洛·卡尔维诺
Ivan Yefremov	叶菲烈莫夫	
J.G.Ballard	巴拉德	J.G. 巴拉德
Jack London	杰克·伦敦	
Jack Williamson	杰克·威廉森	
Jacob Bronowski	雅各布·布朗诺斯基	
James Gunn	詹姆斯·冈恩	
James Tiptree, Jr	小詹姆斯·提普垂	
Jean Gatt é gno	让·加泰尼奥	
Jean–Paul Dekiss	让 - 保尔·德基斯	
Jeffrey Meyers	杰弗里·迈耶斯	
Jerzy Kosinski	杰齐·科辛斯基	

续表

英文	中文译名	又译作
Joan Slonczewski	琼·丝隆采乌斯基	
Joanna Russ	乔安娜·罗丝	
Johannes Kepler	开普勒	
John Barth	约翰·巴斯	
John Carey	约翰·凯里	
John Clute	约翰·克卢特	
John Nesbitt	约翰·奈斯比特	
John Varldy	约翰·瓦利	
John W.Campbell，Jr.	小约翰·W.坎贝尔	坎贝尔
Jorge Luis Borges	豪尔赫·路易斯·布吉斯	博尔赫斯
Joseph Conrad	约瑟夫·康拉德	
Joseph Rudyard Kipling	吉卜林	
Junot Diaz	朱诺·迪亚斯	
Karel Capek	卡来尔·恰彼克	恰佩克
Karl Mannheim	曼海姆	
Karl Popper	波普尔	
Katha Pollitt	卡莎·波里特	
Konstantin E. Tsiolkovsky	康斯坦丁·爱·齐奥尔科夫斯基	齐奥尔科夫斯基
Kurt Vonnegut,Jr.	小库特·冯尼格	
L. Sprague de Camp	德·坎普	
Larry Niven	拉里·尼文	
Leo Nikolayevich Tolstoy	列夫·托尔斯泰	
Lester Del Rey	德尔·雷伊	
M.H.Abrams	M.H.艾布拉姆斯	
Manfred Clynes	曼弗雷德·克利斯	
Mark R.Hillgas	马克·R.希利加斯	
Mark Twain	马克·吐温	

英文	中文译名	又译作
Mary Wollstonecraft Shelley	玛丽·雪莱	
Max Weber	韦伯	
Michael Critchton	迈克尔·克莱顿	
Michael Moorcock	迈克尔·莫考克	
Michael White	米歇尔·怀特	
Mikhail Afanasievich Bulgakov	米哈伊尔·阿法纳西耶维奇·布尔加科夫	布尔加科夫
Monique Wittig	莫尼克·维提格	
Monroe C.Beardsley	比尔兹利	
Mordecai Marcus	莫迪凯·马科斯	
Nathan Kline	内森·克兰	
Nicolas Murray	N.墨里	
Nikolai Fyodorov	尼柯莱·费奥多罗夫	
Nikolai Semyonovich Leskov	尼古拉·谢苗诺维奇·列斯科夫	列斯科夫
Nikolas lvanovich Lobachevsky	尼古拉斯·伊万诺维奇·罗巴切夫斯基	罗巴切夫斯基
Norman Spinard	诺曼·斯宾拉德	
Northrop Frye	芙莱	
Octavia Estelle Butler	奥科塔维亚·E.芭特勒	奥科塔维亚·芭特勒、芭特勒
Olaf Stapledon	奥拉夫·斯塔普雷顿	
Oliver Lange	奥利佛·兰格	
Olivier Dumas	奥利维埃·迪马	
Pamela Sargent	帕梅拉·萨金特	
Peter Costello	彼德·科斯特洛	
Peter Fitting	彼德·菲廷	
Philip K. Dick	菲利普·K.迪克	
Philip Smith	菲利普·史密斯	

续表

英文	中文译名	又译作
Pierre Boudle	彼埃尔·布尔	
Quintus Horatius Flaccus	贺拉斯	
Ray Bradbury	布拉德伯里	
Reginald Bretnor	R. 布雷特纳	
Robert A. Heinlein	R. 海因莱因	
Robert Frost	弗罗斯特	
Robert Scholes	罗伯特·斯科尔斯	
Robert Silverberg	罗伯特·西尔佛伯格	西尔佛伯格
Robin Cook	罗宾·库克	
Russell Jacoby	拉塞尔·雅各比	
Sam Moskowitz	山姆·莫斯考维奇	
Samuel R. Delany	德拉尼	
Samuel R. Delany	塞缪尔·迪兰尼	
Satish C. Seth	赛斯	
Sheri Tepper	谢里·泰珀	
Slavoj Zizek	齐泽克	
Stanislaw Lem	斯坦尼斯拉夫·莱姆	莱姆
Stanley Kubrick	斯坦利·库布里克	
Suzy McKee Charnes	苏塞·米奇·恰纳丝	
Ted Chiang	特德·姜	
Theodore Sturgeon	西奥多·斯特金	斯特金
Thomas Hobbes	托马斯·霍布斯	
Thomas Huxley	托马斯·赫胥黎	
Thomas M. Disch	迪什	
Thomas More	托马斯·莫尔	
Thomas Nicholas Scortia	斯科提亚	
Thomas Pynchon	托马斯·品钦	

英文	中文译名	又译作
Thomas Stearns Eliot	艾略特	
Thomas Hoobler	托马斯·胡布勒	
Umberto Eco	翁贝托·艾柯	
Ursula K. Le Guin	厄休拉·勒古恩	勒古恩
Vernor Vinge	佛诺·文奇	
Vladimir Nabokov	纳博科夫	纳布科夫
Vladimir Obruchev	奥布鲁切夫	
Vonda McIntyre	万达·迈金泰尔	
Walker Percy	沃克·珀西	
Washington Irving	华盛顿·欧文	
Wernher von Braun	维纳·冯·布劳恩	
William Gibson	威廉·吉布森	
William Bloch	布洛赫	
William Burroughs	威廉·巴洛斯	
William Golding	威廉·戈尔丁	
William Irwin	威廉·欧文	
William Rupp	威廉·拉普	
Yevgeny Zamyatin	叶甫根尼·扎米亚金	扎米亚京

附录二：精选书评

一张有待展开的蓝图
——评《科幻文学论纲》

贾立元

一

在清王朝大厦将倾的末年，有志之士们寻找着救国救民的良策。1902 年，梁启超提出一个奇崛的观点：因为小说具有对人"熏、浸、刺、提"四种作用，因此国民之弊病，都是中国旧小说的过错，"故今日欲改良群治，必自小说界革命始！欲新民，必自新小说始！"而他所谓的"新小说"共计十类，其中有一种，显得有些特别，也就是所谓"哲理科学小说"。梁启超不但在其创办的《新小说》上刊载翻译的科学小说，本人还写下了《新中国未来记》。一年后，在日本留学的青年周树人，面对洋溢着技术乐观的凡尔纳，更以热血豪情说出："故苟欲弥今日译界之缺点，导中国人群以进行，必自科学小说始。"实际上，早在 1891 年，《万国公报》就刊载过爱德华·贝拉米的乌托邦名著《回头看纪略》（今译《回顾：公元 2000—1887 年》）。此后，凡尔纳等人带有科学幻想色彩的作品也陆续获得了译介，耳濡目染之下，本土原创的科学小说也迎来了第一轮兴盛。不过，此时距离这一名称繁多的文学品种被移植到美国、被书商打造成庸俗廉价的地摊文学，随后在雨果·根斯巴克和约翰·坎贝尔两位科幻编辑手上转型走上正轨，最终以 Science Fiction 的名目进入所谓"黄金年代"，从此稳定为一种具有充分文类自觉意识、以美国流派为大宗的类型文学尚且还有几十年之遥，因此可以说，世纪初的中国人是在缺少足够规范的压力下，自由地按照自己的理解和需要来对这一文类进行功能性处理的。从那些文化先驱开始，中国科幻就不可避免地与现代民族国家构建这一重要议题纠缠在一起。换句话说，不论是清末民初的文化革新，还是新中国初期的文艺服务社会主义建设，科幻在中国一直就是现代化工程的一部分，即便后来在与世界主流科幻有了充分的接触后，热爱科幻的中国人仍然通过开启一扇扇通往奇境的窗口来激发国人对现实的忧虑和对未来的热忱，以此参与到这一伟大而艰巨的历史进程中。

虽然如此，科幻这一舶来品在中国的旅行却并不顺利，期间经历了几次大的中断和消沉，因而未能在健忘的历史长河中形成持续的记忆压力，尽管有《小灵通漫游未来》《珊瑚岛上的死光》这类轰动一时的作品，却缺乏足够多可被代代传承的经典力作。加之理论认识的僵化——科幻不过是少儿科普工具，"科幻"在今天便总流露出几分小儿科和"不正经"的味道，即便机器人、外星人、世界末日、银河战争、克隆人、时间旅行、超能力等早已随着美国大片在全球的泛滥而为普通观众耳熟能详，但人们仍然分不清它和穿越、哈利·波特有什么区别，不知道除了凡尔纳以外世界上还有什么科幻作家，甚至会疑惑地问"中国也有科幻么？"直到近来，刘慈欣的《三体》系列、韩松的《地铁》等作品引发了一轮热潮，主流媒体、主流学术界、知名文化人都开始纷纷热议科幻在当下中国文化格局中的重要意义后，一直被误解为"幼稚"的科幻爱好者们才终于感到有几分扬眉吐气，一本重新对科幻进行理论思考的《科幻文学论纲》也适时地登场了。

在不为外人知晓的所谓"科幻圈"里，吴岩教授无疑是中国当代科幻研究的先行者和权威。从中学时代在《光明日报》上发表评论叶永烈小说的文章开始，吴岩二十年来不但从事创作，且一直与不断在这个"圈子"里进进出出的各种重要人物打交道，始终保持着高度的热情和开阔的国际性视野，利用自己所在的高校学术平台，艰难而执着地推进着科幻研究工作，组织主持了各种大大小小的学术会议、研讨、科研项目，还编著了一批科幻理论书，可以说在这个稀奇的学术领域里做出了无人能及的贡献。不过，由于身兼教育和文学两个院系的教学和科研工作，吴岩本人的科幻研究一直以零散的文章为主，直到这本《科幻文学论纲》以学术专著形式出版，一个理论工作者的面目才清晰起来。此前，虽也有学者从通俗文学、青年亚文化、文学现代性、科学传播等不同切口进行过有关中国科幻的零散研究，但如此系统地、规模性地理论阐释还很罕见，能够以全球性的视野、试图对总体性的世界科幻文学实践给予一般性的解释，在《科幻文学论纲》之前的华语理论界也属罕见。

与前人不同，《科幻文学论纲》不再将科幻史简单地理解成"一段人类如何探索自然、战胜自身、走向宇宙、面向未来的浪漫历史"，而是视其为"科技变革的时代里，受到各类社会压制的边缘人通过作品对社会主流思想、主流文化和主流文学所进行的权力解构，而这种解构的方式，就是欲望上的对抗化、内容上的陌生化、形式上的方法化以及人物的种族化"，以此"缓和科技革命和工业革命所造就的人类心理失衡"。为了说明这一新颖的观点，作者旁征博引，将几百年来中外科幻融会贯通，放弃历时性的文类演变描述，将材料置入共时性的理论框架，依托自己的心理学知识背景，以多年来在科幻领域的切身体会，试图在理解和同情的基础上，对科幻实践者们的行为进行辩护和批判。以创作主体为纽带，作者将"科幻"的文学理论和文学史梳理联合在一起，不仅想要回答"中国科幻是怎么回事"，更雄心勃勃地想要说明"科幻是怎么回事"，而这样做，归根结底是为了证明自己"所投身的这种文学是一种值得投身的、重要的文学形式"。

实际上，科幻在欧美一直都是一种重要的文学形式，不论是作为美国大众文化的重要构成，还是作为欧洲精英文学中有着悠久传统的、有力的表现框架，都一直颇受一些学者尤其是左派知识分子的器重。

诸如弗雷德里克·杰姆逊、达科·苏恩文等人都对科幻如何为西方民众呈现其他历史选择的可能性深感兴趣，就此演绎出一套发人深省的理论。遗憾的是，西方科幻研究几乎无力处理中国的科幻实践。比如，亚当·罗伯茨的《科幻小说史》基本上是一部欧美（日）科幻小说史。正如中国革命的历史经验为"现代"提供了新的诠释一样，中国科幻作家不论开凿多么绮丽飘忽的世界，背后总是隐含着这样那样的现实针对性，因此中国人的科幻理论言说理应为重新思考这一与"科学／技术""时间／空间""过去／未来"等现代议题息息相关的文类提供具有本土特色的反馈。《科幻文学论纲》正具有向世界科幻研究前沿看齐并展开积极对话的意思。

二

大概"权力"和"边缘人"这一新鲜的视角击中了绝大多数中国科幻热爱者的神经，勾起了他们心中作为"边缘人"的痛楚和自豪之感，所以《科幻文学论纲》引起了不少当代科幻作家的强烈共鸣。刘慈欣就声称这是一部"划时代的杰作"，韩松更是赞誉其"像普罗米修斯盗火一般，从窒息的暗雾和重障之间，把灵光传输过来，使得中国科幻有豁然开朗之感"。虽有溢美成分，但作者这一对自己多年研究的总结工作，确实打开了中国科幻研究的新局面。特别是，作者将目光的聚焦点从对文类的功能性阐释转移到创作主体在科技时代和现代进程中的心灵焦灼上，这在以人为本的科学发展观的今天更显得耐人寻味。我们不禁要追问：究竟何者为"边缘"何者为"主流"？"边缘"究竟应该和"主流"合作还是应该坚守自我？这些根本性的难题为《科幻文学论纲》的叙述制造了困境。

例如，在试图把握科幻这一"人类表达另类现代性蓝图的某种谋划"时，作者借助了"作家簇"的概念，即"具有统一属性的社会权力地位特征的作家的综合"，并对"女性""大男孩""底层／边缘""落伍者"四大类作家簇逐一分析，探讨这些现代性过程中的边缘人如何通过幻想来对抗主流并宣泄科技时代特有的压抑。这个概念虽可避免过于宏观的理论空谈和过于微观琐碎的个案描述，却也造成了困扰。例如，与其他几类较为稳定的框架相比，"底层/边缘"具有更大的相对性和变动性，而在具体的论述中，我们又没有看到翔实的分析，作为说明案例的威尔斯这位举足轻重的英国作家相对哪些人而言是边缘的，以及他的写作所获得的成功是否使其在当时的英国文化层级结构中实现了从边缘向中心的移动。此外，阿瑟·克拉克与刘慈欣等能否归为"大男孩"也值得商榷。因此，与其说"作家簇"揭示了作家身份与其作品表现之间的固定联系，不如说是对某一类特征成分的归纳性总结，这些成分在不同的作家那里组合变化，使作品展现出复杂的风貌。

此外，本书的一些论述还显得有些单薄，有些论断推测成分太多。而我认为，其最重要的一个不足，在于共时性框架所遮蔽掉的"历史"维度。例如，在解释英美科幻文学的"新浪潮"时，将其放在科幻文学内部的文类演进过程中考察，理解为科幻作家对黄金时代科幻统一风格的反叛。确实，出于对陈规的反叛，"新浪潮"将现代主义文学手法引入到科幻叙事中，由此诞生了不少最终进入到"主流"文学史的作品，最大程度地拉近了科幻与"主流"的距离。然而，如果要更深刻地理解这一运动，恐怕还是要将其放置到冷战时期的核危机阴影下世界性的反文化运动中去理解。其实，"边缘人"很容易让人联想到德勒兹的"小文学"、杰姆逊的"政治无意识"以及王德威的"被压抑的现代性"等一系列经典论述。假如作者能够在类似理论工作的地基上进一步展开，深入到几个重要作品的文本深处，有力地揭示出在某一个具体的时代，科幻这种文化如何历史地参与到了本土的政治、社会、文化斗争，如何在彼此竞争的各种话语中张扬自己的独特价值，其背后的历史诉求如何在激烈的文化权力斗争中胜出或者失败，"边缘"与"主流"之间如何角力与合谋，则其理论深度和说服力将获得极大的提升。

科幻虽然起源于欧洲、兴盛于美国，但当它随着洋枪洋炮进入20

世纪的中国后，必然会在跨语际实践中被改造出新的面貌。那些在暴风骤雨的大历史中激昂慷慨的"边缘人"何以一次次书写着异样的情怀？背后有着怎样对自我、他人、家国乃至宇宙的期许和热情？这一文类如何在与历史的纠葛中，积极参与着现代民族国家、社会制度、文化观念、价值体系的颠覆和建构，又如何为历史的洪流所裹挟摇摆？唯有在文本的内外重建这一幕幕"主流—边缘"的历史剧，我们才能更好地理解中国科幻和百年中国的现代历程。

　　不过话说回来，既然名为"论纲"，也就意味着这只是一张粗略的蓝图、一份未来的战略性纲领，因此也就不可能有太深入和有力的战术应用。或许更值得赞赏的是这个长征本身的努力。与国人开始产生言说科幻欲望的晚清相似，新世纪初的中国也处于一个价值多元、各种话语彼此竞争的阶段，而混沌往往是整合和新生的准备，这时的"边缘"或许能够为"主流"提供新鲜的活力。以科幻为例，当"主流"文学经历现代主义和后现代主义的洗礼，习惯于反对"崇高"或拒绝"宏大叙事"时，刘慈欣却仍以带有几分古板气息的理想主义精神，以一种崇高风格来谱写关于宇宙与未来的恢弘史诗，以期增加这个国度里的众生"对宇宙的宏大神秘的深深的敬畏感"；而当先锋文学的主将们日渐成为"主流"并开始致力于创造种种具有正典气息的大作时，韩松却依旧默默地坚持一种令人难于辨识文体的写作，以便与那个"五千年的固有逻辑"与现代科技联姻而生的妖怪搏斗，并声称科幻能够像摇滚一样"最大限度地拓展表达自由的空间"。可以说，即便是在所谓"去政治化的政治"时代，中国科幻人仍然如同晚清的文化先驱一样，怀有种种复杂微妙的诉求，而对这些耐人寻味却又长期被"主流"忽视的文化实践予以理论化总结，就很可能成为人文思想的新的生发点。对此，敏感的学者已经有所注意，"主流"学者王德威在北大所作的演讲"乌托邦，恶托邦，异托邦——从鲁迅到刘慈欣"，题目本身正暗示着中国科幻在历经一个世纪明明暗暗的跌宕后，正在酝酿出某种值得关注的新动向。

权力的崩塌

——浅析《科幻文学论纲》

星河

一

1968 年，"新浪潮"科幻运动的旗手之一、英国科幻大师布莱恩·奥尔迪斯那极负盛名同时又晦涩难懂的新作《论可能性 A 的报告》面世之日，正是后来席卷欧洲的法国"五月风暴"轰轰烈烈兴起之时。在这条极具革命性的颠覆权威话语体系的进军之路上，另外一种谁都未曾预见的"可能性"出现了。

传统意义上的知识分子惊讶地发现，原本充当社会良心并有义务向公众宣讲真理的他们，突然在一夜之间失去了存在价值。公众开始自行发现真理，自己表达诉求，直面权威话语体系，而不再需要一个充当中介的教化者与代言人。直到这时知识分子才悲哀地发现，原来知识与权力本就是一体的，它们本就具有一种相互捆绑牢不可破的共生关系。"本是同根生，相煎何太急。"

无论从建构还是传播的角度，知识始终都依附于权力，这是福柯权力哲学的基本思想。因而权力对文化领域各种价值判断的深刻影响，自然也难以拒绝。所以吴岩在《科幻文学论纲》开篇即试图提出权力分析的模板，极力强调权力对中国科幻文学的巨大影响，并列举出诸多无可辩驳的历史例证，在我看来无疑是正确的，但却是无须刻意强调的。因为这样做只能诠释历史，却难以解读现实。当今真正影响中国科幻文学发展的因素，并非来自传统意义的权力。假如非要将这种影响置于权力的语境之下，那么权力只能来自民间。

这是第一个需要商榷的地方，但暂且搁置，先谈作为该书中心的"作家簇"分析。

二

首先值得肯定的是，这种分析方法颇具建设性的新意。此前大多数科幻理论著述，不是以文化背景为基础进行概括性综述（一般见于不了解科幻者），就是以时间为序列的编年史考证（一般见于极了解科幻者），但这两种方式都不具备文学批评的价值。更为认真细致的研究，又大多先对题材划分类别，然后给予适当的文化剖析。这种数度简单重复的结果，无外乎拆解出诸多的文化符号意义，并在客观上告知读者，某个你以为极为新颖的科幻构思，其实在历史上早被无数次动情书写。

除此之外，就只能详析作者——因为很难去分析读者。以往的分析，或以时代、国别及社会背景来分类，或以具体作者为研究对象，难免失之笼统或偏重个案。而在《科幻文学论纲》中，作者选取介于宏观与微观之间的视角，将科幻作家群体划分为四个不同的类群（簇），并撷取各自不同的人生轨迹及重点作品予以详析，最终解释科幻文学被视为另类的深层原因。这种全新的考察视角，在客观上带来了一种全新的组织规划方案。

但具体衡量这种划分，考察它的实际意义，仍感到有诸多缺憾。事实上有些明确的划分，未必能够描述问题的本质。就好比我们做如下定义：北京师范大学内的所有物体，可划分为所有运动的生物，所有运动的非生物，所有静止的非生物。这三项已涵盖了这一区域的所有物体，但它们并不足以描述这里是一所高等学府的真实情况。由此可见，一个正确无误的划分，未必就能准确真实地描述客体。上述比喻看似有近乎苛求的不妥之处，但只是为了说明问题，并不直接指向作者的四种作家簇划分方式。

而具体到作者划分的作家簇中，"大男孩作家"和"女性作家"，与"底层/边缘作家"和"落伍者作家"，似乎并不完全在同样一个讨论层面上，借用工程语言来描述：没有位于同一水平面，具有一定高差。

但不管怎样，这是一种崭新的尝试。以下就以这种划分为基础进行考察与讨论。

三
感觉"女性作家"这一以性别来划分的作家簇并不纯粹，其中蕴含有几种不同的创作状态。

考察作者所举的几个例子，可以明显看出这样一个特征，那就是科幻文学之于女性，完全是女权主义的一种宣泄和释放（有时甚至相当极端），这种创作恰恰是为了反抗男权话语而为之的。

假如作者使用的是"女性主义作家簇"，我就不会多说什么了。因为在词源上，我们所谓的"女性主义"与"女权主义"应该是相同的。而现在作者使用的是"女性作家"的概念，仅以第一性征来划分，就觉得有商榷的必要。

玛丽·雪莱总是一个很好的例子，尤其是其母被冠以"最早的女权主义者"这样一个光环。无论她在《弗兰肯斯坦》前半部分做了怎样柔情的描述，这温情脉脉的面纱都在后半部分里彻底撕破了。也许作者曾试图在男性话语霸权中苟且偷生，但终究还是感受到一种强烈的压抑。解决的办法只有投降或共同毁灭。胜利在她们看来是一种无法企及的梦想，她们只能采取极端的方式来表明这种对抗态度。不要说她们还有期望，正是因为"她们在男权世界的边缘，期望着跟这个世界讨价还价。她们带着诚挚的梦想，带着尽可能多的容忍向这个世界妥协，但是，她们的生活仍然不尽人意"，所以作家才不得不通过梦想来弥补这种不足。而即便是在梦想中，本着一种现实主义态度，还是构造了一个共同毁灭而非皆大欢喜的结局。这是玛丽的无力，也是女权主义的无奈。这不是胜利，这是极度的悲哀。所以，就算玛丽继续了其母的女权主义血脉，仍是一个彻底的失败者。这种失败，让她在作品中（所幸不是生活中）走向文明与理性的反面。"科幻不一定是张扬理性的，反而可能是张扬感性的"——这话用在这里倒是恰如其分。

厄休拉·勒古恩是另一个典型的例子。无论她的故事以怎样的方式叙述，只要构造出一个"雌雄同体"的无性社会，就等于为自己打上了女性乌托邦的标签。这是一种隐性的投降，以调和的姿态试图与男性携手共建文明——但是，男性对此根本不屑一顾！

"女性主义批评家菲廷将这期间的一系列变化总结为：早期的女性主义强调女人跟男人平等，接下来，强调女人胜于男人，而发展到勒古恩所在的 20 世纪 60 年代末 70 年代初，所有这些前期激进主义的态度也消失了。"为什么会出现这种变化？恰恰是因为女性作家对此实在无力改变，因此不得不转而寻求一种无性社会，以此逃避聊以慰藉。

这不是"一种文学的理想境界"，而是一种女性的无奈渴望。后现代主义祖师詹姆逊的评价，无外乎是告诉大家，勒古恩所构造的显然是一个现代乌托邦。"在工业化社会中，个人受到摧残的表现就是欲望得不到满足，个人内心的欲望永远是被压抑，受到摧残，但同时，正因为有这种社会对人的摧残，便普遍地存在着乌托邦式的冲动，乌托邦式的对整个世界的幻想性改变。"[1]而只有面对复杂经济社会无力改变的人们，才会退缩逃避进这样一个简单化的概念中。

需要补充的是，无性社会始终被认为是一种缺乏发展动力的社会，至少在当下的技术水平看来的确如此。所以以技术模糊性别属性的"赛伯格"，便成了女权主义最后的呼号。她们幻想技术的进步能够改变人类的动物本性，而这依旧是乌托邦的一个隐蔽变体。

纵观女性作家所尝试的科幻创作，要么被碰得头破血流（如该书作者所描述），要么向男性话语投诚（或者完全按照男性话语叙述），要

1　弗雷德里克·杰姆逊.后现代主义与文化理论——弗·杰姆逊教授演讲录［M］.唐小兵，译.西安：陕西师范大学出版社，1987：149.

么不是经典意义上的科幻。其中属于科幻范畴的，第一种和第二种前半段是"女权主义科幻"和"失败的女权主义科幻"，第二种后半段仅仅是"中性科幻"。

所以第二章"女性作家簇"被称为"女权主义作家簇"应该更为准确。

四

假如说"女性作家"的概念稍显模糊，那么"大男孩作家"的概念则更显扑朔迷离。一个相当重要的原因是，后者不应被视为一个静态概念，因为这些作家尚处于一种向前迈步的动态之中。所谓"大男孩"，实在不是一个完成的进化形态，而是一种待定的中间状态。

事实上任何一种文学体裁的创作，其创作者都始自这种状态（类比诗歌应该最为典型），而随着作者心态的逐渐成熟，要么长大成人，要么放弃这种理想化的写意描述而回归写实。假如试图对不成熟的创作进行"成熟"的分析，那么文学史上遍地都是可供捡拾的夭折尸体。

不过具体到科幻文学，则经常会出现缺乏激励作家成长的土壤的情形。写实主义被视为科幻文学的边界，试图逾越界限或者仅仅是试探边缘都会遭到常规受众的无情嘲弄。

在这里，读者的影响起到了相当巨大的作用。"读者则很受限制：我们不是在同'大众'而是在跟年轻人交流，他们对于故事的科学或著心理的真实性要求不高，而且由于年龄的关系，对作者们缺乏深层次的想象力还不致于十分愤怒。"[1]读者的强力影响，要求作者被迫了解与适应。而整个社会愈演愈烈的童年化倾向，又急剧加速了这种影响。

就凡尔纳、根斯巴克抑或阿西莫夫而言，关注科学本身并没有什么不妥。尽管科学主义者当中充斥"大男孩"（参考《生活大爆炸》

---

1 让·加泰尼奥.科幻小说［M］.石小璞，译.北京：商务印书馆，1997：19.

中的谢尔顿及其他），但并非所有的"大男孩"都是科学主义者。克拉克与上述作家不尽相同，科学之于他已不再是"大男孩"的玩具而近乎现代宗教——尽管这种虔诚并没有在其作品中被简单地表现出来。甚至在所谓"大男孩"的科幻作品中所流露出来的乐观主义态度，也并不违反浪漫主义文学的原则。然而对人物的苍白描写，则成为这类科幻作家被屡屡诟病的原因之一。承认也好，无视和反驳也好，事实客观存在。技巧欠缺不应成为心理年龄尚未成熟的辩解。如果仅以"科幻文学已经使自己远远地离开了主流文学……的核心领地"来说事，颠覆性地修改人物描写的基本特征，那还不如直接承认科幻小说不是小说。

事实上，在经典评价体系中，科幻文学一直被视为另类，很大程度上不是源于它的关注对象，而是基于其文学技巧的欠缺。而科幻作品的良莠不齐及其他更多原因，又让相当优秀的科幻作家无力反驳，同时感到出奇愤怒。但是，正如目的的崇高并不能证明手段的正义，主题的伟大并不能掩盖技巧的不足。庸人自扰式的自负没有任何意义。

所以就这个意义来说，我认可"大男孩"的心性，却不认可因"大男孩"心性而造就的作品属性。与其说是"大男孩作家簇"，毋宁说是"所有作家的青春性阶段"。

在本节的最后，就算是为了应景和好玩吧，让我们顺便欣赏一位"大男孩"的科幻作品片段——

"人类在太空中漫游，感到头晕。庞大的宇航费预算难以为继。人类登上了月球，却一无所获。两位宇航员揭露，学者们所说的月球表面有江河、海洋完全是无稽之谈。"（《宇航员自杀》）

"我将对你们讲一讲我逃往火狱的故事。我要向你们描述一下通往火狱的道路，然后再描述一下火狱本身的情景，以及我是如何从那里原路返回来的。"（《逃往火狱》）

以上作品均选自短篇小说选，长江文艺出版社 2001 年出版的《卡扎菲小说选》，作者的名字是奥马尔·穆阿迈尔·卡扎菲。值得一提的是，他在《逃往火狱》这篇文字中，极为精准地预见了自己那悲惨的最后结局。

五

"底层 / 边缘作家"和"全球化落伍者作家"的划分准则，与"女性作家"和"大男孩"有着十分明显的不同，而且定义域有交叠之处。从表面上看这种划分不具有任何意识形态特征，但事实是这两种人非常容易带有强烈的左倾倾向。

联系上述的女权主义和青春性心理，只是作为一种参照，考察一下《科幻文学论纲》从侧面反复提到的几类思想，或者说具有这几类思想的人，将会发现一些十分有趣的现象。

事实上，当代革命风潮中的几股势力，都渗透着西方马克思主义思潮的些许痕迹。其中包括那些走向巴黎街头并在后来辐射向整个西方社会的左翼青年，包括那些挺身反抗男权话语的女权主义者，还包括那些对工业化极度仇视的环保分子。这些群体在诞生之初，都具有极强的革命性，但他们同样都具有以简单思维理解和处理问题的明显特征；一旦他们进化到甚嚣尘上的阶段，问鼎风潮的巅峰，也就开始陷入流俗的局面，丢失了其内在的革命性，同时迅速走向没落。这时比较关键，因为前方是一个分岔路口：极端分子走向反社会反文明的阵营，而相对温和者则被后现代主义尽收彀中。

换言之，这些人群从来没有走向主流，他们的思想也只是在一个阶段影响和左右了主流文化，更多的时候都是在主流话语体系之外的宣泄延伸。既然没有发言权，就强行制造一种发言权，这与《科幻文学》中所言"大半部科幻文学的历史，其实是被压迫者企图发声的历史"倒是一脉相承的。

六

再退一步，撇开文学水准不谈，来看一看科幻文学与所谓主流文学的区别。

所谓"科幻不一定是张扬理性的，反而可能是张扬感性的"，并非科幻文学特有的属性，而是近现代文学的共性之一。自浪漫主义文学诞生以来，文学便成为对抗工业文明的一种工具，两者之间自然存在着特殊的紧张关系，文学成为反映个体与社会矛盾首当其冲的武器。考察浪漫主义文学的种种特征，会发现与早期科幻文学极为相似。这在《科幻文学论纲》中也有提及。

从什么时候开始分道扬镳？按理说应该从来没有。在表现这种紧张关系方面，它们从来都是在一个战壕并肩作战的战友，唯一的不同是，前者反抗科学，后者弘扬科学，而这不过是一个阵营中的左右两种态度而已。前者持续发展，成为当代的主流文学；而科幻文学在历史上曾几次试图反抗科学，但原始基因决定了现世身份，表态站队时只能选择实证主义而非浪漫主义，不得不忍痛与主流文学挥手告别，渐行渐远。即便是法兰克福学派浪漫主义思潮对前资本主义怀乡情结式的频频秋波，也无力挽救这场弥漫着论战硝烟的破碎婚姻。

边缘本不可怕。抗拒边缘的过程，有时是一种"铁肩担道义"的受难历程，有时则是一种彻头彻尾的媚俗之途。当然首先将科幻庸俗化的是美国，这个国度有将一切艺术俗化的本领。套用诗人海涅的一句话：玛丽·雪莱当初播下的是龙种，却收获了不少跳蚤。自身建设的缺陷，给了他人批评的口实。

期待本无可非议，更不是什么丢人现眼的事情。但关键并不在于对主题关注的改变，更不在于一定要对抗理性。坚持理性，描述文明，正是科幻文学的使命之一。

七

回到权力。

在网络资源泛滥的今天，每个人都有散布信息的权力，因而民意未必就代表着事实和真理。此时权力自有其积极意义，但也只不过是规则的一种代称。

但如前所述，正是知识分子自己颠覆和消解了原有的话语体系，现在又颇为遗憾地暗自向隅啜泣。《科幻文学论纲》反复提到权力对科幻文学的影响，但究竟是谁在反抗权力的同时主动放弃了权力？曾几何时，我们可以哀叹"文学研究本身变成一种权力的研究"，但一个不争的事实是，现在却不得不再次仰赖权力的庇佑。

这是双重的示好，假如不被斥为投诚。原来被仰视的主流上升为权力，原来被教化的底层同样上升为权力。媚俗的不是成熟的"大男孩"，而是所有的边缘者。不过没关系，反正已屡屡臣服过多次，再屈尊一次又有何妨？

为了前进而放置的里程碑

——评吴岩的《科幻文学论纲》

李兆欣

花几年的时间来准备、积累，写出一本书，似乎并不太罕见，但如果所谈的是一本科幻理论著作，就相当难得。我把吴岩的《科幻文学论纲》称为一种真正的理论研究是有原因的。这本书以科幻在中国甚至在世界各地的处境为线索，总结了科幻作家的四种类型，并由此分析了科幻文学到底应该被归纳到怎样的文学门类之中。从这个角度来看，全书具有的创意性可能不仅仅在中国本土。

相比内地、港台或海外其他类型的科幻理论读物，这本《论纲》有如下几个重要的特点。第一，作者具有问题意识，全书始终围绕"科幻之边缘性"的主题。此书的核心是科幻的边缘性也就是常说的合法性问题。作者从权力场角度识别了科幻的边缘性，又从现代性角度阐释了科幻产生的历史基础，通过现代化过程中不同科幻"作家簇"对社会变化的反应将科幻的不同特性进行归类，最终构建了科幻文学合法性的框架。第二，作者强调方法的作用，从立论选择到课题展开，始终强调适当方法的选择。从开篇通过艾布拉姆斯的艺术理论坐标方法，对科幻研究的方法进行分类比较，确定选用权力场方法。再到通过科幻认知、态度、行动和形式的结构化分析，对权力场方法分解出的四个"作家簇"进行检验。作者对方法在科幻研究中的重视，已经超过了科幻研究的前人。这两点看似普通，但要真正做到需要大量查阅、积累，更需要全面深入的思考和检验，才能找到一个真正值得研究的问题和适当的研究方法。

因此，完全可以认为，吴岩这本《科幻文学论纲》当之无愧成为中文科幻研究的一个里程碑，一个所有涉及中国科幻研究的问题都不能不谈的里程碑。

当然里程碑除了标识行程，其存在的更大目的是指引前进的方向。我在此试着指出其中几个问题，跟作者商榷，权当是通过学术讨论的方式对作者表达敬意。

首先，对于"科幻之边缘性"的主题，书中的论述是科幻产生于现代化过程中的各种不满，所归类的四个"作家簇"就是这些不满的归纳体现。而对于"作家簇"的假设，则是来自对社会群体的特征分析。由于作者没有仔细阐述这一甄选过程和其中出现的特征值，因此我们无从得知这些群体是否具有足够的代表性，以及这些群体与现代性之间的关系。代表性主要是说服力的问题，何况即使样本不够大，也是可以被文学研究所接受的。但是关系的缺失却相当遗憾，尤其是当我读完本书，感觉这四个"作家簇"与其用互不相同的特性区分为四类，不如按照对现代化进程的反应归类为三种（旁观者、鼓吹者、批判者）更可以避免无法展开对话的遗憾。

其次，对于"边缘性"的核心概念，书中强调的是现代化过程对文化群体产生的挤压效应导致，因此更重视权力场的视角和方法。但我认为相比之下，"实验性"这一书中同样提到的特征，是对科幻核心概念的更好描述。科幻的实验性绝不是无源之水、无本之木，我们结合罗伯茨的《科幻小说史》中对科幻起源的精彩分析来看，可以认为，这正是科学方法出现而催生的现象。如果转换到这一视角，从看待世界的方法来观察科幻的操作方式，比之权力场关注社会关系的角度，更易将科幻的文本特征纳入研究。尤其重要的是将人放在了历史的次要位置，有利于减少人群特征对文类特征的覆盖和掩饰。当然这里不是优劣和对错的问题，而是研究目的，也就是我所谓"问题选择"的结果。如果我们强调科幻文本的创造和接受，那么更适合从人的角度入手，而如果强调其结构和美学特征，从实验性角度更为有利。

再次，边缘性的问题还有一论，即科幻媒介形式发展的议题，本书没有提到这一点也是一大遗憾。当今科幻已远不止在文学领域，其概念已经融入大众文化，尤其是通过技术制造的幻象，成为一些被稀释到各行各业的文化符号。而与之对应的科幻具有的到底是"类型化"特征，还是某种运用元素的"模式"？科幻从短故事到长篇巨著再到电视化、电影化及至现在网络化碎片化的进程，和现代化过程又有什么样的关系？这些不同形式下科幻如何对科学话语进行表达，会造成什么效果？都是正在发生而值得研究的问题。

最后，轮到书中所述的"界外知识"特征，我更愿意称之为"伪知识"，因为这中间大部分都不是随着人类知识边界拓展就可以获得的，而主要是两类：已经被证伪的错知识，不可能被证伪的非知识。这两类都不是需要去验证的。对于这种状况，我认为科幻作者越来越不重视科学知识的实质内容，就算从前不是，但随着现代科学的进展，现在几乎全都是对科学话语进行曲解和转意的操作。因此我们不应当继续关注科幻对科学或者科普的直接效用，甚而因其在此方面的失效而否认科幻的意义。我们应当承认将这些被扭曲使用的话语作为读者阅读的前提放入文本的合法性，同时看到这种"伪"性已经超出了科幻实验性本质的许可，反映了科学本身隐含的不可靠性质，更是为了遵守"阅读—接受"的规则而付出的代价，换来的就是文本更高的可靠性，反映了科幻的文化产品本质。也正是在这里，我们又能看到科幻受到现代化进程的影响：科幻在现代化的体制下，成为制造出来的商品，就必须首先遵守生产和消费的规则，满足受众的要求。

归根结底，我希望和吴岩老师展开的对话是关于语言学的。在某种程度上，我们认识世界的样子，取决于我们选择的语言。在这里展开的对话，是智力和视野的碰撞，也是科幻理论研究最为让人陶醉的原因。

能有一本类型文学的专著在中国出版，是一个值得庆幸的事情！

吴岩：科幻文学是对人类未来的忧患和想象

安武林

　　吴岩是个写科幻小说的作家，同时又是科幻文学的理论研究者。他对科幻小说情有独钟，这种感情大约来自从小的创作经历（见杨虚杰的《亲历中国科幻 30 年：个人史和社会史》）。他出版的理论著作《科幻文学论纲》，我几乎是手不释卷一口气读完的。具有讽刺意味的是：我几乎从不读科幻文学书，更不用说读科幻文学理论书了。前几日，我专程采访了他，就他新著中的一些观点向他请教并交换了意见。

　　该书一开始，"工业革命以降"这句话深深地打动了我。吴岩告诉我，科幻文学的发生、发展以及繁荣，都离不开工业革命。目前，世界上研究科幻文学的学者们持两派观点，一派认为自古罗马和古希腊时代，就开始有科幻文学了，另一派认为工业革命才是其源头，吴岩认为科幻文学作家们参与并见证了工业革命。毫无疑问，科幻文学的发生发展是与科学的发展密切相关的。世界上的许多诗人曾带着狂喜的热情讴歌了工业革命，但更多的艺术家们则持有怀疑和排斥的态度，工业革命对安静的诗意的生活秩序所造成的破坏，令他们悲痛而且反感。

　　我一向（错误地）认为搞科幻文学的作家几乎全部是男性作家，或者说女性作家极少极少。但该书的第二章"女性作家簇"纠正了我的认识。吴岩告诉我，女性科幻文学作家所占的比重是很大的，创立科幻文学的先驱者就是一个女性——玛丽·雪莱，其作品是《弗兰肯斯坦》。它被称为第一本真正意义上的科幻文学作品。女性科幻文学作家的作品都带有强烈的性别意识，这种性别意识集中表现在女性对生存空间和生存权利乃至话语空间的强烈渴求上。很明显，女性常受到不公平的待遇，这一群体常处于社会的边缘状态，她们需要用文学来控诉自己的遭遇，抒发自己的愤懑。从吴岩的解读和分析中，我们似乎明白了这样一个基本的事实，女性的呻吟和痛苦带有很大的心理学上的意义，但这也正是社会现实造成的。

吴岩的著作，有浓郁的学术激情，读起来总感觉到有一种痛切的悲愤感和纠结感。每个字都沉甸甸，似乎都是浸泡着血和泪的。这在一般的学术著作中是感受不到的。很明显，全球的科幻作家和科幻文学都处于一种边缘状态，在主流之外。他在替科幻作家和科幻文学争取合法的生存权利和生存空间，这种呐喊几乎贯穿全书的始终。在美国这样科学非常发达的国家，科幻文学作家依然被排斥在主流之外，科幻文学被归在流行文学的范畴之内。吴岩在著作中说，美国著名作家托马斯·品钦和小库特·冯尼格的科幻作品出版时，都不做科幻文学的宣传，而是按照主流的文学形式来宣传的。这是一件很有趣的事。如此说来，科幻文学在世界范围内的处境，都是很耐人寻味的。

我记得董鼎山曾经发表过一篇文章，说"科幻文学，既然是幻想的，那就不是科学的，如果是科学的，就不能是幻想的。"我就此请教吴岩。他说，在20世纪80年代，曾经发生过关于科幻文学的大讨论，重点在于搞清科幻文学应该姓"科"还是姓"文"的问题，而董鼎山这篇文章，就是在那之前不久写的。他很感慨地告诉我，那个时候他刚刚在科幻文学圈内崭露头角，全国就开始了大讨论，这场讨论他现在谈起来都印象深刻，而在这次大讨论之后，科幻文学就从繁荣期跌入了萧条期和冰冻期。这次打击不仅挫伤了科幻作家们的创作热情，也损害了科幻文学的发展势头。此次风波之后，不少科幻作家转写别的体裁，或去往他乡。

科学的发展和科幻文学的发展有相似性，比如说都经历了曲折和多灾难，但结局却有着很大的不同。科学一旦被确定，就像真理一样具有绝对的权威，似乎具有了统治性的地位。而科幻文学始终是被质疑的，不被主流所接纳的。吴岩说，有些科幻文学作家，像凡尔纳这样的，具有科学情结，他们能预言科学未来的发展，而且有不少设想被证实了，但他们依然在主流之外。而有的科幻作家，本身就是科学家，他的作品就是对他科学实验和科学设想的一种宣传。他们不得已而为之，希望能得到高层的支持。

"大男孩作家簇"是个比较有意思的章节，这个"意思"表现在这些作家们对科学抱有无限热情、迷恋，乃至狂热。吴岩对凡尔纳、根斯巴克、阿西莫夫、星河以及纽约的"科幻迷俱乐部"做了精细的描述和深入的剖析，让我们从中看出了作者成长中的心理变化以及促使某种性格形成的多种因素。很多作家都有某种性格或者说心理上的缺陷，如凡尔纳对女性的羞怯、无知、挫败感等。吴岩分析凡尔纳作品中女性的形象及作品的文学性的时候，指出了这一点。而纽约"科幻迷俱乐部"的那些痴迷者，不能不说他们是人际交往中的失败者，他们在家庭中甚至不能融洽地和妻子相处。他们就像是另类的一群人，是受伤者、残缺者，但他们却不乏热情，不乏梦想，不乏激情，这是创造者——一切有天赋的人的基本特征。我很愿意把茨威格在《与魔搏斗的人》中对此类人的解读和评价献给他们："他们都具有强大的意志力，他们表现的是人类超级的健康形式。"他们是大男孩，所以对科技抱有信赖和热情，如同孩子对玩具具有非凡的热情一样。

吴岩在该书第三章，还专门谈到了科幻和儿童文学的关系。他开门见山地说，把科幻文学当成儿童文学是大错特错的，不过，他承认儿童文学中有科幻文学，并且热忱地期望儿童文学中的科幻文学能繁荣昌盛。在儿童文学界，也有人把科幻文学归为儿童文学，这种划分和把寓言划归为儿童文学同样是不合适的。我对吴岩说，希望我们的儿童文学理论家们和评论家们最好不要把《西游记》划归为"儿童小说"。我们不能把什么东西都往儿童文学里面归类。吴岩也非常反对这种归类。这一点，我们不谋而合。实际上，在儿童文学研究领域内，很多不令人信服的例子普遍存在着，如希梅内斯的《小银和我》等。吴岩列举了张之路、郑文光、童恩正、星河、叶永烈、肖建亨、杨鹏等名字，认为可以把他们看作儿童科幻作家。

在"底层和边缘作家簇"中，吴岩第一个谈的是威尔斯，称其为"精英"。他告诉我，肖伯纳曾经把威尔斯称为可以影响世界的少有作家之一。在俄罗斯作家中，他谈到白银时代的作家扎米亚金及其代表作《我们》，还有布尔加科夫。美国作家中，谈到托马斯·品钦和小库特·冯尼格的作品。这些作家是被人们归在西方现代派作家的行列中的。吴岩还在这一章中用了很多笔墨来分析乔治·奥威尔的《1984》，我一直认为这是一部政治讽刺小说，没想到它也可以归为科幻小说。这部小说给我们揭示了一种触目惊心的社会形态，它使我确信，科幻小说表现内容的丰富性是无与伦比的。吴岩告诉我，乔治·奥威尔的《1984》是受扎米亚金的《我们》的影响而创作的。

在"全球化落伍者作家簇"这一章中，吴岩谈到了俄国、日本和中国的科幻文学，分析细致而精准，我很敬佩他冷静而客观的态度。他强调，他写的并非是中国科幻文学的整体现状，也不是中国科幻文学的发展史。他有明确的主题指向，所以不可能面面俱到，而面面俱到也非他的追求。从这几个国家的科幻文学中，我看到的是科幻作家们深切的忧患意识，这种忧患意识来自各个方面：生存环境的、自然的、政治的、科学的、现实的、未来的、种族的等。这一章几乎可以说是作者整部书的压轴之作。我的看法是，科幻文学是作家们对人类未来的忧患和想象。科学总是服务于人类现在和未来的，而幻想直接指向的是未来。

最后，吴岩还就科幻小说的文学品性做出了详尽的分析，给这种文学体裁写了一份完备而又富丽的说明书。

对我而言，这是一本颠覆性的好看的故事书，也是一部集学术品质和学术激情为一体的理论书。我这个对科幻文学不甚了解的人，读完此书认识了很多科幻作家和科幻作品。即使是从普及读物的角度看，也是大有收获的，更何况它还有很多学术创建。从方法学意义上说，作者是从科幻文学和科幻小说作家边缘地位介入的，他不选宏观，也不选微观，不用"群"而选用"簇"这个字眼；他从世界科幻文学的理论和作品中找到了自己叙述的视角和命题的特征，然后再论述相关的作家，并建立了观察第三世界的视角。这是科幻文学研究的新方法。吴岩在评价作家和作品的时候，从不一味地表扬或一味地批评。他对科学的态度也是如此。尽管科幻文学乃至人的生活都离不开科技的发展，但他还是很清醒地表达了自己的忧虑：科学的进步也可能带来人类的灾难。科学需要道德的指引，科幻文学也需要道德的陪伴，不管怎么说，科幻文学就是对人类未来的忧患和想象。而科幻文学的作家们，总是走在时代的最前面，虽然忍受的寂寞和冷清也比别人多些。

还边缘之魅

——读吴岩《科幻文学论纲》

涂明求

　　至今仍记得，少年时代的我，每天是如何盼星星、盼月亮，早早蹲守在家中那台破旧半导体收音机的跟前，等待着儒勒·凡尔纳《海底两万里》的播出；至今仍记得，十几年前，一个偶然的机会，我读到了有着"科幻诗人"之称的雷·布拉德伯雷的一个短篇，这之后，我便十数年如一日地搜寻着、热爱着他所有的科幻作品，为他文字间荡漾的宇宙诗意，那种雄奇壮丽、温暖苍凉的宇宙诗意，我只是在拜读屈原的《离骚》时才隐约感受过；至今仍记得，多年前的某个凌晨，乔治·奥威尔的《1984》所带来的震撼，"好书应该像斧头，劈开我们心中的冰海"（卡夫卡语）。在那个黎明迫近的时分，我被《1984》这柄"利斧"重重"劈开"的那种战栗和痛楚，至今铭心刻骨；同样我也忘不了，英年早逝的翩翩公子柳文扬，在他那个寥寥几千字的科幻小短篇《闪光的生命》中，所带给我的无尽感动……

　　事实上，像我这样的科幻迷，在中国，在世界各地，是不计其数的。然而，还存在着另外一个事实，正如科幻作家、理论家吴岩在他的理论新著《科幻文学论纲》（以下简称《论纲》）一书中所指出的：尽管科幻文学从来就享有比主流文学中多数作品更多的读者，但"科幻文学从来不是主流文学"，"从玛丽·雪莱夫人到儒勒·凡尔纳、威尔斯、艾萨克·阿西莫夫、郑文光、叶永烈，再到今天的乔治·卢卡斯和斯皮尔伯格，科幻文学在学术领域的遭遇和在普罗大众中的遭遇形成了鲜明的对比"。简言之，科幻文学是一种"边缘文学"。而吴岩这本科幻理论新著的诞生，也与这一事实密不可分。吴岩坦陈，在为《论纲》搭建论述框架时，他经历过数次痛苦的辗转反侧、推倒重来，最终，他回到了作家这个中观层面，并力图从揭示作家的创作动机开始思考，他自问，在多年以科幻迷／科幻作家身份生活的过程中，他最想解决的问题，最想向世人证明的到底是什么？答案竟是如此简单："我想证明科幻是一种伟大的文学。想证明我所投身的这种文学是一种值得投身的、重要的文学形式。"然而，"我为什么会这么想？我周围的科幻作家是否也跟我一样有着共同思考？回答不言自明。我发现我们竟然生活在文学的底层、文化的底层、社会的底层"。这一发现既令吴岩痛悟，也促使他痛下决心，"直面边缘"，换一种全新的、以文学和社会霸权为基础的思路来观察科幻现象。而观察与思考的最终结果，便是摆在我们面前的这部沉甸甸的《科幻文学论纲》。

个人以为，这部论著的第一大亮色当属它的雅俗共赏性。雅俗共赏，就文学作品而言，当然并不鲜见，好多文学名著都具备这一点。但就理论著作而言，做得到这一点的，就不能不说是凤毛麟角了。毫不夸张地说，吴岩的这部《论纲》成功做到了。资深的研究者、科幻迷、科幻作家们固然能从本书获得丰厚的启悟，即便你只是一位普通读者，相信这本书仍可以令你读得津津有味，获益良多。吴岩以他手中那支沉稳灵动的作家之笔，为我们展示了中外科幻文学史上几乎所有重量级作家、重量级作品的迷人风采，举凡作家身世、奇趣轶闻、经典作品等，无一不被他转述、勾勒得极生动且简洁，在这方面，他堪称一位速写大师，虽寥寥几笔，却形神俱出。但他志不在做个说书人，他并非为了说故事而说故事，他的种种叙说，也不单单是作为理论阐述的精彩例证而存在，而是本身就饱含着理论的汁液，灌注着并体现出他对科幻现象和本质的独特思考与把握。比如他在转述雪莱夫人的《弗兰肯斯坦》时特别强调，这部作品本可以使作者成为一个独特的成长循环小说作家，甚至可能开创一种新的教育性叙事文体，但是雪莱夫人并没有这么做，她"残忍"

地打断了这一成长循环，让她的怪人走上了复仇与毁灭的道路。言及于此，吴岩特别提醒读者，"阅读《弗兰肯斯坦》必须把握住这一点：怪人生来不是攻击人类的，也不是生来就想向父权发威的。"一下就将读者的思考引向了纵深。可以说，诸如此类的导读文字，无论是对于普通读者还是资深科幻迷、研究者，都是引人入胜，启人深思，乃至能够令人举一反三的。书中类似的例子举不胜举。

当然，一部理论著作的元气、活力，最主要还是体现在它的理论洞见和学术创见上。在这方面，《论纲》同样令人叹赏。首先是理论视角与方法的选择。尽管将权力问题纳入科幻研究，国外早有先例，詹姆逊和苏恩文就是其中的佼佼者，他们的研究无疑也大大刺激了吴岩的想象力，激发他朝向这一方向从事理论建构。但是，当你具体到要用某种视角来俯察、探照整个中外科幻文学史时，你马上就会发现许多新问题接踵而至，特别是，到底是采用宏观研究好呢，还是微观研究好？吴岩发现，这两个方面的研究目前都已非常丰富，各自的长短优劣也已显豁昭然；相比之下，中观研究却较为少见。吴岩经过反复权衡后得出结论，从中观建构科幻文学理论，起码可以一举三得：既有助于改善当前宏观理论的想象力过剩和微观理论过分紧贴单一作品的两极化倾向，更可以关注某种特定作家人群、文化群体的共同特征，且避免堕入"普天下"式概括的失当。而他找到的这一中观"连接销"，就是作家簇。他从浩瀚的科幻文学历史星空中发现了四个重要簇类：女性、大男孩、边缘人、现代化进程中的落伍者。读完全书，你会由衷钦佩论者这一选择之明智，发现之敏锐。权力视角、现代性眼光与作家簇研究系统有机地交叉集结、交织互融，的确颇具穿透力、涵盖力，为我们展现了一幅清晰而又壮阔的科幻星云图。不过说到底，任何理论方法的成功运用，最终仰赖的是论者自身宽广的视野，深厚的学养，水乳交融地化用、深入浅出地表达的能力；否则，就可能会造成理论与立论"两张皮"，油是油，水是水。吴岩的独特与可贵之处在于，他拥有别的研究者很难具备的阅历与积淀，作为一位从 20 世纪 70 年代末就开始走上科幻创作与理论研究之路的"老"科幻作家、"老"科幻理论家，他不是一个单纯的书斋型写作者和研究者，中国科幻近几十年来的风风雨雨，他都是亲历者、见证人，中国科幻发展的种种内幕、隐情，他尽收眼底。与此同时，他堪称是中国科幻的一位亲善大使，多年来同世界各国科幻界保持着密切的、不间断的交流与交往。不独如此，吴岩的学术视野并未仅仅局限于科幻，他还是北京师范大学教育学部的一位资深教师，他的博士论文则是关于未来学的。借用海明威的"冰山理论"，"冰山运动之雄伟壮观，是因为它只有八分之一在水面上"。同理，我们所读到的这部《论纲》也不过是显露于海面的冰山一角，而它的壮观气象更多则来自上述那些不易为我们所察知的"八分之七"。

个人还有一个颇为"奇特"的阅读感受是：这部论著有着深刻的诗意和暖意。这可能么？若非亲自读它，你恐怕很难完全相信这句话，歌德不是说过么，"理论总是灰色的"，一部理论著作谈何"诗意"和"暖意"呢？但这是我的真切感受。还是来举几个例子印证我的阅读感受吧。在论述"女性作家簇"时，吴岩有这样的评议，"浪漫主义确实歌颂美好的爱情，但这种歌颂更多来自男性的视角。女人是美丽的，是梦，是诗，但她们是否也是人？"寥寥两句，入木三分，犀利言辞的背后，却是理解，是一腔温情，是给女性作家簇创作动机最为体贴的一种解释。就算拿去作女权主义者的宣言，也未必逊色。再如他论述"大男孩作家簇"时，这样分析作家星河，"在他所解构的世界中，宏伟的'工业文明'表面上金碧辉煌，但内部却缺乏装修，缺乏基本情感。生活于这样的世界，人将处于强烈的紧张之中。于是，一些人假装正经，把自己装在体制的套子里；而另一些人则干脆爆发出精神症状，不断地重复、争吵、叫嚣。在这样的时代中，爱情永远是短暂的。就像星河的另类科幻文学永远是简短的一样，它们稍纵即逝。"像这样率直的、一针见血的评述难免给人以刺痛，但它的底子却是大悲悯。又比如在"底层／边缘作家簇"一章，论及威尔斯，吴岩这样写道，"他的个性中存在着某种仁慈的气质，正是这种气质，使他作品中总是伴着希望的闪光。他抱着希望和人争吵，而且大部分作品结尾是乐观的"。读到这里，我忽然觉得，这几句至评某种程度上其实也可视为吴岩的一幅自画像。的确，无论他的笔墨是严肃抑或温和，是理性以至锐利，骨子里，他是一个深怀悲悯仁慈的人。也正是这种仁慈气质，为他的理论文字带来了极珍贵的诗情暖意，一种充满人性光辉的温润。

什么是科幻文学？科幻文学是科技时代或现代社会中的边缘人的呐喊。它既是科学的边缘、异类，也是文学的边缘、异类。这是它的天命，无可否认，无由推脱。而通过这部《论纲》，吴岩所想要达到的终极目标，我以为，是"还边缘之魅"。他尤其想要告诉人们，往往，边缘人看到的是大家所盲目忽略的部分，也因此，他们反而可能会看到更为多元化的世界。

再一次，他成功地做到了这一点。

后　记

　　《科幻文学论纲》出版之后，我尽量收集来自各个方面的反映。作家韩松、刘慈欣、陈楸帆、贾立元、星河、杨平、安武林等分别写了长文讨论其中的观点。理论工作者涂明球、李兆欣、张峰、华斯比、汪元元、荣智慧等从学术角度研讨了该书。类型文学评论家华斯比还做了许多卡片摘录发表在豆瓣上。一些热心读者也在各种网站做了分析和批评。多数人肯定这种理论建构的尝试是重要的、可取的，也对其中的一些说法，特别是分类原则表示了自己的不同意见。私下里，清华大学刘兵教授说，还是文献综述那一部分写得最好，后面的行文没有那么严格。贾立元则说，不应该叫《科幻文学论纲》，应该叫《权力与科幻》。

　　感谢这些论者的鼓励、支持和批评。对从权力视角考察科幻文学切入这一点，没有任何人表示反对。这就是说，理论建构的基础是有一定共识的。被提出的最大问题集中在分类标准方面。不止一个人提出，分类的标准没有统一性。男性女性是性别分类，老年少年是年龄分类，现代化过程是某种贫富和思想的差异，等等。对这个问题我的想法是，我在这里只是提供所有这些类别背后的权力差异，上述这些类型可能是重叠的，但是，是存在的。我的分类不是那种生物分类学上的分类，而是将最大的几个群体拿出来，以一种最简单的方式概括他们的特点。全书想要证明的是，在各类社会权力差异的低端，由于生活经历和感受的差异性，也由于发泄渠道的可能性，导致一些人特别希望采用科幻文学的方式对我们生存的这个全新的、以技术强烈侵入现实为基础的社会进行表达。有关这一点，我至今仍然坚持己见。

　　2011—2020 年，中国的科幻文学现场发生了巨大的变化。中国科幻作家和爱好者参加世界科幻大会的人数剧增，从几个人到上百人。在国内，刘慈欣的小说通过新媒体的传播获得了空前的成功。来自知识精英、互联网创业者、中小学生，以及科幻迷的追捧，已经使作品超越了以往科幻的读者群范围，进入大众阅读领域。在国外，刘慈欣的小说《三体》和郝景芳的《北京折叠》连续两年获得美国科幻小说雨果奖。英文在线期刊 CLARKE'S WORLD 还专门制作了中国专栏，每期发表一篇中国科幻小说。包括我的作品在内的中国小说选《星云》在意大利发行。《三体》的海外销售超过十几个版本。中国作家协会、中国科协等还专门召开了会议进行研讨。山西省作家协会选举刘慈欣为副主席。粗看起来，似乎科幻文学在中国的状态是超越了边缘进入了主流。但某位作家的某些成功，是否能代表科幻文学整体的走出边缘？科幻文学在整个文学文化版图上是否改变了位置？至少，在过去的 10 年里，刘慈欣之外的其他作家仅有少数人生存位置有所改变。科幻在整个文化版图上的地位，是否也会随着历史的变迁而变化，还是未知数。

当然，如果全方位观察科幻这种独特的题材在当代社会的影响力，我觉得并非边缘两字可以概括。例如，在影视和游戏行业，科幻作品的数量、质量、影响力远远不是边缘所能代表的。但这些是另一个范畴的问题。我将在适当的时候出版专著讨论这些领域。

为了全面呈现一个时段的思想脉络，我基本没有对内容做大的更改。我们需要一种相对固定的学术历史。感谢在过去 10 年中对这本书的撰写和出版提供过积极支持和帮助的所有作家、理论工作者、读者的帮助和激励。我的几位学生对这个文稿中的错误进行过订正。感谢重庆出版社冯建华老师曾经为这个书费力很多，提出过许多修改意见。感谢重庆大学人文社科高等研究院李广益副教授和重庆大学出版社张慧梓老师的抬爱，使这本书能够以新的面貌与读者见面。

吴岩

南方科技大学科学与人类想象力研究中心

2020 年 5 月 12 日